James Hankins
Sechzig Sekunden

PIPER

Zu diesem Buch

Als Peter Lisbon eines Morgens erwacht, ist er an einen Stuhl gefesselt. Sein Mund ist mit Tape zugeklebt. Vor ihm steht ein schwarz gekleideter Mann mit einer Maske. Er hält eine Eieruhr in Form eines Apfels in der Hand. Und stellt Lisbon vor die Wahl: Entweder wird ihm mit Salzsäure das Gesicht weggeätzt, oder beide Füße abgesägt. Drei Regeln gilt es dabei zu beachten: Keine Hilfeschreie. Keine Fluchtversuche. Und wenn er sich nicht entscheidet, wird ihm beides angetan.

Detective John Spader wird zu einem Tatort gerufen. Ein Mann ist in seinem Haus verblutet. Jemand hat ihm beide Füße abgetrennt. Es ist das erste von vielen Opfern – und der Detective begibt sich auf die Jagd nach einem Killer, der nicht nur ganz Boston in Angst und Schrecken versetzt, sondern schon bald auch Spaders Familie bedroht …

James Hankins wuchs in New Jersey auf und hat als Drehbuchautor gearbeitet, ehe er sich nach seinem Jurastudium als Anwalt in Boston niederließ und für eine der größten Anwaltskanzleien der USA arbeitete. Mittlerweile widmet er sich ganz dem Schreiben sowie der Erziehung seiner Zwillingssöhne.

James Hankins

60 SEKUNDEN

Thriller

Aus dem Amerikanischen von
Alice Jakubeit

PIPER
München Berlin Zürich

Mehr über unsere Autoren und Bücher:
www.piper.de
Aktuelle Neuigkeiten finden Sie auch auf Facebook, Twitter und YouTube.

Von James Hankins liegen im Piper Verlag vor:
Brothers and Bones – Blutige Lügen
Sechzig Sekunden

FSC
www.fsc.org
MIX
Papier aus verantwortungsvollen Quellen
FSC® C083411

Deutsche Erstausgabe
Oktober 2016

Titel der amerikanischen Originalausgabe:
»Jake of Spades«

Umschlaggestaltung: ZERO Werbeagentur, München
Umschlagabbildung: Nik Keevil/Arcangel
Satz: Uhl + Massopust, Aalen
Gesetzt aus der Melior
Druck und Bindung: CPI books GmbH, Leck
Printed in Germany ISBN 978-3-492-30787-1

Dieses Buch ist für meine Eltern, Mary und Frederick Hankins, die mich gelehrt haben, zwischen Richtig und Falsch zu unterscheiden. Wann immer ich in meinem Leben die falsche Wahl getroffen habe, trage ich allein die Schuld daran, nicht meine Eltern mit ihren geduldigen Bemühungen. Ich liebe dich, Mom, und ich vermisse dich jeden Tag, Dad.

EINS

Peter Lisbon wurde von einer Stimme geweckt. Einer eigenartigen Stimme. Unnatürlich. Da war sie wieder, diese eigenartige Stimme. »Aufwachen, Peter.«

Irgendwas ist komisch an dieser Stimme, dachte Lisbon. Mehr kam ihm dazu nicht in den Sinn. Das Denken fiel ihm schwer. Sein Verstand war… benebelt.

»Öffnen Sie jetzt die Augen, Peter«, hörte er. »Sie müssen jetzt aufwachen. Sie müssen über etwas nachdenken. Eine schwierige Entscheidung treffen.«

Was war mit dieser Stimme los? Sie war schrill und nasal, bebte ein wenig und klang… wie eine Automaten- oder Roboterstimme oder… so. Sie klang einfach durch und durch falsch, und sie gehörte *nicht* in sein Schlafzimmer.

Lisbon schlug die Augen auf und stellte fest, dass er nicht im Bett lag, wo er eigentlich hätte sein sollen. Er lag nicht einmal, sondern saß auf einem Stuhl. Er hob den Kopf, der viel schwerer als sonst war, und blinzelte, um die Benommenheit abzuschütteln. Das Licht war aus, doch er sah, dass er sich noch in seinem Schlafzimmer befand und mitten im Raum auf einem Stuhl saß. Denjenigen, der gesprochen hatte, konnte er nicht sehen.

»Sie haben bestimmt eine Menge Fragen, Peter.« Wieder diese schaurig bebende Stimme. Sie klang wie eine Kreuzung aus einem Roboter und einem Munchkin aus *Der Zauberer von Oz.* »Allerdings habe ich keine Zeit, sie Ihnen zu beantworten. Aber damit wir vorankommen, werde ich Ihnen die Situation erklären. Zunächst muss ich Ihnen sagen, dass Sie mit Industrieklebeband an diesen Stuhl gefesselt sind. Robustes Zeug, mehrmals um Sie herumgewickelt. Sie können sich nicht aus eigener Kraft befreien.«

O Gott! Es stimmte, stellte Lisbon fest, als er versuchte, sich zu bewegen. Breites silbernes Industrieklebeband war um seine Brust gewickelt. Seine Arme waren an den Armlehnen des Stuhls festgeklebt, seine Beine an den Stuhlbeinen. *Heilige Scheiße!* Er war an einen Stuhl gefesselt.

Er war völlig hilflos.

Und diese Stimme. Sie kam aus nächster Nähe, aus der Dunkelheit gleich hinter ihm.

»Sicher fragen Sie sich, wie Sie auf diesem Stuhl gelandet sind.« Die schrille, vibrierende Stimme klang schrecklich fremd und zugleich schrecklich vertraut. Wie war das möglich? Wie konnte eine Stimme wie diese ihm vertraut erscheinen? »Tja, ich will Ihnen sagen, wie Sie da gelandet sind. Während Sie wie ein Engel in Ihrem Bett geschlafen haben, habe ich Ihnen einen mit Chloroform getränkten Lappen auf die Nase gedrückt. Als Sie bewusstlos waren, habe ich Sie auf diesen Stuhl gesetzt und daran festgeklebt. Und da wären wir jetzt.«

Eine Erinnerung schoss Lisbon durch den Kopf, eine Erinnerung an etwas Weiches, das ihm an die Nase gehalten wurde, an einen widerlich süßlichen Geruch, und dann nichts … bis diese bizarre Stimme ertönt war.

»Ich habe das Licht Ihretwegen aus gelassen, Peter. Ich dachte, es ist sicher leichter für Sie, wenn wir uns da ganz allmählich herantasten.«

Der Mond schien träge durch die Fenster herein. Sein fahles Licht leuchtete die Schlafzimmerlandschaft nicht aus, sodass die Gestalt, die nun direkt vor Lisbon trat, nur schattenhaft zu erkennen war. Der Mann war von kräftiger Statur, und sein Kopf, den Lisbon nur als Silhouette sah, war… du lieber Gott, er hatte eine ganz und gar absonderliche Form. Zu groß. Die Wangen zu breit. Und dort, wo die Augen hätten sein müssen… war das da wirklich ein hellgrünes Leuchten?

Lisbon versuchte zu sprechen, wollte fragen, was der Mann wollte – falls das da überhaupt ein Mann war –, doch der zugeklebte Mund hinderte ihn daran.

Peter Lisbon war kein ängstlicher Mann. Allein in den letzten sechs Monaten hatte er seinen ersten Solo-Fallschirmsprung absolviert und – vielleicht unklugerweise – einen bewaffneten Autoräuber abgewehrt. Ihm jagte man nicht so leicht Angst ein. Daher waren der kalte Schweiß, der nun seine Haut befeuchtete, und die eisigen Finger, die ihm den Rücken hochkrochen, eine ganz neue Erfahrung für ihn. Aber wem würde diese Situation keine Angst einflößen? Eine Gestalt, die in seinem dunklen Zimmer stand, ein Fremder mit einem fremdartigen Kopf und einer fremdartigen Stimme, einer Stimme, die so unnatürlich war, so schrecklich, so…

So verdammt *vertraut*? Wie konnte das sein? An eine so fremdartige Stimme müsste er sich doch erinnern… Das war es. Jetzt erinnerte er sich.

»Wenn Sie dann bereit sind, Peter, schalte ich nun das Licht ein.«

Er wusste, er hatte diese Stimme schon einmal gehört. Aber das war verrückt. Diese Stimme gehörte nicht hierher, in dieses Zimmer. Sie gehörte nicht in die reale Welt.

Der Eindringling ging ans andere Ende des Zimmers, und ein leises metallisches Klirren begleitete seine Schritte, ganz schwach, wie zwei Messer, die sanft aneinanderrieben. Er betätigte den Lichtschalter an der Wand. Es wurde hell, und nun sah Lisbon das Gesicht des Eindringlings, und die fremdartige Stimme ergab einen Sinn, auch wenn eigentlich nichts an dieser ganzen Situation einen Sinn ergab.

Vor ihm stand eine vollständig in Schwarz gekleidete Gestalt, vom schwarzen Trainingsanzug bis hin zu den schwarzen Turnschuhen. Das allerdings nahm Lisbon kaum zur Kenntnis. Seine Aufmerksamkeit war ganz auf den Kopf des Mannes gerichtet. Er war völlig kahl. Außerdem war er unnatürlich gelb, beinahe neongelb. Die Wangen waren in die Breite gezogen, viel zu sehr in die Breite gezogen zu einem riesigen, fröhlichen, zahnlückigen Grinsen. Über dem Mund saß eine niedliche kleine Stupsnase. Die Augen waren von einem leuchtenden, funkelnden Grün, die Iris waren mit reflektierenden smaragdgrünen Pünktchen gesprenkelt. Aus der ansonsten glatten Stirn ragten zwei stummelartige Auswüchse mit kleinen Knubbeln am Ende. Antennen. Ohren gab es keine. So fremdartig das Gesicht auch war, konnte Lisbon es doch auf Anhieb einordnen. Es gehörte Galaxo, Rächer von den Sternen!. Das Ausrufezeichen war nicht Lisbons Idee; man sah es überall in der Werbung für den beliebten Zeichentrickhelden.

Lisbon erkannte Galaxo, weil… nun, weil ihn jeder mit einem Kind unter zehn Jahren kannte. Vermutlich gab es im ganzen Land nicht einen einzigen Menschen, der Galaxo nicht kannte. Der Außerirdische begeisterte die Kinder in Amerika wie seit Langem nichts, mehr als jedes andere Geschöpf der Kinderunterhaltungsbranche – sprechende Dinosaurier, sprechende Schwämme, sprechende Eisenbahnen, was auch immer. Angefangen hatte es mit dem Galaxo-Zeichentrickfilm samstags im Vormittagsprogramm. Doch im Nu waren Bücher dazugekommen, T-Shirts, Schlafanzüge, Videospiele, Actionfiguren, Rucksäcke, Bettwäsche und ein Spielfilm sowie alles, womit die Merchandisingleute sonst noch glaubten, den Kindern das Taschengeld und liebenden Eltern, die ihren Kindern eine Freude machen wollten, die Scheine aus der Brieftasche ziehen zu können. Lisbon mochte gar nicht darüber nachdenken, wie viel Geld er selbst schon für Galaxo-Devotionalien für seinen eigenen Sohn Toby ausgegeben hatte. Das meiste davon bewahrte der Junge im Haus seiner Mutter auf.

Nun ergab die unheimliche Stimme einen Sinn. Sie gehörte zur Maske. Auch im Fernsehen sprach Galaxo mit dieser fremdartigen, schrillen Stimme mit dem gruseligen Vibrato. Die Maske, die den gesamten Kopf bedeckte, war die gleiche wie die, die Lisbon Toby letztes Jahr zu Weihnachten geschenkt hatte. Es gab sie nur in einer Einheitsgröße, doch an der Innenseite befand sich ein verstellbarer Riemen, sodass jeder zwischen fünf und fünfundneunzig Jahren sie tragen konnte. In die Maske eingebaut war ein Gerät, das die Stimme verfremdete, mit einem Mikrofon innen und einem Lautsprecher, der geschickt in der Lücke zwischen Galaxos zwei Schneidezähnen verborgen war. Im Lauf der Jahre hatte Lisbon Toby diverse Masken mit solchen stimmverfremdenden Vorrichtungen gekauft, daher wusste er, dass die Technik in letzter Zeit gewaltige Fortschritte gemacht hatte. Die Stimme, die aus der Galaxo-Maske kam, war praktisch nicht wiederzuerkennen. Im Gegenteil: Zum Entzücken der Kinder wie zur Bestürzung der Erwachsenen allerorten war sie von der des Zeichentrick-Aliens im Grunde nicht zu unterscheiden.

Und jetzt stand jemand mit dieser Maske in Lisbons Schlafzimmer. Zum ersten Mal seit seiner Scheidung war Lisbon froh, dass er den Streit um das Sorgerecht für Toby verloren hatte. Sonst säße sein Sohn jetzt womöglich an einen Stuhl gefesselt neben ihm, und einzig Gott wusste, was der kranke Mistkerl mit der Maske im Sinn hatte. Erneut versuchte Lisbon zu sprechen, aber sein Mund war ja zugeklebt.

»Sie bekommen noch die Gelegenheit zu sprechen«, sagte Galaxo mit seiner gruseligen, quieksenden Alienstimme. »Sie werden sogar sprechen müssen. Sie müssen nämlich eine Wahl treffen. Aber zunächst die Spielregeln. Die erste Regel lautet: keine Hilferufe. Wenn ich Ihnen das Klebeband vom Mund abnehme, werden Sie um Hilfe rufen wollen. Offen gestanden, ich könnte es Ihnen nicht verdenken. Aber ich muss Ihnen sagen, wenn Sie das tun, dann stecke ich Ihnen das hier in den Hals.« Er hielt einen Eispickel in die Höhe. »Sie werden also nicht schreien, richtig?«

Lisbon zögerte, dann nickte er. Was zum Teufel sollte er auch sonst tun?

»Gut. Jetzt die zweite Regel … die betrifft mich. Und Sie wohl auch. Aufgepasst. Ich versuche, Sie nicht zu töten, aber falls Sie mich dazu zwingen, töte ich Sie, ohne mit der Wimper zu zucken. Also zwingen Sie mich nicht dazu, okay?« Lisbon wollte Galaxo keineswegs zwingen, ihn zu töten, also nickte er erneut.

»Okay, Regel Nummer drei. Das ist die wichtigste. Ich werde Sie vor eine Wahl stellen. Ich warne Sie vor, es wird eine ganz scheußliche Wahl sein. Aber Sie müssen wählen.

Von dem Augenblick an, wenn ich das Klebeband abziehe, haben Sie eine Minute Zeit, sich zu entscheiden. Wenn Sie sich innerhalb dieser Zeit nicht entscheiden, verstehe ich das so, dass Sie beide Optionen gewählt haben. Aber ich verspreche Ihnen, Peter, das wollen Sie nicht – nicht wenn Sie die beiden Wahlmöglichkeiten erst hören. Um Ihretwillen hoffe ich also wirklich, dass Sie in der Lage sind, eine Wahl zu treffen. Alles klar so weit?«

Erneut nickte Lisbon, und dabei löste sich ein Schweißtropfen von seinem Haaransatz. Der kalte Tropfen rann ihm über die Stirn, verharrte einen Augenblick an seiner rechten Augenbraue und fiel ihm dann in den Schoß. Galaxo beobachtete den Weg des Schweißtropfens bis zum Ende, dann sprach er weiter.

»Nur damit Sie wissen, dass ich fair spiele: Dies wird die offizielle Stoppuhr sein.«

Mit einem ganz leisen metallischen Klicken ging Galaxo vor Lisbon in die Knie und nahm eine kleine Sporttasche vom Boden auf. Er stellte sie neben sich aufs Bett, zog den Reißverschluss auf und wühlte darin. Lisbon hörte Metall klirren und sah flüchtig verschiedene garstige Gegenstände mit Metallspitzen und gezackten Klingen und Greifern. Er bekam eine Gänsehaut. Galaxo wühlte noch eine Weile in seiner Tasche, ehe er schließlich einen glänzenden roten Apfel herausholte. Um die Mitte verlief eine schwarze Trennlinie, darüber waren kurze vertikale Striche mit Ziffern angeordnet. Eine Eieruhr.

»Die stelle ich auf eine Minute ein. Ich nenne Ihnen Ihre Wahlmöglichkeiten, lasse die Eieruhr laufen und nehme Ihnen dann das Klebeband vom Mund ab. Verstehen Sie?«

Das konnte unmöglich wirklich geschehen. Es konnte nicht sein, dass ein Zeichentrick-Alien in seinem Schlafzimmer stand, der ihm damit drohte, ihm einen Eispickel in den Hals zu rammen, und mit seiner gespenstischen Alienstimme von einer Wahl brabbelte, die er treffen musste. Das war absolut unwirklich.

»Ich habe gefragt, ob Sie verstanden haben, Peter. Antworten Sie mir irgendwie, oder ich werde Ihnen sehr wehtun.«

Lisbon glaubte ihm aufs Wort. Aber er konnte sich zu keiner wie auch immer gearteten Antwort durchringen.

»Peter…«, mahnte der dauerlächelnde Alien. Lisbon nickte. »Gut. Also, mal sehen, was soll ich Ihnen anbieten, was nur?« Galaxo tat nachdenklich: Er strich sich über das gelbe Kinn, dann tippte er sich an die gelbe Schläfe. »Wie wär's damit? Entweder ich zertrümmere Ihnen mit einem Hammer die Knie oder ich… hmm… ich schneide Ihnen alle Ihre Finger ab, einen nach dem anderen. Es ist Ihre Entscheidung. Was meinen Sie?« Daraufhin drang ein sehr eigenartiger Laut aus dem freundlichen Zeichentrickgesicht, eine Vibratoexplosion, die Lisbon nach einem Augenblick als Kichern erkannte.

Unvermutet klopfte es, und Lisbon schöpfte flüchtig Hoffnung, bis er erkannte, dass das Klopfen in seinem Kopf war: das Blut, das in seinen Ohren pochte. Er versuchte zu schlucken, doch seine Kehle war ein ausgetrockneter Schwamm. Der Kerl war ja völlig irre.

Plötzlich ergriff ihn Panik. Die zweite Spielregel dieses Irren fiel ihm wieder ein. Oder war es die dritte? Egal, er hatte nur eine Minute Zeit für seine Antwort, sonst… Wie war das gewesen?… Ach ja, richtig, Scheiße, Galaxo hatte gesagt, sonst wäre es, als hätte er sich für beide Möglichkeiten entschieden. Galaxo würde ihm die Knie zerschmettern *und* ihm die Finger abschneiden. *Oh Gott!*

Aber Moment mal. Galaxo hatte die Eieruhr nicht gestellt. Und er hatte Lisbon das Klebeband nicht abgenommen. Lisbon blickte zu Galaxo hoch, der nach wie vor lächelte, der natürlich immer lächelte und der sich nun erneut an die Schläfe tippte.

»Nein«, sagte er, »das ist nicht besonders gut. Vergessen Sie das.«

Lisbon atmete gierig durch die Nase ein und wieder aus. Doch seine Erleichterung war nicht von Dauer.

»Warten Sie, ich hab's«, sagte Galaxo. »Oh, das ist gut. Los geht's. Hier kommt Ihre Auswahl, Peter, also hören Sie gut zu. Entweder ich gieße Ihnen Salzsäure über das ganze Gesicht, oder« – hier machte Galaxo eine dramatische Pause – »ich säge Ihnen beide Füße ab. Das ist es. Die Entscheidung liegt bei Ihnen.«

Urplötzlich herrschte in Lisbons Kopf völlige Leere, wie auf einem Fernsehbildschirm, wenn jemand den Stecker gezogen hat. Er verarbeitete kaum noch, was er sah und hörte: Galaxo, der die obere Hälfte der Apfeleieruhr drehte, das Ticken, das daraufhin einsetzte, Galaxo, der den Apfel aufs Bett stellte, Galaxo, der nach dem Klebeband auf Lisbons Mund griff, Galaxo, der etwas sagte, was Lisbon in der Verfassung, in der er sich befand, nicht verstehen konnte. Erst das heftige Brennen, als ihm das Klebeband von den Lippen gerissen wurde, brachte ihn wieder zu sich.

»Peter, ich hoffe, Sie versuchen, sich zu entscheiden. Sie wollen doch nicht, dass die Eieruhr abläuft, bevor Sie Ihre Wahl getroffen haben. Es wäre eine Tragödie, sowohl das Gesicht als auch die Füße zu verlieren, obwohl Sie die Chance haben, entweder das eine oder das andere zu behalten, finden Sie nicht?«

Lisbon konnte nicht denken. Er konnte nicht sprechen.

Er war paralysiert, unfähig, sich zu bewegen, abgesehen von einem unkontrollierten Zittern, verursacht durch das ausgeschüttete Adrenalin.

Galaxo blickte zu der Eieruhr auf dem Bett. »Zehn Sekunden vorbei, Peter. Nur noch fünfzig übrig.«

Lisbon schnappte gierig nach Luft und versuchte zu sprechen, doch diese Fähigkeit hatte er noch nicht zurückerlangt. Das Ticken kam ihm unverhältnismäßig laut vor. Er kämpfte gegen das Klebeband an, das ihn am Stuhl festhielt, versuchte mit aller Macht, sich loszureißen. Er konnte seine Arme nicht einen Zentimeter bewegen. Er keuchte immer lauter, das Ausatmen wurde immer angestrengter.

Galaxo sah auf ihn herab und schüttelte seinen grotesken Kopf. »Schlechter Zeitpunkt, um in Panik zu geraten, Peter. Ich möchte Ihnen wirklich nicht sowohl die Füße als auch das Gesicht nehmen müssen.«

Endlich platzten Worte aus Lisbon heraus. »Dann tun Sie's auch nicht, um Himmels willen!«

»Ah, gut, jetzt reden Sie.« Galaxo wirkte aufrichtig erfreut. »Das ist schon mal ein Anfang. Aber nur noch vierzig Sekunden. Ich hoffe wirklich, Sie wägen diese schwierige Entscheidung gebührend ab. Ihre Wahl wird offenkundig weitreichende Folgen für den Rest Ihres Lebens haben.«

Lisbon setzte an zu sprechen, stieß ein panisches Grunzen aus, räusperte sich und sagte verzweifelt: »Warum tun Sie mir das an?«

Galaxo schüttelte den Kopf. »Das ist wirklich enttäuschend. Sie haben schlicht keine Zeit für Fragen, wo eine solche Entscheidung ansteht. Ich rate Ihnen dringend, Ihre Wahlmöglichkeiten abzuwägen. Sie haben jetzt noch eine knappe halbe Minute.« Er klang so gelassen, so vernünftig, dabei drohte er, Lisbon auf unsägliche Weise zu verstümmeln, und die Drohung war umso schrecklicher, als sie aus diesem permanent grinsenden Zeichentrick-Alienmund kam, mit dieser quieksenden, bebenden Stimme, die tagtäglich Millionen von Kindern begeisterte.

O Gott, o Gott. Tick, tick, tick, tick, tick, tick…

»Bitte«, sagte Lisbon, »bitte tun Sie das nicht. Ich habe einen Sohn. Bitte.«

»Nur noch fünfundzwanzig Sekunden. Ich versichere Ihnen, ich habe einen Kanister Säure dabei. Um ehrlich zu sein, ich habe ihn im Auto gelassen, aber ich könnte ihn im Handumdrehen holen. Oder…« Er beugte sich über die Sporttasche auf dem Bett und zog eine kurze Handsäge heraus, und beim Anblick ihrer scharfen, hässlichen kleinen Haifischzähne stieg Übelkeit in Lisbon auf. Diese Zähne wirkten scharf genug, um Knochen durchzusägen.

Lisbons Blick zuckte hektisch im Raum umher, als hoffte er, in einer Ecke jemanden zu entdecken, jemanden, der ihn retten konnte, jemanden, der bisher nur auf den richtigen Zeitpunkt gewartet hatte, um einzuschreiten. Doch da war niemand.

Tick, tick, tick, tick…

»Noch fünfzehn Sekunden, Peter«, sagte Galaxo. »Was soll es sein? Werden Sie mich zwingen, die Säure aus dem Auto zu holen, oder sind wir mit dieser Säge hier zufrieden?«

Lisbon hatte wieder Atemnot. Er konnte nicht einatmen. Er versuchte es wie verrückt, aber seine Lunge spielte nicht mit. Er versuchte zu sprechen, brachte jedoch nur ein klägliches Krächzen zustande.

»O nein, Peter, das ist Pech. Sie hyperventilieren. In dieser Verfassung wird es Ihnen schwerfallen, mir Ihre Entscheidung mitzuteilen. Bitte versuchen Sie, sich zu entspannen. Sie glauben mir vielleicht nicht, aber ich möchte Sie wirklich nicht zu einem gesichts- und fußlosen Aussätzigen machen. Das wäre ein schweres Los. Mit dem einen oder dem anderen können Sie vielleicht umgehen, aber beides ... Ich weiß nicht.«

Tick, tick ...

»Kommen Sie, Peter«, sagte Galaxo. »Ich zähle auf Sie. Sie können das. Treffen Sie Ihre Wahl.«

Lisbon wollte nochmals um Gnade flehen, wollte fragen, warum, warum, Himmel, warum Galaxo ihm das antat, aber er bekam keine Luft, konnte nicht sprechen. Unvermittelt hoffte er, er würde entweder ersticken oder einen schweren, tödlichen Herzinfarkt bekommen, damit er nicht *wählen* musste, damit er nicht zusehen musste, wie dieser Scheißirre den Deckel von einem Säurekanister schraubte, nicht spüren musste, wie ihm flüssiges Feuer über die Stirn lief, über das Gesicht, vielleicht in die Augen, wie die ätzende Flüssigkeit seine Nase zersetzte, ihm Löcher in die Wangen brannte, Knochen freilegte, seine Lippen wegfraß ... und wenn er dann vor Schmerzen schrie, würde dieser Scheißkerl ihm auch noch die Füße absägen, zuerst den einen, dann den anderen. *O Gott, bitte, Gott, bitte ...*

»Verdammt, Peter«, sagte Galaxo, nunmehr in drängendem Ton. »Sie haben noch zehn Sekunden, und Sie sollten mir verdammt noch mal glauben, dass ich tue, was ich sage. Ich ätze Ihnen das Gesicht weg, und dann säge ich Ihnen beide Füße ab. Glauben Sie's, verdammt noch mal!« Jetzt brüllte Galaxo. »Denken Sie nach, Peter! *Entscheiden* Sie sich!«

Lisbon glaubte ihm durchaus. Er hegte keinen Zweifel daran, dass er seine Drohung wahr machen und beide Gräueltaten ausführen würde. Doch er konnte nicht sprechen. Er konnte nicht genug Luft in die Lunge bekommen, um einen verständlichen Laut zu produzieren. Er grunzte und stöhnte und spürte, wie ihm Tränen über die Wangen liefen, aber er brachte kein Wort hervor. Er wusste auch gar nicht, was er sagen würde, wenn er es könnte.

»Es wird Zeit, Peter, gleich ist es zu spät. Wenn die Eieruhr abgelaufen ist, lasse ich Sie nicht mehr wählen, das schwöre ich bei Gott. Das ist nur gerecht. Ich würde es bei niemand sonst tun, und ich tue es auch bei Ihnen nicht. Also treffen Sie endlich Ihre Scheißwahl!«

O Gott, als gesichtsloses Ungeheuer zu leben, das zerstörte, säurezerfressene Gesicht niemals in der Öffentlichkeit zeigen zu können, ohne sofort entsetzte Blicke auf sich zu ziehen. Die Leute würden mit dem Finger auf ihn deuten, sie würden erschrocken nach Luft schnappen oder grausame Kränkungen von sich geben. Er war immer ein gut aussehender Mann gewesen. Markante Züge, hatte man ihm oft gesagt, und ein sympathisches Lächeln, und da musste er ihnen zustimmen. O Gott, das alles zu verlieren. Und die Schmerzen. Die Schmerzen würden unerträglich sein. Aber seine Füße, er brauchte seine Füße doch, brauchte sie zum Gehen, zum Rennen, um mit seinem Sohn zu spielen, zum Autofahren. Himmel, er brauchte sie für alles. Aber sein Gesicht …

»Wählen Sie jetzt, Peter. Wenn Sie nicht sprechen können, geben Sie mir ein Zeichen. Wackeln Sie mit den Zehen für Ihre Füße oder schütteln Sie den Kopf für Ihr Gesicht.«

Ich kann keine Wahl treffen. Ich kann wirklich nicht. Ich kann nicht einmal denken bei diesem Scheißticken, nein, nein, nein, ich will nicht wählen …

»Verdammt noch mal, Peter, die Zeit läuft ab«, sagte Galaxo und klang aufrichtig enttäuscht. »Drei ... zwei ... eins ...«

»*Meine Füße.*« Die Worte brachen im selben Augenblick aus Lisbon hervor, als die Eieruhr ein wohlklingendes leises *Ding* ertönen ließ. Lisbon schnappte gierig nach Luft und stieß sie stakkatoartig wieder aus – hemmungslose, unmännliche Schluchzer. Der Kopf fiel ihm auf die Brust. Tränen rannen ihm in den Schoß. Ein weiterer tiefer Atemzug, eine weitere Serie Schluchzer, die ihn förmlich schüttelten.

»Hmm, ich weiß nicht, Peter«, sagte Galaxo. »Das war verdammt knapp.«

Entsetzt blickte Lisbon hoch. Er zwang sich, mit dem Weinen aufzuhören. »A-a-aber ich habe gewählt«, sagte er. »Ich habe *gewählt.*«

»Ich glaube, ich habe es klingeln gehört, bevor Sie ›Füße‹ sagten.«

Lisbon blickte in diese riesigen grünen Augen, auf das dünne schwarze Gewebe, das die fünfcentstückgroßen Pupillen im Zentrum der leuchtend grünen Iris bedeckte, wo er meinte, das feuchte Glänzen echter Augen zu entdecken, und diese Augen blickte er flehentlich an.

»Bitte, bitte, *bitte* nehmen Sie mir nur die Füße.«

Galaxo strich sich wieder über das gelbe Kinn.

»Um Gottes willen, zeigen Sie ein bisschen Gnade«, fügte Lisbon hinzu. »Nehmen Sie mir nur die Füße.«

Er schloss die Augen. Er konnte nicht glauben, dass er soeben einen Mann angefleht hatte, ihm die Füße abzusägen.

Dennoch betete er, seine Bitte möge ihm gewährt werden. Galaxo schwieg einen Augenblick. Schließlich sagte er: »Okay, ich denke, das war nahe genug dran. Ist wohl Ihre Glücksnacht«, fügte er fröhlich hinzu.

Als Galaxo ihm frisches Klebeband auf den Mund drückte, öffnete Lisbon die Augen und begann wieder zu weinen. Dann fiel sein Blick auf die scharfzackige Säge in Galaxos Hand, und er schrie aus Leibeskräften – ein Schrei aus tiefster Seele. Es fühlte sich an, als zerrissen dabei seine Stimmbänder. Dennoch klang der Schrei selbst in seinen eigenen Ohren leise, wurde er doch von dem Klebeband auf seinem Mund gedämpft.

Bald darauf war er über jedes Schreien hinaus.

ZWEI

Die Frau unter John Spader bewegte sich in völligem Einklang mit ihm. Die beiden atmeten synchron, ihre Körper lösten sich rhythmisch ein wenig voneinander und trafen dann genau im richtigen Augenblick, genau im richtigen Winkel wieder aufeinander. So war es immer mit Hannah. Beide wussten sie instinktiv, was der andere wollte und brauchte, und erfüllten diese Wünsche, ohne das Fließen ihrer Bewegungen abreißen zu lassen. Es war wie ein improvisierter Tanz, ohne vorgegebene Form, der dennoch wirkte, als folgte er einer präzisen Choreografie. Und so war es jedes Mal. Spader blickte in Hannahs schöne, whiskeybraune Augen und dachte so wie jedes Mal: »Diese Augen sollten blau sein. Das sollten die Augen meiner Frau sein.« Die Schuldgefühle, die ihn dabei jedes Mal beschlichen, hätten ihn diesmal beinahe aus dem Takt gebracht, doch dazu kam es nicht. Diese Rolle übernahm sein Handy.

Ohne sich von Hannah zu lösen, stützte er sich auf einen Ellbogen und nahm das Telefon vom Nachttisch. Hannah sah ihn ungläubig an, schwer atmend, noch immer das Becken wiegend, während seines nunmehr reglos verharrte.

»Spader«, meldete er sich und merkte, dass seine Stimme ein wenig rauer als sonst klang. »Nein, nicht im Geringsten. Was ist... Mein Gott, so schnell? Wie lange ist das mit Lisbons Füßen her? Nur zwölf Tage, oder? Was war's diesmal?« Pause. »Beide Ohren?«

Hannahs Beckenbewegungen wurden ein wenig nachdrücklicher, dazu grub sie ihm ganz leicht die Fingernägel in den unteren Rücken.

»Wo ist es passiert?« Er sah auf die roten Ziffern der Uhr am Bett. Fast zwei Uhr morgens. Hannahs Bewegungen wurden noch drängender. Außerdem kam jetzt noch ein verführerisches kleines Hüftkreisen dazu. Sie fuhr mit den Händen abwärts, legte sie Spader auf den Po und drückte ihn tief in sich hinein, während sie ihm zugleich entgegendrängte. Sie atmete wieder tiefer, hatte in ihren Rhythmus zurückgefunden, stöhnte vor Lust.

Spader drehte ein wenig den Kopf, damit er besser hören konnte – den Anrufer, nicht Hannah.

»Ich kann in zwanzig Minuten im Ten Fed sein«, sagte er und meinte damit Federal Street Nummer zehn in Salem, Massachusetts, wo die Kriminalpolizei der Essex County State Police ihren Sitz hatte. »Von da aus können wir zusammen hinfahren. Was? Ja, ich mache mich gleich auf den Weg.« Er klappte das Handy zu und sah Hannah an. »Tut mir leid, ich muss weg.«

»Hmm?« Ihre Stimme klang sogar noch rauer als seine eben. Ihr Gesicht, ohnehin immer ein hübscher Anblick, war jetzt, vom Liebesspiel gerötet, noch schöner. Einige dunkle Haarsträhnen waren ihr in die Stirn gefallen und bedeckten ein Auge. Dann veränderte sich ihr Blick, und ihr Gesicht büßte einen Hauch der intensivierten Schönheit ein. Sie hatte begriffen, dass er es ernst meinte. »Du willst gehen? Jetzt sofort?« Sie bewegte noch immer die Hüften.

»Tut mir leid.«

Da hielt sie inne. Sie sah ihn an mit diesen Augen, die nicht die seiner Frau waren, und sagte: »Bitte sag, dass das ein Scherz ist. Das ist doch ein Scherz, oder?«

»Bitte sag, dass das ein Scherz ist«, sagte Gavin Dunbar.

Spader sah den Mann an, mit dem er seit neun Jahren bei der Kriminalpolizei zusammenarbeitete und fast ebenso lang befreundet war. »Tut mir leid, das kann ich nicht. Du kommst von der Spur ab.«

Dunbar lenkte den Ford Crown Victoria zurück auf ihre Fahrspur. »Herr im Himmel, John, du hast einfach mittendrin aufgehört? Geht das physisch überhaupt?«

»Doch, Gavin, das geht.«

»Ich glaube nicht, dass ich das könnte. Nein, das könnte ich niemals. Ist bestimmt auch gefährlich, man soll ja auch ein Niesen nicht zurückhalten. Weil dann angeblich die Augäpfel explodieren oder so was. Bloß dass einem nicht die Augäpfel explodieren, wenn man mitten im Sex aufhört.«

»Ich habe es offenbar ganz gut überstanden.«

»Hast bestimmt nur Glück gehabt. Und was hast du ihr gesagt, Mann?«

»Ich habe ihr gesagt, aus Erfahrung würde ich schätzen, dass sie noch sechs, sieben Minuten bis zu ihrem großen Finale braucht, und dass ich das Gefühl hätte, aus irgendeinem Grund würde ich heute Nacht ein paar Minuten hinter ihr herhinken, und dass da ein Mann sei, dem man gerade das Ohr abgeschnitten hat und der wahrscheinlich nicht noch zehn Minuten länger warten will, bis die Dinge in seinem Fall in Gang kommen, bloß damit der leitende Detective zu Ende bumsen kann.«

»Das hast du nicht zu ihr gesagt. Das mit dem Ohr.«

»Doch.« Das hatte er wirklich, denn er hatte sich gedacht, wenn sie erfuhr, dass da einem Mann das Ohr abgeschnitten worden war, könne sie seine Entscheidung besser verstehen. Und falls nicht: Pech gehabt, denn sie würde noch viele Orgasmen haben, aber dieser Mann hatte von nun an nur noch ein Ohr.

»Weißt du, John, ich kenne dich lange genug, um dir zu glauben. Wahrscheinlich bist du wirklich einfach mittendrin abgehauen, weil die Pflicht gerufen hat.« Dunbar wandte den Blick nicht von der Straße ab. Er fügte hinzu: »Aber ich glaube nicht, dass das der einzige Grund war.«

»Ein Mann, dem das Ohr von einem Irren abgeschnitten wurde – einem Irren, der rumläuft und den Leuten mitten in der Nacht irgendwelche Körperteile absägt –, reicht dir nicht als Grund?«

»Mag schon sein, aber das war nicht dein einziger Beweggrund heute Nacht.« Dunbar konzentrierte sich auf die Straße vor ihnen, doch Spader fühlte sich, als ruhte sein Blick trotzdem auf ihm.

»Schon gut, ich habe an meine Frau gedacht. Na, und?«

»An deine Exfrau, John.« Dunbar meinte es nur gut. Er war eine ehrliche Haut, ein verlässlicher Freund, und Spader würde notfalls eine Kugel für ihn abfangen, denn das taten Polizisten, die zusammenarbeiteten, nun einmal oder sollten es jedenfalls tun, aber Spader wusste nicht, ob er ihm auch in Liebesdingen sein Herz ausschütten wollte.

»Wie alt bist du?«, fragte Dunbar. »Vier, fünf Jahre jünger als ich?«

»Da bin ich überfragt. Wie alt bist du? Fünfundfünfzig? Sechzig?« Spader wusste sehr wohl, dass Dunbar sechsundvierzig war.

»Du kannst mich mal, du Scherzkeks. Also, wie alt bist du? Vierzig?«

»Einundvierzig. Worauf willst du hinaus?«

»Ich will darauf hinaus, dass du noch ein junger Mann bist. Und nicht übel aussiehst, würde ich mal sagen. Also vielleicht...«

»Meine Güte, Gavin, gräbst du mich etwa an? Ich bin gerührt.«

Dunbar seufzte und verzog das Gesicht, dann schüttelte er den Kopf und sagte: »Ich meine ja nur, du hast genau die dichten Haare, auf die die Frauen abfahren.« Er fuhr sich durch die eigenen, lichter werdenden kurzen Haare. »Und sie scheinen deine Augen zu mögen, weil sie so blau sind und alles. Jedenfalls, ein paar Kolleginnen im Büro haben mich auf dich angesprochen.« Jeder, der im Ten Fed arbeitete, nannte es manchmal einfach »das Büro«.

»Ach? Und was sagen die so?« Eigentlich war Spader nicht allzu neugierig darauf. Ihm war selbst einiges zu Ohren gekommen. Und man hatte ihm oft genug gesagt, er sehe nicht übel aus, also glaubte er es. Aber er wollte mehr von Dunbar hören, einfach weil dessen offenkundige Verlegenheit ihn amüsierte.

Erneut verzog Dunbar das Gesicht. »Scheiße, ich weiß auch nicht. Alles Mögliche. Über deine Haare, deine Augen, deinen... deinen Hintern.«

»Was ist mit meinem Hintern? Was genau, meine ich. Was genau haben sie über meinen Hintern gesagt?«

»Scheiß drauf. Vergiss es einfach. Mann, da versucht man mal, jemandem was Gutes zu tun...« Dunbar schüttelte den Kopf. »Nein, warte, vergiss es nicht. Du musst aufhören, deiner Exfrau nachzuweinen. Wahrscheinlich will ich bloß darauf hinaus: Falls Hannah wirklich die

Richtige für dich ist: toll. Aber selbst wenn sie es nicht ist, dann findest du eben eine andere, eine andere als deine Ex, verstehst du, was ich meine? Darauf wollte ich hinaus. Olivia ist weg, Mann. Das solltest du akzeptieren. Das ist jedenfalls meine Meinung. Und jetzt bin ich fertig. Ich hab gesagt, was ich sagen wollte.« Er schüttelte den Kopf. »Ich meine, das ist jetzt... wie lange her? Neun Monate?«

Es war elf Monate her, dass seine Exfrau Olivia ihn gebeten hatte auszuziehen und dass er Dunbar davon erzählt hatte. »Die Scheidung ist seit sechs Monaten durch«, fügte er hinzu. Diese Unterhaltung war ziemlich schnell unerquicklich geworden.

»Sechs Monate sind eine lange Zeit, Kumpel. Zu lange, um sich immer noch schuldig zu fühlen, wenn man mit einer anderen Frau zusammen ist. Und da Olivia diejenige war, die Schluss gemacht hat, hättest du eigentlich nie Schuldgefühle haben müssen.«

Allmählich befürchtete Spader, dass er Dunbar im Verlauf der letzten Monate mehr erzählt hatte, als ihm lieb war. »Ich denke darüber nach, mit Hannah Schluss zu machen. Es ist nicht fair ihr gegenüber.«

»Moment mal. Hast du nicht gesagt, der Sex mit ihr sei der Wahnsinn, so was wie die olympischen Spiele?« Spader erinnerte sich, einmal etwas Derartiges gesagt zu haben, und nun bereute er es. Überdies war er sich jetzt sicher, dass er ein wenig zu mitteilsam gewesen war. »Und dass sie jedes Mal die Goldmedaille gewonnen hat?«

»Ich weiß nicht, ob ich die Metapher so weit getrieben habe. Jedenfalls ist guter Sex nicht immer genug, weißt du?«

»Für viele Männer schon.«

Und in den ersten eineinhalb der insgesamt drei Monate, die er sich jetzt mit Hannah traf, war es auch für Spader genug gewesen. Dann hatte er gemerkt, dass er ihr in die braunen Augen sah und wünschte, sie wären blau. Er blickte nach vorn auf die Straße und sagte: »Wie auch immer, ihr gegenüber ist es nicht fair. Im Augenblick nicht. Die nächste rechts.«

Dunbar schien etwas erwidern zu wollen, tat es dann aber doch nicht. Während Spader sie durch die Straßen von Beverly lotste, sagte er: »Das ist das dritte Opfer in gut sechs Wochen. Nur zwölf Tage, nachdem unser Mann Peter Lisbon getötet hat.«

Der Täter, der mittlerweile einfach Galaxo genannt wurde, hatte Lisbon beide Füße abgesägt, und dann hatte er doch tatsächlich den Notruf gewählt, ehe er Lisbons Haus verlassen hatte. Lisbon hatte allerdings so viel Blut verloren, dass er kurz nach Ankunft der Cops gestorben war, noch ehe der Krankenwagen eingetroffen war.

Dunbar nickte. »Zwölf Tage, ja.«

»Er hat nicht lange gewartet.«

»Konnte es wohl nicht erwarten, diese niedliche gelbe Maske wieder aufzusetzen.«

»Falls dieser Psycho sie überhaupt je abnimmt. Das da drüben ist die Straße.«

Dunbar bog ab. Spader musste ihm nicht zeigen, zu welchem Haus sie wollten. Die Scheinwerfer zweier Streifenwagen in der Einfahrt des dritten Hauses auf der rechten Seite – dazu der Tatortbus der State Police, der auf der Straße vor dem Haus stand – waren Hinweis genug. Dunbar hielt hinter dem Bus der Spurensicherung am Straßenrand und stellte den Motor ab. Als sie ausstiegen, sagte er: »Die Spurensicherung war aber schnell.«

»Ich habe sie angerufen, gleich als ich Hannahs Haus

verlassen habe, und gesagt, sie sollen schon mal anfangen, wir kämen gleich nach.« Spader vertraute darauf, dass die Spurensicherer nichts von der Stelle bewegen würden, das er nicht bewegt haben wollte, ehe er es gesehen hatte.

Die beiden Detectives gingen die kurze Einfahrt entlang zum Haus. Spader fiel eine Holzrampe auf, die von dem einen Ende der Veranda zu einem wuchtigen Transporter führte, der in der Einfahrt stand. Es handelte sich um eines dieser Fahrzeuge, die mit einer kleinen Hebebühne für Rollstuhlfahrer ausgestattet sind.

Spader und Dunbar zeigten dem Uniformierten an der Tür ihre State-Police-Dienstausweise. »State Troopers Spader und Dunbar«, sagte Spader. »Kriminalpolizei.«

Der junge Officer nickte und notierte sich pflichtbewusst ihre Namen auf dem Block auf seinem Klemmbrett. Dann gingen sie die drei Stufen hinauf und ins Haus. In der Diele stand ein weiterer uniformierter Kollege von der örtlichen Polizei, nicht viel älter als der Junge draußen. Wieder stellte Spader Dunbar und sich selbst vor.

»Die Küche ist da hinten und dann rechts, Sir«, sagte der Officer. »Da sitzen die Opfer. Das meiste hat sich aber im Schlafzimmer abgespielt – am Ende der Diele links.«

»Moment mal«, sagte Spader. »Ich dachte, diesem Mann wäre das Ohr abgeschnitten worden.«

»Das stimmt.«

»Warum ist er dann nicht im Krankenhaus?«

»Die Sanitäter haben die Blutung gestillt und die Erstversorgung gemacht. Haben ihm gesagt, das Ohr wäre endgültig ab, von daher fand er, er hätte nichts zu verlieren und könne auch auf Sie warten. Er hat gesagt, er will alles tun, was in seiner Macht steht, damit der Kerl, der… der ihm das angetan hat, geschnappt wird. Er hat gesagt, er fährt ins Krankenhaus, wenn Sie ihm sagen, dass Sie mit ihm fertig sind.«

»Und die Mutter?«

»Der scheint es so weit gut zu gehen. Kleinere Verletzungen, haben sie mir gesagt. Eine zähe Dame ist das.«

Spader nickte dem Jungen zu, dann schlug er Dunbar vor, sie sollten sich zuerst den Tatort ansehen. Als sie durch den Flur gingen, wo ihnen zwei Spurensicherer entgegenkamen, bemerkte Spader Kerben und Schrammen an den Wänden und den Türrahmen, manche wenige Zentimeter über dem Boden – die Höhe der Fußstütze eines Rollstuhls –, manche höher, vielleicht von einem Rad oder einem Handgriff verursacht. An beiden Wänden des Flurs hingen gerahmte Fotografien. Spader ging langsamer, damit er sich die Fotos im Vorbeigehen kurz ansehen konnte. Sie zeigten allesamt dieselben zwei Personen, manchmal gemeinsam, dann wieder einzeln. Die eine Person war eine dünne Frau mit einem traurigen Gesicht. Sogar wenn sie lächelte, wirkte ihr Gesicht ein wenig traurig, als könnte sie ihre Sorgen selbst für den kurzen Augenblick eines Fotos nicht vergessen. Die andere Person war männlichen Geschlechts. Auf einem Foto war er noch ein kleiner Junge von sieben, acht Jahren und stand lächelnd im Schatten eines knorrigen Baums, die Baseballkappe aus der Stirn geschoben, einen Baseballhandschuh an der Hand. Auf den übrigen Fotos war er älter. Auf den Ganzkörperaufnahmen saß er nun im Rollstuhl. Auch sein Gesicht hatte sich verändert: Nun hatte er drei lange Narben auf der linken Wange, die von der Schläfe senkrecht bis fast zum Kinn verliefen.

»Mit den Narben da«, sagte Dunbar leise, »würde ich mich wahrscheinlich nur von der anderen Seite fotografieren lassen.«

Spader besah sich die Fotos erneut. Sie waren allesamt so aufgenommen, dass die Narben zu sehen waren, wie ihm jetzt auffiel.

»Kann natürlich sein, dass die andere Seite noch schlimmer aussieht«, fügte Dunbar hinzu.

Als sie an einem Badezimmer vorbeikamen, sah Spader einen erhöhten, gepolsterten Sitz auf der Toilettenschüssel und an der Wand daneben eine solide Metallstange. Dann standen sie vor dem hinteren Schlafzimmer.

Der Raum war vergleichsweise klein; er mochte zwanzig Quadratmeter haben. Ein ungemachtes, relativ schmales Bett stand an der einen Wand, eine niedrige, lange Kommode an der anderen, ein Schreibtisch mit einem ziemlich schicken Computer in einer Ecke. Kein Schreibtischstuhl, soweit Spader sah. Die Schranktür stand offen: In etwa einem Meter zwanzig Höhe hing eine Kleiderstange, die sich über die gesamte Länge des Schranks zog. Neben dem zerwühlten Bett stand ein verlassener Rollstuhl.

Zwei Mitglieder der Spurensicherung bearbeiteten den Tatort. Einer holte eine Digitalkamera hervor und begann, Fotos zu machen. Der andere war dabei, den Tatort zu vermessen und die Ergebnisse in einem Notizbuch zu verzeichnen. Spader wusste, dass als Nächstes jemand mit einer speziellen UV-Tatortleuchte nach Fingerabdrücken suchen würde. Er wandte seine Aufmerksamkeit einem Stuhl zu – dem Aussehen nach ein Küchenstuhl –, der in der Mitte des Raums stand. Er gehörte eindeutig nicht hierher, ebenso wenig wie der wirre Haufen Industrieklebeband, der daneben auf dem Boden lag, oder die zahlreichen Blutflecken rings darum her. Der Spurensicherer mit der Kamera nahm Klebeband und Blutflecken aus unterschiedlichen Blickwinkeln auf, dann richtete er das Objektiv auf den Stuhl.

Spader zog gerade sein Notizbuch aus der Tasche, da kam ein Schwarzer im dunkelblauen Anzug auf sie zu und streckte die Hand aus.

»Ken Matthews, Polizei Beverly.«

Sie schüttelten einander die Hand, und Spader und Dunbar stellten sich vor. Spader merkte, dass Matthews ihn erkannte, so wie viel zu viele Menschen, und er suchte in Miene und Verhalten des Mannes nach Anzeichen von Ablehnung. Er entdeckte keine, was nicht immer so war. Spader war vor nicht allzu langer Zeit in die Schlagzeilen geraten, war zuerst gelobt und dann geschmäht worden. Doch Matthews ließ sich keinerlei Missbilligung anmerken. Er wirkte einfach nur solide, in körperlicher Hinsicht wie auch von der Ausstrahlung her, die Selbstvertrauen und Kompetenz verriet.

»Hab den Anruf vor eineinhalb Stunden bekommen«, sagte Matthews. »Als mir klar wurde, dass das euer Junge war, habe ich gleich die State Police gerufen.«

»Woher wussten Sie, dass das auf das Konto unseres Mannes geht?«, fragte Spader.

»Wie viele gelbe Aliens laufen hier rum und schneiden die Leute in Stücke? Haben Sie die Opfer schon gesehen?«

»Noch nicht«, erwiderte Spader. »Gehen wir erst noch mal einen Schritt zurück. Erzählen Sie von Anfang an.«

Matthews zog sein eigenes Notizbuch hervor, schlug es auf und begann, die Fakten vorzutragen, wobei Spader jedoch den Eindruck hatte, er habe jede Einzelheit im Gedächtnis und das Notizbuch sei kaum mehr als eine Requisite, etwas, das seine Hände beschäftigt hielt, während er sprach.

»Der Notruf ging vor knapp zweieinhalb Stunden ein«, begann er. »Die ersten Officers fuhren zum Tatort, und die

Mutter des Opfers« – er warf einen kurzen Blick in seine Notizen, sichtlich aus reiner Gewohnheit –, »Louise Pendleton, öffnete ihnen die Tür. Sie ist einundsechzig und arbeitet seit über dreißig Jahren als Krankenschwester im Massachusetts General in Boston.«

Sie würden die Frau später natürlich selbst befragen, aber Spader notierte sich dennoch, was sie Matthews erzählt hatte. Anscheinend war irgendwann kurz nach Mitternacht jemand ins Haus eingedrungen, wahrscheinlich durch die Tür, die vom Garten in die Küche führte und von den Hausbewohnern nur selten abschlossen wurde. Keine Alarmanlage. Der Eindringling ging zuerst ins Zimmer der Mutter. Sie hörte ein Geräusch, schlug die Augen auf und erblickte eine schwarze Gestalt, die sich über ihr Bett beugte. Sie wollte schreien, doch er drückte ihr etwas an den Hals – es erwies sich als Elektroschocker – und machte sie vorübergehend bewegungsunfähig. Dabei erlitt sie leichte Verbrennungen am Hals. Er verließ das Zimmer, und als er einige Minuten später zurückkam, gewann sie gerade die Kontrolle über ihre Muskeln zurück, daher chloroformierte er sie, steckte sie in einen Schrank und rammte einen Stuhl unter den Türknauf.

»Himmel«, sagte Dunbar. »Er hat eine einundsechzigjährige Dame mit einem Elektroschocker außer Gefecht gesetzt?«

»Er hätte sie töten können«, sagte Spader.

»Das meine ich ja. Herrgott!«

»Nein, ich meine, wenn er gewollt hätte, hätte er sie ganz leicht töten können. Sie hat Glück gehabt. Detective Matthews, wenn der Täter die Mutter in den Schrank gesperrt hat, wie hat sie dann Ihren Jungs die Tür öffnen können?«

»Der Türknauf an diesem Schrank sitzt offenbar seit Jahren locker«, sagte Matthews. »Er lässt sich nicht mehr richtig drehen. Man zieht die Tür einfach auf. Jedenfalls, eine der beiden Schrauben fehlt schon lange – sieht so aus, als hätte hauptsächlich der Anstrich den Knauf an der Tür gehalten –, und als Mrs Pendleton ein paar Mal gegen die Tür gehämmert hat, löste sich der Knauf einfach, und sie konnte die Tür aufdrücken.«

Spader nickte. »Wer hat den Notruf getätigt?«, fragte er, obwohl er die Antwort kannte.

»Anscheinend der Täter selbst«, erwiderte Matthews, »denn die Mutter sagt, sie sei es nicht gewesen. Sie hätte es getan, aber als sie hereinkam, lag der Hörer nicht auf der Gabel, und als sie ihn aufnahm, war jemand von der Notrufleitstelle dran und wartete darauf, dass sich jemand meldet.«

Genau wie bei den anderen, dachte Spader. »Gibt's einen Vater?«

»Warren Pendleton. Er ist mit einundfünfzig an Lungenkrebs gestorben, vor dreizehn Jahren.«

»Okay, und was ist mit dem Sohn?«

Matthews blickte erneut in seine Notizen. »Stanley Pendleton, neunundzwanzig. Sitzt seit einundzwanzig Jahren im Rollstuhl. Die Mutter fand ihn in seinem Zimmer, mit Klebeband an einen Stuhl gefesselt, den der Täter offenbar aus der Küche geholt hatte. Pendleton lief Blut über Gesicht und Hals, und sein rechtes Ohr fehlte.«

»Warum hat er ihn nicht einfach in seinen Rollstuhl gesetzt?«, fragte Spader. »Der stand doch gleich am Bett, oder?«

»Fragen Sie den Kerl, wenn Sie ihn schnappen.«

»Steht Pendleton im Moment unter Schmerzmitteln?«

Matthews nickte. »Ja, aber die dürften sein Erinnerungsvermögen nicht beeinträchtigen.«

»Wenn sein Rollstuhl hier ist, worauf sitzt er dann jetzt?«

»Als er hörte, dass wir den Stuhl hierbehalten wollen, bis die Spurensicherung da ist, bat er unsere Leute, ihn in die Küche zu tragen. Er sitzt jetzt auf einem normalen Stuhl, bis Ihre Spusis mit seinem Rolli fertig sind.«

Spader nickte, und Matthews fuhr mit seinem Bericht fort. Nachdem der Täter die Mutter mit dem Elektroschocker außer Gefecht gesetzt hatte, war er offenbar ins Zimmer des Sohnes gegangen und hatte ihn chloroformiert, während er schlief. Als der Mann aufwachte, war er an den Stuhl gefesselt.

Auch das Opfer würden sie nachher selbst befragen, doch Spader wollte Matthews' Bericht hören. »Der Mann wird also wach und sieht den gelben Zeichentrick-Alien, nach dem die Kinder so verrückt sind.«

»Galaxo«, sagte Dunbar.

»Genau, Galaxo. Der Täter trägt eine Galaxo-Maske, und wenn er spricht, klingt es genau wie in dem Zeichentrickfilm.«

»Stimmverfremdungstechnik«, merkte Spader an.

»Genau. Ich wusste gleich, dass das Ihr Mann war. Oder vielleicht auch ein Nachahmungstäter. So oder so ist es Ihr Fall. Jedenfalls, der Mann wacht aus seinem Chloroformnickerchen an einen Stuhl gefesselt auf, und vor ihm steht Galaxo.«

Sie lauschten Matthews, der Pendletons Geschichte wiedergab. Spader war froh, sie zu hören, denn die beiden vorigen Opfer hatten nur sehr lückenhafte Angaben machen können, ehe sie gestorben waren, der eine an Herzversagen infolge des Traumas, das er erlitten hatte, der andere unmittelbar an den Verletzungen, die Galaxo ihm zugefügt hatte. Doch bei Pendleton war es anders. Er hatte überlebt und konnte seine Leidensgeschichte selbst erzählen. Das war ein Durchbruch für die Polizei.

Matthews kam zum Ende. Ein Angehöriger der Spurensicherung betrat den Raum, sprach mit einem Kollegen und wandte sich wieder zur Tür. Spader hielt ihn auf. »Wissen Sie, ob wir draußen Fußabdrücke gefunden haben?«

»Vor einem der vorderen Fenster haben wir einen Teilabdruck gefunden«, sagte der Spurensicherer, »aber er sieht nicht sehr vielversprechend aus. Ist nur wenig übrig.«

Dunbar fragte: »Haben Sie etwas gefunden, was darauf hindeutet, dass er das Haus zuerst beobachtet hat? Zigarettenkippen auf der Straße oder unter einem Laternenpfahl oder so?«

»Ich glaube, bisher nicht, aber wir sind noch nicht fertig.« Der Mann zögerte, wartete wohl auf die nächste Frage, und als keine mehr kam, verließ er den Raum.

Matthews sah Spader und Dunbar an. »Mir ist klar, dass das Ihr Fall ist, aber ich gehe davon aus, dass ich an Bord bleibe, als Bindeglied zwischen meiner und Ihrer Behörde und so weiter.«

»So arbeite ich nach Möglichkeit immer«, sagte Spader. »Sie kennen die Gegend garantiert viel besser als wir. Falls wir jemanden von hier verdächtigen, haben Sie vielleicht schon eine Akte über ihn oder kennen ihn sogar.«

Matthews nickte. »Ich habe schon ein paar Mal mit der State Police zusammengearbeitet. Ihre Leute haben mich immer anständig behandelt. Ich helfe Ihnen, wo ich kann. Wenn jemand so was in meiner Stadt anstellt, dann will ich, dass er geschnappt wird. Wer ihn am Ende einkassiert, ist mir egal.«

Spader nickte.

»Ansonsten«, fuhr Matthews fort, »ist das jetzt Ihr Tatort, aber haben Sie was dagegen, wenn ich noch bleibe und mich ein bisschen umsehe? Vielleicht entdecke ich was, was der Spusi entgangen ist.«

»Gern. Lassen Sie es mich wissen, falls Ihnen etwas auffällt. Nur zu Ihrer Information: Ich werde schnellstens eine Arbeitsgruppe für diesen Fall einrichten, und ich hoffe, Sie als Verbindungsmann zwischen unseren Behörden sind mit dabei.« Matthews nickte, daher fuhr Spader fort: »Genauer gesagt, werde ich schon heute Nacht auf dem Heimweg den Leuten eine Nachricht hinterlassen. Ich hätte gerne morgen früh die erste Besprechung, sagen wir um halb zehn.«

»Bei Ihnen?«

»Federal Street Nummer zehn in Salem.«

»Ich werde da sein.«

»Eins noch. Bleiben die Uniformierten da draußen noch eine Weile?«

»Wenn Sie wollen.«

Spader nickte, und Matthews verließ den Raum. Spader und Dunbar sahen sich ein wenig am Tatort um, machten sich Notizen, besprachen, was sie sahen, und gingen dann zurück durch den Flur, vorbei am Bad und in den Raum, der offenbar das Schlafzimmer der Mutter war. Matthews kniete vor dem Schrank und besah sich die Tür aus nächster Nähe. Spader nickte einem Spurensicherer zu, der gerade mit einem sehr kleinen Handstaubsauger das ungemachte Bett absaugte. Ein Stuhl mit besticktem Sitzbezug lag in der Nähe des Schranks auf der Seite. Etwa einen Meter vom Stuhl entfernt befand sich der Türknauf, der sich von der Schranktür gelöst hatte, wie Matthews gesagt hatte; daneben war ein Fähnchen mit einer Nummer aufgestellt. Sonst gab es hier nicht viel zu sehen, daher widmeten Spader und Dunbar sich dem Rest des Hauses. Die Küche hoben sie sich für zuletzt auf. Hin und wieder sprachen sie mit einem der diversen Spurensicherer, die am Tatort arbeiteten, und vergewisserten sich, dass sie nichts übersahen. Schließlich gingen sie in die Küche, wo eine uniformierte Kollegin mit einem runden Gesicht und großen Augen bei den beiden Tatopfern am Tisch saß. Die Polizistin wusste offensichtlich, wer Spader und Dunbar waren, erhob sich und stellte sich an die Tür zum Flur.

Die Mutter war dünn und trug eine minderwertige Perücke, mit der sie sich nicht wohlzufühlen schien. Die braunen Haare waren viel zu dunkel für eine Frau ihres Alters. Neben ihr am Tisch saß ein junger Mann, der sich auf dem Küchenstuhl ebenso unwohl zu fühlen schien wie seine Mutter sich mit ihrer Perücke. Stanley Pendleton sah in etwa so aus wie auf den neueren Fotografien in der Diele. Spader stellte zuerst Dunbar und dann sich selbst vor. Als Pendleton Spader erblickte, zeichnete sich Wiedererkennen in seiner Miene ab.

Matthews zufolge war Pendleton neunundzwanzig Jahre alt, doch er wirkte zehn Jahre älter. Die Fotos, die Spader im Flur gesehen hatte, hatten ihn auf die Narben im Gesicht des Mannes vorbereitet, aber als er ihn nun persönlich sah, wirkten sie schlimmer. Eine verlief so dicht am linken Auge, dass sie den Augenwinkel herabzog. Dort, wo sein rechtes Ohr gewesen war, befand sich ein dickes, mit einem weißen Verband befestigtes Mullkissen. Zudem sah Spader nun, was auf den Fotos nicht zu sehen gewesen war, nämlich dass die rechte Gesichtsseite des Mannes unversehrt war, unberührt von dem, was die Narben auf der linken Seite verursacht hatte. Wenn man bedachte, dass Pendleton auf beinahe jedem Foto, das Spader gesehen hatte, mit der vernarbten Seite posierte, musste er die Haltung des Mannes einfach bewundern. Er versuchte nicht, zu verbergen, wie entstellt er war.

Spader bemühte sich, die Narben und das leicht deformierte linke Auge nicht anzustarren, ohne sich dieses Bemühen anmerken zu lassen. »Wie ich sehe, erkennen Sie mich, Mr Pendleton«, sagte er. »Sie haben mein Gesicht in der Zeitung gesehen?«

Anscheinend verlegen senkte Pendleton den Blick und nickte. »Und in den Nachrichten. Entschuldigen Sie, falls ich überrascht gewirkt habe. Sie sind doch der *Jack of Spades*, oder?«

»Nun, eigentlich heiße ich Detective Spader.«

»Verzeihung.«

»Machen Sie sich keine Gedanken.«

Das war leichter gesagt als getan … den eigenen Rat zu befolgen, fiel Spader nicht so leicht. Seine Präsenz in den Zeitungen und den lokalen Nachrichtensendungen war ein Teil seines Lebens, den er am liebsten vergessen würde. Doch Augenblicke wie dieser machten es ihm schwer. Er wusste, was Pendleton bei seinem Anblick gedacht hatte: *Wird dieser Cop es wieder vermasseln?* Scheiße. Und die Sache mit dem »*Jack of Spades*«, dem Pikbuben, machte es nicht besser. Spader hatte keine Ahnung, wie es zu Jack als Spitzname für John gekommen war, doch irgendein Witzbold auf der Polizeiakademie hatte ihn mit Spaders leicht abgeändertem Nachnamen kombiniert und ihn von da an *Jack of Spades* genannt. Unglücklicherweise waren andere Polizeianwärter seinem Beispiel gefolgt, und der Spitzname war haften geblieben. Als Spader zur State Police gegangen war, hatte er geglaubt, er habe den idiotischen Spitznamen hinter sich gelassen. Aber als er Jahre später eine Zeit lang der große Held gewesen war, hatte der Schwachkopf von der Polizeiakademie sein Gesicht in den Nachrichten gesehen, sich interviewen lassen und Spader dabei *Jack of Spades* genannt. Wie vorherzusehen hatte die Presse sich daraufgestürzt und den *Jack of Spades* berühmt gemacht, ihn einen Helden genannt… bis dann alles schiefgelaufen war. Da hatten die Medien sich gegen ihn gewandt und die Öffentlichkeit gegen ihn aufgebracht. Mittlerweile hatten die meisten Menschen ihn wieder vergessen, doch für Spaders Geschmack erinnerten sich noch immer zu viele an ihn.

Er musterte die Frau. Erneut fiel ihm auf, wie dünn sie war – möglicherweise hatte ihr Sohn den schlanken Körperbau von ihr –, doch irgendwie wirkte sie trotzdem nicht zerbrechlich. Auf der linken Halsseite, wo der Elektroschocker sie berührt hatte, klebte ein kleines weißes Pflaster.

»Sehen Sie sich dazu in der Lage, mit uns zu sprechen, Mrs Pendleton?«, fragte er. »Sie haben heute Nacht einiges durchgemacht, und es ist schon spät, aber falls Sie sich dazu imstande fühlen, wäre es wirklich besser, wenn wir uns jetzt unterhalten, wo die Erinnerungen an die Ereignisse noch frisch sind.« Unter den gegebenen Umständen fand er, er müsse ihr anbieten, die Befragung auf den nächsten Tag zu verschieben, doch er hoffte wirklich, sie würde nicht darauf bestehen.

»Ich habe dem schwarzen Burschen schon alles erzählt.« Ihre Stimme klang rauchig, aber ohne die erotische Ausstrahlung einer Lauren Bacall.

»Ich weiß, dass Sie bei Detective Matthews Ihre Aussage gemacht haben, und sicher haben Sie ihm viele Fragen beantwortet, aber wir müssen alles noch einmal durchgehen, und zwar je eher, desto besser. Wenn nicht heute Nacht, dann spätestens morgen.«

»Mom«, sagte Pendleton, »möchtest du lieber warten …«

»Nein, nein, schon gut«, sagte sie. »Wirklich. Wenn es hilft, den Mann zu schnappen, der dir das angetan hat, rede ich notfalls die ganze Nacht.«

»Danke, Mrs Pendleton«, sagte Spader.

»Ich wünschte nur, ich könnte fünf Minuten allein mit ihm in einem Raum sein, wenn Sie ihn schnappen.«

»Mom«, sagte Pendleton beinahe entschuldigend, »der Mann ist gefährlich. Er könnte …«

»Still, Stanley. Natürlich müsste er Handschellen tragen oder so, damit ich auf ihn losgehen kann, aber er nicht auf mich. Ich bin doch nicht verrückt.«

Der Kollege vorn in der Diele hatte recht. Die Dame war zäh. »Okay, Mrs Pendleton, würden Sie dann meinem Partner, Detective Dunbar, Ihr Zimmer zeigen, wo Sie überfallen wurden? Dort wird er Ihnen seine Fragen stellen, wenn es Ihnen recht ist.«

Dunbar und Spader waren keine Partner im engeren Sinne. Die Kriminalpolizisten der State Police bekamen normalerweise keine regulären Partner zugeteilt, anders als die Kriminalpolizisten in Fernsehsendungen oder die FBI-Agenten in Spielfilmen. Vielmehr arbeiteten sie allein oder bei einzelnen Ermittlungen mit jemandem von der lokalen Polizei zusammen, in deren Bezirk das Verbrechen geschehen war. Doch Spader und Dunbar hatten im Lauf der Jahre bei diversen Fällen zusammengearbeitet, und Spader hatte Hochachtung vor den Fähigkeiten und der Arbeitseinstellung seines Freundes. Daher hatte Spader Dunbar gewählt, als der Detective Captain diesen Fall Spader zugeteilt und ihm gesagt hatte, er solle sich einen Partner aussuchen, weil er gewusst hatte, dass diese Sache möglicherweise ein großes Medienecho finden würde.

»Wie gesagt«, wiederholte Mrs Pendleton, »wir wollen beitragen, was wir können, damit dieser Irre hinter Gitter kommt.«

Dunbar folgte der Frau aus der Küche. Spader und Dunbar trennten ihre beiden Zeugen hauptsächlich deshalb, damit sie keine gemeinsame Geschichte von ihren Erlebnissen konstruieren konnten. Beide hatten etwas Eigenes erlebt. Manches mochte sich überschneiden, doch es war besser, wenn sie ihre jeweiligen Geschichten unabhängig voneinander erzählten, damit sie sich nicht gegenseitig beeinflussen konnten, und sei es auch nur unterbewusst. Spader nahm an, dass Detective Matthews es genauso gehalten hatte. Als Dunbar und Mrs Pendleton fort waren, wandte Spader sich Pendleton zu. »Bevor wir anfangen, dürfte ich fragen …?«

»Meine Beine? Ein Unfall als Kind. Ich habe viel im Wald gespielt, bin auf Bäume geklettert, gewandert, so was.« Er sprach leise, wie ein Mann, der nicht gerne Aufmerksamkeit auf sich zog. »Als ich acht Jahre alt war, bin ich mit einem Freund durch den Wald gezogen und dabei einen steilen Abhang runtergefallen. Ich hab mir ein paar Wirbel im Rücken und einen Haufen Rippen gebrochen und mir das Gesicht an den Felsen aufgerissen.« Auch Spaders Frau – nun ja, seine Exfrau – trug noch heute eine zehn Zentimeter lange Narbe an der Wade als Erinnerung an eine Waldwanderung als Jugendliche. Daher konnte Spader ganz aufrichtig sagen: »Der Wald kann gefährlich sein.«

»Ja, darum gehe ich heute auch nicht mehr oft wandern«, sagte Pendleton mit seiner leisen Stimme. Spader musste lächeln. »Aber das geht schon in Ordnung. Es ist lange her.« Er blickte Spader offen an, so als wartete er auf weitere Fragen zu seiner Behinderung. Wahrscheinlich war er daran gewöhnt.

Spader klappte sein Notizbuch auf. Zunächst stellte er einige grundlegende Fragen zu Pendletons Vergangenheit und seinem Alter und erfuhr, dass er ein sehr kleines und nicht allzu profitables Unternehmen betrieb, indem er zu Hause an seinem Computer Websites designte, und dass er drei Mal die Woche ehrenamtlich in der Stadtbibliothek des Ortes arbeitete.

»Okay«, sagte Spader schließlich, »sprechen wir über heute Nacht. Erzählen Sie mir, was geschehen ist, so gut Sie sich daran erinnern. Seien Sie so gründlich wie möglich, denn man weiß nie, ob nicht irgendein kleines Detail später den Ausschlag gibt. Okay?«

Pendleton nickte und atmete tief durch. »Tja, ich habe tief und fest geschlafen. Irgendwann werde ich wach, weil mir ein Lappen aufs Gesicht gedrückt wird, der ziemlich komisch riecht. Ich sehe einen Schatten über mir, dann wird alles schwarz. Das war das Chloroform, hat man mir gesagt.« Spader nickte. »Irgendwann werde ich wieder wach, ich weiß nicht, wie lange das gedauert hat, und bin an einen Stuhl gefesselt, und dieser … dieser Irre mit der Kindermaske steht da. Es war dieser Alien aus dem Zeichentrickfilm, den alle Kinder kennen, Galaxo irgendwas.«

Rächer von den Sternen!, ergänzte Spader bei sich. »Mal abgesehen von der Maske«, fragte er laut, »wie sah er aus?«

»Na ja, er war ganz in Schwarz.«

»Schwarze Jeans und schwarzes Sweatshirt? Oder ein schwarzer Trainingsanzug? Können Sie sich erinnern?«

Pendleton dachte kurz nach. »Ich bin mir nicht sicher.« Es klang entschuldigend. »Ich war auf sein Gesicht fixiert. Ich meine, auf die Maske. Außerdem hatte ich wohl Angst.« Er wirkte verlegen bei diesem Eingeständnis.

»Wer hätte die nicht?«, entgegnete Spader. »Ist Ihnen außer der Maske noch irgendetwas an ihm aufgefallen? Was war mit seinen Händen?«

Pendleton dachte nach. Spader bemerkte, dass Blut durch den Verband gesickert war. »Er trug schwarze Handschuhe, glaube ich. Vielleicht aus Leder, aber das konnte ich nicht so genau sehen.«

»Was ist mit seiner Statur?«

»Stämmig. Durchschnittlich groß, glaube ich. Ich kann das nur schwer schätzen, weil ich immer zu allen aufsehe.« Er lächelte matt. »Aber ich würde sagen, er war ungefähr so groß wie Sie.«

»Ich bin eins dreiundachtzig.«

»Kommt ungefähr hin, plus minus ein paar Zentimeter. Und wie gesagt, er war stämmig, ein bisschen dick.« Er starrte eine Weile in eine Ecke der Küche. »Das ist alles, fürchte ich. Sonst fällt mir zu seinem Aussehen nichts ein.«

»Schon gut. Das haben Sie großartig gemacht. Sie sagten, Sie wachten auf dem Stuhl auf und sahen ihn dort stehen. Direkt vor Ihnen?« Pendleton nickte. »Was geschah als Nächstes?«

»Also. Okay. Dann fängt der Irre an zu reden. Ach, mein Mund ist übrigens zugeklebt. Jedenfalls, er fängt an zu reden, und seine Stimme klingt komisch. Ich meine, *richtig* komisch. Wie … wie …«

»Wie der Außerirdische im Fernsehen?«, fragte Spader.

»Ja, fast genau so. Total unheimlich.«

»Konnten Sie erkennen, ob die Person hinter der Maske ein Mann oder eine Frau war?«

Diese Frage schien Pendleton zu überraschen. »Ich weiß nicht. Ich bin wohl einfach von einem Mann ausgegangen. Außerdem war er ja ziemlich kräftig gebaut.«

»Aber die Stimme – an der Stimme konnten Sie es nicht erkennen? Ich meine, konnten Sie heraushören, ob die Person hinter der Maske eine tiefe oder eine hohe Stimme hatte? Oder hat sie vielleicht gelispelt? Irgend so was?«

»Gelispelt nicht, glaube ich. Und was den Rest angeht, tja, ich konnte da nichts raushören. Wie gesagt, er klang einfach wie dieser Alien im Fernsehen. Aber ich bin ziemlich sicher, dass es ein Mann war.«

»Und wie hat er gesprochen? Ich meine, klang er gebildet? Wie jemand mit einem Universitätsabschluss oder einem akademischen Titel? Oder klang er vielleicht wie jemand, der nie über die fünfte Klasse hinausgekommen ist? Ist Ihnen in dieser Hinsicht irgendetwas aufgefallen?«

»Ähm, eigentlich nicht. Wenn ich raten müsste, würde ich sagen, er war gebildet. Hat sich ganz gut ausgedrückt, meine ich.«

»Okay«, sagte Spader, »das ist gut. Und was hat er zu Ihnen gesagt?«

»Tja, er hat mir gleich am Anfang gesagt, dass es Spielregeln gibt.«

»Nämlich?«

»Erstens: Er tötet mich nicht, wenn er nicht muss. Zweitens: Ich darf nicht um Hilfe rufen, wenn er mir das Klebeband vom Mund nimmt. Darüber habe ich mich in dem Augenblick gefreut. Dass er mir das Klebeband abnimmt, meine ich. Da dachte ich nämlich, na ja, scheiße, es kann nicht total schlimm sein, was er mit mir vorhat, wenn er mir das Klebeband abnehmen will. O Mann, was für ein Irrtum.« Er schwieg eine Weile, und Spader wartete geduldig. Pendleton atmete durch und fuhr fort, sein Angreifer habe ihn vor eine Wahl gestellt, und wenn er sich nicht innerhalb einer Minute für eine der Möglichkeiten entscheide, werde der Mann das so verstehen, als habe er *beide* Möglichkeiten gewählt.

Spader nickte. »Okay. Haben Sie sich Sorgen um Ihre Mutter gemacht?«

»Hm? Na ja, klar, natürlich. Seit dem Krebs kommt sie mir ein bisschen zerbrechlicher vor.« Das erklärte die Perücke, dachte Spader. »Aber ich habe was vergessen. Mit das Erste, was der Kerl zu mir gesagt hat, war, dass es meiner Mutter gut geht. Sie wäre in einem Schrank eingesperrt, und er hat geschworen, er hätte ihr nichts getan, und das würde er auch nicht, wenn ich mich benehme.«

Erneut nickte Spader, dann stellte er ein paar vertiefende Fragen, forschte nach weiteren Details zum bisherigen Tathergang. Dunbar kam in die Küche und setzte sich an den Tisch. Er teilte Pendleton mit, seine Mutter ruhe sich in ihrem Zimmer aus. *Gut gemacht, Dunbar*, dachte Spader, weil dieser dafür gesorgt hatte, dass sie nach der Befragung nicht wieder in die Küche kam. Spader bat Pendleton, fortzufahren.

»Okay, also, er steht da«, sagte Pendleton, »kratzt sich an seinem verrückten Plastikkopf, sieht aus, als würde er nachdenken, und dann gibt er mir zwei Möglichkeiten zur Auswahl. Entweder ich lasse mir die Nase abschneiden oder das Ohr. Ist das zu fassen? Ich konnte es jedenfalls nicht fassen. Es war total verrückt. Total sinnlos. Und dann streckt er die Hand nach dem Klebeband auf meinem

Mund aus, und mir schwirrt der Kopf, klar, und ich frage mich, wie ich mich verdammt noch mal zwischen meiner Nase und meinem Ohr entscheiden soll. Dann zögert der Kerl, bevor er mir das Klebeband abreißt. Er scheint noch mal darüber nachzudenken und dann ändert er meine Wahlmöglichkeiten. Ich weiß nicht, warum. Eine der Möglichkeiten ist immer noch mein Ohr – wie man sieht«, und er drehte den Kopf ein Stück, um Spader den Verband zu zeigen, »aber anstatt mir die Nase abzuschneiden, bietet er mir als zweite Möglichkeit an, dass er mir alle meine Zähne zieht, einen nach dem anderen, mit einer Kneifzange. Und wenn sie mit der Kneifzange nicht rausgehen, dann will er einen Hammer benutzen, sagt er. Und dann reißt er mir ganz schnell das Klebeband ab. Plötzlich merke ich, die Eieruhr läuft, und ich kann kaum denken. Und da steht dieser durchgeknallte Alien mit seinem irren Lächeln und seinen großen fröhlichen Augen, und ich versuche zu denken, aber er quatscht die ganze Zeit auf mich ein, mit dieser schrillen Zeichentrickfigur-Stimme, und erzählt mir, ich soll mich lieber entscheiden, sonst reißt er mir alle meine Zähne raus *und* schneidet mir das Ohr ab. Und er hält einfach nicht die Klappe, und ich versuche wie wild, nachzudenken, was ich tun soll, weil ich ihm nämlich jedes Wort geglaubt habe, verstehen Sie? Ich *wusste* einfach, dass er genau das tun würde, was er gesagt hatte. Und weil mir klar war, dass ich da nicht rauskomme, bevor die Eieruhr abläuft, musste ich mich für eins von beidem entscheiden, egal, wie schlimm es war. Also habe ich mich dafür entschieden, mir das Ohr abschneiden zu lassen. Ich meine, es ist Ihnen vielleicht nicht aufgefallen, aber ich bin nicht gerade der Herzensbrecher, nicht mit diesem Gesicht, also dachte ich, wenn ich ein Ohr verliere, ist das keine große

Sache, weil es bestimmt künstliche gibt, die man annähen kann – und da hatte ich übrigens recht, der Sanitäter hat mir erzählt, die gibt es wirklich … ich habe vergessen, wie die Dinger heißen …«

»Ohrprothesen«, schlug Spader vor.

»Genau«, sagte Pendleton, »stimmt. Jedenfalls dachte ich, entweder ich bekomme ein künstliches Ohr oder künstliche Zähne, und das würde vom Aussehen her ziemlich egal sein, aber es würde bestimmt viel mehr wehtun, wenn er mir einen Zahn nach dem anderen zieht – womöglich mit dem Hammer –, als wenn er mir das Ohr abschneidet. Verstehen Sie, mit einem schnellen Schnitt hätte das erledigt sein können. Dachte ich jedenfalls. Stattdessen hat das Arschloch sich richtig Zeit dabei gelassen.« Er erschauerte unwillkürlich. »Ich weiß nicht, ich glaube immer noch, dass es die richtige Entscheidung war. Was hätten Sie gemacht?«

Diese Frage traf Spader unvorbereitet. »Ich weiß es ehrlich gesagt nicht. Ich müsste darüber nachdenken.«

»Ich hätte auch gern Zeit gehabt, darüber nachzudenken, aber er hat mir nur eine Minute gegeben. Jedenfalls, ich habe mich für das Ohr entschieden. Ich glaube, ich habe es nur knapp geschafft, denn ein paar Sekunden, nachdem ich gewählt habe, klingelt die Eieruhr. Galaxo sagt, das hätte ich gut gemacht, und klatscht mir neues Klebeband auf den Mund. Dann öffnet er seine kleine Sporttasche und holt eine kleine Säge raus, packt mein Ohr mit der anderen Hand, zieht es vom Kopf ab und fängt an zu sägen. Es hat so wehgetan, das können Sie sich nicht vorstellen.«

»Bestimmt. Und dann?«

»Und dann bin ich, glaube ich, ohnmächtig geworden. Irgendwann weckt mich meine Mutter – und Mannomann,

Sie hätten sehen sollen, wie sie mich angestarrt hat, mit dem ganzen Blut –, und Galaxo ist weg. Dann tauchen die Cops auf, und die Sanitäter.«

»Und die hat Ihre Mutter gerufen?«, fragte Spader, obwohl er die Antwort ja kannte.

»Nein, das war auch komisch. Das war Galaxo selbst, glaube ich, weil der Hörer nicht auf der Gabel lag, als meine Mutter in mein Zimmer kam, und die Polizei war anscheinend schon dran.«

Spader stellte ihm noch weitere Fragen, die dazu dienen sollten, etwaige Lücken in Pendletons Schilderung zu schließen und weitere Details herauszukitzeln. Dann schnitt er ein neues Thema an und fragte Pendleton, ob ihm irgendjemand einfalle, der ihm womöglich Schaden zufügen wolle, oder ob er sich in letzter Zeit mit irgendjemand ernsthaft gestritten oder jemand Neues kennengelernt habe, den zu überprüfen sich lohnen könne. Schließlich sagte er: »Damit sind wir dann auch fast fertig, Mr Pendleton. Nur eins noch: Sagt Ihnen der Name Andrew Yasovich etwas?«

Pendleton dachte nach, dann schüttelte er den Kopf. »Nein. Müsste er?«

»Was ist mit Peter Lisbon?«

Er runzelte die Stirn. »Kann sein, dass ich den Namen in der Zeitung gelesen habe. Ich weiß nicht.«

»Sagt Ihnen einer der Namen irgendetwas, abgesehen von dem, was Sie vielleicht in den Nachrichten oder in der Zeitung mitbekommen haben? Irgendeine Verbindung zu Ihrem eigenen Leben? Lassen Sie sich Zeit. Das könnte sehr wichtig sein.«

Pendleton atmete geräuschvoll aus und schien gründlich nachzudenken. Erneut schüttelte er den Kopf.

»Tut mir leid, nein.«

»Okay, Mr Pendleton. Jetzt sind wir so gut wie fertig. Fällt Ihnen sonst noch etwas ein, irgendetwas zu heute Nacht, was hilfreich sein könnte?«

Pendleton schien länger darüber nachzudenken. »Nein, tut mir leid.«

»Schon gut. Das haben Sie wirklich gut gemacht.« Er reichte dem Mann seine Visitenkarte. »Rufen Sie mich bitte sofort an, falls Ihnen noch etwas einfällt. Man kann nie wissen, wann das passiert. Kurz vor dem Einschlafen, beim Fernsehen, man weiß nie. Rufen Sie mich jederzeit an.«

»Mache ich.«

Spader klappte sein Notizbuch zu und stand auf. »Ich denke, Sie sollten möglichst schnell ins Krankenhaus fahren. Die Sanitäter haben bestimmt alles gut gemacht, aber es ist besser, wenn Sie sich so bald wie möglich richtig behandeln lassen.«

»Klar, ich wollte nur auf Sie warten, das ist alles. Ich wollte unbedingt mit Ihnen reden, bevor ich irgendwas vergesse. Und die Sanitäter haben gesagt, man könnte sowieso nicht viel für mich tun, jedenfalls nicht sofort.«

»Trotzdem sollten Sie ins Krankenhaus fahren. Ihre Mutter sollte sich auch untersuchen lassen. Ich sorge dafür, dass Sie Ihren Rollstuhl schnell zurückbekommen, und ich bitte einen der Polizisten, Sie beide ins Krankenhaus zu fahren, okay?«

»Okay.«

Spader wandte sich an die Polizistin, die nach wie vor an der Tür zum Flur stand, und sah auf ihr Namensschild. »Officer Davis? Wie wär's? Möchten Sie die Pendletons ins Krankenhaus fahren?«

»Selbstverständlich.«

Spader wollte schon gehen, da sagte Pendleton: »Sie werden den Kerl, der uns das angetan hat, doch schnappen, Detective Spader?« In seinem Tonfall lag Hoffnung, doch Spader meinte, daneben auch einen Hauch von Zweifel herausgehört zu haben. So reagierten seit gut einem Jahr viele Menschen auf ihn.

»Wir werden jedenfalls alles daran setzen, Mr Pendleton«, sagte er. »Das verspreche ich Ihnen.«

Pendleton nickte, und Spader folgte Dunbar aus der Küche und direkt aus dem Haus.

Auf der Fahrt zurück zum Sitz der Kriminalpolizei in Salem, der Stadt gleich südlich von Beverly, tauschten sie sich darüber aus, was sie jeweils erfahren hatten. Dunbar berichtete, die Mutter habe ihm im Wesentlichen dasselbe erzählt wie Matthews.

»Hat sie dir erzählt, wie es dazu gekommen ist, dass ihr Sohn im Rollstuhl sitzt?«, fragte Spader.

»Du hast den Sohn nicht danach gefragt?«

»Doch, natürlich.«

»Sie hat gesagt, er sei bei einer Waldwanderung von einer Felswand gestürzt. Hätte sich das Rückgrat gebrochen.«

»Mir hat er erzählt, es sei ein steiler Hang gewesen.«

»Tja, na ja, als Kind wurde ich einmal von einem Beagle gebissen«, erzählte Dunbar. »Wenn du meine Mutter heute diese Geschichte erzählen hörst, war es ein tollwütiger Bernhardiner.«

Spader berichtete Dunbar, was Pendleton erzählt hatte, ehe Dunbar zurück in die Küche gekommen war. Danach fuhren sie einige Minuten schweigend dahin.

»Krankes Arschloch«, sagte Dunbar schließlich.

»Pendleton?«

»Sehr witzig. Als hätte es der arme Kerl nicht schon schwer genug. Muss er auch noch sein Ohr einbüßen? Scheiße, John, allmählich glaube ich, dieses Galaxo-Arschloch hat kein Gewissen.«

»Diesen Eindruck hattest du nicht schon, als er Andrew Yasovich die Zunge rausgeschnitten hat und dem alten Mann einfach das Herz stehen geblieben ist? Oder als er Peter Lisbon die Füße abgesägt hat und der arme Kerl verblutet ist?«

»Doch, schon, aber… scheiße, ich meine, ein Krüppel. Und dann noch mit solchen Narben im Gesicht. Ich meine ja nur, verstehst du?«

Spader nickte. »Ja, versteh ich.«

Weitere zwei Meilen glitten in der Dunkelheit vorüber, dann fragte Dunbar leise: »John?«

»Ja?«

»Ich will diesen Kerl wirklich schnappen.«

»Ich auch.«

Sie hatten das Ten Fed beinahe erreicht, ehe einer von ihnen das Schweigen erneut brach.

»John?«

»Ja?«

»Falls du wirklich mit Hannah Schluss machst, gibst du mir dann ihre Nummer?«

DREI

Spader schob die Wohnungstür zu und sperrte sie mit beiden Bolzenschlössern ab. Es war ein langer Tag gewesen, und er war froh, dass er vorüber war. Jetzt würden die meisten Menschen wohl denken: »Schön, zu Hause zu sein«, doch Spader mochte seine Wohnung nicht als Zuhause betrachten. Zu Hause war dort, wo er mit Olivia gelebt hatte: in dem viktorianischen Haus mit den drei Schlafzimmern im Küstenstädtchen Swampscott, wo sie sich geliebt, zu Abend gegessen, auf der Couch gesessen und Filme angeschaut hatten; wo sie darüber diskutiert hatten, wann sie Kinder bekommen wollten, uneins über die Farbe der Tapete im Eingangsbereich gewesen waren und Pläne für den Rest ihres Lebens geschmiedet hatten, Pläne, die nicht besonders gut aufgegangen waren. Sein Zuhause war ganz bestimmt nicht diese sterile Dreizimmerwohnung in einer relativ zwielichtigen Gegend von Salem, einer Stadt in der Nachbarschaft von Swampscott, etwa fünfzehn Meilen nördlich von Boston, in der überwiegend Arbeiter lebten.

Salem, einst einer der wichtigsten Seehäfen des Landes, ist vor allem für eine hässliche Episode in der fernen Vergangenheit berühmt, eine Episode der Ignoranz und Hysterie. Im Jahre 1692 behaupteten drei junge Frauen, sie seien von Hexen heimgesucht worden. Bald darauf drängten sich in den Gefängniszellen des kleinen puritanischen Städtchens Männer und Frauen, die von ihren Nachbarn der Hexerei bezichtigt wurden. In weniger als vier Monaten wurden neunzehn Männer und Frauen als Hexen gehängt, und ein über achtzigjähriger Mann wurde zu Tode »gequetscht«: Man legte ihm große Steine auf den Leib, einen nach dem anderen, bis er starb. Spader verspürte noch immer eine eigentümliche Beklemmung, wenn er durch diese Stadt fuhr, zumal sie Kapital aus ihrer berüchtigten Vergangenheit schlug.

Wohin man auch sah, fiel der Blick auf Geschenkartikelläden mit Hexen auf dem Ladenschild, boshaften Wortspielen im Namen und Totenköpfen, Gargoyles und anderen gruseligen Artikeln in den Schaufenstern. In manchem Restaurant stand ein sogenanntes Hexenbräu auf der Karte. Wochenendtouristen nahmen an Friedhofsführungen teil und besuchten Wachsfigurenkabinette oder lebensgroße Dioramen, die die Prozesse und schließlich die Erhängung der vermeintlichen Hexen darstellten. Und Halloween war ein einziger Albtraum. Falls man Ende Oktober einen ausgewiesenen Parkplatz in der Stadt fand, sollte man den nächsten Lotterieverkäufer aufsuchen und seinen Gehaltsscheck verwetten, denn dann hätte man einen richtigen Glückstag erwischt. Spader seufzte, als ihm klar wurde, dass in drei Monaten schon wieder Halloween war.

Er zog das Schulterholster aus und hängte es mitsamt Glock darin über die Lehne eines Stuhls im Wohnzimmer. Dann zog er das Hosenbein hoch, nahm das Knöchelholster mit seinem kurzen .38 Colt Detective Special ab und legte es auf denselben Stuhl. Der Anrufbeantworter blinkte. Der erste Anruf stammte von einem Telefonverkäufer. Da Spader kein Gratiswochenende in Atlantic City im Gegenzug für seine Teilnahme an einer kurzen Informationsveranstaltung über Timesharing wünschte, machte er sich nicht die Mühe, die gebührenfreie Rufnummer zu notieren, die die Stimme vom Band ihm hinterlassen hatte. Der zweite Anruf war von seinem Sohn David, der wieder übers College reden wollte und dabei nicht einmal versuchte, seine Übellaunigkeit zu verbergen. Spader war froh, dass es zu spät war, um ihn zurückzurufen. Der Junge bekam sein Studium nicht auf die Reihe, daher würden sie ihn vom College herunternehmen. Ganz einfach. Er liebte seinen Sohn sehr, und Olivia liebte ihn genauso, doch in diesem Punkt würden sie nicht nachgeben, und David würde ihren Standpunkt nicht so bald verstehen. Spader war nicht danach, heute Abend erneut mit dem Jungen darüber zu streiten. Er nahm sich vor, David morgen anzurufen, und löschte die Nachricht. Die dritte Nachricht stammte von Hannah. Da er gar nicht hören wollte, was sie über sein Verschwindekunststück zu sagen hatte – jedenfalls nicht heute Abend –, ging er zur vierten und letzten Nachricht über.

»John, ich bin's.« Olivia. Spader hasste sich dafür, dass ihm beim Klang der Stimme seiner Frau – seiner *Ex*frau – immer noch kurz der Atem stockte, wie jedes Mal seit der Trennung. »Wir müssen uns bei Gelegenheit mal treffen.« Diese wenigen Worte lösten eine absurde Hoffnung bei ihm aus, deretwegen er sich umso mehr hasste. »Ich hoffe, es geht dir gut. Jedenfalls, ich, ähm, ich glaube, du hast noch Fotoalben von mir. Die hätte ich gern irgendwann zurück, okay?« Er wusste genau, welche Alben sie meinte. Es waren zwei. Das erste enthielt Fotos aus ihrem Leben vor ihm, das zweite Fotos aus ihrem gemeinsamen Leben. Spader fragte sich, ob die Rückgabe des zweiten Albums ihr vielleicht gar nicht so wichtig war und sie bloß zu nett war, um zu sagen: »Ich hätte gern die Fotos von meinem Leben vor dir zurück, die anderen kannst du gern behalten.«

Spader merkte, dass ihm ein Teil ihrer Nachricht entgangen war, daher spulte er zurück.

»Ich weiß nicht, vielleicht hast du die Alben ja aus Versehen eingepackt, zusammen mit deinen Sachen. Du musst sie gesehen haben. Ich hoffe, wir können uns mal treffen. Ich hätte diese Fotos wirklich gern zurück. Und natürlich möchte ich auch wissen, wie es dir geht«, fügte sie hinzu – einen Hauch zu spät, fand er.

Er löschte die Nachricht, nahm das Telefon und wählte ihre Handynummer. Er wusste, sie schaltete das Handy abends aus, wenn sie zu Hause war. Als ihre Mailbox ansprang, sagte er: »Olivia, hier ist John. Ich habe deine Nachricht bekommen. Ich habe die beiden Alben nicht gesehen, aber vielleicht sind sie in einem der Kartons, die ich noch nicht ausgepackt habe. Ich werde morgen mal danach suchen.« Er beendete den Anruf mit einem »Bis dann«, und es gelang ihm – gerade noch rechtzeitig –, sich das »Liebling« am Ende zu verkneifen.

Er holte sich ein Budweiser aus dem Kühlschrank und ging damit in sein zweites Schlafzimmer, das er als eine Art Arbeitszimmer nutzte. Er setzte sich an den Schreibtisch, öffnete die unterste Schublade und zog zwei Fotoalben mit weinrotem Kunstledereinband heraus. Er trank einen Schluck Bier, schlug das erste Album auf und blätterte es durch: Schwarz-Weiß-Fotos und verblichene Farbfotos aus Olivias Kindheit und Jugend. Hier war sie als lächelndes Kleinkind, nicht einmal ein Jahr alt, die Augen funkelnd vor ungetrübter Freude, wie man sie nur im Blick eines Kindes findet. Auf dem nächsten Foto mochte sie zwei Jahre alt sein und stand bis zu den rundlichen

Waden in einem gefüllten Planschbecken, einen Schlapphut auf dem Kopf, ein schiefes Grinsen im Gesicht. Spader sah sie Geburtstagskerzen ausblasen, in Halloweenkostümen posieren, bei Schulaufführungen, wie sie Vater oder Mutter umarmte, wie sie mit Cookie, dem Cockerspaniel, posierte, wie sie Weihnachtsgeschenke auspackte oder grinsend zwischen anderen Kindern in irgendeinem Ferienlager an einem See stand; beim Basketballspiel in der Nachwuchsmannschaft ihrer Highschool, beim Abschlussball am Arm eines nervös wirkenden Partners, als Highschoolabsolventin, bei der Abreise zur Uni. Spader trank sein Bier, blätterte Seiten und Jahre um und verfolgte, wie seine Exfrau von einem schönen Kind zu einer schönen jungen Frau heranwuchs.

Er holte sich ein zweites Bier und kehrte an den Schreibtisch zurück. Er legte das erste Fotoalbum zurück in die Schublade, trank einen Schluck Bud, dann noch einen, und öffnete das zweite Album. Ein Bild von Olivia, die die Arme um ihn gelegt hatte, aus der Anfangszeit ihrer Beziehung; Fotos, auf denen sie tanzten, lächelten, vor verschiedenen Sehenswürdigkeiten standen, lachten; Fotos von ihrer Hochzeit und ihren absichtlich kitschigen Flitterwochen in den Pocono Mountains, inklusive herzförmiger Badewanne; Fotos von ihrem ersten Haus, dann von ihrem zweiten, von ihrem ersten brandneuen Auto; Aufnahmen von ihnen beiden mit Sohn David, der über die Jahre immer größer wurde. Unwillkürlich lächelte Spader. Da waren Olivia und er, ein glückliches, sorgloses Paar, nicht ahnend, dass all dies nicht von Dauer sein würde. Olivia schien auf jedem Foto zu lächeln. Er fragte sich, wann sie damit aufgehört hatte. Er trank noch einen Schluck Bud, und ihm wurde bewusst, dass er sich das gar nicht fragen musste. Er wusste es.

Er wollte wütend auf Olivia sein. Eine Zeit lang war er es gewesen. Wütend darüber, dass sie nicht bei ihm geblieben war in seiner schwersten Zeit, so, wie sie es hätte tun müssen, jedenfalls dem Gefasel des Priesters zufolge, bevor er sie zu Mann und Frau erklärt hatte. Doch einige Monate, nachdem sie ihn verlassen hatte, hatte er darüber nachgedacht, wie er sich in jener schlimmen Zeit verhalten hatte, und dabei war ihm einiges klar geworden. Möglicherweise hatte nicht sie sich von ihrer Ehe abgewandt. Möglicherweise hatte er selbst sie zur Tür hinausgeschoben. In den Monaten, nachdem Eddie Rivers in sein Leben getreten war, war das Leben mit ihm sicher kein Zuckerschlecken gewesen.

Eddie Rivers hackte den Leuten gern die Beine ab. Das törnte ihn an. Seine Opfer hatte er hauptsächlich anhand der Häuser ausgewählt, in denen sie wohnten. Es spielte keine so große Rolle, in welcher Stadt das war – sein Jagdgebiet schien der gesamte Bundesstaat Massachusetts zu sein –, doch es handelte sich immer um ein Einfamilienhaus mit einem Garten hinterm Haus, vorzugsweise mit Büschen an der Rückseite des Hauses, wobei das allerdings keine unabdingbare Voraussetzung zu sein schien. Er beobachtete das Haus, kundschaftete die Gepflogenheiten seiner Bewohner aus und kehrte in einer Nacht zurück, in der, wie er wusste, nur eine Person zu Hause war. Es war ihm gleich, wer das war – ob Mann oder Frau, jung oder alt, spielte keine Rolle für ihn. Er wartete, bis derjenige allein war, dann brach er ins Haus ein, überwältigte sein Opfer mit einem Elektroschocker, fesselte es und sägte ihm die Beine mit einer Bügelsäge ab. Er ging jedes Mal gleich vor. Sobald die Beine ab waren, verließ er das Haus durch eine Hintertür – die Drecksarbeit erledigte er stets in einem Raum im hinteren Teil des Hauses –, dann beobachtete er sein frisch verstümmeltes Opfer durch ein Fenster, und während der- oder diejenige verblutete, masturbierte Rivers in ein Taschentuch. Einige dieser Details wurden bei den Ermittlungen vor Rivers' Festnahme zusammengetragen, andere ließ er während seiner Haft fallen. Man glaubte, das Zufügen von Schmerz und die voyeuristische Beobachtung der Folgen bei seinen Opfern erregten ihn. Insgesamt verbluteten sieben seiner Opfer, bevor Hilfe eintraf – vier Männer, zwei Frauen und ein zehnjähriger Junge. Zwei weitere Opfer überlebten wie durch ein Wunder. Allerdings waren sie den Ermittlern keine große Hilfe, denn Rivers trug immer eine schwarze Skimütze. Während des gesamten Überfalls sprach er nur einen einzigen Satz – und da er ihn zu beiden überlebenden Opfern gesagt hatte, ging man davon aus, dass es bei denen, die nicht so viel Glück gehabt hatten, genauso gewesen war –, nämlich: »Ich habe keine andere Wahl.« Der Fall wurde Spader übertragen, und fünfzehn Monate lang hatte er bei seinen Ermittlungen auf der Stelle getreten. Unterdessen wurden die Abstände zwischen den Überfällen immer kürzer, wie so häufig bei Serienmördern. Nach dem ersten Opfer wartete Rivers beinahe vier Monate, ehe er erneut zuschlug. Seine nächste Tat geschah drei Monate danach. Dann waren es zweieinhalb Monate. Dann sieben Wochen. Und so weiter. Der Mörder geriet außer Kontrolle.

Zwischen den letzten beiden Opfern lagen nur noch zwei Wochen, und als danach schon wieder eine Woche vergangen war, wurde Spader nervös. Der Mörder würde bald erneut zuschlagen. Irgendjemandem lief die Zeit davon, irgendjemand würde bald einen grauenvollen Tod erleiden, bloß damit so ein durchgeknalltes Arschloch sich einen runterholen konnte. Die Bewohner der Vororte in Massachusetts, insbesondere die von Einfamilienhäusern mit Gärten hinterm Haus, bekamen Angst. Und Spader verzweifelte zunehmend. Dann bekamen sie über die Hotline einen anonymen Hinweis. Man solle Eddie Rivers in East Boston überprüfen, und zwar bevor er wieder zuschlug. Unter normalen Umständen hätte Spader sich die Zeit genommen, Erkundigungen über diesen Rivers einzuholen; hätte unauffällig ermittelt und erst zugeschlagen, wenn er auf etwas gestoßen wäre. Doch die Sanduhr lief unaufhaltsam ab, daher holte Spader Oscar Wagner ab, der den Sensationsfall zusammen mit ihm bearbeitete, und fuhr mit ihm nach East Boston.

Rivers wohnte in einem Mehrfamilienhaus auf einer Straße mit beinahe baugleichen, heruntergekommenen dreigeschossigen Gebäuden. Spader und Wagner gingen die Treppe zum zweiten Gebäude auf der linken Seite hinauf, blieben an der Gemeinschaftshaustür stehen und betätigten die Klingel, die ihrer Einschätzung nach die des Hausverwalters war. Zwei Minuten später waren sie in einem trübe beleuchteten Treppenhaus mit einem abblätternden avocadogrünen Anstrich unterwegs in den ersten Stock. Ein anonymer Hinweis ohne weitere Details war keine ausreichende Grundlage für einen Haftbefehl, nicht einmal für einen Haussuchungsbefehl, daher konnten Spader und Wagner nur an Rivers' Tür klopfen und versuchen, mit ihm zu reden. Angenommen, der Mann war tatsächlich ihr Mörder und dumm genug, mit ihnen zu sprechen, dann rutschte ihm vielleicht etwas Belastendes heraus. Oder vielleicht ließe er sie ja sogar in die Wohnung, wo ein vernichtendes Beweisstück offen herumläge und ihnen einen hinreichenden Verdacht lieferte, um den Mann festzunehmen. Oder ihr Besuch erschreckte ihn womöglich so sehr, dass er etwas Dummes tat, etwas, das ihn verriet, ehe er erneut zuschlagen konnte. Zumindest mochte es Rivers – falls er denn ihr Mann war – vorsichtig genug machen, um seinen Zeitplan zu ändern und eine Weile zu warten, ehe er über sein nächstes Opfer herfiel, und dies würde Spader vielleicht genügend Zeit verschaffen, um so viele Beweise zusammenzutragen, dass man den Drecksack wegsperren konnte, ehe er noch jemanden ermordete.

Die Wohnungstür wurde so weit geöffnet, wie die Sicherheitskette es zuließ, und ein breites Gesicht mit dumpfen kleinen Augen erschien im Türspalt. Spader erklärte, sie seien von der Polizei und wollten mit ihm reden. Rivers' Blick wanderte von Spader zu Wagner und zurück zu Spader. Einen Sekundenbruchteil lang blitzte etwas in diesen dumpfen Augen auf, irgendein Gefühlscocktail. Feindseligkeit und Sorge? Oder hatte Spader sich das nur eingebildet? Und da war noch etwas anderes, etwas, was er auf den ersten Blick nicht bemerkt hatte. Eine Intelligenz, die größer war, als diese Augen einen glauben machen wollten.

»Worum geht's?«, fragte Rivers.

»Wir haben lediglich einige Fragen an Sie«, erwiderte Spader.

»Worüber?«

»Könnten wir vielleicht hereinkommen?«

»Nein.«

»Es dauert nur zwei Minuten.«

»Dann lohnt es sich auch nicht, dass Sie reinkommen. Stellen Sie Ihre Fragen.«

Entweder Rivers war cleverer, als er aussah, oder so halsstarrig, dass er ihnen in jedem Fall den Zutritt verwehrt hätte, ob er nun schuldig war oder nicht.

Spader versuchte es anders. »Mr Rivers, was wir Sie fragen wollen, könnte etwas sein, was Sie Ihre Nachbarn vielleicht nicht hören lassen wollen. Sie verstehen, was ich meine?«

»Ich hab keine Geheimnisse.« Rivers lächelte, und Spader hatte blitzartig den Eindruck – es war nur ein *Gefühl*, man konnte es nicht einmal Instinkt nennen –, dass dies das Lächeln hinter der schwarzen Skimütze war, das Lächeln, das der Mörder aufsetzte, wenn er die Säge über die Beine seines Opfers zog. Daher fragte er Rivers, wo er an den Abenden, an denen der Mörder zugeschlagen hatte, jeweils gewesen sei. »Abends bin ich normalerweise zu Hause, allein, ohne Alibi.«

»Wie kommen Sie darauf, dass Sie ein Alibi brauchen?«

»Gar nicht. Ich hab bloß versucht, Ihnen Zeit zu sparen. Sie wollten mich doch fragen, ob Ihnen irgendjemand bestätigen kann, was ich Ihnen gerade gesagt hab, dass ich an diesen Abenden zu Hause war, und da hab ich Ihnen gesagt, nein, das kann keiner.«

»Und das wissen Sie genau? Sie stehen hier und wissen zufällig ganz genau, ob Sie an neun bestimmten Abenden in den letzten fünfzehn Monaten zu Hause waren?«

Rivers grinste. »Tja, um ganz sicher zu sein, müsste ich in meinem Kalender nachsehen, ob ich nicht doch irgendeine Verabredung hatte, aber ich wette, ich war an all den Abenden allein zu Hause und hab ferngesehen. Sie glauben also, ich wäre der Kerl, der den Leuten die Beine absägt, ja?«

Spader und Wagner wechselten einen Blick.

»Wie kommen Sie darauf, Mr Rivers?«

»Das sind doch die Abende, an denen er die Leute da ermordet hat, oder? Na ja, ich glaube, ein paar haben's sogar überlebt.«

»Das sind die fraglichen Abende, ja, aber woher wussten Sie das?«

Rivers lächelte. »Meinen Sie, ich bin blöd? Der Kerl da hackt seit fünfzehn Monaten Beine ab, genau wonach Sie mich gefragt haben. Außerdem hab ich Ihr hübsches Gesicht im Fernsehen gesehen, glaube ich, bei einer Pressekonferenz nach einem der Morde.«

Spader nickte. »Verstehe. Also verfolgen Sie diesen Fall mit großem Interesse, Mr Rivers?«

»Quatsch. Aber Sie waren in den Nachrichten zu sehen, vor dem Haus von einem der Opfer. Ich gucke normalerweise keine Nachrichten, aber das kam direkt nach einer meiner Sendungen, einer über Spurensicherer und Beweise und was nicht alles. Von diesen Sendungen gibt es so viele, da komme ich ganz durcheinander. Aber ich gucke sie mir alle an. Aus diesen Sendungen kann man wirklich was lernen.«

Gab er Ihnen etwa durch die Blume zu verstehen, mithilfe dieser Sendungen könne er sich der Festnahme entziehen?

Spader sah Rivers in die dumpfen Augen – Augen, die ganz bewusst seine Intelligenz und wahrscheinlich noch viel Schlimmeres verbargen – und hatte erneut dieses *Gefühl*, dass Rivers ihr Mann war. Als Rivers seinem Blick standhielt, wurde das Gefühl zur Gewissheit.

»Ich kriege Sie dran, Mr Rivers«, sagte er, womöglich unklug. »Ich bringe Sie ins Gefängnis.«

Nun wirkten diese Augen nicht mehr dumpf, sondern amüsiert. Und arrogant. »Nein, das werden Sie nicht tun.«

Wieder lächelte er. »Weil ich das nicht bin.« Er zwinkerte Wagner zu und sagte: »Gute Nacht, Officers.«

»Detectives«, entgegnete Spader. »Oder Troopers.«

»Oh, klar, Mist, tut mir leid, Detectives.« Durch die geschlossene Tür hörte Spader ihn verächtlich in sich hineinlachen.

Spader kehrte seinem Arbeitszimmer und Olivias Fotoalben den Rücken zu und zog auf den Fernsehsessel im Wohnzimmer um. Außerdem öffnete er sich ein drittes Bier. Er schloss die Augen und versuchte, nicht an Rivers' letzte Opfer zu denken und daran, wie viel von deren Blut nun an seinen eigenen Händen klebte.

»Klar kenne ich den Kerl, aber ich weiß nichts über jemand, der da die Beine abgesägt bekommt, außer dem, was ich im Fernsehen gesehen hab. Hab Sie übrigens in der Glotze gesehen. Sie waren ganz schön auf Draht, Mann. Ein bisschen gestresst, aber trotzdem auf Draht.«

J.R. Sands war einer von Spaders vertraulichen Informanten, einer, der ihm in der Vergangenheit zuverlässige Informationen geliefert hatte, welche die Grundlage für eine ansehnliche Anzahl von Verhaftungen in den Städten in der Umgebung Bostons gebildet hatten, auch in East Boston, wo sowohl J.R. als auch Rivers wohnten. J.R. war ein kleiner Hehler. Dadurch hatte er Kontakt zu diversen zwielichtigen Typen in der Region Boston. Spader wusste alles über seine Unternehmungen, aber er ließ ihn gewähren. Wenn J.R. die Waren nicht weiterverkaufte, würde es garantiert jemand anders tun, und so profitierte Spader wenigstens davon – in Form von gelegentlichen Hinweisen.

Nach dem Besuch bei Rivers wusste Spader, dass er schnell handeln musste, daher hatte er Sands angerufen. Rivers – er war jetzt sicher, dass es Rivers war – setzte ihn unter Zeitdruck. Solange Spader nicht mehr als einen anonymen Hinweis und sein eigenes Bauchgefühl hatte, konnte er den Kerl nicht festnehmen. Er hatte seinen Vorgesetzten gegenüber nicht einmal den Einsatz von Personal durchsetzen können, um Rivers in den nächsten Tagen zu überwachen. Es gab schlicht keine ausreichende Grundlage dafür. Doch er konnte auch nicht einfach herumsitzen und darauf warten, dass Rivers wieder zuschlug.

Spader blies sich in die Hände, um sie zu wärmen. »Vielleicht haben Sie davon gehört, dass der Mörder schneller wird, dass die Abstände immer kürzer werden?«

Sie standen unter einer Überführung am südlichen Ende von East Boston. Es stank nach Abfällen und Urin. Ein kräftiger Dezemberwind ließ Papierfetzen über den Boden rascheln.

J.R. schniefte und spuckte einen Schleimklumpen aus, wobei er umsichtigerweise zuerst den Kopf drehte und die zähe Masse ein paar Schritte zu seiner Rechten platzierte anstatt auf den Boden zwischen ihnen. »Ja, hab ich gehört. Na und? Ich sag Ihnen doch, ich weiß nichts davon, dass Eddie Rivers irgendwen tötet.«

Spader schüttelte den Kopf. »Ich brauche Rivers, J.R., und zwar sofort. Sie wissen über alles Bescheid, was in East Boston läuft.«

»Schon, aber er tötet eben keinen in East Boston, oder?«

»Darum geht's nicht.«

»Hören Sie, Spader, wenn ich was wüsste, würde ich's Ihnen erzählen, klar? Ich bin dem Kerl nichts schuldig. Ich kenne ihn kaum. Und wie gesagt, ich weiß nichts davon, dass er wen tötet. So wahr mir Gott helfe, Mann.« Er zuckte die Achseln.

Spader sah J.R. in die dunkelbraunen Augen. Auf der Überführung über ihnen wurde wütend gehupt.

J.R. schniefte. »Scheiße, ich weiß einfach nichts, deshalb weiß ich auch nicht, wie ich Ihnen in der Sache helfen soll, Mann. Tut mir leid.« Und das schien er ehrlich zu meinen. »Tja, ist kalt hier draußen, Mann, also, sind wir jetzt fertig?«

Sehr leise sagte Spader: »Ja, ich denke, wir sind fertig.«

J.R. spuckte erneut aus und machte Anstalten zu gehen, da fragte Spader: »Haben Sie Familie, J.R.? Eine Frau vielleicht oder Kinder? Oder eine Mutter – lebt die noch?«

J.R.s Blick wurde kalt, so als hätte der Spätherbstwind ihm alle Wärme entzogen. Er schüttelte den Kopf. »Das ist traurig, Mann, wirklich traurig.«

»Was ist traurig?«

»Sie und ich, wir kennen uns jetzt wie lange? Zwölf, dreizehn Jahre? Und wir wissen überhaupt nichts voneinander, oder? Sie wissen nicht mal, ob ich Frau oder Kinder hab. Tja, ich hatte eine Frau, aber die lebt jetzt woanders. Und ich hab Kinder. Sie leben bei ihr.«

Spader hatte einen wunden Punkt getroffen. Ob J.R. an seiner Frau hing, konnte er nicht beurteilen, aber an den Kindern auf jeden Fall. »Rivers ist es egal, wen er tötet, J.R. Er würde Ihre Kinder töten, wenn ihm danach wäre. Einfach um des Kicks willen.«

»Ihr Mann mordet nur in den Vororten, Spader, und falls es Ihnen noch nicht aufgefallen ist, hier in der Gegend gibt es keinen grünen Rasen, keine Tennisklubs, keine Mütter, die ihre Kids zum Fußballtraining bringen.«

»Darum geht es mir nicht.«

»Und worum geht es Ihnen dann?« J. R.s lässige Fassade war verschwunden.

»Sie haben recht, es wird nicht Ihr Kind sein, aber es *könnte*. Es könnte Ihr Kind sein oder Ihre Mutter oder ein Freund von Ihnen oder Sie. So wird es nicht kommen, weil er wahrscheinlich wieder in einem Vorort zuschlägt, wie Sie sagen, aber im Prinzip könnte es jeden treffen, und dann muss wieder jemand leiden, so schlimm, wie man es niemandem wünscht, der einem wichtig ist. Und andere bleiben dann zurück und müssen damit leben – Angehörige und Freunde –, und denen geht es dann so, wie es Ihnen gehen würde, wenn Sie Ihre Kinder verloren hätten.« Sie sahen einander in die Augen. Spader atmete tief durch, dann wandte er sich ab und ging zum Auto. »Bloß ein kleiner Denkanstoß«, fügte er noch hinzu.

»Warten Sie.«

Spader drehte sich um.

»Rivers ist der letzte Abschaum, Mann, aber wie gesagt, ich weiß einen Scheißdreck darüber, dass er irgendwen umbringt, okay? Nur damit das klar ist.«

»Okay. Und was wollen Sie dann noch von mir?«

»Nur so eine Idee. Wussten Sie, dass er dealt?«

»Rivers? Er handelt mit Drogen? Ich habe seine Wohnung ein paar Mal beobachtet. Der bekam nicht gerade viel Besuch.«

»Glauben Sie mir, Mann. Er verkauft da nur an ein, zwei Abenden pro Monat. Und es sind auch keine festen Tage, verstehen Sie? Die wechseln, und man muss jemanden kennen, der jemanden kennt, der weiß, wann er seine Geschäfte macht.«

»Und woher wissen Sie das?«

J. R. zögerte. »Ich kaufe manchmal bei ihm, okay?«

Spader dachte kurz nach. Das könnte genügen. »Und wissen Sie, wann er das letzte Mal in seiner Wohnung gedealt hat? Das genaue Datum?«

»Letzten Donnerstag.«

»Sind Sie sicher? Kein Zweifel?«

»Am letzten Scheißdonnerstag. Ein Freund von mir hat ein bisschen Gras für uns gekauft.«

»Und davor?«

J.R. dachte kurz nach. »Am Ersten dieses Monats.«

»Sicher?«

»Todsicher, ja, aber ich weiß nicht, wie Ihnen das helfen soll, Mann, hat ja nichts mit den Leuten zu tun, die da sterben.«

»Das lassen Sie mal meine Sorge sein, J.R.«, sagte Spader. »Danke.«

Seine Hand lag schon auf dem Türgriff seines Wagens, da hörte er, wie J.R. sich hinter ihm räusperte. Spader wandte sich um. J.R. blickte auf seine Füße. Mit der Spitze eines seiner schneeweißen Sneakers schob er einen Kiesel hin und her.

»Sie glauben, der Scheiß, den ich Ihnen da gesagt hab, hilft Ihnen weiter, Spader?«

»Ich weiß es nicht. Ich hoffe es.«

Spader rief Oscar Wagner auf dessen Handy an. Wagner hatte das Ten Fed schon Stunden zuvor verlassen, doch er nahm gerade ganz in der Nähe ein spätes Abendessen zu sich. Er notierte sich sämtliche Informationen, die Spader im Antrag auf den Durchsuchungsbefehl stehen haben wollte. Er würde ins Büro zurückkehren, den Antrag schreiben und dann den Richter anrufen, der heute für Haft- und Haussuchungsbefehle zuständig war. Spader hoffte, es werde Richter Banks sein, der bekanntermaßen schnell Durchsuchungs- und Haftbefehle ausstellte. In der Zwischenzeit wollte Spader einige Anrufe tätigen und ein Team zusammenstellen, das den Durchsuchungsbefehl ausführen würde. Als Spader das Gespräch beendete, ahnte er nicht, welche verheerenden Auswirkungen das, was Oscar Wagner in der nächsten Stunde tun würde, auf das Leben diverser Personen haben sollte.

Während Spader auf Wagners Rückruf wartete, fuhr er zum verabredeten Treffpunkt, einem verlassenen Lagerhaus wenige Straßenecken von Rivers' Wohnsitz entfernt. Spaders Plan war simpel. Zwar hatte er keine ausreichende Grundlage für einen Haft- oder Durchsuchungsbefehl wegen Mordes und versuchten Mordes, und auch einen Haftbefehl wegen Drogendelikten würde er nicht durchbekommen, doch für einen *Haussuchungsbefehl* für Rivers' Wohnung reichten die Verdachtsmomente. Spader beabsichtigte, die Wohnung nach Beweisen für den Besitz von oder den Handel mit illegalen Drogen zu durchsuchen, und dabei mochten sie auch auf Beweise stoßen, die Rivers mit den Morden in Verbindung brachten. Wenn die ursprüngliche Haussuchung legal war und man an den Stellen, die sie in Rivers' Wohnung durchsuchten, realistischerweise Beweise für die vermuteten illegalen Drogenaktivitäten erwarten durfte, war alles, was sie dort im Zusammenhang mit anderen Verbrechen entdeckten, ebenfalls zulässig. Und sollten sie das Glück haben, Rivers zu Hause anzutreffen, wenn sie den Durchsuchungsbefehl zustellten, und Beweise für ein Verbrechen zu finden, dann benötigten sie keinen Haftbefehl. Dann hätten sie einen dringenden Tatverdacht, der eine Festnahme rechtfertigen würde, und Spader würde diesem Arschloch gleich an Ort und Stelle die Handschellen anlegen können. Spader betete darum, alles möge wie erhofft verlaufen. Er betete darum, dass sie genügend Beweise fanden, um Rivers wenigstens wegen Drogendelikten ins Gefängnis zu bringen. Und er betete darum, dieser Scheißkerl möge zu Hause sein und nicht bereits im Begriff, ein weiteres seiner wahrhaft abscheulichen Verbrechen zu verüben.

Fünfunddreißig Minuten nachdem der Richter – es war tatsächlich Richter Banks gewesen – den Haussuchungsbefehl ausgestellt hatte, standen Spader und Wagner wieder vor dem Haus, in dem Rivers wohnte. Sie klingelten beim Verwalter, dann gingen sie durch das avocadogrüne Treppenhaus in den ersten Stock und zu Wohnung Nummer drei. Da Richter Banks ihre Einschätzung, der Verdächtige werde wahrscheinlich entscheidendes Beweismaterial vernichten, wenn die Polizei ihre Anwesenheit ankündigte, teilte, hatte er ihren Antrag auf eine unangekündigte Durchsuchung genehmigt. Spader hielt sich an die in Massachusetts vorgeschriebene Vorgehensweise und nahm eine symbolische »Neueinschätzung der tatsächlichen Gefahr vor Ort« für die gesuchten Beweise vor. Dann gab er das Handzeichen. Zwei Polizisten aus East Boston traten vor und schwangen eine schwere Eisenramme gegen die Tür, welche zersplitterte und aus den Angeln gerissen wurde. Spader, Wagner und die beiden Uniformierten betraten die Wohnung. Spader rief, sie seien von der Polizei, und befahl allen Anwesenden, die Hände zu heben und sich nicht zu bewegen.

Sie standen in einem Wohnzimmer. Der Fernseher lief. Eine einzelne Lampe in einer Ecke beleuchtete Eddie Rivers, der gerade von der Couch aufstand, in der linken Hand eine Bierflasche, die er nun fallen ließ, während er mit der rechten nach hinten griff. Spader befahl ihm, sich nicht zu rühren, doch Rivers gehorchte nicht, sondern holte mit der Rechten eine Schusswaffe hinter dem Rücken hervor. Spader befahl ihm, die Waffe fallen zu lassen, und auch dies tat Rivers nicht. Stattdessen hob er die Waffe ganz langsam. Jemand brüllte: »*Schusswaffe!*«

Unter dem Einfluss des ausgeschütteten Adrenalins schien sich für Spader alles um ihn herum zu verlangsamen. Rivers lächelte allen Ernstes, als er die Waffe hob und den Lauf zu Spader herumschwang, der mit seiner eigenen Waffe auf Rivers zielte. Spader war ein exzellenter Schütze. An der Polizeiakademie hatte er seine Klassenkameraden allesamt in den Schatten gestellt, und er trainierte regelmäßig auf dem Schießstand. Die unwirklich langsam vergehende Zeit verschaffte Spader Gelegenheit, seine Entscheidung abzuwägen: Gehe ich auf Nummer sicher und verpasse ihm ein, zwei Schüsse in die Brust, oder mache ich ihn nur kampfunfähig? Er konnte Rivers zur Strecke bringen, ohne ihn zu töten. In diesem Augenblick – in Wahrheit nur ein Sekundenbruchteil – *wusste* er einfach, dass er es konnte. Oder er konnte das kranke Arschloch töten, das sich an den Todesqualen anderer aufgeilte, den siebenfachen Mörder, den Scheißkerl, der dafür gesorgt hatte, das die beiden Überlebenden den Rest ihres Lebens ohne Beine verbringen mussten, als Krüppel. Spader feuerte seine Waffe ab – das erste Mal in seiner gesamten Polizeilaufbahn, dass er dies außerhalb des Schießstandes tat. Die Kugel traf Rivers an der rechten Schulter, genau dort, wo Spader sie haben wollte. Rivers fiel die Waffe aus der Hand, und er kippte zurück auf die Couch. Sein Lächeln erlosch.

Sie legten Rivers Handschellen an, durchsuchten ihn, lasen ihm seine Rechte vor, und jemand schlug vor – im

Scherz, nahm Spader an –, sie könnten sich doch ordentlich Zeit lassen, bis sie einen Krankenwagen für dieses widerliche Arschloch riefen, so lange, dass der Drecksack derweil verblutete. Während der Krankenwagen unterwegs war, begannen sie mit ihrer Haussuchung und fanden gleich zu Anfang Beweise für die illegalen Drogenaktivitäten, die die Grundlage des Durchsuchungsbefehls darstellten. Die weitere Suche erbrachte noch mehr Beweise. Sie dokumentierten jeden Beweis und notierten sich den genauen Fundort. Sie waren akribisch. Sie wollten keine Pannen, nichts, was Rivers' Verteidiger Anlass zu der Behauptung geben könnte, die Beweise seien unrechtmäßig beschafft worden.

Während die Kollegen suchten, setzte Spader sich auf den billigen, zerkratzten Couchtisch direkt vor Rivers.

»Ich weiß, Sie haben sie ermordet, Eddie«, sagte er. »Sie haben ihnen die Beine abgesägt und sie ermordet. Es ist nur eine Frage der Zeit, bis wir Beweise dafür finden. Es wäre besser für Sie, wenn Sie es uns einfach erzählen. Dann sage ich dem Richter, dass Sie kooperiert haben.«

»Sie können mich mal.« Rivers hatte Schmerzen, war aber bei klarem Verstand. Und schlecht gelaunt wegen der Kugel in seiner Schulter.

»Das war nicht sehr kooperativ, Eddie. Und es war unhöflich. Da möchte ich Ihnen doch am liebsten die Faust ins Einschussloch rammen, was Ihnen bestimmt nicht besonders gefallen würde.«

Rivers war von kräftiger Statur; unter dem blutigen T-Shirt zeichneten sich Muskeln ab. Er wirkte wie einer, der nicht so leicht zu knacken war, jemand, der sich durch Gewaltandrohung nicht einschüchtern ließ. Manche Drohungen waren allerdings wirksamer als andere.

In der Nähe heulte eine Sirene, kam näher und näher.

»Eines Ihrer Opfer war ein zehnjähriges Kind, Eddie. Ich muss Ihnen nicht sagen, was andere Häftlinge mit Kindermördern machen, oder? Ich möchte jedenfalls ganz sicher nicht an Ihrer Stelle sein, wenn wir Ihren Hintern erst mal weggeschlossen haben. Wobei wir zu Ihrem Pech Ihren *Hintern* gar nicht wegschließen können. Aber Sie wissen, was ich meine. Also reden Sie doch besser jetzt mit mir, reden sich alles von der Seele, und dann spricht der Richter vielleicht ein mildes Urteil.«

»Ich muss gar nichts sagen«, sagte Rivers. »Das haben Sie mir gerade selbst erzählt.«

Rivers' Rechte als Beschuldigter, über die Spader ihn belehrt hatte, umfassten in der Tat auch das Recht zu schweigen. Spader kümmerte das nicht. »Kommen Sie, Eddie. Erzählen Sie mir einfach, warum Sie es getan haben. Was haben Sie davon, wenn Sie ihnen die Beine absägen? Irgendeinen sexuellen Kick? Mir ist zwar nicht klar, wie Sie sich mit der einen Hand einen runterholen können, während Sie mit der anderen sägen, aber wer weiß? Vielleicht sind Sie ja gut im Multitasking. Andererseits machen Sie das wahrscheinlich genau deshalb, weil Sie ihn sonst nicht hochkriegen. Der Wunsch, sich mächtig zu fühlen.« Er sah, wie sich Rivers' Kiefermuskeln verkrampften, vielleicht vor Schmerzen, aber vielleicht auch aus einem anderen Grund. »Ist es das? Nicht ganz auf der Höhe, da unter der Gürtellinie?« Er versuchte Rivers zu reizen, damit er etwas Dummes sagte, etwas Belastendes. Rivers öffnete den Mund, und Spader dachte schon, es habe funktioniert. Da lächelte das Arschloch und sagte: »Ich bin nicht Ihr Mann.«

»Doch, das sind Sie, Eddie.«

Sanitäter stürzten in die Wohnung, und Spader musste ihnen Platz machen, damit sie Rivers behandeln konnten. Während sie ihre Arbeit erledigten, musterte Spader den Kerl, der seinen Blick mit schwarzen Augen erwiderte. Bald war er auf einer Trage festgeschnallt und wurde hinausgebracht. Spader sah etwas wie einen Schatten über Rivers' Gesicht huschen, etwas zutiefst Unerfreuliches. Wenn er bis jetzt noch Zweifel an Rivers' Schuld gehegt hätte, dann wären sie jetzt verflogen.

Als der Krankenwagen fort war, beteiligte Spader sich an der weiteren Durchsuchung der Wohnung. Irgendwann sagte Oscar Wagner zu ihm: »Hättest du nicht ein paar Zentimeter höher und rechts zielen und dem Arschloch die Kugel mitten zwischen die Augen setzen können?«

Es dauerte zwanzig Minuten, dann hörte Spader einen der Uniformierten in einem der Schlafzimmer im hinteren Teil der Wohnung rufen: »Oh, Scheiße. Seht euch das an!«

Was der Kollege gefunden hatte – und was sie dann darüber hinaus noch fanden –, hätte Rivers für den Rest seines Lebens hinter Gitter bringen müssen. Die Verhandlung hätte reine Formsache sein sollen. Und das wäre sie auch gewesen, wenn alles ordnungsgemäß gelaufen wäre, wenn die Cops – wenn Spader – es nicht vermasselt hätten. Stattdessen durfte Eddie Rivers wieder frei herumlaufen, konnte auf seine Dämonen hören und die abscheulichen Taten verüben, die er so genoss. Und mindestens zwei weitere Unschuldige mussten sterben.

Spader lag jetzt auf dem Bett, auf der Bettdecke. Er stellte eine leere Bierflasche – die vierte, glaubte er – auf den Nachttisch und schloss die Augen. Er war erschöpft. Erschöpft vom Tag und erschöpft vom Denken an Eddie

Rivers. Er wollte die Augen geschlossen halten, ganz fest, und die Gespenster ignorieren. Doch in manchen Nächten waren diese Gespenster hartnäckiger und lauter als in anderen, und in solchen Nächten bekam er wenig Schlaf. Heute schien eine dieser Nächte zu sein.

VIER

Ein schrilles Läuten riss Spader aus dem Schlaf. Er schlug auf die Schlummertaste des Weckers, doch das Läuten verstummte nicht. Er griff nach dem Telefon und spürte, wie eine unangenehme Nässe sich in seinem Schritt ausbreitete. Er ließ das Telefon läuten, sah nach unten zwischen seine Beine und entdeckte eine halb volle Flasche Bud, die umgefallen sein musste, als er nach dem Telefon gegriffen hatte. Er konnte sich nicht daran erinnern, letzte Nacht zum Kühlschrank gegangen zu sein, um sich ein fünftes Bier zu holen. Ein Hauch von Beklemmung beschlich ihn, doch er sagte sich, dass er nicht annähernd genug trank, um ein Problem zu haben. Außerdem war gestern ein langer, beschissener Tag gewesen. Er schnappte sich das schnurlose Telefon und nahm das Gespräch an, kurz bevor sein Anrufbeantworter anspringen konnte.

»John, habe ich dich geweckt?«

Olivia.

»Nein, ich war schon auf. Ich meine, ich sollte auf sein. Wie spät ist es?« Er sah auf den Wecker, auf den er gerade noch eingeschlagen hatte. »Mist.«

Er stellte die nunmehr fast leere Flasche Bud auf den Nachttisch, stand auf und betrachtete das Bett. Er würde es neu beziehen müssen, ehe er heute Abend schlafen ging. Dann zog er die biergetränkten Shorts aus.

»John, bist du noch da?«

»Entschuldige, Olivia. Ja, ich bin da. Ich bin bloß richtig spät dran. Gut, dass du angerufen hast. Mein Wecker hat nicht geklingelt.«

»Es hilft, wenn man ihn stellt.«

Sie kannte ihn so gut. Das Telefon zwischen Schulter und Kinn geklemmt, zog er eine saubere Unterhose und darüber dieselbe Hose wie gestern an.

»Tut mir leid, Liebling«, sagte er und bedauerte den Ausrutscher sofort – sie war schließlich nicht mehr sein »Liebling« –, »aber ich kann im Augenblick nicht reden. Wenn es um diese Fotoalben geht – ich hatte noch keine Gelegenheit…«

»Nein, um die geht es nicht. Ich kann ein andermal wiederkommen und sie holen.«

»Wiederkommen? Du bist hier?«

»Ich parke auf der Straße vor deinem Haus.«

»Ich wünschte, du hättest früher angerufen.« Damit wäre er nicht nur vorgewarnt gewesen, dass sie vorbeikam, sondern der Anruf hätte ihn auch rechtzeitig geweckt, sodass er vor der Arbeit noch hätte duschen können, was er dringend nötig gehabt hätte. Zumal seine Lendengegend nun einen durchdringenden Budweiser-Geruch verströmte.

»Ich habe angerufen. Du bist nicht rangegangen.«

»Oh.« Er musste wirklich völlig hinüber gewesen sein, wenn er das Telefon einen Meter von seinem Kopf entfernt nicht gehört hatte. Aber wenn er so tief geschlafen hatte, warum fühlte er sich dann nicht ausgeruhter? Andererseits war selbst der tiefste Schlaf nicht sonderlich erholsam, wenn er nur zwei Stunden pro Nacht dauerte. »Ich würde mich wirklich gern jetzt mit dir treffen, aber ich habe eine

Besprechung, die in« – erneut sah er auf die Uhr – »einer Viertelstunde anfängt. Und ich habe sie selbst einberufen, es macht sich also nicht so gut, wenn ich da zu spät auflaufe.«

»Oh. Schon gut. Vielleicht kannst du dich später irgendwo mit uns treffen, hm?«

»Mit uns? Ist David bei dir?«

»Genau.«

Er seufzte. »Ich wünschte, ich hätte gewusst, dass ihr kommt.«

»Wir sind nicht weit von dir frühstücken gewesen und dachten, vielleicht erwischen wir dich noch vor der Arbeit. Wie gesagt, ich habe vor einer Weile angerufen. Als du nicht rangingst, dachte ich, du stehst vielleicht gerade unter der Dusche.«

»Ist alles in Ordnung?« Er zog ein blaues Button-Down-Hemd an.

»Es geht.«

»Hasst er uns immer noch?«

Sie zögerte. »In dieser Hinsicht hat sich nichts geändert.«

»Und du glaubst, wir müssen alle zusammen noch einmal darüber reden.«

»Ja.«

Er atmete geräuschvoll aus. »Hör zu, ich bin in einer Minute unten. Ich kann jetzt nicht lange reden, aber wartet auf mich, okay? Ich bin gleich da.«

Warum hatte er sie gebeten zu warten? Er hätte ihr anbieten können, sie später zurückzurufen und ein Treffen zu vereinbaren. Außerdem würde er danach erst wieder zurück ins Haus und durchs Treppenhaus in die Tiefgarage zu seinem Auto gehen müssen. Aber er wollte sie wohl einfach wiedersehen, und sei es auch nur für einen Augenblick. Und David natürlich auch.

»Okay«, sagte sie. »Wir warten.«

Spader sprang die Treppe von der Haustür zum Bürgersteig hinab und zog im Laufen ein dunkelblaues Sakko über. In einer Hand hielt er eine Aktenmappe aus weichem Segeltuch, in der anderen einen halb gegessenen Golden Delicious. Olivia und David warteten am Straßenrand auf ihn.

»Du siehst toll aus«, sagte er zu ihr. Sie sah wirklich großartig aus. Der weiche Morgensonnenschein lag hell auf ihren schulterlangen blonden Haaren, verlieh den hellroten Strähnchen Wärme und betonte ihre dunkelblauen Augen – ein Blauton, wie man ihn auf Fotos sieht, die die Erde aus dem Weltraum zeigen –, die weit jünger wirkten, als man es in einem achtunddreißigjährigen Gesicht normalerweise sieht. Ihr Nadelstreifenhosenanzug war elegant, geschäftsmäßig, aber zugleich weiblich, und saß wie angegossen an ihrem hoch gewachsenen, schlanken Körper.

»Danke«, sagte sie. »Du auch.«

»Du bist immer noch eine lausige Lügnerin. Aber ich fürchte, der Anzug da ist ein bisschen sehr heiß.« Nach einem kurzen betretenen Schweigen lächelte Olivia. »Ich meinte«, sagte Spader und lächelte jetzt ebenfalls, »es soll ziemlich heiß werden heute, und der Anzug da wirkt ein bisschen zu warm. Aber wo es schon mal raus ist: Du siehst ziemlich heiß aus in dem Anzug.«

»Danke.« Sie verdrehte die Augen, aber sie lächelte.

Er wandte sich seinem Sohn zu, der an Olivias Ford Escape lehnte. »Hi, David.« Er erwartete keine Umarmung von seinem Sohn, und ihm die Hand zu schütteln, erschien ihm fürchterlich formell, daher lächelte er bloß. Sein

Lächeln wurde nicht erwidert. »Tut mir leid, dass ich gestern Abend nicht mehr zurückgerufen habe, aber ich bin erst sehr spät nach Hause gekommen.«

David zuckte mit den breiten Schultern. Er war ebenso groß wie Spader, doch mit seinen gut einhundert Kilo wog er etwa fünfzehn Kilo mehr als sein Vater – alles Muskeln. David war schlank und gestählt, ein Neunzehnjähriger mit einem Sportlerkörper und einem hübschen Gesicht, das noch ein wenig von einem kleinen Jungen und einiges von einem Jugendlichen an sich hatte, jedoch von Tag zu Tag männlicher wirkte. Aber traurigerweise hatten sich seine Gesichtszüge in den letzten Monaten verhärtet, jedenfalls wenn Spader in der Nähe war. Er musste unbedingt Olivia fragen, ob er auch sonst so dreinschaute.

»Ich weiß, wir haben etwas zu besprechen«, sagte Spader, »aber jetzt gerade muss ich zu einer Besprechung und bin spät dran. Und der Rest des Tages ist auch ziemlich voll, fürchte ich.«

»Du bist eben ein Mann mit einem wichtigen Job«, sagte David leise.

Spader zögerte. »Stimmt.«

»Und du bist ja so gut darin.«

»War das Sarkasmus, David?«

David zuckte die Achseln.

»Willst du mir etwas sagen?«, fragte Spader.

David zuckte erneut die Achseln, doch gleich darauf sagte er: »Ich bekomme bloß in letzter Zeit ständig zu hören, wie gut du in deinem Job bist, das ist alles. In der Zeitung, in den Nachrichten. Manche meiner Freunde haben mich sogar schon darauf angesprochen. Mann, kann ich stolz darauf sein, dass ich dein Sohn bin, der Sohn vom *Jack of Spades.*«

»David, das reicht«, mahnte Olivia in scharfem Ton.

»Nein, lass ihn.« Spader konnte es David eigentlich nicht verdenken, allerdings hätte der Junge ein bisschen Takt- und Mitgefühl an den Tag legen können. Doch er konnte seinen Sohn verstehen. Nach Peter Lisbons Tod hatten die Medien so viel wie möglich aus der Galaxo-Geschichte herausgeholt. Und die Kombination aus Lisbon, dem die Füße abgesägt worden waren, und Spader als dem die Ermittlungen leitenden Detective hatte die Presse zu den unvermeidlichen Vergleichen mit dem Eddie-Rivers-Debakel veranlasst, was Spader zur Zielscheibe heftiger Kritik machte. Nach zwei absonderlichen, brutalen Morden sowie der Verstümmelung eines behinderten Mannes ritt Galaxo auf einer Welle medialer Aufmerksamkeit. Unglücklicherweise wurde Spader in Galaxos Kielwasser ebenfalls davon erfasst. Ob berechtigt oder nicht, die Presse war nach der Sache mit Eddie Rivers nicht gerade rücksichtsvoll mit ihm umgegangen. Nun kam es ihm vor, als erschienen jeden Tag neue Artikel, als stellten die Journalisten täglich neue Theorien auf, mit denen sie Spaders Bemühungen und die der gesamten Polizei im Fall Galaxo infrage stellten, als versuchten sie ständig aufs Neue, Parallelen zwischen Galaxo und Eddie Rivers zu ziehen, und ließen sich immer wieder neue Schlagzeilen einfallen, in die sie diesen bescheuerten *Jack-of-Spades*-Spitznamen geschickt oder nicht so geschickt einbauten. Spader wusste, es würde noch weitaus schlimmer werden, ehe es besser wurde. Einige Tage zuvor hatte er endgültig aufgehört, Zeitung zu lesen und Nachrichten zu schauen.

»David«, sagte er, »ich kann dir nur sagen, dass wir alles tun, was wir können, um diesen Kerl, von dem du liest, aufzuhalten. Es tut mir leid, wenn meine Beteiligung daran dich in Verlegenheit bringt. Aber am Ende kriegen wir ihn, das verspreche ich dir.« Spader wandte sich an Olivia. »Also, wegen einem Treffen. Heute tagsüber geht bei mir nicht, aber wie wäre es bei euch mit heute Abend? Wir könnten zusammen essen gehen.«

Sie zögerte. »Jason und ich haben Theaterkarten.«

Spader wollte sich nicht anmerken lassen, was er empfand, als er von dieser Verabredung mit ihrem neuen Freund hörte, daher fuhr er rasch fort. »Tja, ich denke, David und ich können uns trotzdem zusammensetzen. Eine Kleinigkeit essen, ein paar Dinge besprechen. Was meinst du, großer Mann?«

Ehe David antworten konnte, sagte Olivia: »Du kannst natürlich jederzeit mit David zu Abend essen, wenn du möchtest, aber falls ihr über das College reden wollt, wäre ich gern dabei.«

Spader nickte. »Wie wär's dann mit Frühstück morgen? Wir könnten in dieses Lokal hier in der Nähe gehen, wo die Pfannkuchen so groß wie dein Kopf sind. Was hältst du davon?«

»Klingt gut.«

»Was ist mit dir, David?«, fragte Spader. »Du kannst bestimmt mehrere von diesen Monsterpfannkuchen verdrücken, oder?«

»Von mir aus.«

»Das nehme ich als begeistertes Ja.« Spader wandte sich an Olivia. »Ist sieben zu früh?«

»Das passt.«

»Also abgemacht.«

Dann folgte dieser peinliche Augenblick, in dem er das Gefühl hatte, er sollte sich vorbeugen und sie zum Abschied küssen, wie er es in den zweiundzwanzig Jahren getan hatte, die sie zusammen gewesen waren, in den ersten Jahren ohne Trauschein, danach als Verheiratete. Doch Abschiede verliefen jetzt anders, daher sagte er lächelnd: »Bis morgen dann«, und ging zurück ins Haus.

Während Spader durch das Labyrinth aus Schreibtischen und Bürozellen im Ten Fed eilte, kam ein ganz junger Trooper, vermutlich der jüngste Detective der gesamten Abteilung, aus dem Kopierraum und ging in entgegengesetzter Richtung davon.

»He«, rief Spader ihm hinterher.

Der Trooper drehte sich um, erblickte Spader, sah sich im Raum um, dann wieder zu Spader.

»Ja, Sie. Sie müssen mir einen großen Gefallen tun. Wie heißen Sie?«

»Miller. Detective Robert Miller.«

Das »Detective« hatte der Junge sich einfach nicht verkneifen können – als ob Spader nicht von allein darauf gekommen wäre. »Ich glaube, wir sind uns noch nicht begegnet. Gerade Detective geworden?«

»Meine erste Woche.«

»Glückwunsch. Also, Sie kommen gerade aus dem Kopierraum, woran ich erkenne, dass Sie kopieren können. Ich kann das natürlich auch, aber was ich nicht kann, jedenfalls nicht so schnell, ist herausfinden, wie man Vergrößerungen macht.«

»Aha?« Womit er meinte: Und warum rauben Sie mir die Zeit mit Ihrer Unfähigkeit, eine simple Büromaschine zu bedienen?

»Ich habe eine wichtige Besprechung in« – Spader sah auf die Uhr – »*vor* vier Minuten, und ich brauche eine Farbkopie eines Fotos, bloß habe ich hier zehn mal fünfzehn, aber ich brauche zwanzig mal fünfundzwanzig oder was der Kopierer eben kann. Ich könnte es sicher selbst herausfinden, aber dafür brauche ich bestimmt zwanzig Minuten, und auf mich wartet ein halbes Dutzend Leute. Können Sie mir helfen?«

Spader wusste genau, was der Junge jetzt dachte. *Da bin ich endlich Detective, bin von der untersten Stufe aufgestiegen, und jetzt mache ich schon wieder die Drecksarbeit für andere.*

»Kommen Sie, Detective Miller. Ein kleiner Gefallen, okay? Ich revanchiere mich irgendwann dafür. So arbeiten wir hier. Gemeinsam.« Das war nicht völlig gelogen, aber auch nicht so ganz wahr.

Miller streckte die Hand aus, und Spader reichte ihm ein Foto von Stanley Pendleton.

»Detective Spader?« Eine Frauenstimme.

Spader wandte sich um. Mit schnellen, effizienten Schritten kam Ann Lamonde auf ihn zu, Detective Captain Struthers' administrative Assistentin, was irgendwie etwas Besseres war als Sekretärin, jedenfalls Ms Lamonde zufolge. Sie war von kleiner Statur und ging mit mechanischer Präzision. In ihren Bewegungen gab es nichts Überflüssiges.

»Guten Morgen, Ann.«

»Detective Captain Struthers möchte Sie sehen.«

»Jetzt sofort? Ich bin spät dran für eine Besprechung.«

»Wenn Sie jetzt spät dran sind, dann waren Sie auch schon bevor ich mit Ihnen sprach spät dran. Sie hätten sich den Wecker fünfzehn oder zwanzig Minuten früher stellen sollen, dann hätten Sie mehr Zeit gehabt.«

Spader nickte, als zöge er das in Erwägung. »Guter Hinweis. Danke. Der Captain muss mich wirklich sofort sprechen?«

»Ich tue bloß, was man mir sagt, Detective, und man hat mir gesagt, ich soll Ihnen sagen, dass der Detective Captain Sie sehen will.«

Spader nickte erneut. Er wandte sich an Miller. »Könnten Sie Kopie und Foto einfach auf dem Kopierer liegen lassen? Ich hole sie nach meiner Unterredung mit dem Captain ab. Und, Detective, vielen Dank.« Er sprach sonst nie jemanden in seiner Einheit mit Detective an, aber er dachte, es könne nicht schaden, dem Jungen ein bisschen Honig ums Maul zu schmieren. Seinem Blick nach zu urteilen, hatte es funktioniert.

Detective Captain Struthers war ein abgebrühter, erfahrener, allseits respektierter Polizist, der zufälligerweise einen sehr unglücklichen Vornamen hatte. Wie hätten seine Eltern bei der Auswahl des Namens für ihr pausbäckiges kleines Baby aber auch ahnen können, dass Jahre später die Sitcom *All In The Family* auf Sendung gehen, zu einer TV-Sensation werden und Sally Struthers, die Schauspielerin, die Archie Bunkers Tochter spielte, zu einer Berühmtheit machen würde, die jeder kannte? Warum hätten sie ihren Sohn also *nicht* Salvatore nennen sollen? Warum hätte ihn *nicht* jeder Sal rufen sollen? Und war es jetzt, viele Jahre nachdem Archie Bunkers Familie durch zahllose amerikanische Wohnzimmer geflimmert war, ein Wunder, dass es so gut wie unmöglich war, Captain Sal Struthers *nicht* »Sally« zu nennen? Überdies war er von eher kleiner Statur, hatte noch immer blondes Haar, auch wenn es an den Schläfen allmählich weiß wurde, und war, seit er einige Jahre zuvor zum Schreibtischtäter geworden war, ein wenig dicklich geworden, was erst recht dazu verführte, diesen Spitznamen zu verwenden. Denn jeder, der in den frühen Morgenstunden fernsah, begegnete einer rundlicheren, älteren, doch noch immer blonden Ms Struthers, die zu Spenden für die hungernden Kinder in Afrika aufrief. Jedes Mal, wenn Spader sich in einem Raum mit Struthers aufhielt, befand er sich in einer ausgesprochen misslichen Lage. Dieser Mann war seit acht Jahren sein direkter Vorgesetzter, seit Captain Mancini in den Ruhestand gegangen war und Struthers seinen Posten übernommen hatte. Doch noch immer konnte Spader es sich kaum verkneifen, ihn »Sally« zu nennen. Etliche Male wäre es ihm fast herausgerutscht. Anderen Detectives ging es genauso. Spader war bewusst, dass gerade er, der sich mit dem dämlichen Spitznamen *Jack of Spades* herumzuschlagen hatte, sich das doch verkneifen können müsste, aber ganz im Ernst: Sally Struthers? Wie konnte man *nicht* daran denken, wenn man mit ihm sprach? Daher geriet Spader in Struthers' Gegenwart jedes Mal in gelinde Aufregung, da er wusste, es war nur eine Frage der Zeit, bis ihm der Spitzname doch einmal herausrutschte. Wie immer hoffte er, es werde nicht ausgerechnet heute geschehen. Er war bereits zu spät dran für seine eigene Besprechung, da konnte er sich eine Erörterung über angemessene Anredeformen einfach nicht leisten.

Struthers saß an seinem funktionalen Schreibtisch aus Stahl. An der Wand hinter ihm hätte eine hübsche Sammlung von Zeugnissen seiner persönlichen Wichtigkeit hängen können – Preise, Belobigungen, Fotos mit verschiedenen Größen der Politik und der Strafverfolgungsbehörden von Massachusetts … Stattdessen hing dort ein Porträtfoto seiner Frau und ihrer vier Söhne, die allesamt untersetzt und blond waren und von denen keiner Sal Junior hieß.

»Ann sagt, Sie seien spät dran für eine Besprechung, da will ich Sie nicht lange aufhalten.«

Spader hatte keine Ahnung, wie Struthers' Sekretärin – Pardon, seine administrative Assistentin – das gemacht hatte. Er hatte ihr doch gerade erst von der Besprechung erzählt und war ihr dann zum Büro des Captains gefolgt, und er hatte sie nicht mit Struthers reden sehen, ehe er selbst eingetreten war. Kein Wunder, dass ihre Tüchtigkeit legendär war.

»In Ordnung, Cap«, sagte Spader, obwohl ihm »Sally« auf der Zunge gelegen hatte.

»Ich möchte bloß wissen, wo wir in dieser Galaxo-Sache stehen.«

Nun, sie tappten im Dunkeln, mit zwei Leichen und einem verstümmelten Krüppel, alles dank einem Psycho mit einer Kindermaske, ohne nennenswerte Hinweise, ohne einen einzigen Schnipsel DNA, ohne die geringste verwertbare Spur an einem der Tatorte. Spader glaubte nicht, dass Struthers das hören wollte, doch er musste es aussprechen.

»Verdammt«, sagte Struthers. »Sie wissen, warum ich Ihnen diesen Fall übertragen habe, oder?«

»Weil ich der beste Detective bin, den Sie haben?«

»Stimmt das denn?«

»Den Statistiken zufolge schon.«

Als Struthers das Wort *Statistiken* hörte, wedelte er mit der Hand, als wollte er eine Fliege verscheuchen. Doch Spader wusste, Struthers war bekannt, dass keiner in ihrer Behörde eine bessere Aufklärungsquote hatte als Spader, und seine Fälle waren mindestens so schwierig wie die der anderen, wenn nicht schwieriger.

Struthers sagte: »Nehmen wir also an, Sie sind der Beste,

den ich habe. Von mir aus. Aber das ist nicht der einzige Grund, warum ich Sie auf Galaxo angesetzt habe.«

»Ich weiß.«

Struthers runzelte die Stirn. »Ihnen diesen Fall zu übertragen, war eine heikle Entscheidung, John. Aus PR-Sicht könnte es sich zu einem Debakel entwickeln – für Sie, für die Behörde und vor allem für mich. Aber Sie haben den Fall, weil ich ehrlich glaube, dass Sie, aus verschiedenen Gründen, die besten Aussichten darauf haben, diesen Kerl zu schnappen. Sollte ich mich allerdings geirrt haben …« Er brach ab.

Einer von Struthers' Gründen war selbstverständlich der Umstand, dass es oberflächliche Ähnlichkeiten mit dem Eddie-Rivers-Fall gab, den Spader aufgeklärt hatte, nur um dann mit ansehen zu müssen, wie Rivers von den schwersten Anschuldigungen freigesprochen worden war, eines Formfehlers wegen, der, wie Spader wusste, möglicherweise zum Teil sein Fehler gewesen war. Und wie er nur allzu gut wusste, glaubten viele andere das auch. Aus diesem Grund war es riskant von Struthers gewesen, ihm den Fall zu übertragen. Als sich herausgestellt hatte, dass dies ein Fall für die State Police war, wäre es am einfachsten gewesen, ihn in den Händen von Reggie Wilkins zu belassen, einem anderen Detective in ihrer Einheit, der den Überfall auf Galaxos erstes Opfer zunächst zusammen mit der lokalen Polizei bearbeitet hatte. Als aber deutlich wurde, dass ein zweiter Überfall in einem anderen County beinahe sicher das Werk desselben Täters war, ging der Fall – einschließlich der beiden Opfer – in die Zuständigkeit der State Police über.

»Ich muss Ihnen sagen«, fuhr Struthers schließlich fort, »Staatsanwalt Rawlings und ich haben das hin und her diskutiert. Er tendierte dazu, Ihnen den Fall nicht zu geben, wegen … nun, wegen dem, was damals passiert ist.« Er bezog sich auf den besagten Formfehler. »Aber zu Rawlings' Ehre muss gesagt werden, dass er mir wohl glaubte, als ich ihm sagte, Sie seien der Beste für den Job. Er ist willens, Ihnen eine Chance zu geben.«

Das war eine riskante Entscheidung gewesen, die Spader beeindruckte. Falls – was Gott verhüten möge – wieder etwas schiefging, würden Rawlings, Struthers und Spader von der Presse gekreuzigt werden und ihre Karrieren würden mindestens ins Stocken geraten, wenn nicht Schlimmeres. Doch angesichts der Informationen, die Rawlings und Struthers zur Verfügung standen, war ihre Entscheidung durchaus nachvollziehbar. Falls sie wirklich glaubten, Eddie Rivers könne ihr Täter sein, dann machte der Umstand, dass Spader Rivers am besten kannte und ein ganz persönliches Interesse daran hatte, ihn zu ergreifen – neben dem beruflichen Interesse, das jeder Kriminalpolizist hätte –, Spader zu einer guten Wahl. Doch allmählich schlug dieser Fall, wie Struthers befürchtet hatte, in den Medien hohe Wellen, und seine Entscheidung konnte ihn angreifbar machen.

Spader wusste nicht, ob eine Antwort von ihm erwartet wurde. Er nickte bloß.

»Ich möchte so weit wie möglich auf dem Laufenden gehalten werden«, sagte Struthers.

»Natürlich, Cap.«

Struthers zögerte. »Ich weiß nicht, ob ich Ihnen das überhaupt sagen muss, aber ich sage es trotzdem: Sie müssen in dieser Sache Ihr Bestes geben. Ich fürchte, wir können uns auf ein Donnerwetter gefasst machen. Wenn es nicht gut läuft, weiß ich nicht, ob mein Schirm groß genug für mich ist, ganz zu schweigen von uns beiden. Also lassen Sie uns das Arschloch einbuchten, bevor der Gegenwind zu heftig wird, okay?«

Spader nickte und fragte sich, ob sein Vorgesetzter sich dieses Bild vorab überlegt hatte.

»Tut mir leid, dass ich zu spät komme«, sagte Spader, als er den Besprechungsraum der Kriminalpolizei der Essex County State Police betrat. Er ließ die Aktenmappe auf den langen Tisch fallen. Daneben legte er eine Mappe, die ihm gerade erst auf dem Weg hierher von einer Verwaltungskraft ausgehändigt worden war. »Ist ziemlich spät geworden gestern.«

»Wie heißt sie?«, rief Amanda Cassel. Sie war ebenfalls Detective in Spaders Abteilung, eine fähige, hartgesottene Polizistin, der es dennoch gelang, feminin und verführerisch zu wirken, wenn Spader sie nach der Arbeit in einer der Bars sah, die von den Jungs und Mädels in Blau frequentiert wurden.

»Hat sie eine Schwester?«, fragte jemand anders. Spader bekam nicht mit, wer.

Die sieben Personen am Tisch kicherten, doch das Kichern blieb ihnen im Halse stecken, als Spader antwortete: »Sie heißt Louise Pendleton, und ob sie eine Schwester hat, weiß ich nicht, aber sie hat einen Sohn, der im Rollstuhl sitzt und dem gestern Nacht von einer Bestie das Ohr abgeschnitten wurde.«

Totenstille. Dann hustelte jemand.

»Scheiße«, sagte Spader. »Tut mir leid. Wie gesagt, war spät gestern.«

Er zuckte halb entschuldigend die Achseln und ließ den Blick über die am Tisch versammelten Detectives wandern.

Die meisten zeigten mit einem Nicken Verständnis. Spader stellte sich denen vor, die ihn noch nicht kannten, und forderte sie dann auf, sich ebenfalls vorzustellen. Detective Captain Struthers wünschte eine schnelle Aufklärung dieses potenziellen Sensationsfalls und hatte Spader angewiesen, jeden, der nicht ohnehin schon bis über beide Ohren in anderen Fällen steckte, zu rekrutieren. Daher hatte Spader neben Dunbar drei weitere Detectives aus seiner Abteilung mobilisiert – Leon Fratello, Amanda Cassel und Reggie Wilkins –, die ihn so weit unterstützen sollten, wie ihre eigenen Fälle es zuließen. Und Struthers hatte Spader gesagt, er solle denen, deren Unterstützung er in Anspruch nahm, deutlich zu verstehen geben, dass sie trotz ihrer eigenen Fälle alles ermöglichen mussten, was Spader benötigte. Neben den Detectives aus seiner Abteilung war auch je ein Kollege von den örtlichen Polizeidienststellen Newburyport und Belmont, wo die ersten beiden Opfer gelebt hatten, anwesend. Vervollständigt wurde seine Arbeitsgruppe durch Ken Matthews, den Spader bereits gestern Nacht am Schauplatz von Stanley Pendletons Verstümmelung kennengelernt hatte.

Spader räusperte sich. »Okay, im Großen und Ganzen wissen ja alle, warum wir hier sind. Jetzt lassen Sie mich ins Detail gehen.« Er zog ein Foto heraus, drehte sich um und befestigte es an der weißen Wandtafel. »Erstes Opfer: Andrew Yasovich, dreiundsechzig.« Das Foto zeigte einen lächelnden Mann. Es war noch relativ aktuell, denn man sah dem Mann an, dass er um die sechzig Jahre alt sein musste. »Wie Sie sehen, ein Weißer. Was Sie nicht sehen können, ist, dass er Witwer und Rechtsanwalt war und in Newburyport lebte und praktizierte.«

»Ich habe sofort gewusst, dass er Anwalt ist«, warf Reggie Wilkins ein. »Wenn man genau hinsieht, erkennt man zwischen den Zähnen die Spitze einer gespaltenen Zunge.« Wilkins war ein, zwei Jahre jünger als Spader, ein scharfsinniger Cop mit einer Vorliebe für scharfe Klamotten und einer scharfen Zunge.

Spader lächelte nachsichtig und ließ die anderen zu Ende lachen. Dann fuhr er fort: »Jedenfalls, am achten Juni ging in der Notrufleitstelle von Newburyport ein Notruf ein, der von Yasovichs Haus abgesetzt wurde, doch dann meldete sich niemand. Offenbar hat unser Täter den Anruf selbst getätigt, ehe er vom Tatort floh. Man schickte einen Streifenwagen hin, und die Kollegen fanden Mr Yasovich mit Industrieklebeband an einen Stuhl gefesselt, Kinn und Brust blutüberströmt. Seine Zunge fehlte. Nun ja, jedenfalls befand sie sich nicht mehr in seinem Mund. Während der Krankenwagen unterwegs war, bat Yasovich die Kollegen mit Gesten um Bleistift und Papier. Er konnte noch ›gelbe Maske‹, ›komische Stimme‹ und ›musste wählen‹ schreiben, dann hatte er einen schweren Herzinfarkt.« Während er sprach, schrieb Spader Yasovichs drei Hinweise mit schwarzem Marker an die weiße Tafel. »Yasovichs Pumpe war anscheinend angeschlagen, er hatte im Lauf der Jahre schon einige Herzinfarkte gehabt, und das Erlebnis mit unserem Täter hat ihm den Rest gegeben. Er starb, ehe die Sanitäter eintrafen. Zu diesem Zeitpunkt konnte die Polizei von Newburyport noch nicht ahnen, was sie da wirklich hatte.«

»Für uns sah das einfach wie ein Tötungsdelikt aus«, sagte ein großer Mann am anderen Ende des Tisches: Detective Rick Monteleone von der Polizei Newburyport. »Ich meine, natürlich abgesehen davon, dass dem Mann die Zunge rausgeschnitten worden war.«

Spader erklärte: »Newburyport hat den Fall bearbeitet, bis man am zweiten Opfer sah, dass derselbe Täter erneut zugeschlagen hatte. Dann war es an der Zeit, dass wir den Fall übernahmen. Aber zu Opfer Nummer zwei komme ich gleich.«

»John?«, meldete sich Amanda Cassel. »Eben hast du gesagt, Yasovichs Zunge habe sich nicht mehr in seinem Mund befunden. Wie hast du das gemeint? Wo war sie?«

»Man fand Spuren, denen zufolge unser Täter sie zuerst in einem Aschenbecher platziert hatte, es sich dann aber anders überlegt und sie in die Mikrowelle getan hat – allerdings ohne sie einzuschalten –, dann in den Mixer, ebenfalls ohne ihn einzuschalten, und am Ende in die Fleischschublade des Kühlschranks. Und bevor er ging, tätigte er dann den Notruf.«

»Irgendwelche Kinder?«, fragte Ken Matthews.

»Sein einziges Kind, Ben, starb vor sechs Jahren mit Ende dreißig bei einem Autounfall.«

»Dann ist der Sohn also diesmal nicht verdächtig?«, fragte Wilkins trocken.

»Diesmal nicht«, gab Spader im gleichen Stil zurück.

»Er wollte das Opfer nicht töten, oder?«, fragte Cassel. »Ich meine, wenn ich jemandem die Zunge rausschneide, gehe ich nicht davon aus, dass er daran stirbt. Außerdem hat er den Notruf gewählt, ehe er ging.«

Spader nickte. »Genau. Ich glaube, er wollte nur, dass der Mann leidet. Es törnt ihn an, wenn er Schmerzen zufügt und beobachtet, wie der Mann leidet. Von Yasovichs schwachem Herzen hat er möglicherweise nichts gewusst. Wir gehen einstweilen von der Annahme aus, dass er nicht die Absicht hatte, Yasovich zu töten.«

»Aber er hat sich auch nicht allzu viele Sorgen gemacht, dass das passieren könnte.«

»So sieht es allerdings aus.« Spader zog das zweite Foto aus der Mappe. Er klebte Peter Lisbons gut aussehendes, lächelndes Gesicht an die Tafel und blickte dann in seine Notizen. »Opfer Nummer zwei. Peter Lisbon, dreißig Jahre alt, ebenfalls Weißer. Geschieden. Die Exfrau lebt in Burlington. Es besteht kein Grund zu der Annahme, dass sie irgendetwas damit zu tun hat, und ihre Bestürzung über den Tod ihres Exmannes kam mir ziemlich aufrichtig vor, als ich mit ihr sprach. Jedenfalls: Am dreißigsten Juni, zweiundzwanzig Tage nach dem ersten Überfall, ging ein weiterer Notruf ein, diesmal in Belmont. Auch hier hat sich niemand gemeldet. Als die Belmonter Polizei eintraf, fand sie Lisbon in seiner Küche, an einen Stuhl gefesselt, und seine Beine endeten in blutigen Stümpfen; die abgesägten Füße lagen in seinem Schoß. Er war geschwächt vom Blutverlust und dem Schock, aber er konnte uns sagen, er sei von Galaxo, dem Außerirdischen, überfallen worden. Vielleicht haben Sie von ihm gehört. Falls Sie Kinder haben oder Leute mit Kindern kennen, haben Sie garantiert von Galaxo gehört. Jedenfalls, Lisbon war nicht ganz bei klarem Verstand, doch es gelang ihm, uns verständlich zu machen, dass der Eindringling eine Galaxo-Maske getragen habe – und die ist gelb, genau wie das erste Opfer aufgeschrieben hatte – und dass er mit dieser komischen Galaxo-Stimme gesprochen habe, die Sie bestimmt schon mal gehört haben. Er stellte Lisbon außerdem vor eine Wahl, überlegte es sich dann offenbar noch einmal anders und stellte ihn vor eine andere Wahl. Die endgültige Wahl bestand darin, dass er Lisbon entweder Säure übers Gesicht gießen oder ihm die Füße abschneiden würde. Und jetzt kommt's: Sollte Lisbon keine Wahl treffen, wollte Galaxo beides tun. Anscheinend entschied Lisbon sich dafür, sein Gesicht zu behalten, und das mag ihn das Leben gekostet haben, denn Galaxo sägte ihm die Füße ab, rief dann den Notruf, aber als die Polizei eintraf, hatte Lisbon schon zu viel Blut verloren. Er konnte noch von der Galaxo-Maske und den Wahlmöglichkeiten und so weiter erzählen, aber die Verletzung war zu schwer. Wie das erste Opfer starb er, ehe die Sanitäter auch nur dort waren.«

»Bei dem Aussehen hätte ich mich auch für mein Gesicht entschieden.« Das war Leon Fratello, ein Detective mittleren Alters mit einem zerklüfteten Gesicht. Das Rauchen war im Gebäude nicht gestattet, und so drehte Fratello seine Zigarette zwischen Daumen und Zeigefinger, anstatt sie zu paffen. »Ich schwöre euch, ich wünschte, ich sähe so aus.«

»Deine Frau auch«, merkte Amanda Cassel an.

»Jede Veränderung wäre eine Verbesserung«, steuerte Wilkins bei.

»Okay, okay«, sagte Spader. »Jedenfalls, es ging eine behördenübergreifende Fahndung raus, und die Leute, die die ersten beiden Fälle bearbeiteten, erkannten, dass sie wahrscheinlich nach ein und demselben Täter suchten, einem Täter, der Menschen in mehr als einem Gerichtsbezirk überfiel, und dass es deshalb ein Fall für die State Police ist. Vermutlich ist der Fall bei mir gelandet, weil ich ein bisschen Erfahrung mit einem Serienmörder habe.« Er hielt inne. »Und übrigens, es gibt noch etwas zu Peter Lisbon. Sein Vater, Anthony Lisbon, war sechsundzwanzig Jahre lang bei der State Police. Er wurde vor neun Jahren von einem Drogendealer erschossen. Starb im Einsatz.«

Nach kurzem ernüchterten Schweigen fragte Cassel leise: »Was ist mit seiner Mutter? Lebt sie noch?«

»Ich habe nicht mit ihr gesprochen, aber doch, sie lebt. Estelle Lisbon, sechzig Jahre alt, lebt in Holyoke. Wie ich höre, war sie am Boden zerstört, logisch. Jedenfalls, ich muss Ihnen nicht sagen, dass es dadurch, dass Peter Lisbons Vater einer von uns war – einer von uns State Troopers, meine ich –, ein bisschen zu einer persönlichen Angelegenheit wird. Peters Familie ist im weitesten Sinne auch unsere Familie.«

Ein neuerliches, ehrerbietiges Schweigen trat ein. Spader gab den Kollegen einen Augenblick Zeit, dann fuhr er fort. »Okay, er hat Lisbon also die Füße abgesägt. Nun denn, Galaxo mag gewollt haben, dass sein Opfer starb, aber auch diesmal kann es sein, dass er ihn bloß leiden sehen wollte. Möglicherweise hat er sich nur verschätzt und nicht erkannt, wie schnell sein Opfer verbluten würde. Denken Sie dran, er wählt noch am Tatort den Notruf, vermutlich sobald er mit dem fertig ist, was er den Leuten antut. Somit ist er zwar bestimmt nicht über die Maßen besorgt um ihr Wohlergehen, aber Mord scheint bei seinen beiden ersten Opfern nicht das primäre Ziel gewesen zu sein.«

»Ich bin sicher, Yasovich und Lisbon – mögen sie in Frieden ruhen – finden Trost in diesem Gedanken«, sagte Wilkins.

Spader ignorierte diese Bemerkung und holte ein weiteres Foto aus der Mappe. »Damit kommen wir zum Opfer von gestern Nacht.« Er hielt ein Foto von Stanley Pendletons zernarbtem Gesicht an die Tafel und befestigte es mit Klebeband.

»Er ist kein Peter Lisbon, nicht wahr?«, bemerkte Cassel.

»Stanley Pendleton, neunundzwanzig Jahre alt. Falls Sie sich das fragen: Diese Narben stammen von einem Unfall in seiner Kindheit. Seitdem sitzt er außerdem im Rollstuhl. Gestern Nacht hat unser Täter ihm das Ohr abgeschnitten.«

Leise Flüche waren zu hören. Jemand sagte: »Mein Gott«, und jemand anders: »Scheißirrer.«

»Ich will nicht gefühllos klingen, aber Pendletons Verlust ist ein Gewinn für uns. Endlich haben wir ein paar mehr Fakten über Galaxo, eine ganze Menge mehr.« Er berichtete, was Pendleton ihm in der Nacht erzählt hatte, und Matthews ergänzte ein, zwei Mal etwas. Dann setzte Dunbar sie über das ins Bild, was Pendletons Mutter erzählt hatte.

»Himmel«, sagte der Belmonter Kollege. »Dieser Kerl hat einen Krüppel verstümmelt.«

»Und seine zierliche alte Mutter mit einem Elektroschocker außer Gefecht gesetzt«, sagte Cassel.

»Und vergesst nicht, Leute«, sagte Spader, »er hat außerdem zwei Menschen getötet und Lisbons kleinen Sohn zur Halbwaise gemacht.«

»Warum hat er der Mutter nichts abgeschnitten?«, fragte Fratello.

Spader schüttelte den Kopf. »Das können wir noch nicht sagen. Ich tippe darauf, dass sie entweder nicht der Typ war, den er gerne quält, oder dass er eine Agenda hat, von der wir nichts wissen und auf der sie einfach nicht draufstand.«

»Die Glückliche«, meinte Fratello.

»Falls man da von Glück reden kann, wenn man mitten in der Nacht einen mit dem Elektroschocker verpasst bekommt, dann chloroformiert und in einen Schrank gesperrt wird und wenn man aufwacht feststellt, dass dem körperbehinderten Sohn ein Ohr fehlt. Wie auch immer: Wahrscheinlich haben Sie sein Gesicht schon mal gesehen, aber dies, Ladys und Gentlemen, ist unser Täter.«

Er hielt ein Bild hoch, das er im Internet gefunden hatte, von Galaxo, Rächer von den Sternen!. Sein Kopf war leuchtend gelb, von den Spitzen seiner Stummelantennen bis zu seinem knolligen Kinn. Er war kahl. Seine leuchtend grünen Augen funkelten vor Vergnügen. Sein Grinsen war unglaublich breit und fröhlich, und zwischen seinen beiden Schneidezähnen klaffte eine Lücke. Spader klebte auch dieses Bild an die Tafel. Er erzählte von der Vorrichtung zur Verfremdung der Stimme, die in die Maske eingebaut war, und zwei der Anwesenden sagten, ihre jüngsten Kinder hätten auch solche Masken. »Ich fand das Ding ja immer ein bisschen gruselig«, fügte einer von ihnen hinzu.

»Der Kleine nebenan hat so eine ähnliche Maske«, erzählte Wilkins. »Irgendein Roboter aus einem Spielfilm, glaube ich. Wenn der Junge spricht, höre ich seine Stimme mit einem Echo. Aber in meinen Ohren klingt er trotzdem wie er selbst.«

»Sie haben die Dinger da drin deutlich verbessert«, sagte Dunbar. »Ich habe gestern eine Galaxo-Maske bei Toys“Я”Us gesehen. Hab sie einen Verkäufer aufsetzen lassen und seine Stimme kaum wiedererkannt. Die echte Stimme hat die Maske verschluckt. Ich habe nur diese gruselige Galaxo-Stimme hören können.«

»Das passt zu unserer Annahme, dass er seine Opfer nicht notwendigerweise töten will«, sagte Cassel.

Spader nickte. »Genau, denn er würde sich nicht die Mühe machen, seine Stimme zu verfremden, wenn er sie sowieso töten wollte. Es sei denn, diese ganze Galaxo-Sache törnt ihn aus irgendeinem verrückten Grund an, den nur er selbst kennt. Schwer zu sagen im Moment. Aber du hast recht, man kann es auf jeden Fall als Beleg dafür betrachten, dass der Tod seiner Opfer nicht sein primäres Ziel ist. So«, fuhr er dann fort, »weiter: Abgesehen von dem, was ich Ihnen erzählt habe, wissen wir eigentlich nicht viel über den Täter. Er ist vorsichtig. Wir haben bisher nicht einen einzigen Fingerabdruck von ihm gefunden. Pendleton sagte, der Kerl habe Handschuhe getragen. Wir haben zwar einen Abguss von einem Fußabdruck am Tatort gestern Nacht gemacht, aber soweit ich weiß, war er nicht so gut, dass wir viel damit anfangen könnten. Er hat bisher keine DNA-Spuren an den Tatorten hinterlassen. Wir haben ein paar Fasern, die von seinem schwarzen Trainingsanzug stammen könnten, und die nehmen wir jetzt unter die Lupe. Keiner der Nachbarn hat irgendwas gesehen.«

»Das Klebeband, das er benutzt hat?«, fragte Matthews.

»Handelsüblich. Bekommt man überall. Ebenso die Werkzeuge, die er bei seinen Opfern verwendet hat, glauben wir. Nichts Ausgefallenes, keine Spezialwerkzeuge, die man nur bei bestimmten Berufen findet oder so. Wir werden also nicht mit den Fingern schnalzen und sagen: ›Ah, das muss Dr. Ross sein oder Sam, der Metzger.‹ Das war ganz normales Zeug, das man im Baumarkt kauft«, sagte Dunbar. »Und Elektroschocker bekommt man im Internet, wenn man will.«

»Was ist mit dem Chloroform?«, fragte Wilkins.

»Da ist Leon dran. Hast du schon was, Leon?«

»Nein, und daran wird sich wohl auch nichts ändern«, sagte Fratello. »Es ist nicht allzu schwer, an das Zeug ranzukommen. In Laborfachgeschäften zum Beispiel. Herrgott, auch das kann man jetzt im Internet bekommen. Kann sein, dass diese Anbieter über ihre sämtlichen Verkäufe Buch führen – vorausgesetzt, diese Verkäufe sind legal und laufen nicht unter der Ladentheke, wovon man hier eindeutig nicht ausgehen kann –, aber unser Mann könnte auch eine gestohlene Kreditkarte verwendet oder einen falschen Namen angegeben oder bar bezahlt haben. Ich arbeite noch daran, aber ich bin nicht sehr optimistisch.«

»Wann wärst du das je gewesen?«, warf Cassel ein.

Fratello zuckte die Achseln. »Da will ich dir gar nicht widersprechen, Amanda. Aber sagen wir doch einfach, ich bin noch weniger optimistisch als sonst.«

»Was ist mit der Maske selbst«, fragte Matthews, »mit der Galaxo-Maske?«

»Die bringt uns nicht weiter«, antwortete Dunbar. »Jeder Spielzeugladen im Land verkauft die verdammten Dinger, und zwar palettenweise. Der Hersteller hat vor zwei Jahren angefangen, die Maske ein bisschen zu überarbeiten. Unser Mann könnte seine irgendwann danach gekauft haben. Und sie haben Millionen und Abermillionen davon verkauft. Selbst wenn wir die Suche auf den Nordwesten oder Massachusetts eingrenzen würden, verkaufen sie die auch dort jede Woche kistenweise.«

»Apropos Hersteller«, sagte Spader, »dem werden wir demnächst das Leben ein bisschen schwerer machen. Natürlich weiß die Öffentlichkeit durch Presse und Fernsehen über Galaxos Aktivitäten Bescheid, aber ich will nicht, dass es so aussieht, als würden wir nicht unseren Teil dazu beitragen, die guten Leute zu warnen, deshalb möchte ich, dass heute Nachmittag eine Verlautbarung rausgeht – als Flyer und per Fax Kopien an die Rundfunksender und Zeitungen. Wir warnen vor einem Täter, der seine Verbrechen mit einer Galaxo-Maske verübt.« Er wandte sich an

Dunbar. »Übrigens, Gavin, besorg uns doch eine dieser Masken, okay? Ich will selbst sehen, wie die Dinger funktionieren, wie sehr sie die Stimme verfremden.«

»Kann ich dir sonst noch was zum Spielen mitbringen, wo ich schon mal da bin?«, fragte Dunbar. »Wie wär's mit einer Frisbeescheibe?«

»Nur die Maske, danke. Zurück zu unserem Flyer: Wir werden den Leuten raten, ihre Türen abzuschließen. Aber wir werden nicht zu sehr ins Detail gehen – wir wollen keine Panik. Außerdem bauschen die Nachrichtenleute die Sache sowieso schon auf. Da brauchen wir ihnen nicht noch zu helfen. Aber es wäre schön, wenn wir ein bisschen Beruhigung verbreiten könnten. Wir sagen den Leuten, sie sollen auf der Hut sein, aber sie brauchen nicht in Panik zu geraten. Sie wissen, was ich meine. Kann jemand etwas zusammenschreiben, was wir heute Nachmittag veröffentlichen können?«

Wilkins hob die Hand.

»Danke, Reggie. Und das bringt uns, glaube ich, zurück zu den Opfern«, sagte Spader. »Was sagen die uns?«

Einen Augenblick lang herrschte Schweigen, während alle darüber nachdachten, dann sagte der Kollege aus Belmont: »Sie sind alle männlich, alle weiß.«

Spader nickte. »Das stimmt. Und viel mehr haben sie auch nicht gemeinsam, jedenfalls nicht auf den ersten Blick. Breites Altersspektrum, breite geografische Verteilung, wenn auch alle in Massachusetts.«

»Sie wohnten alle in Einfamilienhäusern«, stellte Dunbar fest.

Spader sah Dunbar an. »Stimmt, Gavin. Aber sie stammen alle aus unterschiedlichen Einkommensschichten. Das erste Opfer war Anwalt, aber er arbeitete allein und hat nicht viel verdient oder gespart. Lisbon war Bankangestellter und hat ganz gut verdient. Pendleton macht ein bisschen Webdesign vom Haus seiner Mutter aus, aber er scheint größtenteils von ihr abhängig zu sein, was seinen Lebensunterhalt angeht. Man kann sie nur als untere Mittelschicht betrachten.«

»Irgendeine Verbindung zwischen den dreien?«, fragte Wilkins.

»Bisher haben wir keine gefunden, aber wir arbeiten weiter mit Hochdruck daran. Unterm Strich sucht dieser Kerl sich seine Opfer entweder nach dem Zufallsprinzip aus oder auch nicht.«

»Also, wenn *das* nicht exzellente Detektivarbeit ist, John«, kommentierte Wilkins und wurde mit einer weiteren Runde Gelächter belohnt.

Spader lächelte. »Wenn er sie nach dem Zufallsprinzip ausgesucht hat, muss er trotzdem irgendwie auf sie gekommen sein. Irgendwie sind sie auf seinem Radar gelandet. Wenn wir darauf kommen, wie, dann finden wir ihn vielleicht. Und wenn er sie nicht nach dem Zufallsprinzip ausgesucht hat, dann hat er sie nach irgendeinem Kriterium ausgesucht, und wir müssen wissen, nach welchem.«

»Für mich sieht das jedenfalls nach Zufallsprinzip aus«, sagte Fratello.

»Für mich auch, Leon, aber noch sind wir nicht so weit, dass wir sicher davon ausgehen können.«

»Wollte ich damit auch gar nicht sagen. Ich habe nur meinen Eindruck festgehalten.« Er steckte sich die Zigarette in den Mund und griff in die Tasche, als wollte er ein Feuerzeug hervorholen und hätte vorübergehend vergessen, dass das Rauchen hier verboten war. Dann riss er sich die Kippe wieder aus dem Mund.

»Falls es also eine Verbindung gibt«, sagte Spader, »müssen wir rauskriegen, worin die besteht, ehe der Kerl wieder zuschlägt. So weit verstreut, wie diese Leute lebten, bezweifle ich, dass sie ins selbe Fitnessstudio oder in dieselbe Reinigung gegangen sind, im selben Supermarkt eingekauft haben oder sich die Prostata beim selben Arzt haben durchchecken lassen, aber irgendwas gibt es vielleicht doch. Vielleicht haben sie vor fünf Jahren mal im selben Mietshaus gewohnt. Vielleicht müssen wir auch noch weiter zurückgehen. Wo sind sie zur Highschool gegangen? Auf welche Grundschule?«

»Du meinst, es könnte so weit zurückliegen?«, fragte jemand.

»Verdammt, ich weiß es nicht. Vielleicht waren sie letzten Monat alle im Fenway Park, um zuzuschauen, wie die Sox die Yankees abgezogen haben.«

»O mein Gott«, stieß Wilkins hervor, und alle Köpfe drehten sich zu ihm um. Seine Miene war ernst. »Wenn das so ist, dann will er jetzt vielleicht auch die anderen sechsunddreißigtausend Zuschauer töten.« Den fanden alle ausgesprochen gelungen, und Wilkins lächelte Spader an. Der Mann konnte wirklich witzig sein, aber allmählich nutzte diese Nummer sich doch ab.

»Vielleicht lasse ich dich dem nachgehen. Dürfte nicht allzu langweilig sein. Alle aufstöbern, die bei diesem Spiel waren, sie zu Hause besuchen und befragen, und dann einen dicken, fetten Bericht schreiben. Klingt gut?«

»Vielleicht halte ich einfach ein Weilchen den Mund«, erwiderte Wilkins.

Spader fuhr fort: »Worauf ich hinauswill: Falls er diese Leute tatsächlich nach einem Plan aussucht, müssen wir herausfinden, nach welchen Kriterien. So kommen wir vielleicht darauf, wer sein nächstes Opfer sein soll, und können ihn aufhalten.«

»Für mich sieht das immer noch verdammt nach Zufallsprinzip aus«, sagte Fratello, der wieder mit seiner Zigarette spielte.

»Zur Kenntnis genommen, Leon, noch einmal. Ich weiß, es liegt auf der Hand, aber wir müssen mit sämtlichen Freunden der Opfer Kontakt aufnehmen – ihre Adressbücher durchforsten, ihre E-Mail-Kontakte, alles, um an Namen heranzukommen – und mit allen reden. Bei den ersten beiden Opfern hat man damit bereits begonnen. Ich werde gleich nach einem Freiwilligen fragen, der dasselbe bei Pendleton macht. Wir müssen unsere Suche möglichst breit anlegen, mit jedem reden, der uns einfällt. Arbeitgeber, Freunde, Exfreunde, Geliebte, Exgeliebte, Exfrauen. Pendleton ist selbstständig, aber wir sollten mit den Leuten in der Bibliothek reden, in der er ehrenamtlich arbeitet. Ich will wissen, was die drei in den letzten zwei Monaten, bevor Galaxo sie überfallen hat, getan haben. Vielleicht sind sie ihm in dieser Zeit über den Weg gelaufen. Also, ihr kennt ja den Ablauf. Wir telefonieren, klopfen an Türen, alles, was uns einfällt.«

»Bisher haben wir nicht viele Anhaltspunkte«, sagte Fratello.

»Stimmt«, sagte Spader, »aber vielleicht haben wir bald mehr. Ich habe bereits mit dem NCAVC-Koordinator im hiesigen FBI-Büro gesprochen und stelle ein Paket für die Behavioral Analysis Unit in Washington zusammen. Die werden für uns ein Profil von Galaxo erstellen.«

Allgemeines Stöhnen erhob sich. Das *National Center for the Analysis of Violent Crime* und dessen Abteilung für Verhaltensanalyse gehörte zum FBI und koordinierte und unterstützte die lokalen Strafverfolgungsbehörden bei Schwerverbrechen.

»Ja, ich weiß«, sagte Spader, »wir alle haben eine Meinung zu FBI-Profilen, und manch eine Meinung ist vermutlich nicht sehr hoch, aber manchmal sind diese Profile sehr genau, und im Moment nehme ich jede Hilfe an, die wir kriegen können. Wir können das ja mit Vorsicht genießen, aber wir bleiben für alles offen, denn wer weiß? Vielleicht hilft es uns dabei, ein bisschen zu verstehen, warum dieser Kerl tut, was er tut. Vielleicht sagt es uns so viel über ihn, dass wir ihn finden, bevor er sich über den Nächsten hermacht.«

»Klingt toll«, sagte Wilkins. »Können die mir auch ein Horoskop erstellen?«

»Sag denen, sie sollen auch die Lottozahlen für nächste Woche dazutun, ja?«, rief jemand anders.

»Vielleicht können die mir erklären, was aus dem Körper geworden ist, den ich mit zwanzig hatte«, sagte Cassel. »Er wird vermisst.«

Spader hob in gespielter Kapitulation die Hände. »Okay, ich hab euch gehört, Leute, aber geben wir denen eine Chance, okay?«

»Lasst uns noch mal kurz auf Galaxo kommen.« Fratello schüttelte den Kopf. »O Mann, ich komme mir dabei ziemlich bescheuert vor, aber egal. Der Sohn meiner Schwester trägt einen Galaxo-Schlafanzug. Jedenfalls, was ich mich gefragt habe, haben wir diese Verbrechen schon durchs ViCAP laufen lassen?« Damit meinte er das *Violent Criminal Apprehension Program* des FBI zur Erfassung von Gewaltverbrechen, eine amerikaweite Datenbank, in der Informationen über Gewaltverbrechen gesammelt, abgeglichen und analysiert wurden. »Und durch unser eigenes System? Um zu sehen, ob der Modus Operandi dieses Kerls vertraut klingt. Vielleicht haben wir Glück und stoßen dadurch auf eine Spur.«

Spader schwieg eine Weile. Dunbar senkte den Blick.

Spader seufzte. Diesem Thema wäre er gern ausgewichen. »Ja, ehrlich gesagt, gibt es ein paar Ähnlichkeiten zu einem Fall, den ich vor einer Weile bearbeitet habe«, sagte er schließlich. Er sah Verstehen in Fratellos Blick dämmern. »Sie erinnern sich alle an Eddie Rivers«, fuhr er fort. »Genau wie unser Mann hier maskierte Rivers sein Gesicht. Galaxo schneidet seinen Opfern Körperteile ab – eine Zunge, Füße, ein Ohr. Auch Rivers schnitt den Leuten gern Körperteile ab, allerdings nahm er immer nur die Beine, während Galaxo sich da offenbar nicht festlegen will.«

Als Spader verstummte, herrschte betretene Stille im Besprechungsraum. Spader wusste, dass man beim Thema Eddie Rivers und John Spader die meisten Menschen, insbesondere Polizisten, in zwei Kategorien einteilen konnte. Entweder glaubten sie, Spader sei für das Geschehene nicht verantwortlich, oder sie glaubten, ihn treffe die Hauptschuld daran, dass ein wahrhaft perverser Mörder wieder freigelassen worden war, um erneut zu morden, was er fast postwendend getan hatte. Spader fragte sich, in welche Kategorie die Personen an diesem Tisch fielen. Im Prinzip glaubte er, dass die meisten letztlich die Parteilinie geschluckt hatten, das, was die Lamettaträger der State Police intern verbreitet hatten und womit die gesamte Verantwortung dem in den Vorruhestand gegangenen Oscar Wagner angelastet wurde. Doch Spader war nicht so naiv zu glauben, dass alle diese Version für bare Münze nahmen.

»Da ist noch etwas«, räumte Spader schließlich ein.

»Rivers sprach ebenfalls von einer Wahl. Galaxo bietet seinen Opfern allerdings zwei Möglichkeiten zur Auswahl an und führt dann eine aus. Das hat er jedenfalls offenbar bei Lisbon und Pendleton gemacht, und wir haben keinen Anlass zu glauben, dass es bei Yasovich anders war. Rivers hingegen sagte nur einen einzigen Satz, während er bei seinen Opfern war. Er sagte: ›Ich habe keine andere Wahl.‹ Und wie Gavin hier vorhin festgestellt hat, erforderte Rivers' Modus Operandi – und seine ganz spezielle Marotte –, dass er sich Einfamilienhäuser mit Gärten hinterm Haus ausguckt. Bisher hat auch Galaxo nur Opfer mit solchen Häusern ausgewählt. Und die Gegend ist in gewisser Weise auch dieselbe. Sowohl Galaxo als auch Rivers zogen von Stadt zu Stadt, aber ihre Opfer lebten alle in Massachusetts. Und zu guter Letzt haben beide Täter Elektroschocker verwendet. Das wär's in etwa mit den Gemeinsamkeiten.«

Erneut herrschte Schweigen. Jemand räusperte sich. Ein Stuhl scharrte misstönend über den Boden. Spader wollte gerne weiterkommen, und so fuhr er fort: »Es gibt allerdings auch jede Menge Unterschiede, außer denen, auf die ich bereits hingewiesen habe. Zum Beispiel schien Rivers zu wollen, dass seine Opfer sterben, während Galaxo anscheinend will, dass sie überleben, und sogar so weit geht, den Notruf zu wählen, ehe er den Tatort verlässt. Ich meine, die Liste der Unterschiede ist ziemlich lang.« Er atmete tief durch. »Schauen Sie, einige von Ihnen sind vielleicht von allein darauf gekommen, aber die Neuen unter uns wissen es vielleicht nicht. Man hat mir diesen Fall teils wegen der Gemeinsamkeiten mit dem Fall Rivers übertragen. Rivers wird offiziell vermisst, seit er zwei Wochen nach seiner Freilassung verschwunden ist. Das war vor dreizehn Monaten.«

Nach kurzem betretenen Schweigen fragte Matthews: »Glauben Sie, es besteht die Möglichkeit, dass es derselbe Täter ist, Detective Spader?« In seinem Ton lag keine Spur von Verurteilung, so, als hätte er den Fall Rivers nicht verfolgt, als wüsste er nicht um Spaders Rolle in dieser Tragödie. Doch Spader war sich sicher, dass Matthews die Geschichte kannte.

Er ließ sich Zeit mit der Antwort. Es sollte nicht so aussehen, als wollte er sich rechtfertigen. Er musste sich genau überlegen, was er antworten wollte. »Nennen Sie mich John, und was Ihre Frage betrifft: Ich glaube nicht.«

Wilkins fragte leise: »Traust du Rivers wirklich zu, dass er sich zur Ruhe setzt? Der war doch krank. So großspurig, wie ich den in Erinnerung habe, hätte der keine Angst, in unsere Gegend zurückzukommen und weiterzumachen.«

Spader seufzte. Erneut wählte er seine Worte mit Bedacht. »Ich möchte nicht zu viel Zeit auf die Rivers-Spur verschwenden, aber wir müssen sie verfolgen. Also werden wir sein Foto wieder aushängen, in Postämtern und an Raststätten. Natürlich wird seit seinen letzten Morden wieder nach ihm gefahndet, aber die Öffentlichkeit hat ihn vielleicht vergessen, vielleicht sogar trotz dieser Folge von *Amerikas Top-Flüchtige* im Fernsehen. Also, wer kümmert sich darum, das bekannt zu machen?«

Eine Hand ging in die Höhe.

»Danke.« Spader schwieg einen Augenblick, dann fuhr er fort: »Jedenfalls, die Lamettaträger haben das mit Rivers auch gemerkt und sich gedacht, falls auch nur eine geringe Chance besteht, dass er in diese Sache verwickelt ist, dann sollte ich auch dabei sein. Und hier bin ich. Und hier sind Sie alle. Und da draußen läuft eine skrupellose Bestie herum, die…« Er brach ab und dachte nach. »Nein, er ist schlimmer als eine Bestie, denn Tiere sind von Natur aus niemals grausam. Was dieser Kerl tut – von der grausamen Wahl, vor die er die Opfer stellt, bis zu der Grausamkeit, mit der er sie verstümmelt –, das ist schlimmer als bestialisch. Er genießt das.«

Er betrachtete die Fotos der Opfer an der Tafel, dann wandte er sich um und sah seinen Kollegen einem nach dem anderen in die Augen. »Dieser Kerl, dieser Scheiß-Galaxo… er ist pervers, und er ist verrückt, aber er ist auch schlau. Er hinterlässt keine Spuren für uns. Ich habe das Gefühl… Ich weiß auch nicht warum, aber ich habe das Gefühl, er spielt mit uns. Und er wird bald wieder spielen, und zwar verdammt bald, glaube ich. Zwischen dem ersten und dem zweiten Opfer lagen zweiundzwanzig Tage, bis zum dritten sind nur zwölf vergangen. Das *muss* nicht bedeuten, dass er immer schneller wird, kann es aber. Fakt ist, wir haben vielleicht nicht mehr viel Zeit, bis er wieder zuschlägt und es noch jemanden etwas kostet – vielleicht einen Körperteil, vielleicht das Leben.« Sein Blick wanderte zu dem albernen gelben Gesicht an der Tafel. »Es sei denn, wir hindern ihn daran.«

FÜNF

Mit der Aktenmappe in der einen und einem Becher Kaffee in der anderen hatte Spader keine Hand frei, um die ihm von Oscar Wagner entgegengestreckte Hand zu ergreifen. Spader hatte die übrigen Mitglieder der Arbeitsgruppe im Ten Fed zurückgelassen, wo sie telefonierten und jeden anriefen, der etwas über Stanley Pendleton wissen mochte. Sie arbeiteten in Teams, von denen sich jedes einem der drei Opfer widmete und möglichst viele potenziell relevante Informationen zusammentrug. Die nicht so vielversprechenden Personen wurden telefonisch kontaktiert, die aussichtsreicheren persönlich. Spader selbst hatte den Großteil des Tages ebenfalls ein Telefon am Ohr gehabt, doch jetzt wollte er einige von Pendletons Nachbarn persönlich aufsuchen, um herauszufinden, ob sie irgendetwas gesehen hatten. Selbstverständlich waren diese Nachbarn schon in der Nacht befragt worden und heute nochmals telefonisch, doch Nachbarn waren wie viele andere potenzielle Zeugen auch – sie mochten etwas gesehen haben, aber sie mochten sich auch eine vorübergehende Blindheit zugezogen haben. Bloß nicht da hineingezogen werden.

Spader wollte ihre Gesichter sehen, wenn er mit ihnen sprach. Im Augenblick gab es sonst nicht viel, dem er nachgehen konnte, und eine erneute Befragung würde vielleicht irgendetwas auslösen, mochte einen unwilligen Zeugen befürchten lassen, die Cops glaubten, er wisse mehr, als er zugebe. Außerdem wollte Spader Pendletons Haus und Garten bei Tageslicht sehen. Er war schon halb über den Parkplatz, da sah er Wagner an einem Auto zwei Stellplätze hinter seinem eigenen Dienstwagen, einem Ford Crown Victoria, lehnen. Lächelnd ging Spader zu ihm. Wagner ließ seine Zigarette fallen, trat sie aus und streckte die Hand aus. Spader blickt auf seine eigenen vollen Hände.

»Hey«, sagte Wagner, »macht doch nichts.«

Spader gab Wagner nicht die volle Schuld an dem, was damals geschehen war – einen Teil davon nahm er auf seine eigene Kappe –, und Wagner sollte das auch nicht denken, daher reichte er dem Expolizisten seinen Kaffee, schüttelte ihm die Hand und nahm den Becher wieder an sich.

»Schön, dich zu sehen, Oscar. Du siehst gut aus.«

»Du musst zum Augenarzt, John. Ich sehe scheiße aus.« Er lachte, dann hustete er – Raucherhusten. Er hatte recht, das musste Spader zugeben: Er sah scheiße aus. Wagner und er waren ungefähr im selben Alter – Spader schätzte ihn auf um die vierzig –, aber er hätte leicht für fünfundfünfzig durchgehen können. Sein Haar, das Spader als braun, durchzogen mit silber, in Erinnerung hatte, hatte den Kampf aufgegeben und war vollständig ergraut – doch es war kein distinguiertes, sondern ein schmutziges Grau, die Farbe des Pelzchens auf einem schimmelnden Pfirsich. Und nun bemerkte Spader auch, dass Wagners Wangen ein wenig grau wirkten. Er war so bleich, als brächte er viel zu viel Zeit in geschlossenen Räumen zu, in denen das einzige Licht, das längere Zeit auf sein Gesicht fiel, die Neonbeleuchtung in einer Bar war. Sein Aussehen schien die Gerüchte zu bestätigen, die Spader gehört hatte. Wagner hatte immer schon getrunken, und es hatte ihn in Schwierigkeiten gebracht, doch nun hieß es, er schlucke weit mehr, als gut für ihn sei. Er war dünn geworden, beinahe ungesund hager. Und dann seine Augen: erschöpfte Augen von der Farbe einer Kalbsleber, die man in der Sonne liegen gelassen hatte.

»Hast du hier draußen auf mich gewartet?«, fragte Spader.

»Ja. Ich dachte, vielleicht kann ich dir einen Kaffee spendieren.«

Spader blickte auf den Becher in seiner Hand.

»Mist«, sagte Wagner. »Vielleicht willst du mir dann einen Kaffee spendieren?«

Er leckte sich die Lippen. Er wirkte nervös. Als wäre er lieber nicht hier. Spader fiel auf, dass sie an dem Stellplatz standen, auf dem Wagner früher immer seinen Wagen geparkt hatte, als er noch mit geradem Rücken und erhobenem Kopf vom Auto ins Büro gegangen war, bevor man ihn vor die Tür gesetzt hatte. »Du musst bestimmt irgendwohin. Du ermittelst ja in einem großen Fall, ich weiß. Blöd von mir, einfach hier aufzukreuzen. Aber du hast mich nicht zurückgerufen und …«

»Ach du Scheiße. Tut mir leid, Oscar. Ich habe die Nachricht bekommen, dass du angerufen hattest, aber ich habe es total vergessen. Tut mir wirklich leid.« Das war nicht gelogen. Er hatte die Nachricht am Tag nach Peter Lisbons Ermordung bekommen, aber irgendwie war der kleine rosa Zettel dann von Spaders Schreibtisch und aus seinem Gedächtnis verschwunden.

»Macht nichts. Wie gesagt, ich weiß, du bist beschäftigt. Aber vielleicht ein andermal, hm? Bald. Ich würde gern mit dir reden.«

Spader sah auf die Uhr, wobei es ihm gelang, sich den Kaffee nicht übers Hemd zu schütten. »Was soll's, die Plörre hier ist kein Stück besser geworden, seit du weg bist, Oscar. Komm, wir besorgen uns einen anständigen Kaffee.« Spader goss den Kaffee aufs Pflaster und ging mit dem leeren Becher zu seinem Wagen zwei Stellplätze weiter.

»Warte mal«, sagte Wagner und betrachtete den Wagen, an dem er lehnte. »Ist das nicht deiner?«

»Nein.«

»O Mann, und ich habe mich für einen Ermittler gehalten. Dabei kann ich mich nicht mal mehr an deinen Wagen erinnern. Kein Wunder, dass sie mich vor die Tür gesetzt haben.«

Spader wusste, dass das in Wirklichkeit verdammt viel mit dem Fall Eddie Rivers zu tun hatte, aber er schwieg.

Wagner saß Spader gegenüber an einem kleinen Tisch und hatte einen Becher Starbucks-Kaffee vor sich stehen. Er schob ihn von einer Hand in die andere, drehte ihn mal so, mal so, betrachtete das Starbucks-Logo und wich Spaders Blick aus. Hin und wieder zuckten die nikotinfleckigen Finger seiner rechten Hand. Er hatte noch keinen Schluck von seinem Kaffee getrunken. Wagner war nicht übermäßig zappelig, benahm sich nicht wie ein Alkoholiker, der sich nach einem Schlückchen sehnte; dennoch vermutete Spader, Wagner hätte jetzt lieber etwas anderes als Kaffee vor sich stehen.

Spader trank noch einen Schluck Kaffee und fragte: »Also, worum geht's, Oscar? Wir haben ja nicht so richtig Kontakt gehalten, trotzdem hast du vor ein paar Wochen angerufen – noch mal, tut mir leid, dass ich nicht zurückgerufen habe. Und dann tauchst du heute auf. Kann ich was für dich tun?«

Wagner hörte auf, mit seinem Becher zu spielen, und starrte einen Augenblick auf dessen schwarzen Inhalt. »Das ist schwer für mich, John.« Flüchtig fragte Spader sich, ob Wagner sich entschuldigen wollte dafür, dass seine Nachlässigkeit zwei Jahre zuvor eine Kette von Ereignissen in Gang gesetzt hatte, die dazu geführt hatten, dass Eddie Rivers seiner Bestrafung bis auf die für eine vergleichsweise geringfügige Straftat entgangen war, sowie für all den Kummer, den sein Fehler Spader seither bereitet hatte. Doch irgendwie glaubte er das nicht.

»Komm schon, Oscar, wie lange kennen wir uns jetzt? Zwölf Jahre? Länger? Was hast du auf dem Herzen?«

Wagner schüttelte den Kopf. »Du weißt, wie sie mich hier vor die Tür gesetzt haben, John. Rivers, dieses Stück Scheiße, kommt wegen eines Formfehlers frei – ein Fehler, wie er in der Strafverfolgung übrigens ständig vorkommt –, und die brauchten einen Sündenbock. Die brauchten jemanden, den sie dafür büßen lassen konnten. Und da haben sie mich genommen.« Er hielt inne. »Obwohl nicht ich es war, der es im Zeugenstand verbockt hat.«

Da hatte er recht, dachte Spader, *er* war derjenige im Zeugenstand gewesen, nicht Wagner, und er hatte gelogen, um Wagner den Arsch zu retten, um den Schaden wiedergutzumachen, den Wagner angerichtet hatte. Doch in einem Punkt irrte Wagner. Er war nie der öffentliche Sündenbock gewesen, wie er behauptete. Diese Rolle war Spader zugefallen. Und Spader fühlte sich auch in hohem Maße verantwortlich für das, was geschehen war. Er wusste, wenn er es damals ein bisschen anders angepackt und andere Entscheidungen getroffen hätte, dann hätte der Richter bei der Überprüfung vielleicht keinen Fehler im Durchsuchungsbefehl gefunden. Und Rivers würde jetzt seit zwei Jahren vergeblich Berufungen einlegen, damit seine Verurteilung aufgehoben oder wenigstens seine lebenslange Freiheitsstrafe verkürzt würde. Doch eine gründliche interne Untersuchung hatte zutage gefördert, dass Wagner, kurz bevor er den Antrag auf den Haussuchungsbefehl geschrieben hatte, zwei Bier getrunken hatte. Genügte das, um seine Fähigkeit, den Antrag ordentlich abzufassen, zu beeinträchtigen? Spader hatte keine Ahnung. Vielleicht nicht. Doch wer konnte das mit Sicherheit wissen? Und Spader erinnerte sich, dass einige Jahre, bevor er mit Wagner zusammengearbeitet hatte, Disziplinarmaßnahmen wegen Alkoholkonsums im Dienst gegen Wagner verhängt worden waren. Und dass es vielleicht nicht nur ein Mal vorgekommen war. Vor jenem fatalen Abend hatte Spader selbst nie bemerkt, dass Wagners Trinken Auswirkungen auf seine Arbeitsleistung gehabt hätte, doch dieser eine Fehler schien denen da oben genügt zu haben – zusammen mit dem früheren Vorfall von Trinken bei der Arbeit. Obwohl auch Spader zu der Entscheidung des Richters, dass der Haussuchungsbefehl nicht verfassungsgemäß war, beigetragen haben mochte und nach Meinung der allgemeinen Öffentlichkeit die Sache sogar allein vermasselt hatte, war daher Wagner derjenige gewesen, der von der Polizei vor die Wahl gestellt worden war, entweder in den Ruhestand zu gehen oder unehrenhaft entlassen zu werden. Man hatte ihn also nicht deshalb vor die Tür gesetzt, weil sie einen Sündenbock für die Öffentlichkeit gebraucht hatten.

»Du hast eine schwere Zeit durchgemacht, ich weiß«, sagte Spader, auch wenn er nicht ganz mit Wagners Einschätzung des Grundes für seinen Niedergang übereinstimmte, aber irgendetwas musste er ja sagen. »Du machst jetzt Security, oder? Walmart, stimmt's?«

»Hab ich gemacht, bis vor zwei Monaten. Und es war Target.«

»Was ist passiert?«

»Die Arschlöcher haben mich gefeuert. Angeblich hätte ich während der Arbeit getrunken.«

»Aber das hattest du nicht.«

»Himmel, nein. Am Morgen hatte ich einen oder zwei gehabt, aber ich kann was vertragen, und glaub mir, als ich eingestempelt habe, war ich fit. Außerdem, Herrgott, ein Bierchen hält mich doch nicht davon ab, einen rotznäsigen Burschen dabei zu ertappen, wie er sich eine DVD in die Hose steckt! Scheiße, ich war dreizehn Jahre bei der Polizei. Da krieg ich doch einen Security-Job in einem Kaufhaus geregelt, Bier hin oder her.«

»Tut mir leid, dass es so schlecht gelaufen ist für dich, Oscar. Was machst du jetzt?«

Wagner schnaubte. »Tja, na ja, ich habe im Augenblick nicht gerade viele Möglichkeiten. Dienen und Schützen ist so ziemlich alles, was ich kann, aber bei der Polizei wollen sie mich nicht mehr, so viel ist sicher, und ich glaube, mittlerweile bin ich auch in der Security-Branche unten durch, ich bekomme nicht mal mehr ein Vorstellungsgespräch für Einsteigerjobs. Die gute alte State Police hat bei mir ganze Arbeit geleistet, John.«

Allmählich hatte Spader es satt, dass Wagner sich weigerte, auch nur eine Spur von Verantwortung für seine Lage zu übernehmen, daher sagte er nur: »Ach?«

»Na klar. Ein einziger Fehler bei der Arbeit, ein, zwei Bier während einer Überwachung, keine große Sache. Und das war vor wie vielen Jahren? Zwölf? Und es ist nicht mal was schiefgegangen. Ist ja nicht so, als wäre der Verdächtige an mir vorbeigeschlichen, während ich volltrunken mit dem Kopf auf dem Armaturenbrett gehangen hätte. Nein, nichts dergleichen. Bloß weil irgend so ein übergenauer Cop, der bei der Ablösung meine Bierfahne gerochen und zwei lausige leere Flaschen hinten bei mir im Auto gesehen hat, mich verpetzt hat. Arschloch. Ich hab gehört, er ist nicht mal mehr bei der Polizei. Ich wünschte, ich wüsste, wo der jetzt lebt. Jedenfalls, nichts geht schief, aber sie disziplinieren mich trotzdem. Suspendieren mich ohne Bezahlung für eine Woche und schreiben diesen verdammten Vermerk in meine Personalakte. Das haben sie noch ein paar Mal gemacht. Vermerke in meine Akte geschrieben. Es sind die beschissenen Vermerke, die mir eigentlich das Genick gebrochen haben. Alle hatten diese bescheuerte Überwachungssache und diesen anderen belanglosen Kleinscheiß längst vergessen, bis mir diese gottverdammte Rivers-Sache passiert ist, und da gucken sie in meine Akte und sehen diese Scheißvermerke über mein Trinken.«

Spader traute seinen Ohren nicht. Die Rivers-»Sache« – und mit »Sache« meinte er den durch und durch schuldigen Serienmörder, der von allen schwerwiegenden Anklagen freigesprochen worden war und kurz nach seinem kurzen Gefängnisaufenthalt zwei Kinder ermordet hatte – war *ihm* passiert. Nicht etwa den Opfern, die Rivers nach seiner Freilassung ermordet hatte. Sondern *ihm*. Spader war entsetzt, wie tief Wagner gesunken war.

Wagner starrte in den schwarzen Abgrund seines noch immer unangerührten Kaffees, daher sah er Spaders Blick nicht, in dem sich Abscheu und Mitleid mischten. »Sie hätten mich besser behandeln können, John. Sie hätten sich entscheiden können, Milde walten zu lassen. Sie hätten diesen ersten Vorfall ignorieren können, weil ja nichts passiert ist. Sie hätten mich beiseitenehmen können, mich inoffiziell verwarnen, ein bisschen mit mir reden wie ein Schuldirektor mit einem Schulkind, und es dabei belassen. Nichts Offizielles. Aber sie entschieden sich, es schriftlich festzuhalten. Jedes Mal.« Spader fiel auf, dass Wagner nun mehrere Fälle von Trinken bei der Arbeit einräumte, ob es ihm nun bewusst war oder nicht. »Sie haben sich dafür entschieden, mich zu suspendieren, ihre kleinen Vermerke zu einem festen Bestandteil meiner Akte zu machen. Und als diese Rivers-Sache passierte und sie einen Sündenbock brauchten, einen Vorwand, mich rauszuschmeißen, haben sie meine ›Vorgeschichte‹ rausgekramt, dass das Trinken meine Arbeit beeinträchtigt.« Er fing Spaders Blick auf und hielt ihn fest. Spader glaubte, dieser Blick frage ihn erneut, warum nicht er, Spader, an seiner Stelle in dieser Lage war. »Sag mir die Wahrheit, John, hast du je gesehen, dass der Alkohol meine Arbeit beeinträchtigt hätte?«

Spader dachte kurz darüber nach, dann antwortete er aufrichtig: »Nein, Oscar, ich kann nicht sagen, dass ich das gesehen hätte. Aber du …«

»Eben. Aber wenn man mich bei Target mit einer kleinen Bierfahne erwischt, taucht sofort meine ›Vorgeschichte‹ vom Trinken bei der Arbeit wieder auf – eine Vorgeschichte, auf die die State Police Target garantiert aufmerksam gemacht hat, als die wegen einer Referenz anriefen –, und ich werde gefeuert. Verstehst du, was ich sagen will, John?«

»Ich bin mir nicht ganz sicher«, erwiderte Spader.

»Ich weiß es auch nicht genau, glaube ich. Aber irgendein Bürokrat in einem Büro, irgendein Schreibtischhengst, der sich noch nie die Hände schmutzig gemacht hat, noch nie durch den menschlichen Abschaum auf der Straße gewatet ist wie ich, der darf über mein Leben entscheiden, und die Entscheidungen, die er trifft, haben Auswirkungen auf den Rest meines Lebens, sogar wenn ich gar nicht mehr bei der Polizei bin. Ich bin sicher, es war jedes Mal ein anderer Knallkopf, ein anderes Arschloch, aber jedes Mal haben sie sich dafür entschieden, es offiziell zu machen, anstatt mir Gelegenheit zu geben, die Sache informell in Ordnung zu bringen, ohne einen Scheißvermerk in meiner Akte. Dann beschließt einer von denen, mich ohne Bezahlung zu suspendieren, und fügt noch einen gottverdammten Vermerk hinzu. Dann beschließt das letzte Arschloch, mich zum Sündenbock für die Rivers-Sache zu machen, und ich verliere meinen Job. Ach ja, und dann erzählt irgendjemand, wahrscheinlich derselbe Arsch, der entschieden hat, mich zu feuern, Target, warum genau sie mich bei der Polizei nicht mehr haben wollten, und als ich bei Target mal ein bisschen nach Bier rieche, schicken die mich auch gleich in die Wüste.«

»Weißt du das genau?«, fragte Spader. »Dass jemand bei der State Police Target von deiner … deiner Vorgeschichte erzählt hat?«

»Genau nicht, nein, aber das liegt doch auf der Hand, meinst du nicht?«

Spader meinte das ganz und gar nicht. Er fand im Gegenteil, in einem Security-Job sollte es für eine Kündigung genügen, wenn man mit einer Bierfahne zum Dienst erschien, egal ob mit oder ohne Vorgeschichte von Trunkenheit im Dienst.

»Sieh mal, John, ich sage ja nur, ich bin es leid, dass die Handlungen anderer über den Verlauf meines Lebens entscheiden. Das ist nicht fair. Dafür habe ich zu viele gute Jahre im Dienst an der Bevölkerung von Massachusetts hingelegt, um vom Staat einfach so abserviert zu werden. Und jetzt bekomme ich nicht mal mehr ein Scheißvorstellungsgespräch?«

Spader war nicht wohl bei dieser Unterhaltung. Die Reden, die Wagner hier schwang, gefielen ihm nicht. Ebenso wenig gefiel ihm, einen guten Mann in dieses verbitterte Geschöpf verwandelt zu sehen, auch wenn er Fehler gemacht hatte; einen Ex-Cop, der der Allgemeinheit wirklich lange Jahre gute Dienste geleistet hatte, dessen letzter Fehler jedoch so fatal gewesen war, dass er der Ermordung von mindestens zwei weiteren unschuldigen Menschen, wenn nicht mehr, Vorschub geleistet hatte. Es machte Spader traurig, zu hören, was Wagner sagte, zu sehen, wie gebrochen der Mann war.

»Wie gesagt, es klingt, als würdest du eine schwere Zeit durchmachen. Du hast mich vor einer Weile angerufen, und ich habe dich nicht zurückgerufen. Was wolltest du denn von mir?«

Wagner zögerte und räusperte sich. »Tja, weißt du, ich dachte, vielleicht findest du, dass du mir einen kleinen Gefallen schuldest dafür, dass ich an deiner Stelle die Schuld zugeschoben bekommen habe.« Du liebe Güte, heute brachte er die Fakten aber gewaltig durcheinander. »Damit will ich nicht sagen, dass du mir was schuldest, aber ich dachte, vielleicht siehst du das so.« Das tat Spader nicht. »Außerdem dachte ich, du möchtest deswegen vielleicht was unternehmen.«

»Nämlich?«

»Ehrlich gesagt, habe ich nicht mal an dich gedacht, bis ich dich im Fernsehen an irgendeinem Tatort sah. An dem, wo dem Mann die Füße abgehackt wurden. Das sieht übrigens übel aus.« Spader nickte. »Jedenfalls«, fuhr Wagner fort, »da fiel mir ein, als wir noch zusammengearbeitet haben, hast du mal abends im Einkaufszentrum einen Raub vereitelt, als du nicht im Dienst warst.«

Daran erinnerte Spader sich. Er war kurz vor Ladenschluss zu RadioShack gegangen und hatte dort zehn Minuten lang nicht einen einzigen Angestellten gesehen. Da hatte er Verdacht geschöpft. Sicher, es war möglich, dass der Angestellte im Hinterzimmer war und alles für die Nacht abschloss, aber zehn Minuten erschienen ihm doch sehr lang. Spader spähte ins Hinterzimmer und sah die Beine eines Mannes, der am Boden saß, hinter einem Regal hervorlugen. Spader zog seine Glock, schlich in den Lagerraum und richtete die Waffe auf einen überraschten Kleinganoven, der seine .38er unaufgefordert fallen ließ und die Hände hob.

»Und?«, fragte Spader.

»Und ich dachte, vielleicht erinnern die sich an dich.«

»Wer?«

»Das Einkaufszentrum. Oder der Geschäftsführer des Ladens. Wo war das? Circuit City?«

»RadioShack.«

»Richtig, RadioShack. Also dachte ich, vielleicht erinnern die sich an dich, und du könntest da anrufen, beim Leiter des Sicherheitsdienstes vom Einkaufszentrum oder beim Geschäftsführer von RadioShack, und ein gutes Wort für mich einlegen. Damit ich zumindest ein Vorstellungsgespräch bekomme. Jedenfalls, ich dachte, vielleicht möchtest du das tun, falls du vielleicht findest, du schuldest mir was. Und ich sage nicht, dass du das tust. Aber vielleicht meinst du das ja.«

Spader meinte das wie gesagt ganz und gar nicht, und er konnte Wagner auch nicht guten Gewissens für einen Security-Job empfehlen. Aber vielleicht konnte er ihm trotzdem zu einem Vorstellungsgespräch verhelfen. Das Trinken war allerdings ein Problem.

»Oscar, wenn du immer noch trinkst, solltest du dir eine andere Art von Arbeit suchen. Ich könnte vielleicht mit ein paar Leuten wegen eines Schreibtischjobs reden oder …«

»Herrgott, nicht du auch noch, John. Ich bin Cop. Das ist das, was ich kann. Und wenn ein Job als Miet-Cop das ist, was der Polizeiarbeit noch am nächsten kommt, weil irgendwelche Arschlöcher, die mich nicht mal kennen, beschließen, in meinem Leben herumzupfuschen, dann muss ich den wohl nehmen.«

Wagners Blick gefiel Spader gar nicht. Er war wütend, voller Groll, und Spader war sich nicht sicher, ob diese Gefühle sich gegen die »Bürokraten« richteten, deren Entscheidungen Wagner zufolge sein Leben ruiniert hatten. Ebenso wenig gefiel ihm die Art, wie der Mann mit Schuldzuweisungen um sich schoss wie ein Kind mit einer Wasserpistole, überallhin, nur nicht auf sich selbst. Doch sie hatten viele Jahre zusammengearbeitet, waren jahrelang befreundet gewesen, und er konnte ihn doch nicht hier sitzen lassen, ohne wenigstens zu versuchen, ihm etwas Hoffnung zu machen.

»Ich muss los, Oscar«, sagte er und stand auf, »aber ich werde ein paar Leute anrufen. Mal sehen, was sich machen lässt.«

»Danke, John«, sagte Wagner, doch Spader hörte darin noch etwas anderes mitschwingen: *Das ist das Mindeste, was du für mich tun kannst.*

SECHS

Zwei Tage vergingen ohne jeden Fortschritt im Fall Galaxo. Keine ihrer Bemühungen trug Früchte. Es ergaben sich keine neuen Spuren. Wenigstens hatte sich auch niemand Neues gemeldet, dem irgendein Körperteil von einem Zeichentrick-Alien abgehackt worden war. Die Galaxo-Arbeitsgruppe tätigte weiterhin Anrufe, klapperte die Straßen ab und erreichte nichts.

Wenn schon der Fall keine Fortschritte machte, dann wollte Spader wenigstens in sein Privatleben so etwas wie Ordnung bringen. Am frühen Abend hatte er Hannah angerufen, sich dafür entschuldigt, dass er sie neulich so abrupt allein gelassen hatte, und dann die Beziehung beendet. Er hatte ihr erklärt, sie sei fantastisch, es liege nicht an ihr, nur liebe er seine Frau noch immer. Sie hatte Verständnis gezeigt und ihm gesagt, falls sich das für ihn eines Tages ändern sollte, falls er je anders empfinden sollte, solle er sie anrufen. Falls sie dann noch frei sei, könnten sie einen neuen Anlauf nehmen. Es war die freundschaftlichste Trennung, die er je erlebt hatte, und allein deshalb war er versucht, sie erneut anzurufen und sich wieder mit ihr zu verabreden. *Wenn sie schon so toll ist, wenn man sich von ihr trennt, wie toll muss sie erst in einer ernsthaften Beziehung sein?* Doch er ließ es bleiben. Gleichgültig wie reif sie sich gerade gezeigt hatte, gleichgültig wie schön und intelligent und verführerisch sie war, sie hatte dennoch nicht Olivias Augen. Oder ihr Haar, ihr Lachen, ihr wunderschönes, wenn auch immer ein wenig schiefes Grinsen oder ihren herrlich schrägen Humor.

Nach dem Telefonat mit Hannah hatte er seine Exfrau angerufen. Neulich hatte Olivia das gemeinsame Frühstück mit David absagen müssen, weil ihr etwas dazwischengekommen war. Seither hatten sie eine Weile das Anrufbeantworter-Spiel gespielt und sich gegenseitig immer neue Terminvorschläge hinterlassen. Das Beste, was sie zustande gebracht hatten, war ein neuer Termin für ein gemeinsames Frühstück ein paar Tage später. Und so hatte Spader Olivia angerufen, um ihr zu sagen, dass ihm ein Frühstück am besagten Morgen recht sei und dass er noch keine Gelegenheit gehabt habe, seine Sachen durchzusehen, aber bald nach ihren Fotoalben suchen werde. Sie war jedoch nicht zu Hause gewesen, und bei dem Versuch, Olivia jede unwillkommene Sentimentalität zu ersparen, war am Ende herausgekommen, dass er gestelzt und unpersönlich geklungen hatte und sich wünschte, er könnte sich in ihr Haus schleichen, die Nachricht löschen und eine andere hinterlassen. Das hätte er womöglich sogar getan, wenn er nicht befürchtet hätte, mitten in der Nacht von Olivia und ihrem neuen Freund ertappt zu werden – sein Arm um ihre Taille, beide nichts weiter als ein verliebtes Lächeln am Leib und die Unterwäsche des anderen in der Hand.

Und nun lag Spader im Bett, und der Fernseher auf seiner Kommode sandte eine Botschaft, die da lautete: »Sendeschluss«. Gedanken und Gefühle wirbelten durch seinen Kopf wie ein giftiger Nebel, angereichert vom Inhalt einer Flasche Budweiser und zwei Dritteln der zweiten. Er dachte an Olivia und die guten Zeiten. Er wusste, es hatte auch weniger gute Zeiten gegeben, aber im Augenblick wollten ihm die einfach nicht einfallen. Er dachte an Hannah, allerdings nur kurz, jedenfalls bestimmt nicht so lange, wie sie es verdient hatte. Dann dachte er wieder an Olivia. Als auf das zweite Bier ein drittes folgte, drifteten seine Gedanken auf einer machtvollen Strömung dahin, die ihn beinahe gegen seinen Willen an einen finsteren Ort zog: an den Ort in seinem Kopf, wo Eddie Rivers lebte.

Das Ergebnis von Rivers' Gerichtsverhandlung war eine ausgemachte Sache gewesen, die Beweislage gegen ihn überwältigend. Im Verlauf ihrer genehmigten Suche nach Beweisen für illegale Drogenaktivitäten hatten die Polizisten hinten in einer Schublade in Rivers' Nachttisch Fotos seiner neun Opfer gefunden. Auf allen Fotos hatten die Opfer bereits die Beine eingebüßt. Auf einigen waren die Opfer entweder bewusstlos oder tot, gestorben an ihren Verletzungen oder bewusstlos vor Schmerz oder vom Blutverlust. Auf drei Fotos allerdings lebten die Opfer eindeutig noch und hatten einen wilden, verständnislosen Blick. In derselben Schublade fanden die Polizisten auch eine Tube eines bekannten Gleitmittels.

In einem Karton am Boden eines Schranks entdeckten sie Papiere, die sie zu einem Selbstlagerzentrum in Revere, wenige Meilen von Rivers' Wohnung entfernt, führten. In Ausführung eines neuen Durchsuchungsbefehls entfernten sie das Kombinationsschloss an Rivers' Lagerraum mit einem Bolzenschneider, und im Inneren stießen sie auf die Goldader: weitere Fotos seiner Opfer, sowohl vor als auch nach der Amputation; die Kamera, mit der die Bilder aufgenommen worden waren; ein Elektroschocker, der so leistungsstark war, dass er den Opfern ihre Verbrennungen zugefügt haben konnte, und dessen zwei Metallkontakte den gleichen Abstand hatten wie besagte Verbrennungen; Industrieklebeband wie das, mit dem die Opfer gefesselt worden waren; ein schwarzer Trainingsanzug und eine schwarze Skimütze sowie mehrere Paar schwarzer Gummihandschuhe, von denen zwei Spuren des Blutes von dreien der Opfer aufwiesen. Rivers war offenbar ein vorsichtiger Mensch. Er hatte seinen Lagerraum unmittelbar vor und nach seinen Verbrechen aufgesucht und in seiner Wohnung nur sehr wenig aufbewahrt, was ihn mit den Verbrechen in Verbindung brachte. Nur die Fotos hatte er offenbar zur Hand haben müssen. Das gehörte zu seiner Perversion. Und sein Lagerraum hatte noch mehr zu bieten, mehr als genug, um den Prozess gegen Rivers zu einer todsicheren Sache zu machen. Mit Schlagzeilen wie »*Jack of Spades* ist der King« machte die Presse Detective John Spader, den gut aussehenden, bescheidenen Cop, der Eddie Rivers' Gräueltaten einen Riegel vorgeschoben hatte, zu einer kleinen Berühmtheit. Sein Erfolg, sein gutes Aussehen und der Spitzname, den er einfach nicht loswurde, prädestinierten ihn förmlich dafür, das neue Gesicht der Massachusetts State Police – oder sogar der gesamten Strafverfolgungsbehörden des Bundesstaates – zu werden. Der Leiter der State Police ermunterte ihn, Radiointerviews zu geben und im lokalen Frühstücksfernsehen aufzutreten, wobei er allerdings nicht zu sehr ins Detail gehen durfte. Spader widerstrebte es, im Rampenlicht zu stehen, doch er tat, worum man ihn gebeten hatte, und machte seine Sache so gut er konnte, ohne seine eigentliche Polizeiarbeit darunter leiden zu lassen. Wie sich zeigte, war er ein Naturtalent. Seine Kompetenz und Bescheidenheit nahmen die Menschen für ihn ein. Alle liebten ihn.

Und dann kam das Fiasko. Rivers' Verteidigung beantragte, sämtliche Beweise, die während der Durchsuchung der Wohnung des Beklagten sowie in dessen Lagerraum gefunden worden waren, für unzulässig zu erklären – und das war selbstverständlich im Prinzip alles, was die Anklage hatte. Der Verteidigung zufolge war der Hausbefehl, den Wagner auf Spaders Anweisung hin aufgesetzt hatte, mit Mängeln behaftet. In solchen Fällen sah das Gericht sich die sogenannten vier Eckpfeiler des Haussuchungsbefehls an. Falls der Befehl nicht aus sich heraus den Vorschriften entsprach, ungeachtet etwaiger, später infolge der gerichtlichen Anordnung erlangter Beweise, gleichgültig wie belastend, dann war alles, was bei der Durchsuchung entdeckt worden war – also sämtliche in der Wohnung gefundenen Beweise, einschließlich der Fotos und der Papiere, die sie zum Selbstlagerzentrum geführt hatten –, unzulässig. Überdies würden auch die Beweise, die im Lagerraum gefunden worden waren, für unzulässig erklärt werden. Die Anwälte nannten das die »Früchte des vergifteten Baums«. Die gesamte Mordanklage gegen Rivers hing also davon ab, dass der Haussuchungsbefehl der richterlichen Überprüfung standhielt.

Er hielt ihr nicht stand. Spader hatte Wagner gesagt, was er in den Antrag auf Haussuchungsbefehl schreiben sollte, und dabei nur die wichtigsten Punkte genannt. Wagner war ein alter Hase und hatte bereits unzählige Durchsuchungsbefehle beantragt. Ein wesentliches Element des Antrags war die Angabe, dass Polizisten das Haus an mindestens zwei Tagen wegen Verdachts auf Drogenhandel überwacht hatten und während dieser Überwachung ein signifikantes Besucheraufkommen hatten beobachten können, wie es nach Erfahrung der Polizei auf Drogenhandel schließen ließ. Doch in diesem Punkt hatte Spader gelogen. Er hatte lediglich die Daten weitergegeben, die sein Informant ihm genannt hatte. Leider – möglicherweise, weil Wagner getrunken hatte – war eines der beiden Daten, die Wagner in den Antrag geschrieben hatte, falsch. Einer der Abende, an denen sie Rivers angeblich überwacht und ein Besucheraufkommen beobachtet hatten, wie es auf Drogenhandel schließen ließ, war nicht korrekt angegeben. Die Angabe lag um einen Tag daneben: der Zweite des Monats statt der Erste. Und Spader hatte Wagner vertraut und den Antrag nicht mehr gelesen, als Wagner ihn ihm vorgelegt hatte.

Die Verteidigung behauptete, der Angeklagte habe am Zweiten des Monats nicht mit Drogen gehandelt, wie im Durchsuchungsbefehl angegeben – zum zweiten Datum äußerte sie sich nicht –, und beantragte ein Verwertungsverbot für sämtliche Beweise aus Rivers' Wohnung wie auch für die aus seinem Lagerraum, denn im Falle, dass erstere Beweise infolge eines rechtswidrigen Durchsuchungsbefehls erlangt worden waren, wären sie »Früchte des vergifteten Baums« und somit ebenfalls unzulässig.

Das Gericht hörte sich an, was die beiden Parteien zum Antrag vorzubringen hatten, und Spader als der Polizist, der behauptet hatte, die illegalen Aktivitäten beobachtet zu haben, musste in den Zeugenstand. Er hatte zwei Möglichkeiten. Er konnte zugeben, dass das Datum falsch war, und den Staatsanwalt argumentieren lassen, dieser Fehler sei unerheblich, was bedeutete, sie müssten es darauf ankommen lassen, dass der Richter ihnen zustimmte und Rivers' Antrag abwies. Oder er konnte behaupten, dass die Information im Haussuchungsbefehl korrekt war und der Angeklagte entweder log oder sich irrte. Mit anderen Worten: Er konnte lügen. Der Staatsanwalt wollte, dass er die

Wahrheit sagte, gleichgültig, wie die aussah, und es darauf ankommen lassen. Seiner Meinung nach standen die Aussichten, dass der Richter den Haussuchungsbefehl trotz des darin enthaltenen Fehlers für rechtmäßig erklärte, fünfzig zu fünfzig. Spader genügte das nicht. Seine Lüge konnte nur dann auffliegen, wenn Rivers für den Abend, den Wagner fälschlich in den Antrag geschrieben hatte, also den Abend *nach* dem, an dem er tatsächlich mit Drogen gehandelt hatte, ein Alibi vorweisen konnte. Dafür musste er mindestens einen glaubwürdigen Zeugen beibringen, der aussagte, dass Rivers am fraglichen Abend mit ihm zusammen gewesen sei und nicht mit Drogen gehandelt habe. Das Schlüsselwort hier war »glaubwürdig«. Wer von Rivers' Bekannten konnte glaubwürdiger sein als ein hoch angesehener Polizist? Selbstverständlich bestand die theoretische Möglichkeit, dass einer von Rivers' Drogenkunden sich meldete und sagte: »Nein, das stimmt nicht. Ich habe meinen Stoff am Ersten bei Eddie gekauft, nicht am Zweiten.« Unwahrscheinlich. Spader beschloss, den Staatsanwälten zu sagen, das Datum sei korrekt und Rivers greife bloß nach jedem Strohhalm.

Leider war dem nicht so. Oscar Wagner hätte beinahe jeden beliebigen anderen Tag wählen können, nur nicht den Zweiten des Monats, dann wäre Spaders Vabanquespiel vermutlich aufgegangen. Niemand hätte zu Rivers' Gunsten ausgesagt... jedenfalls niemand, dem das Gericht geglaubt hätte. Unglücklicherweise hatte Wagner jedoch den Monatszweiten angegeben. Und Rivers' Verteidiger warteten ab, bis Spader unter Eid gelogen hatte. Dann legten sie ihren Beweis vor – den sie auch schon mit ihrem Antrag auf ein Beweisverwertungsverbot hätten vorlegen können, was eine mündliche Verhandlung darüber überflüssig gemacht hätte. Es handelte sich um die Aufnahmeerklärung eines Krankenhauses, die belegte, dass Eddie Rivers am fraglichen Abend auf eine zerbrochene Bierflasche getreten war und mehrere Stunden in der Notaufnahme darauf gewartet hatte, dass man seinen Fuß nähte. Unglücklicherweise schlossen diese Stunden auch die Zeit ein, in der Spader angeblich beobachtet hatte, wie jede Menge Leute das Gebäude, in dem Rivers wohnte, betreten und verlassen hatten, weil sie Drogen bei ihm gekauft hatten. Es gab sogar eine beeidete Erklärung des Notarztes, dass Eddie Rivers der Mann sei, den er an jenem Abend behandelt habe. Die Beweise gegen Rivers wurden für unzulässig erklärt. Allesamt. Der Staatsanwaltschaft blieb nicht mehr als die Anklagen wegen versuchter Gewalt gegen einen Polizisten und Widerstands gegen die Festnahme, denn die Festnahme infolge des mangelhaften Durchsuchungsbefehls war zwar rechtswidrig gewesen, doch es ist ebenfalls gegen das Gesetz, sich der Festnahme zu widersetzen, selbst wenn sie rechtswidrig ist. Da allerdings die Verteidigung behauptete, Rivers habe die Waffe fallen lassen wollen, wie von Spader befohlen, anstatt sie zu heben, um damit zu schießen, sah die Staatsanwaltschaft keine großen Chancen, eine Verurteilung wegen versuchter Gewaltanwendung zu erwirken. Womit nur die Anklage wegen Widerstands gegen die Festnahme blieb – bei einem Mann, von dem jeder in Massachusetts, wenn nicht im ganzen Land, wusste, dass er sieben Menschen ermordet und zwei weitere verstümmelt hatte. Anstatt das Risiko einer dem Angeklagten gewogenen Jury einzugehen und womöglich den Prozess auf ganzer Linie zu verlieren, bot die Staatsanwaltschaft Rivers einen Handel an. Er bekannte sich schuldig, sich der Festnahme widersetzt zu haben, und stimmte einer einjährigen Haftstrafe zu. Als er abgeführt wurde, lächelte er Spader zu.

Der Staatsanwalt hatte wie gesagt geglaubt, ihre Aussichten auf Abweisung von Rivers' Antrag seien ausgeglichen, und hatte geltend machen wollen, der Fehler sei unerheblich. Spaders mutmaßlicher Meineid hingegen, der eine tiefe Geringschätzung für das Gerichtsverfahren ahnen ließ, hatte den Richter nach Meinung des Staatsanwalts so verärgert, dass er dem Antrag auf Beweisverbot stattgegeben hatte, womit sie im Prinzip den gesamten Prozess verloren hatten. Der Staatsanwalt erwog, Anklage wegen Meineids gegen Spader zu erheben; andererseits wollte man die ganze hässliche Angelegenheit am liebsten unter den Teppich kehren. Letztlich legte die Staatsanwaltschaft der State Police nahe – dringend nahe –, sie solle sich der Angelegenheit intern annehmen. Auf Captain Struthers' widerstrebenden Vorschlag hin nahm die Innenrevision Ermittlungen auf. Dabei erfuhren die Ermittler von Wagners Vorgeschichte des Trinkens im Dienst und auch, dass Wagner getrunken hatte, als er den Antrag auf den Haussuchungsbefehl geschrieben hatte. Wagner war erledigt.

Spader wiederum hatte sich entweder im Datum geirrt oder bewusst gelogen. Falls er sich geirrt hatte, würde das eine Disziplinarmaßnahme wegen Schlamperei – genauer gesagt »Pflichtversäumnis« – rechtfertigen. Eine bewusste Lüge hingegen in Ausübung seiner Pflichten, genannt »Abweichung von der Wahrheit«, war ein sehr schwerwiegendes Vergehen. Intern konnte man Spader dann überdies »mangelnde Professionalität« sowie ein »Verhalten, das unangemessen war für einen Angehörigen der State Police« vorwerfen. Er konnte seinen Job verlieren. Spader würde nie erfahren, ob er letztlich freigesprochen wurde, weil die Ermittler nicht genügend Beweise gegen ihn finden konnten oder weil sowohl die Ermittler als auch die Polizeioberen insgeheim wussten und respektierten, was er zu tun versucht hatte, auch wenn sie es nie einräumen würden. Oder vielleicht hatte Oscar Wagner ja recht. Vielleicht hatten sie in ihm ihren Sündenbock gefunden und brauchten keinen weiteren. Für Spader zählte vor allem, dass er von den schwerwiegendsten Vorwürfen freigesprochen wurde und lediglich wegen Pflichtversäumnis für eine Woche ohne Bezahlung vom Dienst suspendiert wurde. Die Regierung und die State Police hatten bei ihm Nachsicht walten lassen. Wie Spader später feststellen sollte, taten die Medien und die allgemeine Öffentlichkeit das nicht.

Als Rivers einen Monat seiner einjährigen Haftstrafe verbüßt hatte, besuchte Spader ihn. Durch die dicke Glasscheibe, die sie trennte, musterte er Rivers, dessen selbstgefällige Miene Überreste von Blutergüssen auf der Wange und um ein Auge aufwies. Rivers erwiderte den Blick und lächelte.

»Na, wenn das nicht der *Jack of Spades* ist«, sagte er.

»Sie sehen nicht so gut aus.«

»Ich hatte eine heftige Nacht, aber jetzt bin ich in Einzelhaft. Zu meinem eigenen Schutz. Ich bin also ungestört, hab sogar einen Fernseher. Und das Essen ist gar nicht so übel.« Er leckte sich die Lippen. »Sehen Sie, Spader, ich habe Ihnen doch gesagt, ich habe diese Leute nicht getötet.«

»Doch, das haben Sie.«

»Aber ich komme dafür nicht ins Gefängnis, und das werde ich auch nie. Also ist es genauso, als hätte ich es nicht getan.« Er hielt inne und dachte nach. »Tja, für mich jedenfalls. Für die unglücklichen Opfer und ihre Angehörigen ist das wohl nicht so.« Dann lächelte er sein widerliches Lächeln und stand auf. »Nett, Sie wiederzusehen, Spader, aber ich muss zurück in meine Zelle. Es ist gleich Mittag, und heute soll es Makkaroni-Käse-Auflauf geben.«

Wegen guter Führung kam Rivers nach knapp neun Monaten frei. Als er das Gefängnis durch den Haupteingang verließ, beobachtete Spader ihn von der anderen Straßenseite aus. Rivers sah ihn an seinem Auto lehnen und winkte ihm aufgeräumt zu, ehe er in ein wartendes Taxi stieg. Zwei Wochen nach Rivers' Entlassung kehrten Gregory und Elaine Tannenbaum von einem abendlichen Kinobesuch zurück und fanden die abgesägten Beine von Justin, ihrem neunjährigen Sohn, und Tammy Walker, seiner siebzehnjährigen Babysitterin, wie Feuerholz an der Haustür gestapelt. Um sämtliche Zweifel zu beseitigen, hatte Rivers seinen Modus Operandi um ein neues Element erweitert: Er hatte den Finger – und die Fingerabdrücke ergaben, dass es *sein* Finger war – in das Blut des Jungen getaucht und damit ein großes J und ein Pik-Symbol gemalt, gefolgt von den Worten: »Abschiedsgeschenk für Sie«.

Und dann verschwand er. Obwohl alle wussten, dass er vor seiner Festnahme alle diese Menschen getötet hatte, führte das in der Verfassung verankerte Gebot, dass niemand derselben Straftat wegen zwei Mal vor Gericht gestellt werden durfte, dazu, dass er für sie unangreifbar geworden war, es sei denn, neue Beweise würden gefunden, und das war unwahrscheinlich, denn die Polizei hatte ja bereits alles gefunden. Mit anderen Worten: Ein Serienmörder wäre ungeschoren davongekommen. Er wäre aus dem Schneider gewesen.

Doch anstatt erleichtert aufzuatmen und irgendwo anders ein neues, mordfreies Leben zu beginnen, war Rivers sofort wieder zur Tat geschritten und hatte die Zahl seiner Opfer bei der erstbesten Gelegenheit erhöht. Und zugleich die Zahl von Spaders Opfern, so empfand er es selbst.

Das Bier wirkte nicht so, wie es sollte. Spader stand auf, spritzte sich im Bad etwas Wasser ins Gesicht und ließ sich wieder aufs Bett fallen. Er machte sich gar nicht erst die Mühe, zurück unter die Bettdecke zu schlüpfen; sie behinderte ihn bloß, wenn er sich hin und her warf. Er zweifelte, ob er in dieser Nacht überhaupt Schlaf finden würde.

In der Folge von Rivers' jüngsten Morden wurde Spaders Versagen bei dem Haussuchungsbefehl seitens der Medien aus jedem erdenklichen Blickwinkel beleuchtet. Und er wurde geschmäht. Von dem Held, der ein Ungeheuer geschnappt hatte, wurde er zu dem Mann, der die Schuld daran trug, dass der Käfig dieser Bestie offen blieb, der sie herausgelassen hatte, sodass sie erneut zuschlagen konnte. Und die Bestie hatte keine Zeit vergeudet, sondern genau das getan.

Danach konnte Spader wochenlang, so schien es, nicht auf die Straße gehen, ohne an sein tragisches Versagen erinnert zu werden. An den Zeitungsständen, an denen er vorüberkam, sah er Schlagzeilen, die ihn kritisierten. »*Jack of Spades* im Zeugenstand eingeknickt.« »Rivers ließ *Jack of Spades* auffliegen.« »Killer durch Cop-Fehler wieder auf freiem Fuß.« Und die dazugehörigen Artikel waren für gewöhnlich mit einem Foto von Rivers illustriert, auf dem er Spader mit selbstzufriedener Miene höhnisch anstierte. Manchmal brachten die Zeitungen auch ein Foto von Spader. Am schlimmsten jedoch waren die Artikel, die Fotos von Justin Tannenbaum und Tammy Walker brachten, den beiden Kindern, deren Blut an Spaders Händen klebte. Menschen, die sein Gesicht aus dem Fernsehen oder den Zeitungen wiedererkannten, betrachteten ihn mit kaum verhohlener Verachtung oder erklärten offen, was sie von seinen kriminalistischen Fähigkeiten, seinem Wert als menschlichem Wesen und seinem Recht, dieselbe Luft wie alle anderen auf der Straße zu atmen, hielten.

Intern wie auch nach außen hin schob die Führungsspitze der State Police die gesamte Schuld Wagner zu mit der Begründung, Spader habe sich in den Daten geirrt; Wagners Fehler habe ihn verwirrt. Spader hatte den Verdacht, dass die höheren Tiere ihn inoffiziell – sehr, sehr inoffiziell – für das respektierten, was er zu tun versucht hatte, auch wenn dieser Versuch fehlgeleitet gewesen und letztlich erfolglos geblieben war. Doch das tröstete Spader nicht darüber hinweg, dass seine Lüge womöglich den Ausschlag bei der Entscheidung des Richters gegeben hatte und Eddie Rivers seinetwegen so schnell freigekommen war. Und er wusste, dass er in den Augen vieler einfach Mist gebaut, dann im Zeugenstand gelogen hatte und dafür mit einem Anpfiff davongekommen war. Einige seiner Kollegen bei der State Police zeigten ihm monatelang die kalte Schulter. Manche bekundeten ganz offen ihre Verachtung. Andere vertraten die Auffassung, er hätte Rivers einfach ins Gesicht schießen sollen. Eine Zeit lang entgegnete Spader darauf, nein, er hätte vielmehr bei dem fraglichen Haussuchungsbefehl sorgfältiger sein müssen, doch das wollte niemand hören. Oscar Wagner entschuldigte sich unter vier Augen bei ihm, räumte aber niemals offen ein, welche Rolle er dabei gespielt hatte, dass die Räder des Justizgetriebes blockiert worden waren. Spader wünschte, der Mann hätte mehr Rückgrat bewiesen, aber eigentlich kümmerte es ihn nicht allzu sehr. Man hatte Wagner gezwungen, seinen Abschied zu nehmen; er kam also nicht ungeschoren davon. Und außerdem war es nun einmal Spaders Fall gewesen, wie er selbst nur zu gut wusste. Er hätte es anders anpacken müssen.

Allmählich hatte Spader Nächte wie diese satt, Nächte, in denen er wach lag, sich die geballten Fäuste auf die Augen presste und über alle seine Fehler, sein fragwürdiges Urteilsvermögen, all das, womit er von nun an würde leben müssen, nachdachte. In Nächten wie dieser wünschte er, er hätte sich den Antrag für den Haussuchungsbefehl am Telefon von Wagner vorlesen lassen, ehe der damit zu Richter Banks gegangen war. Oder er hätte den Durchsuchungsbefehl selbst noch gelesen, ehe sie ihn ausführten. Hin und wieder wünschte er, er hätte im Zeugenstand die Wahrheit gesagt und den Dingen ihren Lauf gelassen. Und in den finstersten Nächten, in Nächten wie dieser, in denen der Wind draußen ein wenig an wütend geflüsterte Anschuldigungen erinnerte, wünschte er fast immer, er hätte damals doch ein bisschen höher und weiter nach rechts gezielt.

SIEBEN

Spader ließ den Hörer auf die Gabel fallen und rieb sich die müden Augen. Er hätte letzte Nacht mehr Schlaf brauchen können. Mehr Schlaf und weniger Bier. Er saß im Büro an seinem Schreibtisch und hatte soeben bei Stanley Pendleton angerufen, dem einzigen Opfer, das Galaxos Überfall bisher überlebt hatte, um ihn zu fragen, ob ihm noch etwas eingefallen sei. Leider war dem nicht so, daher hatte Spader mit seinem Anruf nicht mehr erreicht, als bei Pendleton den deutlichen Eindruck zu hinterlassen, dass die Polizei hier komplett im Dunkeln tappte. Spader rieb sich nochmals die Augen. Als er sie wieder öffnete, trat gerade ein Verwaltungsangestellter an seinen Schreibtisch, reichte ihm ein mehrere Seiten langes Fax und ging weiter.

»Was hast du da?«, fragte Dunbar, der gerade einen Bagel aß, mit vollem Mund. Sein Schreibtisch stand neben dem von Spader.

»Fax vom FBI.«

»Unser Galaxo-Profil?«

Spader nickte.

»Wow. Das ging aber schnell.«

Spader überflog das Dokument. »Auf dem Deckblatt steht, der Galaxo-Aspekt sei faszinierend, daher hätte der Profiler, ein gewisser Special Agent Dwight W. Daniels, die Sache beschleunigt behandelt.«

»Wir sollten Dwight Blumen schicken. Und was steht drin?«

»Hier steht, Galaxo sei ein böser Bube.«

»Und du hast gesagt, er sei ein Schatz. Wie wär's, wenn du mir nur die Highlights erzählst?« Dunbar nahm eine Schale mit Walnüssen und einen Nussknacker vom Schreibtisch und lehnte sich zurück.

Spader begann, das Dokument zu lesen, und versuchte, das geräuschvolle Knacken und Kauen neben sich zu ignorieren. Der Profiler schrieb, er habe das Material, das Spader geschickt hatte – Daten und Fakten, einen Bericht über weitere Ermittlungen, Berichte der Gerichtsmediziner, Karten der Gegend um die Tatorte, Tatortfotos und -video und so weiter – gesichtet und daraus das Spader vorliegende Profil erstellt. Er schickte voraus, Profiling sei eher gesunder Menschenverstand und auf Sachkenntnis gestützte Vermutung als eine Wissenschaft, und fügte hinzu, jede neue Information, die ans Licht käme, und sei sie noch so geringfügig, könne das Profil gewaltig verändern. Nach diesen einschränkenden Vorbemerkungen benannte er seinen »allgemeinen Eindruck« von dem »Personentyp«, nach dem Spader »vielleicht« suchte. Spader fragte sich, ob Daniels enttäuscht gewesen war, weil er in diesem Satz nicht noch mehr Vagheiten hatte unterbringen können.

»Hier steht, wir haben einen ›überlegt vorgehenden‹ Täter, der seine Verbrechen plant, am Tatort Beherrschung zeigt und nur wenige oder gar keine Spuren hinterlässt.«

»Schreibt er auch irgendwas, was wir noch nicht wissen?«

»Gib dem Mann eine Chance, Gavin. Das war nur der erste Satz. Hier steht auch, dass wir nach einem Mann suchen, fünfundzwanzig bis vierzig Jahre alt, wobei das Alter des Täters auch darunter oder darüber liegen könnte.«

»Dwight hält sich ein Hintertürchen offen«, bemerkte Dunbar.

»Er schreibt, wir suchen nach einem weißen Mann, weil die meisten Serienmörder Weiße seien und weil die meisten Mörder Menschen derselben Hautfarbe töten und alle unsere bisherigen Opfer Weiße waren.« Spader überflog die nächsten Absätze. »Unser Mann ist wahrscheinlich leicht überdurchschnittlich intelligent. Hat garantiert einen Highschoolabschluss, und unser Profiler geht stark davon aus, dass er auch aufs College gegangen ist, es aber nicht abgeschlossen hat. Hier steht, er habe vermutlich nicht länger als ein, zwei Jahre studiert. Und aus dem Umstand, dass er bisher nur in Massachusetts zugeschlagen hat, schließt unser Profiler, dass Galaxo, wenn er denn aufs College gegangen ist, das in diesem Bundesstaat getan hat, oder jedenfalls nicht weiter als eine Autostunde entfernt.«

»Woher zum Teufel will Daniels wissen, ob er auf dem College war? Und dass er nicht fertig geworden ist?«

»Mal sehen … er schreibt, unser Verdächtiger sei intelligent und zielstrebig, deshalb sei er sehr wahrscheinlich auf eine Hochschule gegangen, die vierjährige Studiengänge anbietet; aber der Umstand, dass er nur ein, zwei Körperteile amputiert, nicht mehr, und dass er offenbar nicht weiter geht – keine weiteren Verstümmelungen, und er tötet sie nicht direkt, bleibt wahrscheinlich nicht mal lange genug da, um die volle sexuelle Befriedigung aus seinen Handlungen zu ziehen, falls es das ist, wonach er sucht –, all das deute daraufhin, dass er keiner ist, der die Dinge zu Ende bringt. Dass er nicht das Zeug dazu habe, ein vierjähriges Studium abzuschließen.«

Dunbar knackte noch eine Walnuss und kaute, während er darüber nachdachte. »Was schreibt er sonst noch?«

»Mal sehen ... hier steht, Galaxo sei ein Einzelgänger.«

»Ach was? Wer will schon mit jemandem rumhängen, der zum Vergnügen Leute zerhackt?«

»Wahrscheinlich funktioniert er innerhalb der Gesellschaft so gut, dass er nicht auffällt.«

»Das ist der Teil, bei dem mir immer ganz anders wird, weißt du? Der Kerl, der hinter dir im Kino sitzt, der Friseur, der dir die Haare schneidet, der Kerl, der dein Klo repariert – er könnte seine Tage mit dem gleichen Scheiß verbringen wie wir, aber abends, während wir übrigen vor der Glotze hocken, zieht er los und schneidet die Leute in Stücke.«

»Sie sollten spezielle T-Shirts tragen«, kommentierte Spader, »die sie als Serienmörder ausweisen.«

»Ich meine ja nur, das ist erschreckend.«

Da konnte Spader nicht widersprechen. »Hier steht, Galaxo sei wahrscheinlich ein Einzelkind und seine Eltern seien vermutlich beide noch am Leben. Der Vater sei dominant, man könne es ihm nur schwer recht machen. Habe den Sohn vielleicht körperlich misshandelt, entweder sexuell oder anderswie, aber in diesem Punkt ist der Profiler sich nicht so sicher. Beide Eltern arbeiten oder haben gearbeitet, wobei die Mutter wegen gesellschaftlicher Konventionen vielleicht erst angefangen habe zu arbeiten, als der Täter schon älter war, entweder im Highschoolalter oder noch älter. Da alle Opfer männlich waren, könne der Täter homosexuell sein oder auch nicht. Dementsprechend sei er wahrscheinlich weder verheiratet noch lebe er in einer Liebesbeziehung mit einer Frau.«

»Das steht da wirklich? Homosexuell oder auch nicht?«

»Ja.«

»Schön zu sehen, dass das FBI sich im Hinblick auf seine sexuelle Orientierung so weit aus dem Fenster lehnt. In diesem Bericht steht nicht zufällig Galaxos Adresse?«

»Doch, hier: Hauptstraße Nummer eins zwei drei.«

»Super. Los, holen wir ihn uns.«

Spader fuhr fort: »Hier steht allerdings, Galaxo wohne in einem Vorort in Massachusetts, in dem er sich wohl und sicher fühlt. Deshalb verübe er seine Verbrechen hier.«

»Was sagt der Profiler dazu, dass Galaxo Pendletons Mutter mehr oder weniger in Ruhe gelassen hat?«

»Warte, ich schaue mal. Ah, hier. Möglicherweise habe der Verdächtige insgeheim Angst vor Frauen, daher halte er sich so weit wie möglich von ihnen fern. Das passt dazu, dass er homosexuell sein könne oder auch nicht.«

»Richtig. Kann sein, kann auch nicht sein.«

»Genau.«

Spader überflog die nächsten Passagen. »Herrgott, Gavin, musst du die Dinger ausgerechnet jetzt essen? Das lenkt ab.«

»Ich habe auch eine Tüte Chips in der Schublade. Soll ich lieber die essen?«

»Bleib bei den Walnüssen. Mal sehen, was haben wir hier noch? Der Verdächtige geht mit einem Elektroschocker und Chloroform dicht an seine Opfer heran, anstatt sie mit einer Handfeuerwaffe zu bedrohen, und er macht sich das Leben nicht leichter, indem er elektrische Werkzeuge einsetzt, sondern benutzt lieber eine Handsäge und Ähnliches, was den Profiler zu dem Schluss führt, dass er wahrscheinlich in einem Bereich angestellt ist, wo er körperlich arbeitet, statt hinter einem Schreibtisch zu sitzen.«

»So wie ein Metzger?«

»Tja, in seiner Nachtschicht ist er definitiv ein Metzger.« Spader las weiter. »Hier ist ein wörtliches Zitat: ›Der Verdächtige ist ein Mensch mit einer schweren psychischen Störung.‹«

»Ein Glück, dass es das FBI gibt. Warum trägt er die Maske?«

»Hier steht, er will nicht, dass sein Gesicht zu sehen ist.«

»Du bist ein echter Scherzkeks, John. Warum eine Kindermaske?«

»Gib mir eine Sekunde, mal sehen … ah, hier ist es. Trägt die Maske aus dem offensichtlichen Grund, sich zu maskieren …«

»Eins zu null für dich.«

»… sowie, um seine Stimme zu verfremden.«

»Das ist plausibel.«

»Logisch. Er kann sagen, was er will, kann seine kranken Auswahlspielchen mit ihnen spielen, und sie können ihn weder anhand des Gesichts noch anhand der Stimme identifizieren.«

»Und hat der Umstand, dass es eine Kindermaske ist, nichts zu bedeuten?«, fragte Dunbar. »Ich meine, aus psychologischer Sicht?«

»Special Agent Dwight W. Daniels misst dem keine besondere Bedeutung zu. Ich nehme an, wenn es auch Masken für Erwachsene mit dieser Stimmverfremdungstechnologie gäbe und unser Mann trotzdem zu einer Galaxo-Maske griffe, könnte man daraus etwas schließen. Aber wahrscheinlich hat er einfach nur das genommen, was ihm am besten dient, die Maske mit der fortgeschrittensten Technologie drin.«

Dunbar nickte nachdenklich, während Spader weiterlas

und dabei gegen den Impuls ankämpfte, Dunbar den Nussknacker aus der Hand zu reißen und ihn durch den Raum zu schleudern. Schließlich sagte er: »Hier steht, die Leidenschaftslosigkeit, mit der Galaxo den Leuten ihre Körperteile abschneidet, lasse außergewöhnliche emotionale Distanz erkennen sowie eine ambivalente Haltung gegenüber den Gefühlen oder Schmerzen anderer. Er weiß, dass er ihnen wehtut, aber es kümmert ihn nicht im Geringsten. Und er liebe die Kontrolle. Angefangen beim Fesseln seiner Opfer bis hin zu der Wahl, vor die er sie stellt. Er hat jede Sekunde, die er im Haus seiner Opfer verbringt, unter Kontrolle, und er will, dass sie das auch wissen.«

»Bis zu ihrem Tod«, sagte Dunbar. »Aber warte, noch mal zurück. Wenn es ihm so um Kontrolle geht, was ist dann mit den Wahlmöglichkeiten, die er anbietet? Was soll das? Wenn er wirklich zeigen will, dass er alles unter Kontrolle hat, warum schneidet er dann nicht einfach das Körperteil ab, nach dem ihm gerade ist? Warum lässt er das Opfer wählen?«

Spader las ein Stück weiter, dann sagte er: »Darauf geht das Profil detailliert ein. Es hat alles mit dem zu tun, was das Ganze ausgelöst hat. Irgendetwas hat das alles in Gang gesetzt, irgendein spezifisches Ereignis. Das hat einer fragilen Psyche den Rest gegeben.«

»Was für ein Ereignis?«

»Anscheinend empfindet Galaxo es so, als hätte sich Willkür negativ auf sein Leben ausgewirkt.«

»Und das bedeutet?«

»Irgendeine Entscheidung, die jemand getroffen hat – oder auch mehrere –, ist ihm auf den Sack gegangen, und er findet, derjenige hätte es anders machen können.«

»Bei solchen Typen brennt die Sicherung normalerweise durch, wenn sie gefeuert oder von ihrer Frau oder Freundin sitzen gelassen werden.«

»Da hast du recht«, sagte Spader. »Und falls Special Agent Dwight W. Daniels recht hat, dann findet Galaxo, dass sein Boss oder seine Frau oder Freundin das aus reiner Willkür getan hat. Oder vielleicht ist es auch was anderes. Vielleicht reißen sie sein Haus ab, um einen neuen Bahnhof da hinzustellen, obwohl sie den genauso gut – seiner Meinung nach – woanders bauen könnten. Oder vielleicht hat seine Versicherung ihm die Versicherungssumme für irgendwas Größeres verweigert, seiner Auffassung nach ohne guten Grund, und das hat ihn auf die Palme gebracht. Also rächt er sich und bezieht dabei Stellung zum Thema Willkür.«

»Das passt«, sagte Dunbar, den Mund voller Walnussstückchen. Spader wünschte, die hätte er vorher hinuntergeschluckt. *Wie zum Teufel konnten er und Dunbar jetzt schon so lange befreundet sein*? Dunbar fuhr fort: »Angenommen, es gibt keine Verbindung zwischen den Opfern, jedenfalls haben wir bisher ums Verrecken keine finden können. Also sucht er sie mehr oder weniger zufällig aus, und seine einzige Anforderung ist, dass er zu ihnen ins Haus gelangt, wenn sie allein sind.«

»Das wäre dann die erste willkürliche Entscheidung.«

»Genau. Die Auswahl des Opfers. Das Nächste, womit er – wie hast du das genannt? Stellung bezieht? Das Nächste, womit er Stellung zum Thema Willkür bezieht, ist die Strafe, die er vollstreckt. Bei Pendleton und Lisbon hat er sich zwei Wahlmöglichkeiten ausgedacht und sie dann noch mal geändert, richtig? Und denk dran, dem ersten Opfer, Yasovich, hat er die Zunge rausgeschnitten und sie an mehrere Orte gelegt, bevor er sie schließlich in die

Fleischschublade im Kühlschrank getan hat, gleich neben die Mortadella. Als ob er uns zeigen wollte, dass das alles willkürlich ist.«

Spader überflog einige Passagen im Profil. »Das ist ja, als hättest du das hier vor mir gelesen, Gavin. Der Profiler schreibt mehr oder weniger das, was du gerade gesagt hast. Du solltest dir überlegen, ob du nicht zum FBI gehen willst.« Sie wussten beide, dass er dafür zehn Jahre zu alt war.

»Du kannst mich auch mal. Und was hältst du davon?«

»Von der Sache mit der Willkür? Das passt zu den Tatorten und den Aussagen der Zeugen. Und Special Agent Dwight W. Daniels glaubt jedenfalls, dass es plausibel ist.«

»Aber was glaubst du?«

»Ich weiß es noch nicht. Deine Theorie ist besser als alles, was mir bisher eingefallen ist.«

»Sonst noch was in dem Bericht da?«

»Das war's so ziemlich. Aber ganz am Ende hält Special Agent Dwight W. Daniels sich noch mal ein Hintertürchen offen: Er schreibt, er könne sich natürlich irren, was die Vermutungen in seinem Profil angehe, auch bei der Hautfarbe und dem Alter des Verdächtigen.«

»Ist er sich wenigstens bei der Spezies sicher? Vielleicht ist Galaxo ja ein Alien?«

Spader lachte.

»Also, was glaubst du, John? Wie zutreffend ist das?«

»Das wissen wir erst, wenn wir das Arschloch geschnappt haben. Lass uns Kopien davon an den Rest der Arbeitsgruppe verteilen, mit einer Notiz, dass ich ein paar von ihnen morgen anrufe. Unser Profiler weist auf mehrere Gesichtspunkte hin, denen wir nachgehen können, und da wir selbst bis jetzt noch gar nichts haben, werden wir das auch tun.«

Dann sah er Dunbars Blick.

»Schon gut, Gavin, du und ich, wir wissen beide, dass das FBI keine Kristallkugel hat, und es ist leicht, sich ein bisschen über Daniels' Profil lustig zu machen, aber es hat Fälle gegeben, in denen solche Profile dabei geholfen haben, wirklich üble Kerle zu schnappen, deshalb werden wir das hier als Orientierungshilfe verwenden, bis wir selbst etwas Handfestes gefunden haben. Nur als Orientierungshilfe. Wir gehen auch allen anderen Spuren nach, die wir finden. Wenn wir welche finden. Bis dahin stützen wir uns auf dieses Profil und nehmen sämtliche Colleges und Universitäten im Bundesstaat unter die Lupe, und auch die, die ein, zwei Autostunden entfernt sind, und wir besorgen uns die Namen sämtlicher männlichen weißen Studenten, die in den letzten, sagen wir, fünfundzwanzig Jahren höchstens zwei Jahre dort studiert haben.«

»Was ist mit dem Hinweis auf die körperliche Arbeit? Können wir damit was anfangen?«

»Willst du etwa in jeder Autowerkstatt, jedem Lagerhaus, jeder Fabrik in Massachusetts nachfragen, ob da jemand arbeitet, der gerne Kindermasken trägt und Leute verstümmelt?«

»Ich dachte, damit könntest du unseren Klugscheißer Wilkins betrauen.«

Spader wusste, dass das nur ein Scherz war, doch er erwiderte: »Vielleicht können wir doch was damit anfangen. Wer weiß, wozu es gut ist. Wir nehmen die Namenslisten, die wir von den Hochschulen bekommen, und überprüfen die Leute, finden raus, wer von denen körperlich arbeitet und wer nicht.«

»Das könnten aber eine Menge sein. Ich meine, die machen keinen Abschluss, also werden sie nicht gerade in einer großen Firma auf dem Chefsessel sitzen.«

»Wir werden sehen. Jedenfalls haben die Jungs, die körperlich arbeiten, jetzt erst mal oberste Priorität, aber das heißt nicht, dass wir die Schreibtischtäter ausklammern, bloß weil Special Agent Dwight W. Daniels eine Intuition hatte. Noch mal: Da wir im Augenblick nichts Besseres haben, werden wir dieses Profil durchaus ernst nehmen. Sobald wir unsere Liste mit den Arbeiter-Collegeabbrechern haben, werden wir uns vorrangig denen widmen, die noch in Massachusetts leben, noch beide Eltern und keine Geschwister haben. Und sie müssen vom Körperbau her passen. Jemand, der eins fünfzig oder zwei zehn groß ist, passt nicht. Ebenso wenig jemand, der fünfundfünfzig oder hundertachtzig Kilo wiegt. Die Leute, die alle Anforderungen erfüllen – nach bisheriger Faktenlage und unserem Profil hier –, sind vielleicht gar nicht so viele, und die sehen wir uns dann zuerst an. Und als Erstes müssen wir herausfinden, ob von denen jemand in letzter Zeit gefeuert oder sitzen gelassen wurde. Bei denen sollten unsere Alarmglocken schrillen. Und wenn bei den Leuten aus diesem engeren Kreis nichts rauskommt, dann müssen wir unsere Kriterien weiter fassen und uns nach und nach auch die anderen ansehen.«

Dunbar nickte. Leise sagte er: »Klingt das in deinen Ohren nach Eddie Rivers?«

»Was?«

»Der Mann, den Daniels beschreibt. Klingt das nach Rivers?«

Spader schürzte die Lippen und atmete geräuschvoll aus. »Ein bisschen schon. Wenn ich mich recht erinnere, hat er ein paar Semester studiert. Am Bunker Hill Community College, glaube ich. Ich weiß nicht mehr, ob seine Eltern damals noch beide lebten, oder einer von ihnen. Bin auch nicht sicher, ob er ein Einzelkind ist.«

»Er hat körperlich gearbeitet«, warf Dunbar ein. Da hatte er recht. Rivers hatte früher als Automechaniker gearbeitet.

Spader schüttelt milde verärgert den Kopf.

»Ich weiß, du glaubst nicht, dass Rivers diesmal unser Mann ist«, sagte Dunbar, »aber du musst zugeben, dass wir ihn auf der Grundlage dieses Profils nicht völlig ausschließen können.«

Das musste Spader einräumen. »Aber ich glaube, wir haben bessere Aussichten, unseren Mann zu finden, wenn wir der College-Schiene in Verbindung mit den anderen Kriterien nachgehen, über die wir gesprochen haben. Vielleicht ist das weit hergeholt, aber wer weiß? Vielleicht landen wir ja einen Glückstreffer.«

Dunbar nickte. Gleich darauf knackte er eine weitere Walnuss und sagte: »Apropos landen …«

»Ich gebe dir Hannahs Nummer nicht.«

»Mist.«

ACHT

Jeff Golding hatte seinem vierjährigen Sohn Danny sanft die Hand auf die Schulter gelegt, damit er nicht zu dicht an die Garagentür heranging, die sich gerade schloss, während seine Frau Emily schon in der Küche stand und den fünfstelligen Zahlencode eingab, um die Alarmanlage auszuschalten. Als das Lämpchen auf dem Bedienfeld von Rot auf Grün umschaltete, folgten Danny und er Emily in die Küche. Golding schloss die Tür und gab den Code erneut ein, um die Anlage wieder einzuschalten. Emily ging direkt zum Anrufbeantworter, um nach Nachrichten zu sehen, Golding zum Kühlschrank, um eine Flasche Wasser zu holen, während Danny gleich aus der Küche sauste, wobei die roten Lichter an den Absätzen seiner Sneakers über die Küchenfliesen blitzten.

»Kein Fernsehen«, rief Emily ihm hinterher.

»Nur eine Sendung, Mom«, bettelte Danny.

»Es ist schon spät, Danny«, sagte Golding. »Fast Schlafenszeit. Kein Fernsehen.«

Golding leerte die Flasche zu einem Drittel in einem Zug und bot sie seiner Frau an. Sie trank einen kleineren Schluck und gab sie ihm zurück.

»Heute Abend bin ich aus irgendeinem Grund gar nicht so müde«, sagte er. »Du?«

»Es ist schon spät. Und Danny ist noch nicht mal bettfertig.«

»Aber *so* spät ist es auch nicht, oder?«

Sie lächelte. »Was denn? Wenn Danny eingeschlafen ist?«

Golding lächelte ebenfalls. »Es ist schon über eine Woche her. Ich muss morgen nicht allzu früh aufstehen. Und du hast doch erst mittags eine Besprechung. Was sagst du?«

»Ich sage ...«

Sie brach ab. Golding wollte sie schon fragen, was los sei, da hörte er es auch. »Ist das der Fernseher?«, fragte er.

»Klingt so.«

»Er muss endlich lernen, ein bisschen zu gehorchen, Em.« Er hob die Stimme. »Danny, deine Mutter hat gesagt, kein Fernsehen.«

Danny erwiderte leise: »Das ist nicht der Fernseher.«

Golding und Emily wechselten einen erstaunten Blick. Einen Augenblick lang summte nur leise der Kühlschrank, dann hörten sie es erneut: eine eigenartige Stimme, piepsig und zutiefst unnatürlich.

»Das ist Galaxo«, sagte Emily. »Der Außerirdische.«

»Jetzt lügt er uns also schon an? Verdammt.« Erneut erhob Golding die Stimme und sagte streng: »Danny, du siehst doch da drin fern und hast uns gerade angelogen. Das finden wir nicht gut. Jetzt schalte den Fernseher aus und mach dich fertig fürs Bett.«

»Ich hab nicht gelogen, Daddy. Das ist nicht der Fernseher.«

Golding reichte Emily die Wasserflasche und ging ins Wohnzimmer. Zuerst sah er zum Fernseher, doch zu seiner Verblüffung war der Bildschirm schwarz. Er blickte sich im Raum um. Das Licht war aus und Danny nirgends zu sehen …

Er blieb wie angewurzelt stehen, und seine Augen erfassten einen Anblick, den sein Verstand sich weigerte zu verarbeiten, einen Anblick, bei dem Golding unter anderen Umständen – etwa in einem Vergnügungspark oder bei einer Geburtstagsfeier – gelächelt und zur Kamera gegriffen hätte. Doch nicht hier, nicht abends, nicht so. Es war zu gespenstisch. Danny saß bei Galaxo auf dem Schoß, dem Zeichentrick-Alien, den er samstagmorgens so gerne im Fernsehen anschaute und der seinen Schlafanzug und seine Bettwäsche zierte. Die beiden saßen in einer dunklen Ecke des Wohnzimmers auf Goldings Fernsehsessel, beleuchtet nur vom Mondlicht, das durch die Terrassentür hereinschien. Dann fiel Golding ein, dass er neulich in den Nachrichten etwas über Galaxo gehört hatte, aber er hatte diesen Monat viel arbeiten müssen und kaum darauf geachtet. Doch nun war dieser unheimliche Kerl mit der Galaxo-Maske in sein Haus eingebrochen und hatte seinen Sohn in der Gewalt. Ein eisiger Schrecken durchfuhr Golding.

»Galaxo ist hier, Daddy«, quiekte Danny entzückt. »Er ist mich besuchen gekommen. Hier bei uns zu Hause.«

Golding schüttelte seine Bestürzung ab, ballte die Fäuste und ging auf die beiden zu.

»Bitte kommen Sie nicht näher«, sagte der Mann mit der Maske mit Galaxos gruseliger Zeichentrickfigur-Stimme. »Ich habe eine Schusswaffe.«

Golding blieb stehen. Was hätte er auch sonst tun sollen? Was *sollte* er tun? Himmel, er hatte keine Ahnung. Er konnte sich nicht vorstellen, wie der Kerl ins Haus gekommen war. Die Alarmanlage war eingeschaltet gewesen. Er konnte ja nicht wissen, dass der Mann abgewartet hatte, bis sie vor Stunden das Haus verlassen hatten, dann ums Haus herum zur Terrassentür gegangen war und dort das Schloss geknackt hatte. Es hatte einige Minuten gedauert, doch so schwer war es nicht gewesen. Und dann hatte er gewartet. Er hatte die Tür nicht geöffnet, da er am roten Lämpchen auf dem Bedienfeld der Alarmanlage, das er durch die gläserne Terrassentür sehen konnte, erkannt hatte, dass die Anlage eingeschaltet war. Er hatte einfach in den Schatten an der Terrassentür gewartet und auf das Geräusch gelauscht, an dem er erkennen würde, dass sich die Garagentür öffnete, und als das einige Stunden später geschah, hatte er die Hand aus den Schatten heraus auf den Türknauf gelegt. Als das Lämpchen auf dem Bedienfeld von Rot auf Grün gesprungen war, hatte er die Tür geöffnet und war ganz leise ins Wohnzimmer getreten. Er hatte die Tür hinter sich geschlossen und den Pieptönen vom Bedienfeld an der Haustür gelauscht, während Golding den Zahlencode eingegeben und die Alarmanlage wieder eingeschaltet hatte. Von alledem wusste Golding nichts. Er wusste nur, dass sein Sohn in Gefahr war.

»Zeigen Sie mir die Waffe.« Etwas anderes fiel Golding nicht ein. Falls der Kerl gar keine Schusswaffe hatte, würde Golding sich auf ihn stürzen und den Scheißkerl blutig prügeln. Wegen eines Messers oder einer anderen Waffe machte er sich keine Gedanken. Er war so wütend, hatte solche Angst um seinen Sohn, dass er sich nicht vorstellen konnte, wie etwas weniger Tödliches als eine Schusswaffe ihn aufhalten sollte.

Galaxo hob eine hässliche mattschwarze Handfeuerwaffe, und jeder Gedanke an Bewegung verflüchtigte sich. Er durfte nicht riskieren, dass Danny verletzt wurde.

»Was wollen Sie?«, fragte Golding.

»Schatz, warum brauchst du so…« Emily blieb an der Tür stehen. Sie erfasste sofort, was los war, viel schneller als ihr Mann zuvor, und griff nach dem Telefon, das neben ihr an der Küchenwand hing.

»Ich erschieße ihn«, warnte Galaxo schroff.

Emily erstarrte, ihre Hand hing reglos in der Luft. Sie sah ihren Mann an. Er schüttelte den Kopf. Sie ließ die Hand sinken.

»Kommen Sie bitte herein«, sagte Galaxo. »Stellen Sie sich da neben Jeff.«

Er weiß, wie ich heiße, dachte Golding. *Er hat unser Haus nicht zufällig ausgewählt.* Er spürte, wie Emily seine Hand nahm und sie fester drückte, als er ihr zugetraut hätte.

»Tun Sie ihm bitte nicht weh«, sagte Emily, und ihre Stimme brach.

»Mommy, was ist los?«

Danny hatte so ein dünnes Stimmchen, er war so klein, so unschuldig, spürte so gar nichts von der angespannten Atmosphäre im Raum, ahnte nichts von der eisigen Angst, die seine Eltern im Griff hielt. Golding spürte sein Herz brechen. Falls Danny irgendetwas zustieß, würde er nicht weiterleben wollen. Und schon gar nicht durfte er der Grund sein, warum ihm etwas zustieß, daher blieb er, wo er war, reglos, seine Frau ebenso reglos neben sich.

»Daddy? Was ist los? Galaxo will spielen. Das hat er mir gesagt.«

Er wollte seinem Sohn nicht unnötig Angst machen, daher erwiderte er: »Das sehe ich, mein Junge.«

»Ist das nicht toll, Daddy?«

Golding erwiderte nichts.

»Nun?«, fragte Galaxo, und Golding konnte förmlich

hören, wie dieses miese Stück Scheiße hinter der hässlichen gelben Maske lächelte.

»Ja, Danny, das ist toll. Würdest du jetzt bitte ein paar Minuten ganz still sein, damit Daddy mit diesem… mit Galaxo reden kann?«

Emily neben ihm hatte zu schluchzen begonnen, doch er konnte sie jetzt nicht trösten. Er musste sich auf den Scheißkerl konzentrieren, der seinen Sohn in der Gewalt hatte.

»Ich möchte nicht, dass Sie unserem Sohn wehtun.«

»Ich möchte das auch nicht«, sagte der Eindringling.

Es war zutiefst unheimlich. Diese Stimme, die da aus dem breiten, dümmlich grinsenden Mund kam, diese Lippen, die sich nie bewegten, aber trotzdem sprachen, mit der gleichen Stimme wie in diesen beschissenen Zeichentrickfilmen.

»Was wollen Sie dann?«

»Vor allem möchte ich kein Kind traumatisieren, wenn es sich vermeiden lässt.«

Die eisige Umklammerung um Goldings Herz ließ ein wenig nach.

»Nicht?«

»Natürlich nicht. Sie halten mich offenbar für ein Ungeheuer.«

»Wenn Sie Danny nicht wehtun wollen, warum lassen Sie ihn dann nicht los?«

»Jetzt halten Sie mich wohl für dumm.«

»Sie hätten immer noch Ihre Pistole.«

»Hören Sie«, sagte Galaxo, »ich will es Ihnen leicht machen. Ich lasse den kleinen Danny gehen, und Sie können ihn in sein Zimmer schicken, aber dann muss seine hübsche Mutter seinen Platz einnehmen. Klingt das gut?«

O Gott, er will Emily vergewaltigen!

»Ich kann Sie beruhigen, Jeff. Ich will auch Emily nicht wehtun.«

Ihren Namen weiß er auch! »Nein?«

»Nein. Ich bin Ihretwegen hier.«

»Oh.« Golding war erleichtert, allerdings nicht sehr, wenn er ganz ehrlich war. *O Scheiße!*

»Haben wir eine Abmachung?«, fragte Galaxo. »Danny geht ins Bett, und Emily kommt zu mir?«

»Aber ich möchte spielen, Galaxo«, bettelte Danny. »Ich will nicht ins Bett.«

»Wenn du ein ganz braver Junge bist und jetzt sofort tust, was Daddy sagt, dann komme ich vielleicht an einem anderen Abend wieder.« Galaxo sah Golding an. »Wenn du mich nicht erwartest. Würde dir das gefallen, Danny?«

»Ja!«

»Aber hör zu, Danny«, sagte Galaxo. »Ich möchte, dass du jetzt gleich ins Bett gehst. Weißt du, wie man die Polizei anruft?«

»Klar. Mommy und Daddy haben es mir gezeigt. Ich drücke einfach neun, dann eins, dann eins.«

»Sehr gut, Danny. Du bist ein kluger kleiner Junge.« Danny strahlte vor Stolz. »Aber jetzt hör gut zu. Wenn du das heute Abend machst, die Polizei rufen, meine ich, dann töte ich deine Mommy und deinen Daddy, verstanden?«

Danny blinzelte. Er sah zu Galaxo hoch, dann sah er seinen Vater an, dann wieder Galaxo. In Goldings Kopf schrie etwas, tobte dagegen an, dass sein Sohn so etwas hören musste.

»Danny«, gurrte Galaxo, »wenn du die Polizei anrufst, nehme ich diese Pistole und schieße damit deinen beiden Eltern ins Gesicht. Hast du das jetzt verstanden?«

Sogar vom anderen Ende des Raums aus sah Golding die Träne, die Danny, beschienen vom Mondlicht, über die glatte Wange lief.

»Du musst mir antworten, Danny. Möchtest du, dass deine Eltern sterben?«

Danny schüttelte den Kopf. Seine schmalen Schultern bebten, während er lautlos weinte.

»Denn das wäre dann deine Schuld. Möchtest du das?«

»Herrgott«, mischte Golding sich ein. »Hören Sie auf! Er geht ja ins Bett, und wenn wir ihm sagen, er darf das Telefon nicht benutzen, dann tut er das auch nicht.«

»Habe ich darauf Ihr Wort?«, fragte Galaxo.

»Ja.«

»Nun, das genügt mir. Kommen Sie her, Emily.«

Emily drückte seine Hand unglaublicherweise sogar noch fester. Golding wandte sich ihr zu. »Du musst, Schatz. Ich verspreche, ich lasse nicht zu, dass dir etwas passiert.«

Sie sah ihm in die Augen und glaubte ihm vielleicht sogar. Er wünschte, er könnte sich selbst glauben. Mit langsamen, unsicheren Schritten ging sie durch den Raum.

»Knien Sie sich bitte rechts von meinem Sessel auf den Boden, mit dem Gesicht zu Jeff.«

Sie tat wie geheißen. Galaxo nahm die Waffe in die rechte Hand und drückte Emily den Lauf an den Hinterkopf. Sie spürte wohl den Druck, denn sie versteifte sich, und ihr entfuhr ein verängstigtes Schluchzen.

»Okay«, sagte Galaxo vergnügt, »ab mit dir, Danny. Gute Nacht.«

Er half Danny, von seinem Schoß herunterzurutschen. Danny rannte zu Golding, und die Tränen liefen ihm über das schöne Gesichtchen. Golding ließ sich auf ein Knie nieder und drückte seinen Sohn an sich. Er spürte, wie ihm selbst die Tränen über die Wangen liefen.

»Okay, das reicht jetzt«, sagte Galaxo. »Träum was Schönes, Danny. Und denk dran: keine Polizei.«

Danny sah zu seinem Vater hoch.

»Danny, ich möchte, dass du jetzt sofort ins Bett gehst, okay? Mach die Tür zu, schlüpf unter die Decke, leg dir das Kopfkissen auf den Kopf und schlaf gleich ein.«

»Soll ich meinen Schlafanzug anziehen?«

»Du darfst heute angezogen schlafen. Zieh nur die Schuhe aus.«

»Ich will hierbleiben, Daddy.«

»Geh einfach, mein Sohn.« Sein Tonfall war schärfer, als er gewollt hatte – er sah es Danny an –, daher fügte er hinzu: »Ich komme später zu dir, wenn du eingeschlafen bist, und decke dich zu.« Er fragte sich, ob das stimmte. »Okay, Kumpel?«

Danny schniefte. »Mommy auch?«

»Natürlich, Mommy auch. Jetzt geh ins Bett, mein Junge. Ich hab dich lieb.«

Zögerlich ging Danny aus dem Zimmer. An der Tür drehte er sich noch einmal zu seinem Vater um. Dann verschwand die kleine Gestalt in ihrem Zimmer. Die Tür fiel zu.

»Sehr gut«, sagte Galaxo. Er hielt inne, und eine Weile sprach niemand. »Sie sind ein toller Vater«, fügte er schließlich hinzu. »Ganz anders als mein eigener Vater.«

»Tut mir leid, aber ich kann gerade kein Mitleid für Sie aufbringen. Und was wollen Sie jetzt?«

Galaxo zögerte, dann sagte er: »Keine Umschweife, was? Na gut. Zunächst will ich, dass Sie sich die Waffe ansehen, die ich Ihrer Frau an den Hinterkopf halte. Ich will, dass

Sie sich klarmachen, dass Sie den Teppich in diesem Zimmer austauschen müssen, wenn ich mit dem Finger zucke. Wahrscheinlich werden Sie auch die Wände neu streichen müssen. Verstehen Sie das?«

»Ja.«

»Gut. Also keine Heldentaten, ja?«

Golding schwieg.

»Ich glaube nämlich nicht, dass Sie dumm sind. Ich verstehe das als Ja. Jetzt kommen Sie her.«

Golding zögerte, und Galaxo sagte wütend: »Ich drücke ab, wenn Sie nicht verdammt noch mal sofort tun, was ich sage!«

»Okay, schon gut, bitte beruhigen Sie sich.«

Er atmete tief durch und ging hinüber.

»Langsam«, warnte Galaxo.

Golding ging langsamer. Konnte er das schaffen? Konnte er sich auf ihn stürzen und seinen Arm zur Seite schlagen, bevor er abdrückte? Er glaubte schon. Doch falls er sich irrte, könnte er damit niemals weiterleben. Er würde damit nicht weiterleben *wollen*.

»Bleiben Sie genau da stehen.«

Golding stand nur einen Meter von dem Arschloch entfernt, das seiner Frau eine Pistole an den Kopf hielt.

»So«, sagte Galaxo mit seiner verrückten Alienstimme. »Hier sind die Regeln. Ich werde Ihnen zwei Möglichkeiten zur Wahl stellen. Danach haben Sie eine Minute Zeit, sich eine auszusuchen. Wenn Sie sich in der Zeit keine aussuchen, entscheide ich für Sie, okay?«

»Ich verstehe nicht.«

»Kommen Sie, Jeff, versuchen Sie, mir zu folgen. So schwer ist das nicht. Muss ich mich wirklich wiederholen?«

»Nein, ich … verstehe schon, was Sie sagen.«

»Prima. Lassen Sie mich kurz nachdenken, okay?« Er legte den großen gelben Kopf ein bisschen schräg, als dächte er gründlich nach. »In Ordnung, ich hab's. Denken Sie dran, es ist Ihre Entscheidung. Okay, es geht los. Entweder ich schieße Ihrer Frau in den Hinterkopf – das ist Ihre erste Wahlmöglichkeit –, oder Sie schlitzen sich mit einem Küchenmesser die Pulsadern auf. Das ist Ihre zweite. Kapiert?«

Emily schluchzte auf. In Goldings Kehle saß ein Riesenkloß.

»Moment«, sagte Galaxo. »Das ist eigentlich nicht sehr spannend. Tot oder tot. Langweilig, meinen Sie nicht? Wo ist da der Witz? Wo ist da das Besondere? Außerdem würde jeder Ehemann, der auch nur ansatzweise ein Mann ist – und wenn ich mir die vielen Fotos an der Wand da drüben so ansehe, wo Sie Parasailing machen und Rugby spielen, dann sind Sie ein ganzer Mann, was, Jeff? Jeder Mann würde das Leben seiner Frau über sein eigenes stellen. Also nein, diese Auswahl funktioniert nicht. Hmm.«

Wieder legte Galaxo den Kopf schräg. Eine halbe Minute verging. Golding starrte die Waffe an. Die Mündung war in den weichen Haaren seiner Frau vergraben. Ihre Augen flehten ihn an, erinnerten ihn stumm an sein Versprechen, sie zu beschützen. Wieder sah er die Waffe an. Das würde er niemals schaffen. Und dann wäre sie tot.

»Oh ja«, sagte Galaxo aufgeregt, »ich hab's. Das ist was anderes. Und ich fürchte, es wird Ihnen kein bisschen gefallen. Aber wenn Sie wollen, dass Emilys Gehirn in ihrem Schädel bleibt, wo Gott es hingetan hat, dann werden Sie die richtige Entscheidung treffen.«

Golding hielt den Atem an.

»Die Fotos da haben mich auf die Idee gebracht. Das sind Sie beim Klettern, richtig? Und da noch mal, da sausen Sie in einem Kajak Stromschnellen runter. Und ich kann nur annehmen, der mit der ganzen Skiausrüstung, der da gerade einen fast senkrechten Hang runterrast, das sind auch Sie. Mal sehen, Rugby, Rudern, Boxen. Sie sind ein echter Kerl, Jeff. Und das hat mich auf die Sorte Aktivitäten gebracht, bei der Sie wahrscheinlich nicht mitmachen wollen. Also aufgepasst. Hier kommt Ihre Wahl. Entweder Sie erklären sich bereit, mich oral zu befriedigen – ganz recht, Jeff, sie sollen mir einen blasen –, oder ich überwältige Sie, und glauben Sie mir, ich habe die Mittel dazu, und während sie nichts dagegen tun können, nehme ich Ihrer Frau eine Brust ab.«

Stille. Mein Gott! Hatte er richtig gehört? Waren diese Worte wirklich aus diesem Zeichentrickgesicht gekommen? Das konnte doch nicht sein, oder?

»Die Uhr läuft«, sagte Galaxo.

Erst da bemerkte Golding die apfelförmige Eieruhr in der linken Hand dieses kranken Arschlochs. Erst da hörte er sie ticken. Er musste sie die ganze Zeit über auf dem Schoß gehabt haben.

»Fünfzig Sekunden, Jeff.«

»Warten Sie.« Er zögerte. »Bitte, Sie können doch nicht wirklich von mir erwarten …«

»Fünfundvierzig Sekunden.«

Herrgott, war das heiß hier. Die Luft war stickig, erdrückend. War die verdammte Klimaanlage etwa nicht eingeschaltet?

»Vierzig Sekunden, Jeff.«

Golding sah seine Frau an, sah das Entsetzen in ihren Augen, die Tränen, die ihr über die Wangen liefen.

»Es muss doch eine andere Möglichkeit geben«, sagte er. »Irgendwas anderes, was Sie wollen. Es muss doch …«

»Wissen Sie, wer ich bin?«, fragte Galaxo, und diese bescheuerte Stimme trieb Golding allmählich in den Wahnsinn. »Haben Sie in den Nachrichten von mir gehört?«

»Ich … ja.«

»Dann wissen Sie ja, dass ich schon Menschen getötet habe. Sie wissen, ich tue genau das, was ich sage. Ich werde Sie zwingen, sich mit Chloroform zu betäuben, und Sie werden es tun, es sei denn, es ist Ihnen lieber, wenn ich Emilys Gehirn über die Wände verteile. Und während Sie schlafen, werde ich ihr eine Brust abnehmen. Und ich werde Sie nicht einmal töten. Darauf haben Sie mein Wort. Nachdem ich Emily operiert habe, werde ich auf Nimmerwiedersehen verschwinden. Aber wenn Sie aufwachen, werden Sie mit der Wahl leben müssen, die Sie getroffen haben. Sie werden es Ihrem Sohn und Ihren Verwandten erklären müssen, Sie werden allen erzählen müssen, dass Sie das hätten verhindern können. Sie werden damit leben müssen, dass Sie die Verstümmelung Ihrer Frau mit einem einfachen körperlichen Akt hätten verhindern können, den andere jeden Tag praktizieren. Fünfundzwanzig Sekunden noch, Jeff. Und denken Sie dran, wenn Sie nicht wählen, wähle ich für Sie. Nun weiß ich zwar nicht, was Sie über mich gehört haben, aber heute Abend weiche ich ein bisschen von meinem Programm ab. Wenn jemand nicht rechtzeitig wählt, tue ich normalerweise so, als hätte er beide Möglichkeiten gewählt. Aber ich kann schlecht fur Sie entscheiden, dass Sie mir einen blasen, wenn Sie sich weigern, darum werde ich Sie auf die eine oder andere Weise außer Gefecht setzen müssen – Chloroform oder Kugel – und Emily die hübsche Brust abnehmen. Ich werde nicht mal gierig sein. Ich werde nur eine Brust nehmen. Aber Sie können dafür sorgen, dass das nicht passiert, Jeff.«

Bitte, lieber Gott, mach dem ein Ende. »Gibt es nicht irgendetwas anderes, was wir ... ich meine, warum wollen Sie mich zwingen ...«

»Keine zwanzig Sekunden mehr, Jeff. Bitte, bitte, bitte zwingen Sie mich nicht, Emily wehzutun. Das möchte ich nicht.«

Dieses gottverdammte Ticken. So scheißlaut. Wie sollte er bei diesem Ticken denken?

»Jeff, Sie sollten wissen, dass ich genau das tue, was ich sage. Und wenn Sie jetzt versuchen, sich auf mich zu stürzen, dann erschieße ich Emily einfach, verfickt noch mal. Wenn Sie nicht tun, was ich sage, setze ich Sie außer Gefecht und schneide ihr die Titte ab, so wahr mir Gott helfe.« Er hielt inne. »Schauen Sie, ich weiß, es kommt einen Hengst wie Sie hart an, das zu tun, was ich verlange, aber kommen Sie, es ist doch keine große Sache, oder? Die Leute tun das ständig. Frauen blasen Männern einen. Homosexuelle Männer blasen anderen homosexuellen Männern einen. Ich wette, die hübsche Emily macht es Ihnen auch hin und wieder, was? Und sie tut das nur, damit Sie ein bisschen Spaß haben. Sind Sie so ein Heuchler, so ein Egoist, dass Sie nicht das Gleiche für sie tun können, wenn ihr so eine grässliche Verstümmelung droht? Noch zehn Sekunden, Jeff!«

Golding hatte nicht bemerkt, wann Galaxo angefangen hatte zu schreien, aber er klang jetzt beängstigend dringlich.

Nun weinte Golding. »Bitte, bitte, bitte, bitte ...«

»Jeff?«, sagte Emily sehr verzagt.

Galaxo schüttelte den Kopf. »Gottverdammt, Jeff, Ihre

Zeit ist fast rum, und ich werde SIE VERDAMMT NOCH MAL NICHT MEHR WÄHLEN LASSEN, WENN DER WECKER KLINGELT. ALSO *WÄHLEN SIE JETZT*!«

»Ich kann das nicht«, schluchzte er.

»Sobald der Wecker klingelt, erledige ich Sie, Jeff, das schwöre ich bei Gott, so oder so gehen Sie in die Knie, und dann mache ich mich an Emily. Sie müssen mir glauben. Los geht's. Vier… drei… zwei… EINS…«

»Ich tu's«, sagte Golding verzagt. Ding.

Stille.

»Wirklich?«, fragte Galaxo nach. »Gut gemacht. Das ist Ihnen bestimmt nicht leichtgefallen. Falls es Sie tröstet, ich glaube, Sie haben die richtige Entscheidung getroffen. Und jetzt knien Sie sich genau da hin. Ja, genau so.« Galaxo stand sehr langsam auf, und Golding hörte ein leises Klirren, so als hätte Galaxo Messer in einer Tasche seiner schwarzen Hose, und die rieben gegeneinander. Auch beim Aufstehen nahm er nicht die Waffe von Emilys Kopf, schob sie jedoch weiter nach oben, bis der Lauf, als er vollends stand, auf ihrem Scheitel ruhte und direkt nach unten wies.

»Bitte tun Sie das nicht«, flehte Golding.

»Genau genommen werden Sie die ganze Arbeit tun. Hören Sie, geben Sie nicht mir die Schuld. Sie haben Ihre Wahl getroffen, Jeff. Nicht ich. Jetzt denken Sie dran, mein Finger am Abzug ist schon angespannt. Nur der kleinste zusätzliche Druck und PENG. Verstanden?«

»Verstanden.«

»Dann fangen wir mal an.«

Mit der freien Hand zog Galaxo den Bund an seiner schwarzen Trainingshose herab, griff in seine Unterhose und holte sein Glied heraus. Golding weinte nicht mehr. Er spürte gar nichts mehr. Keine Angst. Keine Erleichterung. Nicht einmal Zorn. Doch halt. Als er nun zu Galaxo hochblickte, der mit diesem riesigen, schrecklichen, unechten, fröhlichen Grinsen auf ihn herabsah, wurde ihm klar, dass er doch etwas empfand. Das Gefühl überkam ihn, als er seiner Frau in die Augen sah, kurz bevor sie sie schloss. Er empfand Scham, brennende Scham, die ihm die Seele versengte.

NEUN

Die Pfannkuchen hatten tatsächlich beinahe den Umfang von Spaders Kopf. Und der Stapel war hoch. Ganz oben schmolz verführerisch die Butter, und an den Seiten des gedrungenen Turms lief der Sirup herab. Sie sahen fantastisch aus, und Spader wünschte, er hätte diese Pfannkuchen bestellt anstelle des mit grüner Paprika, Zwiebeln und Schinken gefüllten Omeletts. Doch David rührte die Pfannkuchen nicht an. David, der normalerweise den unersättlichen Appetit hatte, den man von einem neunzehnjährigen Sportler seiner Körpergröße erwartete, hatte noch keinen Bissen gegessen. Vielmehr starrte er trotzig aus dem Fenster, während seine Mutter und sein Vater ein wenig verlegen Konversation machten. Nachdem Spader sich höflich nach dem Theaterstück erkundigt hatte, das seine Exfrau mit ihrem noch immer recht neuen Freund gesehen hatte, und Olivia ihm höflich geantwortet hatte, es sei sehr unterhaltsam gewesen, woraufhin sie sich bei ihm erkundigt hatte, ob er daran gedacht habe, nach den Fotoalben zu suchen, und Spader erwidert hatte, er sei noch nicht dazu gekommen, werde es jedoch am Abend nachholen, wandte Spader sich schließlich an seinen Sohn und sagte: »Okay, David, tut mir leid, dass es so lange gedauert hat, bis wir einen gemeinsamen Termin gefunden haben, aber das ist jetzt dein Gespräch. Was hast du auf dem Herzen?«

David riss den Blick vom Fenster los und richtete ihn auf Spader, der ihm gegenübersaß.

»Ich möchte nicht, dass ihr mich vom College nehmt.«

Spader seufzte. »Das wissen wir. Aber wir haben das schon so oft durchgesprochen. Wir ändern unsere Meinung nicht.«

David blickte auf seine großen, kräftigen Hände, knibbelte an einem Fingernagel und sagte: »Ihr ruiniert mir mein Leben, Dad.«

»Wir?«

»Nein, *du*.«

»Ich? Ich allein?«

Olivia sagte: »Dein Vater und ich haben diese Entscheidung gemeinsam getroffen, David. Und wir glauben immer noch, dass sie richtig ist.«

»Es war Dads Idee, Mom. Ich war dabei, als es zum ersten Mal Thema war. Du hast bloß mitgemacht, damit du dich nicht noch mal mit ihm streiten musst.«

»Das stimmt nicht«, sagte sie. »Und es ist auch nicht fair. Wir würden eine so wichtige Entscheidung, die sich auf dein ganzes Leben auswirkt, nicht treffen, ohne gründlich darüber nachzudenken.«

David ging gar nicht darauf ein, sondern sah Spader direkt in die Augen. »Wenn du deine Meinung änderst, ändert sie ihre auch.«

Olivias Ton wurde streng. »Rede nicht über mich, als wäre ich nicht hier, David. Hörst du?«

David hielt den Blick auf seinen Vater gerichtet. »Du ruinierst mein Leben.«

Das hatte Spader schon einmal gehört. Nach vier in schulischer Hinsicht soliden Jahren auf der Highschool hatte David ein weit weniger solides erstes Jahr am Merrimack College hingelegt. Schon im ersten Semester war er hinter seinen üblichen Leistungen zurückgeblieben, doch nicht so sehr, dass man sich hätte Sorgen machen müssen. Spader wusste, dass viele Studenten im ersten Semester ihre Schwierigkeiten hatten, weil sie sich erst an das Leben fern der wachsamen Blicke ihrer Eltern gewöhnen mussten. Sie mussten lernen, ein ausgeglichenes Verhältnis zwischen Studium und Sozialleben zu finden, und manchmal dauerte das eine Weile. Doch Davids zweites Semester war noch viel schlechter als das erste gewesen. Der Durchschnitt seiner Noten sank von gut auf gerade noch befriedigend. Zwei Fächer hatte er mit der nur ausreichenden Note D bestanden – dieser Buchstabe war bisher außer in seinem Namen noch auf keinem seiner Zeugnisse aufgetaucht. Er hatte die Hoffnung gehabt, direkt von der Erstsemester-Lacrosse-Mannschaft in die erste Mannschaft der Universität aufzusteigen, doch der Trainer hatte ihn gewarnt, seine Noten dürften sich nicht noch weiter verschlechtern, wenn er sein Stipendium behalten, geschweige denn, in der Universitätsmannschaft spielen wolle.

»David, für mich sieht es so aus«, sagte Spader, »als würdest du dein Leben nach Kräften selbst ruinieren. Es lief doch gut bei dir – die Hälfte deiner Studiengebühren durch ein Stipendium abgedeckt, Aussicht auf die Uni-Lacrosse-Mannschaft. Aber deine Mutter und ich sehen doch, dass da was nicht stimmt, und das hat angefangen, als du aufs College kamst.«

»Ihr müsst mir bloß die Chance geben, mich zurechtzufinden, das ist alles.«

»Du hattest deine Chance. Wir haben dich nach dem ersten Semester gewarnt, dass es besser werden muss.

Aber es wurde nur schlimmer. Wir geben eine Menge Geld dafür aus, den Rest deiner Studiengebühren aufzubringen. Wir mussten eine zweite Hypothek aufs Haus aufnehmen.«

»Auf *Moms* Haus.«

»Auf Moms Haus. Damit wir dich aufs College schicken können. Und wir werden dieses Geld nicht weiter zahlen, nur um mit anzusehen, wie du es zum Fenster hinauswirfst.« Er hielt inne. »Wir machen uns Sorgen, David.«

»Braucht ihr nicht. Ich komme zurecht.«

»Das weiß ich. Irgendwann. Aber im Augenblick kommst du nicht zurecht, und das macht uns Sorgen.«

Die Jungen, mit denen David auf der Highschool befreundet gewesen war – allesamt gute Jungen, dachte Spader –, hatten sich auf Colleges und Universitäten im ganzen Land verstreut, und sein Sohn hatte sich neue Freunde gesucht. Spader hatte bisher keinen von ihnen kennengelernt, aber er kannte einige Namen – Kenny, Desmond, Lucas. Diese Jungen hatten keinen guten Einfluss auf David ausgeübt. So groß und stark David auch war, so erwachsen er manchmal erschien, war er in mancher Hinsicht doch noch sehr unsicher. Eher ein Mitläufer als ein Anführer. Aber gewisse Grenzen hatte er bisher noch nie überschritten. Er behauptete, auf der Highschool habe er niemals Drogen genommen, und Spader glaubte ihm. Irgendwann jedoch war er zusammen mit einigen seiner neuen Freunde beim Marihuanarauchen in seinem Zimmer im College erwischt worden und hatte als Disziplinarmaßnahme eine Probezeit auferlegt bekommen. David hatte geschworen, es sei das erste Mal gewesen, und härtere Drogen habe er nie angerührt, doch Spader wusste nicht mehr, ob er ihm noch glauben konnte. Seit David aufs College ging, hatte er sich sehr verändert.

Als das Studienjahr herum war, war Spader erleichtert gewesen, weil er gehofft hatte, David werde sich jetzt wieder mit seinen alten Highschoolfreunden treffen, die den Sommer ebenfalls zu Hause verbrachten. Doch Olivia hatte gesagt, sie habe keinen von ihnen gesehen. Überdies habe David in den Ferien bisher nicht einen einzigen Abend mit ihr zusammen oder zu Hause verbracht, aber er wolle ihr nicht sagen, wo oder mit wem er seine Zeit verbringe. Sie mussten annehmen, dass er sich mit seinen Collegefreunden traf, die entweder ebenfalls hier in der Gegend lebten oder jedenfalls die Sommerferien hier verbrachten. Olivia sorgte sich, dass er zu viel trank oder vielleicht sogar Drogen nahm.

»David«, sagte Spader, »wir sehen das so. Du bekommst schlechte Noten, riskierst dein Stipendium, lässt dich mit den falschen Leuten ein. Du trinkst jetzt, mehr als du solltest, und das weißt du.« Als David das nicht leugnete, preschte Spader weiter. »Du bist fast jeden Abend weg und sagst weder deiner Mutter noch mir, wohin du gehst. Und das alles hat angefangen, als du aufs College gegangen bist. Wir haben keine andere Wahl, als davon auszugehen, dass du entweder noch nicht reif fürs College bist oder irgendetwas am Merrimack College dir nicht guttut. So oder so, wir holen dich da weg.«

»Ich werde mein Stipendium verlieren.«

»Vielleicht kannst du eins an einer anderen Hochschule bekommen.«

»Die anderen Hochschulen, die mich angenommen haben, sind alle außerhalb von Massachusetts. Die nächste ist in Illinois.«

»Und? Vielleicht wäre das gut für dich. Ein vollständiger Tapetenwechsel.«

»Ich will keinen Tapetenwechsel, Dad«, sagte David, und das letzte Wort stieß er hervor, als schmeckte es sauer. »Ich will mein Leben weiterleben – weil es nämlich *mein* Scheißleben ist. Nicht deins. Und darüber sollte ich selbst entscheiden dürfen.«

So hatte David noch nie mit ihm gesprochen. Trotzig funkelte er seinen Vater an, und die Muskeln in seinen Unterarmen spielten, als er im Schoß die Fäuste ballte. Spader atmete tief durch und sagte: »Erstens: Sprich nie wieder so mit uns. Zweitens: Du magst selbst über dein Leben entscheiden, wenn du allein lebst und selbst für dich aufkommst.« Er fragte sich, seit wann er sich eigentlich anhörte, als würde er den Geist seines verstorbenen Vaters channeln.

»Ich komme mit meinem Stipendium für die Hälfte meiner Studiengebühren auf. Und das Geld, das ich in den letzten Sommerferien mit Malerarbeiten verdient habe, deckt meine Lebenshaltungskosten.«

»Bleibt immer noch die Hälfte deiner Studiengebühren, David, die wir zahlen. Und die werden wir nicht zahlen, bloß damit du sie für Alkohol ausgibst, herumgammelst und deine Chance auf eine gute Ausbildung vergeudest.« Er hielt inne. »Ist es ein Mädchen, David? Willst du deshalb nicht vom Merrimack weg? Denn dann könntest du ja trotzdem mit ihr in Kontakt bleiben, sie in den Ferien sehen, im Sommer.«

David schnaubte und schüttelte den Kopf. »Du mimst doch nur den toughen Kerl, um Mom zu beeindrucken.«

»Wie bitte?«

»Du stehst ganz offensichtlich noch auf sie, obwohl sie

jetzt mit jemand anders zusammen ist, und du willst nur wie der starke, toughe Vater wirken, weil du glaubst, dann ist sie beeindruckt.«

»Das ist doch lächerlich, David«, sagte Olivia. Spader schwieg. Was seine Gefühle für seine Exfrau anging, lag David völlig richtig, nicht aber, was seine Gründe für seine Haltung zu Davids Ausbildung anging. »Sieh mal, Schatz«, fuhr Olivia fort, »lass uns noch mal kurz auf das Geld zurückkommen. Wir sagen ja nicht, dass wir dir nicht helfen wollen, dein Studium zu finanzieren. Wir sagen nur, dass das Merrimack offenbar nicht das Richtige für dich ist. Also nimm dir ein Jahr frei, komm wieder ins Gleichgewicht, und im Herbst bewirbst du dich bei anderen Hochschulen. Die, die dich letztes Jahr angenommen haben, würden das bestimmt wieder tun ...«

Es sei denn, deine Noten sind so schlecht geworden, dass sie dich nicht mehr haben wollen, dachte Spader.

»... oder du kannst dich bei anderen Hochschulen bewerben, die nicht so weit weg sind, wenn du das lieber möchtest. Aber du musst dir eine Auszeit nehmen, denn so wird das nichts, David, und wenn du jetzt zurück aufs Merrimack gehst, würde vielleicht alles noch schlimmer werden.«

»Ach ja? Und wie?«

Spader sagte: »Du könntest dich mit Alkohol oder Drogen ernsthaft in Schwierigkeiten bringen. Oder dein Notendurchschnitt geht so in den Keller, dass du dich davon nicht mehr erholst. Mach deinen Abschluss mit einer ausreichenden Durchschnittsnote, und dann schau mal, was du damit für Jobs bekommst. Wenn du in zu vielen Kursen durchfällst, werfen sie dich vielleicht sogar raus. Glaubst du, dann klopfen andere Colleges noch bei dir an? Außerdem: Wenn du dein Stipendium verlierst, können wir es uns ohnehin nicht leisten, dich weiter aufs College zu schicken.«

David sah wieder aus dem Fenster. Sehr leise sagte er: »Ich kann euch gar nicht sagen, wie sehr ich euch gerade hasse.« David hatte zwar »euch« gesagt, aber Spader glaubte, eigentlich meinte er nur ihn.

»Es tut mir leid, dass du das so empfindest«, erwiderte Spader. »Wirklich. Denn ich liebe dich sehr. Ich würde alles tun, auch deinen Zorn und deinen Groll riskieren, um dich zu schützen.«

»Würdest du für mich sterben?«

Spader zögerte nicht. »Sofort.«

David sah ihm direkt in die Augen. »Beweise es.«

Es war klar, was David meinte. Olivia schnappte nach Luft und schien etwas sagen zu wollen, doch Spader schüttelte den Kopf. »Unsere Entscheidung steht fest, David, also finde dich damit ab. Du wirst im September nicht zurück aufs College gehen. Einstweilen finde ich, du solltest wieder Malerarbeiten übernehmen und das Geld sparen. Hör auf zu trinken oder was zur Hölle du da jeden Abend treibst. Halte dich von Leuten fern, die dich zu Dummheiten anstiften wollen. Und fang an, nach Colleges für nächstes Jahr zu suchen.«

»Du ruinierst mein Leben, Dad«, wiederholte David, »und das werde ich dir niemals verzeihen.«

Deins wäre nicht das erste Leben, das ich ruiniere, dachte Spader. Dann vibrierte sein Handy.

»Entschuldigt mich«, sagte er, holte es hervor und klappte es auf. »Spader hier.«

»Galaxo war gestern Abend wieder aktiv.« Es war Dunbar.

»Scheiße.« Er hatte es leise gesagt, doch sowohl Olivia als auch David sahen zu ihm. Sie beobachteten ihn, während er versuchte, sich auf das, was er zu hören bekam, einen Reim zu machen.

ZEHN

»Das ist jetzt eine sehr unangenehme Frage, Mr Golding, aber ich muss sie leider stellen. Hat der Eindringling … hat er …«

»Nein, er hat verfickt noch mal nicht ejakuliert, Detective Spader. Er war nicht …« Golding kniff die Augen zu, als könnte er damit die Bilder vertreiben. »Er war nicht lange genug in meinem Mund.«

Spader nickte und kritzelte etwas in sein Notizbuch, nicht weil er sich wirklich notieren musste, dass Galaxo keinen Samenerguss gehabt hatte, sondern weil er annahm, Golding wäre es lieber, wenn ihm in diesem Augenblick niemand in die Augen sah. Spader hatte mit dieser Befragung gewartet, bis das Spurensicherungsteam wieder fort war. Er führte sie allein. Dunbar ging einem anonymen Hinweis nach, der über die Hotline hereingekommen war. Wahrscheinlich würde er zu nichts führen, doch er war halbwegs plausibel und interessant genug, um die Beschäftigung damit zu lohnen. Daher hielten sich jetzt nur noch Spader, Mr und Mrs Golding und ihr Sohn im Haus auf. Der Kleine spielte in seinem Zimmer. Spader hatte bereits mit ihm gesprochen, in Gegenwart seiner Eltern, jedoch nichts Nützliches erfahren.

Golding atmete geräuschvoll aus. »Er war nicht lange genug in meinem Mund. Und er war nicht mal … Scheiße …«

»Ich weiß, das ist schwer für Sie, aber bitte fahren Sie fort.«

»Ich wollte euch Jungs nicht mal anrufen«, sagte Golding. »Meine Frau hat darauf bestanden.«

»Das verstehe ich, Sir, und ich bin froh, dass Sie auf sie gehört haben. Dieser Mann hat bereits zwei Menschen ermordet und einen weiteren verstümmelt. Alles, was wir über ihn in Erfahrung bringen, könnte uns helfen, ihn zu finden, damit er nicht noch mehr Menschen verletzt.«

»Ich habe in den Nachrichten davon gehört«, sagte Emily Golding. »Ich wusste, dass es derselbe Mann war. Mir war klar, wir müssen Sie anrufen.«

Mrs Golding saß neben ihrem Mann auf dem Sofa. Nun nahm sie seine Hand und drückte sie sanft und tröstend. Er schob sie fort.

»Herrgott«, sagte er. »Kommt das hier auch in den Nachrichten? Mir war so, als hätte ich vorhin draußen einen Übertragungswagen gesehen. Heilige Scheiße, mein Leben ist ruiniert.«

»Nein, Mr Golding, das kommt nicht in den Nachrichten«, erwiderte Spader. »Wir werden bekanntgeben, dass bei Ihnen jemand eingedrungen ist, dass wir glauben, es könne der Mann sein, der die Leute mit einer Galaxo-Maske überfällt, aber wir werden nicht ins Detail gehen. Das verspreche ich Ihnen.«

Golding rieb sich mit seinen kräftigen Fingern die Augen. Er war ein großer Mann, ein bisschen größer als Spader, mit einem Kopf wie ein Betonklotz auf einem breiten, muskulösen Hals. Sicher trainierte er täglich. Die Fotos an den Wänden bewiesen, dass er ein richtig harter Kerl war. Daher wusste Spader, was ihn diese Befragung kosten musste.

»Mr Golding, Sie sagten gerade etwas. Sie sagten, ›er war nicht mal‹, dann brachen Sie ab.«

Golding biss die Zähne zusammen, dann sagte er: »Er war nicht mal steif. Sein Schwanz… sein Penis. Er war nicht erigiert.«

Spader nickte und senkte den Blick wieder auf sein Notizbuch. »Entschuldigen Sie, Mrs Golding, aber ich glaube, jetzt bin ich doch durstig. Falls Ihr Angebot noch gilt, nehme ich den Eistee gerne.«

Sie sah ihn an, dann ihren Mann. »Natürlich. Bin gleich wieder da.«

Spader blickte auf seine Notizen, bis sie den Raum verlassen hatte. »Wo war ich? Richtig. Gehen wir noch mal ein Stück zurück, Mr Golding. Sie sagten, Sie hätten eingewilligt, ihm… zu tun, was er von ihnen verlangte.«

Goldings Kiefer spannte sich an. »Ich musste. Er hat gesagt, er würde Emily verletzen, er würde… ihr eine Brust abschneiden.«

»Verstehe. Gut, dass Sie ihm nachgegeben haben, denn der Mann, der gestern Abend hier war, ist ein Killer, der keine Skrupel gehabt hätte, seine Drohungen wahr zu machen.«

»Und er hat gesagt, wenn ich mich auf ihn stürze, erschießt er sie. Aber die Waffe war nur eine Luftpistole. Und sie war nicht mal geladen. Er hat sie hiergelassen, hier auf meiner Brust, und es war eine Luftpistole, und sie war nicht mal geladen.«

»Aber das konnten Sie zu dem Zeitpunkt nicht wissen. Sie sahen nur, dass er eine Waffe auf den Kopf ihrer Frau richtete. Sie haben das Richtige getan, glauben Sie mir. Okay, er hat also seine Hose selbst heruntergezogen, ist das richtig?«

»Ja.«

»Hat er auch seine Unterhose herabgezogen?«

»Herrgott, müssen wir wirklich noch weiter darüber reden?«

»Es tut mir leid, wirklich, aber ich habe noch ein paar Fragen. Ich mache es so kurz wie möglich. Haben Sie also seine Unterhose …«

»Nein, ich habe seine Unterhose nicht runtergezogen. Er hat seinen Scheißschwanz durch den Eingriff in seiner Unterhose rausgeholt. Es waren Boxershorts, glaube ich, oder vielleicht auch so eine ganz altmodische Unterhose, und er hat seinen Schwanz durch den Eingriff rausgeholt.«

Spader nickte. »Okay, und dann haben Sie ihn … in den Mund genommen und …«

»Ich hatte ihn im Mund, und das Arschloch hat ein paar Mal zugestoßen, dann hat er ihn aus meinem Mund gezogen und mit der freien Hand, der ohne Waffe, zurück in seine Hose gesteckt. Er war höchstens ein paar Sekunden drin, in meinem Mund. Fünf, höchstens zehn. Kam mir aber vor wie eine Scheißewigkeit.«

Spader kritzelte etwas in sein Notizbuch.

»Mr Golding, die nächste Frage ist sehr unangenehm, aber besteht die Chance, dass er Haare hinterlassen hat?«

»Sie meinen, in meinem Mund? Mein Gott!«

»Vielleicht haben Sie hinterher eines ausgespuckt. Oder es sich aus dem Mund gezogen. War da etwas?«

Golding starrte über Spaders Schulter aus dem Fenster. Sein Kiefer war völlig verkrampft. »Nein. Keine Haare.«

Und keine gottverdammte DNA-Spur, dachte Spader. »Okay, die nächste Frage ist auch sehr unangenehm, Mr Golding. Meinen Sie, Sie würden seinen Penis wiedererkennen? Ich hoffe natürlich, Sie müssen ihn nie wiedersehen, aber falls Sie für uns einen Verdächtigen identifizieren müssten anhand der …«

»Ich hatte die Augen fast die ganze Zeit zu, Detective.«

»Verstehe.« Dann rief er: »Mrs Golding, ich hätte ein, zwei Fragen an Sie.«

Sofort stand sie an der Tür, ein Glas Eistee in der Hand. Sie durchquerte den Raum und reichte es Spader, der einen Schluck trank, obwohl er nicht im Geringsten durstig war. Sie setzte sich wieder neben ihren Mann und legte die Hand auf seine Hand, die neben ihm auf dem Sofa lag. Er entzog sie ihr.

»Was geschah, nachdem der Eindringling ihnen gesagt hatte, sie sollten zurücktreten, Mr Golding?«

»Er hat sich wieder gesetzt. Die ganze Zeit hat er Emily die Waffe an den Kopf gehalten. Ich dachte, da wären Kugeln drin. Echte Kugeln. Ich meine, woher sollte ich wissen, dass das nicht stimmte?«

»Jeder andere hätte das auch gedacht«, sagte Spader. »Jeder andere hätte auch geglaubt, dass er seine Drohung wahr macht, wenn Sie nicht tun, was er sagt, dass er ihre Frau tötet, wenn Sie ihn angreifen, oder sie verstümmelt, wenn Sie nicht tun, was er verlangt.«

Golding schüttelte den Kopf. »Ich meine, zuerst sagte er, entweder muss ich sterben oder Emily, und da hätte ich mich ohne zu zögern für mich entschieden, aber dann hat er das geändert, und dann war es entweder Emily oder … oder …«

»Ich weiß«, sagte Spader. »Verstehe. Jetzt erzählen Sie mir bitte noch, was geschah, nachdem er sich wieder gesetzt hatte.«

Golding erzählte, und seine Frau ergänzte hin und wieder etwas. Galaxo hatte gesagt, er müsse jemandem eine

Nachricht hinterlassen, und die müsse mit Blut geschrieben werden. Er entschuldigte sich und sagte, er habe an diesem Abend niemanden verletzen wollen, er habe bereits getan, weshalb er gekommen sei, doch er müsse diese Nachricht wirklich hinterlassen, und sie müsse mit Blut geschrieben werden. Sein eigenes Blut komme dafür nicht infrage, und da Emily ja mit einer Waffe am Kopf am Boden knien müsse, bleibe nur, den kleinen Danny zu wecken und sein Blut zu verwenden, oder Golding müsse seines zur Verfügung stellen. Ohne die Waffe von Emilys Kopf wegzunehmen oder Golding aus den Augen zu lassen, beugte Galaxo sich nach links, steckte die freie Hand in eine kleine Sporttasche, die Golding bisher nicht bemerkt hatte, und zog ein Jagdmesser mit einer fünfzehn Zentimeter langen Klinge heraus. Er warf es Golding zu, der es auffing, ohne sich dabei zu verletzen, was ihm allerdings nichts nutzte, da Galaxo ihm gleich darauf befahl, sich zu schneiden, so tief, dass genug Blut austrat. Golding schnitt sich in die Handfläche – Spaders Blick fiel auf den Verband an Goldings linker Hand –, tauchte auf Galaxos Anweisung hin seinen rechten Zeigefinger in das Blut, das sich in der Handfläche gesammelt hatte, und schrieb eine Nachricht an die Wand über dem Fernseher. Dann warf Galaxo Golding eine Spielkarte zu und befahl ihm, sie mit dem Messer unter die Nachricht an die Wand zu heften.

Spader sah zur Wand, auf der in unbeholfenen, dicken, rötlich-braunen Buchstaben zu lesen stand: »Sind meine neuen Stiche schwer zu schlucken?« Gleich darunter befand sich ein Schlitz in der Wand, wo zuvor das Messer in der Spielkarte gesteckt hatte.

Spader betrachtete die Nachricht, die sich eindeutig an

ihn richtete, und sah blitzartig eine andere Nachricht vor sich, vor über einem Jahr ebenfalls mit dem Blut eines Unschuldigen geschrieben, die gleichfalls an ihn gerichtet war. Jene Nachricht hatte Eddie Rivers ersonnen und geschrieben. Daran bestand kein Zweifel. Diese neue Nachricht war von Jeffrey Golding geschrieben worden, doch wer sie ersonnen hatte, blieb einstweilen ein Rätsel. Jemand schien Spader glauben machen zu wollen, dass sie vielleicht, aber auch nur vielleicht, ebenfalls von Eddie Rivers stammte.

»Und nachdem Sie die Nachricht geschrieben und die Karte an die Wand geheftet hatten?«, fragte er Golding.

»Warf er mir eine Flasche und einen weißen Lappen zu. Das war Chloroform, hat ein Officer mir erklärt.«

»Mit Sicherheit. Also hat er Sie gezwungen, sich selbst zu betäuben?«

»Ich wollte nicht, aber er schwor, er würde Emily oder Danny nichts tun, wenn ich gehorche. Aber wenn ich nicht gehorche, würde er sie beide töten. Also habe ich es getan. Ich meine, ich dachte ja, die Waffe wäre echt, ja? Also habe ich das Zeug auf den Lappen geschüttet, die Flasche wieder zugeschraubt, wie er es mir sagte, und es eingeatmet, bis alles schwarz wurde.«

»Er hielt die Waffe dann weiterhin auf mich gerichtet«, erzählte Emily weiter, »und sagte mir, ich solle das Telefon am Fernseher nehmen und den Notruf wählen, ich solle nicht wieder auflegen, aber keinen Ton sagen. Ich brachte ihn dazu zu schwören, dass er Danny nichts tut, dass er nicht in seine Nähe geht. Das hat er getan, er hat es geschworen, und ich habe ihm geglaubt. Wahrscheinlich auch, weil er mich den Notruf wählen ließ. Jedenfalls, ich habe ihm geglaubt, dass er Danny nichts tut. Mir blieb ja auch nichts anderes übrig.«

»Nein«, sagte Spader, »das stimmt.«

»Also habe ich ein Gebet gesprochen und mich dann mit dem Chloroform selbst betäubt.«

Golding fuhr fort: »Dann wurden wir irgendwann wieder wach, und die Polizei war im Haus. Die Polizisten haben die Waffe auf meiner Brust gefunden. Danny war in seinem Zimmer; er hatte Angst, aber er war nicht verletzt.«

Spader schrieb etwas in sein Büchlein. »Und Sie sagen, Sie glauben, dass der Eindringling ein Weißer war?«

»Das konnte ich sehen, bevor ich... die Augen zumachte.«

Spader nickte. »Aber keiner von Ihnen beiden hat ihn erkannt? An seiner Stimme vielleicht, trotz der Maske? Hat er irgendwie vertraut geklungen, wie jemand, den Sie kennen, dem Sie mal begegnet sind?«

»Seine Stimme klang genau wie die von dieser Scheißzeichentrickfigur«, sagte Golding.

»Aber vielleicht ist Ihnen an dem, was er gesagt hat, trotzdem etwas aufgefallen. Eine ungewöhnliche Wortwahl? Die Ausdrucksweise? Sprachmuster?«

Beide schüttelten den Kopf.

»Würden Sie sagen, dass er intelligent klang? Oder klang er eher, na ja, ein bisschen schlicht? Weniger gebildet?«

»Wenn ich raten müsste«, sagte Mrs Golding, »würde ich sagen, er war intelligent. Wahrscheinlich gebildet. Du nicht auch, Jeff?«

Golding blickte stur zu Spader. »Ja, würde ich wohl auch sagen.«

»Okay. Das ist sehr hilfreich. Und fällt Ihnen sonst noch etwas ein, was uns vielleicht weiterhilft?«

»Nein.« Golding schüttelte den Kopf.

Mrs Golding hatte den Kopf schräg gelegt und blickte nach links unten. Sie runzelte die Stirn.

»Mrs Golding? Fällt Ihnen noch etwas ein?«

»Ja. Ja, ich glaube schon. Vielleicht hat es nichts zu bedeuten, aber es klang, als wäre sein Vater nicht sehr gut zu ihm gewesen.«

»Ach?«

»Stimmt«, bestätigte Golding, »jetzt erinnere ich mich. Er sagte, ich sei ein guter Vater, dann schwieg er kurz, und dann sagte er so was wie ›anders als mein Vater‹ oder so.«

»Hilft das?«, fragte Mrs Golding.

»Möglicherweise«, erwiderte Spader. »Ich weiß es noch nicht. Aber gut, dass Sie daran gedacht haben. Genau solche Kleinigkeiten können einen Fall knacken. Sonst noch etwas?«

Golding zuckte die Achseln.

»Okay. Ich weiß, Sie haben ihn als kräftig beschrieben, aber wie hat er sich gehalten? Oder hatte er typische Gesten? Kam Ihnen irgendetwas bekannt vor? Irgendetwas, wobei Sie vielleicht dachten, Sie könnten ihn kennen oder hätten ihn schon mal gesehen?«

Wieder schüttelten beide den Kopf.

»Sie haben gesagt, er wusste, wie Sie heißen.«

Golding nickte. »Ja, aber ich habe keine Ahnung, woher.«

»Okay, danke. Sie beide haben das großartig gemacht. Sie waren uns eine große Hilfe.«

Spader gab ihnen seine Visitenkarte und bat sie, ihn anzurufen, falls ihnen noch etwas einfiele, egal was, egal wie belanglos es ihnen erscheine. Sie versprachen es. Spader verabschiedete sich, stand auf und wandte sich zum Gehen. Er war schon fast im Flur, da drehte er sich noch einmal um. Golding starrte vor sich hin. Seine Frau saß neben ihm, nur wenige Zentimeter von ihm entfernt, doch die beiden berührten sich nicht, und Spader wusste, diese wenigen Zentimeter hätten auch Meilen sein können. Mrs Goldings Hand schwebte unsicher in der Nähe der Hand ihres Mannes, dann ließ sie sie in den Schoß fallen. Spader erwog, Golding zu sagen, dass er noch Glück gehabt hatte, weil zwei von Galaxos vorigen Opfern nicht mehr am Leben waren und alle drei Körperteile eingebüßt hatten, doch dann betrachtete er den großen Mann, seinen abwesenden Blick, seine Haltung – er lehnte sich ein wenig von seiner Frau fort –, dazu die Fotos an der Wand, und hatte den deutlichen Eindruck, dass Golding es nicht so empfand.

»Mr Golding«, sagte er, »vielleicht hilft es Ihnen, wenn ich sage, dass Sie das Richtige getan haben. Sie haben Ihre Familie geschützt. Ich weiß nicht, ob meine Meinung Ihnen etwas bedeutet, aber ich glaube, Sie sind ein verdammt guter Mensch.«

»Bloß eine bescheuerte Luftpistole«, sagte Golding. »Ich hätte gar nicht … Und sie war nicht mal geladen.« Er stand auf, ging auf die Terrasse, ließ sich auf einen Gartenstuhl fallen und vergrub das Gesicht in den Händen. Spader nickte Mrs Golding zu und verließ das Haus.

ELF

»Und Golding hat das einfach *getan*?«, fragte Wilkins. »Echt?«

»Ja«, bestätigte Spader.

»Himmel. Das hätte ich niemals getan.«

»Red keinen Scheiß. Und falls das kein Scheiß ist, dann bist du ein ganz mieser Feigling.«

Gelinde überrascht blickten die übrigen Mitglieder der Galaxo-Arbeitsgruppe von ihren Sandwichs hoch. Es gab ein neues Gesicht, einen Kollegen von der Polizei Wakefield, in deren Bezirk Golding überfallen worden war. Spader hatte Sandwichs für alle bestellt, weil er die Besprechung für die Mittagszeit anberaumt hatte, doch er selbst aß nichts. Er hatte keinen Hunger.

»Was soll das?«, fragte Wilkins mit vollem Mund. Er hielt die Hälfte seines Bacon-Salat-Tomaten-Sandwichs in der Hand, und an seiner Unterlippe klebte ein Fetzchen Salat.

»Ich habe gesagt, du redest totalen Scheiß. Wenn jemand der Frau, die man liebt, eine Waffe an den Kopf hält, dann tut man alles, was man kann, um sie zu retten. Um sie vor dem Tod oder vor Verstümmelung zu bewahren. Und wenn man das nicht tut, dann ist man ein ganz mieser Feigling.«

»Meine Güte, John, bleib locker. Ich sage doch bloß …«

»Ich weiß, was du sagst, und ich sage, du redest totalen

Scheiß. Golding hätte lieber den Tod gewählt, als das zu tun, was er getan hat, wenn er dabei nur sein eigenes Leben aufs Spiel gesetzt hätte, aber er hat an seine Frau und an seinen Sohn gedacht und getan, was er tun musste, um sie zu retten. Er ist ein verdammter Held, Reggie. Und wenn du sagst, du hättest nicht das Gleiche getan, dann bist du entweder ein Lügner oder ein egoistischer Feigling. Und wisch den Scheißsalat von deiner Unterlippe, ja? Das ist ja widerlich.«

Wilkins entfernte den anstößigen Salat, schnippte ihn auf seinen Pappteller und starrte Spader an.

»Scheiße, was ist denn mit dir los?«

»Nichts.« Spader atmete tief durch. »Entschuldigt. Esst einfach auf und hört erst mal zu, okay?« Nun biss auch er endlich in sein Sandwich. Thunfischsalat mit Sellerie- und Zwiebelwürfeln. Gar nicht übel, aber er hatte trotzdem keinen Hunger.

Wilkins schüttelte den Kopf und widmete sich wieder seinem Mittagessen, während Spader berichtete, was er während der Befragung zwei Tage zuvor außerdem noch von den Goldings erfahren hatte. Einige hatten das in Teilen schon gehört, doch da alle Mitglieder der Arbeitsgruppe mit ihren diversen Aufgaben beschäftigt waren, hatte Spader beschlossen, die Besprechung bis heute aufzuschieben, weil er hoffte, bis dahin würden sie auf eine handfeste Spur stoßen. Bisher hatten sie in dieser Hinsicht nämlich eine große rote Null aufzuweisen. Außerdem hatte er die Aktualisierung des FBI-Profils auf der Grundlage der neuen Fakten aus Galaxos letztem Streich abgewartet.

Als er geendet hatte, drehte er sich zur Wandtafel hinter sich um, an der neben Notizen, Land- und Straßenkarten, einem Foto des ewig lächelnden Galaxo und anderen Bildern auch Fotos von Galaxos vier Opfern hingen: Yasovich, das erste Opfer, ganz links, und Golding ganz rechts. Darunter hingen Informationen zu den einzelnen Opfern und dem jeweiligen Verbrechen.

»Ganz offensichtlich«, fuhr Spader fort, »stellt Galaxos letztes Verbrechen eine große Abweichung vom bisherigen Muster dar. Das müssen wir in unsere Überlegungen mit einbeziehen. Allem voran hat er diesmal niemandem einen Körperteil abgenommen, hat keinen der drei Goldings eigenhändig verletzt. Allerdings hat er Golding gezwungen, sich zu schneiden, damit er mit seinem Blut die Nachricht schreiben konnte. Aber es ist wichtig, dass Galaxo die Verletzung nicht selbst zugefügt hat, weil es bedeutet, dass er es vielleicht nicht nur auf das Zufügen von Schmerzen abgesehen hat, wie wir bisher dachten.«

»Aber psychisch hat Golding garantiert höllisch darunter gelitten«, warf Amanda Cassel ein.

»Ich habe Golding befragt, und ja, er hat gelitten. Aber es ist trotzdem etwas anderes. Und für uns verändert es alles.«

»Wird Galaxo …« Wilkins zögerte, und Spader befürchtete schon einen weiteren taktlosen Witz vonseiten ihres Komikers vom Dienst. »Wird er *weniger* brutal? Und falls ja, wäre das nicht extrem ungewöhnlich für einen Serienmörder?«

»Das wäre es«, erwiderte Spader, »allerdings glaube ich nicht, dass Serienmörder die korrekte Bezeichnung für ihn ist. Erstens braucht man formal, glaube ich, drei separate Tötungsdelikte, bevor man von einer Serie sprechen kann, und unser Mann hat erst zwei auf dem Kerbholz. Zweitens hat es den Anschein, als wäre der Tod auch bei den beiden, die gestorben sind, möglicherweise nicht beabsichtigt gewesen. Aber doch, ich verstehe, worauf du hinauswillst. Es wäre seltsam, wenn die Brutalität eines Täters abnimmt, statt zuzunehmen, je länger er am Werk ist. Aber wenn ich darüber nachdenke, kommen mir zunehmend Zweifel, ob man wirklich sagen kann, dass seine Verbrechen weniger brutal werden. Es mag Ansichtssache sein, aber ich weiß nicht, ob es weniger brutal war, Lisbon die Füße abzusägen – er war natürlich das zweite Opfer –, als Yasovich drei Wochen davor die Zunge herauszuschneiden. Es kann sein, aber ich bin mir da nicht sicher. Dann allerdings hat er Pendleton nur ein Ohr abgeschnitten, und schließlich hat er Golding körperlich gar nicht verletzt. Es ist ein eigenartiges Muster.«

»Man könnte fast sagen, da gibt es überhaupt kein Muster«, schaltete Fratello sich ein.

»Vermutlich. Auf jeden Fall hat er ein paar Neuerungen ins Programm aufgenommen. Zum einen hat er eine Schusswaffe benutzt.«

»Aber das war eine Luftpistole«, warf jemand ein, »und sie war nicht geladen.«

»Trotzdem, bis dahin hatte er nie eine Schusswaffe eingesetzt. Außerdem war die ganze Herangehensweise anders. Er ist nicht mitten in der Nacht gekommen und hat die Goldings nicht sofort mit einem Elektroschocker oder Chloroform außer Gefecht gesetzt. Sondern er drang ins Haus ein, während alle wach waren, brachte den Sohn in seine Gewalt, benutzte ihn als Druckmittel, um die Frau in seine Gewalt zu bringen, und indem er die Frau bedrohte, brachte er Golding dazu, das zu tun, was er vom ihm verlangte. Und hinterher ließ er die Frau den Notruf wählen, anstatt es selbst zu tun, dann zwang er die beiden, sich selbst zu betäuben, anstatt es eigenhändig zu tun.«

»Und niemand wurde mit Industrieklebeband gefesselt«, fügte Dunbar hinzu, »und wir hatten gedacht, das törnt ihn an.«

»Und«, sagte Spader, »die größte Abweichung war natürlich der sexuelle Missbrauch an Golding.«

»Und die Nachricht, die er dir hinterlassen hat«, warf Fratello ein, der gedankenverloren mit einer Zigarette auf die Tischplatte klopfte, »die mit der Spielkarte.« Spader nickte. »Klingt fast wie ein völlig anderer Täter.« Wieder nickte Spader.

»Du glaubst, irgendjemand, vielleicht ein Schwuler, der sich von einem Hetero einen blasen lassen wollte, hat Galaxo nachgeahmt? Hat sich einfach auch eine Galaxo-Maske aufgesetzt und sich die Angst vor dem neuesten Serienmörder im Lande zunutze gemacht, um mal ein bisschen Aufregung in sein Leben zu bringen?«

»Einen Nachahmungstäter können wir jedenfalls nicht ausschließen«, sagte Spader, »aber wir müssen auch in Erwägung ziehen, dass es vielleicht doch unser Mann war. Sonst lassen wir womöglich wertvolle neue Einsichten außer Acht. Und natürlich gibt es Gemeinsamkeiten im Modus Operandi. Auch diesmal hat er sein Opfer vor eine Wahl gestellt – und es sich noch einmal anders überlegt. Denkt dran, wir haben die Sache mit den Wahlmöglichkeiten aus der Presse rausgehalten, also dürfte ein Nachahmungstäter eigentlich nichts davon wissen. Es gibt immer Lecks, das wissen wir alle – und damit meine ich niemanden hier im Raum –, aber eigentlich hätte er nichts davon gewusst haben dürfen. Eine weitere Gemeinsamkeit ist das Chloroform. Und dann sind da die Maske und der schwarze Trainingsanzug. Es besteht also genug Anlass zu der Annahme, dass er unser Mann ist, auch wenn wir nicht ausschließen dürfen, dass es jemand anders sein könnte, der sich für unseren Mann ausgibt.«

»Ich kapier's einfach nicht«, sagte Fratello. »Warum der Blowjob? Angenommen, es ist kein Nachahmungstäter, warum könnte Galaxo diese Änderungen eingebaut haben? Und warum diese Botschaft an dich?«

»Möglicherweise hast du dir deine Frage gerade selbst beantwortet«, entgegnete Spader. »Um mir eine Botschaft zu senden. Es könnte sein, dass es bei dem ganzen Golding-Überfall allein darum ging. Vielleicht wollte er uns bloß zeigen – oder *mir* zeigen –, dass er die Kontrolle hat, dass er alles tun kann, was er will.«

»Was stand da noch mal genau?«

Spader senkte den Blick auf seine Notizen, obwohl die blutige Nachricht sich ihm ins Gedächtnis eingebrannt hatte. »›Sind meine neuen Stiche schwer zu schlucken?‹ Die Spielkarte war übrigens von einer gebräuchlichen Marke, keine Fingerabdrücke, wird in einer Million Geschäften verkauft.«

Dunbar meldete sich zu Wort. »Du meinst also, er hat Golding nur besucht, um dir diese Botschaft zu schicken?«

»Das habe ich nicht gesagt. Ich sage bloß, es ist eine Möglichkeit. Er will uns wissen lassen, er will *mich* wissen lassen, dass er derjenige ist, der hier die Macht hat. Er kann verletzen oder auch nicht. Einen Körperteil amputieren oder nicht. Es ist seine Entscheidung. Er kann einen Mann zwingen, ihn oral zu befriedigen, wenn er es so will. Er hat die totale Kontrolle.« Ein paar Kollegen am Tisch nickten. Spader fügte hinzu: »Nun, das ist nur eine mögliche Erklärung für das, was Golding passiert ist, und für diese Nachricht an mich. Es könnte genauso gut sein, dass er Golding das aus anderen Gründen angetan hat, die wir einfach noch nicht verstehen. Vielleicht folgt er einem Plan, den wir bisher nicht erkannt haben. Vielleicht gibt es eine Verbindung zwischen den Opfern, die wir noch nicht gefunden haben.«

Vorhin hatten sie darüber diskutiert, dass Jeffrey Golding keine Verbindung zu den anderen Opfern zu haben schien, ebenso wie es offenbar keine zwischen den anderen Opfern gab. Die Gemeinsamkeiten beschränkten sich darauf, dass Golding wie die übrigen Opfer ein Mann war und in einem Einfamilienhaus in einem Vorort lebte. Abgesehen davon schien Galaxos Wahl seiner Opfer kein Muster aufzuweisen. Pendleton hatte noch nie von Yasovich oder Lisbon gehört, ehe sie zu Galaxos Opfern wurden, und Golding hatte Spader das Gleiche in Bezug auf die drei Opfer vor ihm gesagt.

Spader holte einen Stapel Kopien eines mehrseitigen Dokuments aus seiner Aktenmappe und reichte sie Dunbar, der sich einen Satz nahm und die übrigen weiterreichte. Während die Kopien die Runde machten, sagte Spader: »Ihr habt alle schon eine Kopie des ursprünglichen Profils bekommen, das das FBI zu Galaxo erstellt hat. Vor zwei Tagen habe ich Special Agent Dwight W. Daniels die Fakten zum Golding-Vorfall gefaxt und ihm die relevanten Fotos gemailt. Agent Daniels hat daraufhin sein Spätabendzappen offenbar ausfallen lassen und das Profil aktualisiert. Heute Morgen hat er mir das neue Profil gefaxt, und das haltet ihr jetzt in Händen. Ihr könnt es später lesen. Im Augenblick möchte ich nur auf die wesentlichen Punkte eingehen, also die Änderungen, die sich für Daniels aus dem letzten Verbrechen ergeben haben.

Angenommen, es war Galaxo selbst, der die Goldings besucht hat, und kein Nachahmungstäter, dann legt der

Verdächtige nach wie vor ein Bedürfnis, zu beherrschen und zu kontrollieren an den Tag. Zwar hat er niemandem körperlichen Schaden zugefügt, aber der Umstand, dass er Golding gezwungen hat, ihn zu fellationieren – das ist Daniels' Formulierung –, passt dazu, dass er gerne selbst Hand anlegt, was, wie Daniels immer noch glaubt, darauf hindeutet, dass er wahrscheinlich eher körperlich arbeitet, als an einem Schreibtisch zu sitzen. Galaxos Feststellung, dass Golding ein guter Vater sei, bestätigt Daniels Annahme, dass Galaxo Probleme mit seinem Vater hat.«

»Bis jetzt sind alle Opfer Männer«, sagte Wilkins. »Kann es sein, dass Galaxo sie als Vaterfiguren sieht und ihnen diese schrecklichen Sachen antut, während er sich vorstellt, er tut sie seinem alten Herrn an?«

»Diese Theorie ziehe ich durchaus in Erwägung. Auch Daniels legt diese Grundidee dar und schreibt, das sei eine Möglichkeit. Führt uns immer noch nicht direkt zu dem Mann, aber es könnte uns einen Einblick in seine Psyche gewähren.«

»Sonst noch was von Special Agent Dwight W. Daniels?«, fragte Dunbar.

»Das war's im Prinzip.«

»Können wir noch mal auf die Botschaft zurückkommen, die er im Haus der Goldings hinterlassen hat?«, bat Cassel. »Von wegen, dass seine neuen Stiche schwer zu schlucken seien. Bei der Besprechung vor einer Woche haben wir darüber geredet, dass Galaxo möglicherweise in Wirklichkeit Eddie Rivers ist, richtig? Könnte es dann nicht Rivers sein, der dir mitteilt, dass er wieder da ist und was Neues ausprobiert?«

Spader schwieg einen Augenblick. »Tja, klar, das habe ich auch in Betracht gezogen. Aber ich glaube eher, dass dieser Galaxo, wer er auch sein mag, uns bloß glauben machen will, dass Rivers unser Mann ist. Die ›neuen Stiche‹ sollen wir so verstehen, dass Rivers den Leuten jetzt nicht mehr die Beine abschneidet, sondern zu neuen Quälereien übergegangen ist, sowohl körperlich als auch psychisch.«

»Kann das denn nicht sein?«

Spader wollte schon antworten, dann hielt er inne und überlegte noch einmal. »Doch, das kann sein, und wir werden Rivers als Verdächtigen nicht ausschließen. Aber ich halte es für sehr unwahrscheinlich, dass er unser Mann ist. Ich tippe darauf, dass Galaxo entweder von Anfang an geplant hat, seine Verbrechen ein bisschen so wie die von Rivers aussehen zu lassen, damit wir Zeit und Mittel verschwenden, weil wir in die falsche Richtung galoppieren, oder dass er, nachdem er angefangen hatte – oder vielleicht auch erst, nachdem der Fall mir übertragen worden war –, eine Gelegenheit sah, ein bisschen Verwirrung zu stiften, und die hat er genutzt.«

Fratello wandte ein: »Aber Rivers ist in dieser Sache definitiv nicht vom Tisch, oder? Weil vor einer Weile nämlich jemand eine unserer Warnungen gesehen und uns einen Hinweis gegeben hat. Er will vor drei Tagen – also am Tag des Golding-Überfalls – einen Mann gesehen haben, auf den Rivers' Beschreibung passt, gegen vier Uhr nachmittags, an einer Tankstelle an der Route 95, gleich südlich von Wakefield.«

Spader blickte hoch. Fratello zwirbelte seine Zigarette zwischen den Fingern.

»Und das ist da, wo die Goldings wohnen, oder?«, ergänzte Rick Monteleone.

»Jemand hat gesagt, er hätte jemanden, auf den Rivers'

Beschreibung passt, an einer Tankstelle ein paar Meilen vom Haus der Goldings entfernt gesehen?«, fragte Spader nach. »Und wann wolltest du mir das erzählen, verdammt noch mal?«

»Hab ich doch gerade. Ich habe den Hinweis unmittelbar vor unserer Besprechung bekommen. Ich habe zwei Trooper mit seinem Foto hingeschickt. Sie rufen an, wenn sie irgendwas erfahren. Bleib locker, John, wir stehen auf derselben Seite.«

Spader atmete tief durch. »Zum einen war das wahrscheinlich gar nicht Rivers da an der Tankstelle. Rivers war ein ziemlich durchschnittlicher Typ. Das kann irgendjemand gewesen sein. Zweitens kann es durchaus unser Täter, also Galaxo persönlich, gewesen sein, der uns diesen Hinweis gegeben hat. Ist doch ausgesprochen praktisch, oder? Zufällig sieht jemand Rivers wenige Stunden zuvor in der Nähe des Tatorts? Ein anonymer Anrufer auch noch. Lenkt den Verdacht hübsch von unserem Täter ab, der wahrscheinlich selbst angerufen hat.«

»Außer, unser Mann ist wirklich Rivers«, sagte Fratello, »und es hat ihn wirklich jemand gesehen.«

»Rivers ist längst weg.« Spader wusste, seine Stimme verriet deutlich mehr Gefühle, als ihm lieb war. Aber er konnte es nicht ändern. »Rivers hat Justin Tannenbaum und Tammy Walker kurz nach seiner Freilassung getötet, dann ist er verschwunden. Eine Zeit lang wurde er noch hin und wieder gesichtet, und ich bin dem selbst ein paar Mal nachgegangen. Die letzte halbwegs glaubwürdige Sichtung liegt knapp sieben Monate zurück. Ich sage euch, der ist weg. Er wird nicht hierher zurückkommen und noch mehr Menschen töten.«

»Warum nicht?«, fragte Cassel.

Spader atmete tief durch. »Weil das wirklich dumm wäre. Und er war nicht dumm.«

»Nein«, räumte Fratello ein, »aber es wäre auch irrsinnig, wenn er zurückkäme und wieder hier in der Gegend morden würde, und der Kerl war so irre wie nur etwas, also ist er vielleicht doch wieder da.«

»Weiß du, Fratello…« Spader brach ab und senkte den Blick auf Dunbars Hand, die auf seinem Arm lag.

Dunbar sagte leise: »Wir wissen alle, du willst nicht, dass Rivers unser Mann ist, wir wissen, wie das für dich wäre, wenn er es wäre, aber wir müssen diese Möglichkeit im Hinterkopf behalten, okay?«

Spader zögerte, doch ihm blieb keine andere Wahl, als das einzuräumen. »Okay. Wir haben etwas, worüber wir nachdenken müssen. Rivers wurde möglicherweise in der Gegend des Golding-Überfalls gesichtet. Wir werden das im Hinterkopf behalten. Leon, gib mir Bescheid, was die Trooper sagen, wenn sie wieder hier sind.«

»Es gibt noch etwas, worüber wir nachdenken müssen, John«, sagte Dunbar. »Ob der Mann an der Tanke nun Rivers war oder nicht, der Täter gestern im Haus der Goldings legt sich jetzt mit dir persönlich an. Er hat diese Botschaft nur für dich hinterlassen, er will dich glauben machen, dass ein Gespenst aus *deiner* Vergangenheit wieder im Geschäft ist.«

Spader öffnete schon den Mund, um etwas zu erwidern, doch Dunbar fuhr fort.

»Sieh mal, John, jeder hier weiß, das war nicht gerade das Schönste, was dir je im Leben passiert ist. Und man muss auch kein Genie sein oder Gedanken lesen können, um darauf zu kommen, dass die ganze Sache vermutlich immer noch ein bisschen an dir nagt – auch wenn ich weiß, dass es nicht deine Schuld war.«

»Worauf willst du hinaus?«

»Na ja, genauso wie wir berücksichtigen müssen, dass Rivers unser Mann sein könnte, müssen wir auch die Möglichkeit einkalkulieren, dass unser Mann jemand anderes sein könnte, jemand, der etwas gegen dich persönlich hat, John.«

Das musste Spader sich erst einmal durch den Kopf gehen lassen. Die übrigen beobachteten ihn. Schließlich nickte er. »Kann sein. Aber ich halte es für wahrscheinlicher, dass er mir dann von Anfang an Botschaften hinterlassen hätte oder dass seine Verbrechen dann mehr Ähnlichkeiten mit denen von Rivers aufweisen würden, vielleicht sogar identisch wären. Aber es ist auf jeden Fall etwas, was wir im Kopf behalten müssen.«

Allmählich hatte Spader es satt, von allen angestarrt zu werden, und er beschloss, den Scheinwerfer auf etwas anderes auszurichten.

»Wo sind wir auf der Liste der Hochschulabbrecher hier aus der Gegend aus den letzten fünfundzwanzig Jahren? Das hattest du übernommen, stimmt's, Reggie?«

»Ja. Ich habe zwei Leute rekrutiert, und wir drei haben herumtelefoniert. Außerdem habe ich ein paar Besuche gemacht. Die meisten Colleges sind ziemlich kooperationsbereit. Diese Sachen sind mittlerweile größtenteils computererfasst, von daher müssen die Leute in den College-Sekretariaten nur die richtige Suche starten und uns den Ausdruck faxen. Es gibt eine Riesenmenge Hochschulen in Massachusetts, deshalb dauert das seine Zeit. Mit den benachbarten Hochschulen außerhalb von Massachusetts haben wir noch nicht mal angefangen. Aber von ein paar Colleges haben wir schon Listen, und wir haben den ein oder anderen uns bekannten Namen entdeckt.«

»Okay. Jemand Interessantes dabei?«

»Fratello hat nur ein einziges lausiges Semester an der Northeastern University durchgehalten.«

»Verpiss dich, Wilkins«, sagte Fratello.

»Was war los, Leon«, fragte Wilkins, »in Sport durchgefallen?«

»Verpiss dich, Wilkins.«

»Lasst gut sein«, sagte Spader, »sonst noch jemand, den wir kennen?«

»Wusstest du, dass dein alter Kumpel Oscar Wagner zwei Jahre UMass durchgezogen hat, bevor er auf die Akademie gegangen ist?«

»Ja«, sagte Spader, »aber ich hatte es vergessen.«

»Da ist noch einer«, fuhr Wilkins fort. »Jeffrey Golding war ein Jahr in Harvard, allerdings wird der wohl kaum in sein eigenes Haus eingebrochen sein und sich selbst den Schwanz gelutscht haben, aber ich wette, Leon würde das tun, wenn er könnte.«

»Ich schwöre bei Gott, Wilkins …«

Allmählich ging Wilkins zu weit. Es wurde Zeit für einen Maulkorb. »Reggie, ihr alle, können wir das bitte ein bisschen manierlicher machen, ja? Es sei denn, ihr möchtet ein Verfahren wegen sexueller Belästigung am Hals haben, okay? Suspendierung, Verweis in der Akte, lauter tolle Sachen. Wir haben heute Gäste hier, und die brauchen diesen Schulhofscheiß nicht zu hören.«

»Aber *Scheiß* zu sagen ist okay, ja?«, fragte Wilkins. Spader sah ihm in die Augen, und Wilkins schüttelte den Kopf und senkte den Blick wieder auf seine Aufzeichnungen. »Weiter. Sonst sind bis jetzt keine interessanten

Namen aufgetaucht, aber wir haben noch jede Menge Unis zu nerven. Wir kommen gut voran, aber es wird noch dauern. Und das alles machen wir ja hauptsächlich deshalb, weil unser FBI-Profiler in irgendeiner Teetasse oder so gelesen hat, dass unser Mann wahrscheinlich nicht länger als zwei Jahre aufs College gegangen ist, also will ich hoffen, dass wir damit nicht unsere verdammte Zeit vergeuden.«

»Ja, denn viel Zeit zum Vergeuden haben wir nicht«, fügte Cassel hinzu. »Der Kerl wird schneller. Wie war das? Ungefähr drei Wochen zwischen erstem und zweitem Opfer, dann zwölf Tage bis zu Nummer drei. Und dann wartet er nur noch sechs Tage, bis er bei Mr Golding hereinschneit.«

»Natürlich wollen wir Galaxo so bald wie möglich aufhalten«, sagte Spader. »Aber wie ich bereits letztes Mal sagte: Solange wir nichts Besseres haben, womit wir arbeiten können, werden wir so agieren, als wüsste Special Agent Daniels vom FBI, was er tut. So, hat noch jemand etwas?«

Die Detectives, die das Leben der Opfer unter die Lupe nahmen, berichteten. Spader war enttäuscht. Zwar waren die Kollegen bei Weitem noch nicht fertig, doch sie waren bisher logisch und gründlich vorgegangen, und ihre Nachforschungen hatten wohl einige kleinere neue Gesichtspunkte erbracht, aber noch nicht eine einzige signifikante Erkenntnis, keine Spur, die aus Spaders Sicht vielversprechend war. Überdies schien es nach wie vor keine Verbindung zwischen den Opfern zu geben; da war nicht der kleinste rote Faden. Die Ermittler waren bis zurück in die Schulzeit gegangen, doch die Opfer hatten alle verschiedene Highschools und Grundschulen besucht. Kurz gesagt: Die Arbeitsgruppe war noch immer kein Stück weiter. Während Spader den Berichten der Detectives über ihre Bemühungen lauschte – Bemühungen, die allen Fehlstarts und Sackgassen zum Trotz unternommen werden mussten –, musste er an etwas denken, was er einmal gelesen hatte. Über die zehntausend fehlgeschlagenen Experimente, die Thomas Edison mit der Glühbirne unternommen hatte, ehe er endlich das richtige Material für den Glühfaden gefunden hatte, hatte der Erfinder einmal gesagt, er sei nicht zehntausend Mal gescheitert, sondern habe vielmehr erfolgreich zehntausend falsche Materialien ausgeschlossen. Diese Sichtweise mochte Edison bei seiner Suche nach dem Licht getröstet haben, doch Spader konnte sich des Gedankens nicht erwehren, dass er und sein Team nach all der Arbeit, die sie investiert hatten, noch immer komplett im Dunkeln tappten.

ZWÖLF

Ian Carmichael war so lange wie nur irgend möglich Cop gewesen. Nach Abschluss der Highschool war er bei der ersten Gelegenheit in die Polizeiakademie eingetreten und hatte bis zum gesetzlich vorgeschriebenen Rentenalter in seinem Beruf gearbeitet. Begonnen hatte er als Streifenpolizist in South Boston, zwischen irischen Mafiosi und Jugendbanden. Nach nur vier Jahren, also so schnell wie überhaupt möglich, war er Detective geworden, und später hatte er sichere Schreibtischposten hinter der Außenlinie abgelehnt, um auf dem Spielfeld zu bleiben. Er wollte böse Jungs schnappen, und das hatte er zu seiner Zeit reichlich getan. Nachdem er sechzehn Jahre zuvor gezwungenermaßen aufgehört hatte, weil irgendeine Vorschrift in irgendeinem Buch besagte, dass er zu alt sei, um seinen Beruf weiter auszuüben, hatte er das Green Hills eröffnet, einen malerischen Irish Pub mit dunklem Holz, dunklen Ecktischen und Gästen, die zumeist im Dunkeln und für sich blieben. Der Pub wurde nach Dienstschluss von Polizisten frequentiert, doch für die meisten war er nicht die erste Anlaufstelle. Im Carmichael's, einem anderen typischen Irish Pub, der näher an der nächsten Polizeistation lag, traf man mehr Männer und Frauen in Blau an. Derjenige Carmichael, der diesen Pub dreißig Jahre zuvor eröffnet hatte – kein Verwandter von Ian Carmichael –, war längst in den Ruhestand gegangen und hatte das Lokal an den Meistbietenden verkauft, einen Italiener namens Albano, wie sich herausstellte. Da Ian seinen Pub daher nicht nach sich selbst benennen konnte, hatte er sich für Green Hills entschieden. Und diesen Pub suchte Spader aus verschiedenen Gründen vorzugsweise auf. Zum einen zog er zwar Kollegen an, doch nicht allzu viele. Zum anderen wurde man dort in Ruhe gelassen, wenn man das explizit oder auch nur durch Körpersprache bekundete. Heute Abend jedoch musste er weder seine Zunge noch seinen restlichen Körper sprechen lassen, denn der Pub war so gut wie leer. Der dritte Grund, weshalb es Spader hier gefiel – der wichtigste –, war der, dass der gute alte Ian fast immer selbst hinter der Theke stand und ausschenkte.

»Noch eins, John?«, fragte Carmichael.

»Noch eins?«, echote Spader und musterte sein Spiegelbild auf der auf Hochglanz polierten, wunderschönen Mahagonitheke. Spader entging die subtile Botschaft nicht – Carmichael fand, Spader habe für diesen Abend fast genug gehabt und dieses eine weitere Guinness sei die Grenze. Spader nickte, und sofort schob der Barkeeper noch ein Guinness vor ihn, das er bereits gezapft hatte, ehe er seine Frage gestellt hatte. Das war noch etwas, was Spader hier gefiel. Ian wusste, wann man weitertrinken wollte, wann man genug hatte und wann man noch mehr wollte, obwohl man bereits genug hatte. Spader erinnerte sich an einen Abend, wenige Monate nachdem Eddie Rivers zwei weitere unschuldige Menschen getötet hatte und dann verschwunden war. Damals hatte Spader in viel zu kurzer Zeit viel zu viel getrunken. Er wusste nicht mehr genau, was er zu wem gesagt hatte, aber allmählich hatte sich eine zornige Gruppe um ihn herum angesammelt. Dann kam Carmichael hinter der Theke hervor, drängte sich durch die vergrätzten Gäste und schob Spader gegen die Theke. Er scheuchte die Leute fort, was wohl nicht vielen Menschen mit nur einem Wort und einem Blick gelungen wäre, und dann drückte er Spaders Handgelenk so fest, dass dieser die Faust öffnen musste, und nahm ihm die Autoschlüssel ab. Er postierte Spader auf einem Hocker am Ende der Bar und beobachtete ihn so lange aus dem Augenwinkel, bis das Summen in Spaders Kopf aufhörte, bis die irrationale, ziellose Wut zu Erschöpfung wurde, bis die letzten Gäste einer nach dem anderen mit einem letzten zornigen Blick zu Spader in die Nacht hinausgingen. Dann schloss Carmichael ab, fuhr Spader in dessen eigenem Wagen zu seiner Wohnung und nahm ein Taxi nach Hause. Erst am nächsten Morgen war Spader klar geworden, was für ein Glück er hatte, dass er sich das Green Hills zu seinem Stammlokal auserkoren hatte. Es war wieder einmal ein schlimmer Tag gewesen, und er war darauf aus gewesen, selbst etwas Schlimmes zu tun, etwas, das den Druck, der auf ihm lastete, lindern würde, etwas, das das irritierende Summen in seinem Kopf vertreiben würde, das er gehört hatte, seit er an jenem Abend zu trinken begonnen hatte. Wenn Carmichael nicht auf ihn aufgepasst, ihm nicht die Autoschlüssel abgenommen hätte, hätte Spader womöglich irgendeine arme Sau halb totgeschlagen oder wäre selbst zusammengeschlagen worden, oder er wäre vielleicht betrunken mit einem Auto voller unschuldiger Leute zusammengestoßen. Bei seinem nächsten Besuch im Green Hills hatte er bei einem argwöhnischen Carmichael ein einziges Guinness bestellt, es getrunken und war wieder gegangen, wobei er zwanzig Dollar Trinkgeld auf der Theke gelassen hatte. Er hätte noch weit mehr Trinkgeld geben sollen.

»Wollen Sie reden?«, unterbrach Carmichael seine Erinnerungen. Spader hätte es nicht gedacht, doch nun merkte er, dass er tatsächlich reden wollte. Es wunderte ihn nicht einmal, denn es war Carmichael, der ihn danach gefragt hatte, und der Mann hatte einen geradezu unheimlichen sechsten Sinn für solche Dinge. Vermutlich hätte er gar nicht erst gefragt, wenn Spader nicht nach Reden zumute gewesen wäre.

»Ich denke über einen Fall nach, an dem ich gerade dran bin. Ein total durchgeknallter Typ.«

»Habe ich gelesen«, sagte Carmichael mit seinem starken irischen Akzent. Bevor Carmichael seinen Pub eröffnet hatte, hatte Spader ihn nicht gekannt, daher wusste er nicht, ob der Akzent echt war oder Carmichael ihn sich angeeignet hatte, damit der Pub authentischer wirkte, und dieser Akzent ihm irgendwann derart zur Gewohnheit geworden war, dass er so gut wie echt war.

»Er spielt mit mir«, sagte Spader.

»Mit Ihnen persönlich? Oder mit der Polizei?«

»Mit mir. Er verarscht mich.«

Carmichael nickte und fragte leise: »Jemand, den Sie kennen?«

Spader wusste genau, wen er meinte.

»Nein.«

Erneut nickte Carmichael.

Spader trank einen Schluck. »Schenken Sie sich auch einen ein, Ian. Geht auf mich.«

»Das weiß ich zu schätzen, John, aber ich hab das ein bisschen zu oft gemacht am Anfang, als ich das Green Hills eröffnet hatte, und vor ein paar Jahren habe ich's ganz drangegeben.«

»Vermissen Sie's?«

»An jedem verdammten Tag meines Lebens.« Darüber musste Spader lachen, auch wegen Carmichaels breitem irischen Akzent. Aber vielleicht war es auch nur das Guinness. »Genießen Sie Ihr Pint, es ist Ihr letztes für heute«, sagte Carmichael und bestätigte somit Spaders Vermutung.

Er hätte beinahe protestiert, doch er wusste, das hätte keinen Sinn, daher beherzigte er Carmichaels Rat und kostete den nächsten Schluck voll aus. Er blinzelte, und als seine Lider sich langsamer als normal wieder öffneten, wurde ihm klar, dass Carmichael ihn ein weiteres Mal richtig eingeschätzt hatte. Er würde besonders vorsichtig nach Hause fahren müssen.

Er seufzte. »Mein Sohn versaut sich das Leben.« Er hatte David in den vergangenen beiden Tagen zwei Nachrichten hinterlassen, aber keinen Rückruf erhalten.

»Lassen Sie mich raten. Er gibt Ihnen die Schuld?«

Spader blickte hoch. »Muss man als Barkeeper heutzutage Hellseher sein, oder was?«

»Nur wenn man ein guter Barkeeper sein will. Falls Sie die Frage nicht zudringlich finden: Sind es Drogen oder ein Mädchen?«

»Vielleicht beides. Ich weiß es nicht. Wir nehmen ihn vom College. Er hat das erste Jahr ziemlich in den Sand gesetzt. Jetzt geht er jeden Abend aus, sagt uns nicht, wohin oder mit wem. Macht keine Anstalten, sich zusammenzureißen. Meine Frau und ich haben entschieden, dass er eine Auszeit braucht, um sich über seine Prioritäten klar zu werden, deshalb nehmen wir ihn wie gesagt vom College.«

»Frau? Sie haben wieder geheiratet, Junge?«

»Raus aus meinem Kopf, Ian, okay?«

Carmichael lächelte. Spader seufzte. Olivia hatte ihm

neulich nach ihrem völlig missglückten Familienfrühstück eine Nachricht hinterlassen und sich für Davids Verhalten entschuldigt. Die Fotoalben hatte sie nicht erwähnt, aber Spader wusste ja, dass sie die haben wollte. Sicher wollte sie den Mann, mit dem sie seit einigen Monaten zusammen war, an ihren Jugenderinnerungen teilhaben lassen. Irgendwie fand Spader einfach nicht die Zeit, ihr diese Fotos zurückzugeben. Er hatte Wichtigeres zu tun. Er trank noch einen Schluck Guinness und wischte sich den cremigen Schaum von der Oberlippe.

»Und wie geht's der Frau?«

»Meiner Exfrau«, sagte Spader und sah Carmichael vielsagend an, »geht es gut. Abgesehen von unseren Problemen mit David scheint sie neuerdings ziemlich glücklich zu sein. Hat vielleicht etwas mit ihrem neuen Freund zu tun. Irgendein Doktor. Doch, der geht es gut, richtig gut. Danke der Nachfrage.«

Carmichael grinste. »Wissen Sie, was ich glaube, John? Ich glaube, Sie machen das schon. Ich glaube, Sie bekommen das alles in den Griff. Den Jungen, Ihre Gefühle für Ihre Ex und den verdammten Irren da draußen.«

Wieder musste Spader über Carmichaels Akzent lachen.

»Da kommt ein alter Freund von Ihnen.«

Spader sah in den Spiegel hinter der Theke und entdeckte Oscar Wagner, der gerade die Pub-Tür hinter sich schloss. Er wischte sich den Schweiß aus dem Gesicht, der ihm dank der feuchten Spätsommerhitze noch so spät abends ausgebrochen war, und ging ans andere Ende der Theke. Er setzte sich nicht auf einen der Hocker, sondern blieb stehen, als wollte er mit seinem Getränk an einen der Tische im Halbdunkel gehen. Spader trank noch einen Schluck Stout und spürte den Beginn eines schwachen Kribbelns im Kopf, ein ganz leises Summen wie an jenem Abend, an dem Ian Carmichael ihm die Autoschlüssel hatte entwinden müssen.

»Kommt er oft her?«, fragte er.

»Früher. In letzter Zeit hab ich ihn nicht gesehen. Entschuldigen Sie mich, mein Junge, ja?«

Spader beobachtete, wie der Barkeeper auf Wagner zuging und unterwegs die Theke abwischte. Sie wechselten ein paar Worte, die Spader nicht hören konnte, dann holte Carmichael eine Flasche unter der Theke hervor, goss drei Finger hoch von einem bernsteinfarbenen Whiskey in ein Glas und stellte die Flasche wieder weg.

Wagner kippte den Whiskey in einem Schluck hinunter und schob das Glas wieder Carmichael zu, der weitere drei Finger hoch eingoss und sich dann abwandte, vielleicht, um den Vorgang nicht noch einmal wiederholen zu müssen. Wagner machte Anstalten, auch den zweiten Whiskey hinunterzukippen, da entdeckte er Spader am anderen Ende der Theke. Er grinste schief und kam herübergeschlendert.

»Hey, John«, sagte Wagner. »Willst du auch noch was?«

Spader versuchte, das irritierende Summen in seinem Kopf zu ignorieren. »Ian sagt, das ist mein Letztes. Ich bin geneigt, auf ihn zu hören.«

Er folgte Wagners Blick zum alten Gastwirt, der an einem Regal voller Flaschen lehnte und die Arme verschränkt hatte – Arme, die, obschon beinahe siebzig Jahre alt, noch immer muskulös waren.

»Kann ich dir nicht verdenken«, sagte Wagner.

Sie schwiegen eine Weile und tranken beide einen Schluck.

»Verfolgst du mich, Oscar?«

»Dich verfolgen?«

»Das ist unser zweites Treffen in einer Woche.«

»Acht Tage. Und beim ersten Mal habe ich dich gesucht. Diesmal ist es einfach Zufall. Ich komme hier rein, um einen zu trinken, und da bist du.«

»So ein Glück, was?«

Wagner musterte ihn. Er runzelte die Stirn. »Hast du irgendwas, John?«

Spader erwiderte Wagners Blick, sein Schädel summte leise, als stünde er zu dicht an einem großen elektrischen Generator. »Hab eine Menge um die Ohren.«

Wagner nickte mitfühlend. »Kann ich mir vorstellen. Darum macht es mir auch nichts aus, dass du dich noch nicht bei mir gemeldet hast.« Spader blickte hoch. »Du wolltest doch für mich bei RadioShack anrufen. Ich weiß, du hast den Fall mit dem Alien mit der Maske an der Backe, der die Leute zerstückelt. Das hält dich bestimmt auf Trab.« Er lachte.

Das Summen in Spaders Schädel wurde lauter, während er Wagner in das graue, hagere Gesicht sah. Irgendwo in seinem Kopf ertönte eine Stimme, doch er konnte sie nicht verstehen, weil das Summen zu laut war. Aus dem Augenwinkel sah er, dass Carmichael ihn aufmerksam beobachtete, so als wüsste er von den üblen Dingen in Spaders Kopf, die versuchten, sich einen Weg nach draußen zu bahnen. Zu viele verdammte Guinness, dachte er. Er hätte zu Hause bleiben sollen, doch ihm war nach Trinken gewesen, und wenn man allein in seiner Wohnung trinkt, trinkt man allein, doch wenn man allein in einem Lokal trinkt, kommt es einem nicht so vor, als würde man allein trinken. Er sah wieder zu Wagner, der darauf zu warten schien, dass Spader etwas sagte, und Spader wusste, dass es deshalb seit einer Stunde in seinem Kopf summte. Irgendwoher hatte sein Kopf gewusst, dass Wagner ins Green Hills zu Spader kommen würde, und nun wurde die Stimme in seinem Kopf, die er wegen des elektrischen Summens nicht verstehen konnte, ein bisschen lauter. Spader blinzelte energisch, wandte den Blick von Wagner ab und ließ ihn träge zu den Neonschildern über dem Spiegel hinter der Theke schweifen, die für diverse Ales, Stouts und Lagers warben. Auf dem Schild, das am nächsten zu ihnen hing, stand »Corona« – ein mexikanisches Bier in einem Irish Pub, das fand Spader einen Moment lang lustig. Das Schild war gelb, und als er sich nun wieder Wagner zuwandte, fiel ihm auf, dass gelbes Licht auf Wagners Gesicht fiel und es gelb färbte, und dieses Gesicht lächelte jetzt verunsichert, lächelte Spader an, ein lächelndes gelbes Gesicht, und die Stimme in Spaders Kopf war nun beinahe so laut, dass er sie verstehen konnte.

Wagner drehte sein Glas auf der Theke hin und her und beobachtete, wie die Flüssigkeit darin umherschwappte. »Glaubst du, du könntest das?«

»Was?«

»Das, was euer Galaxo-Mann da tut.«

»Leute ermorden?«, fragte Spader. »Ihnen Körperteile abschneiden? Nein, das könnte ich nicht. Du etwa?«

Wagner runzelte die Stirn. »Willst du behaupten, du wärst noch nie beinahe ausgerastet? Nicht ein einziges Mal, auch nicht, als wir bis zum Hals in der ganzen Eddie-Rivers-Scheiße gesteckt haben … da hast du nie gedacht, dir brennt gleich die Sicherung durch?«

Spader schüttelte den Kopf.

»Nicht mal, als er die beiden Kinder ermordet hat, als er wieder draußen war?«

Spader blickte Wagner in die trüben Augen. »Daraus schließe ich, dass dir solche Gedanken gekommen sind.«

»Ich glaube, jeder kommt irgendwann mal an diesen Punkt. Die meisten Menschen tun es dann bloß doch nicht, das ist alles. Aber jeder fragt sich irgendwann mal, wie es wäre, so was wie das, was euer Mann da treibt, zu tun. Oder vielleicht mit einem Gewehr durch ein Einkaufszentrum zu laufen und sich einfach gehen zu lassen. Aber wie gesagt, die meisten Menschen denken bloß mal dran.« Spader glaubte nicht, dass die meisten Menschen an so etwas dachten. Dann lachte Wagner in sich hinein. »O Mann, John, ich mach doch nur Spaß. Du solltest dein Gesicht sehen. Verdammt.« Er stieß ein heiseres Lachen aus.

»Warst du eigentlich auf dem College, Oscar?«

»College? Wie kommst du jetzt darauf?«

»Warst du?«

Wagner zuckte die Achseln. »Ja, ist lange her. Ein, zwei Jahre. Warum?«

»Reine Neugier.« Spader setzte sein Pintglas an und trank den letzten Rest Guinness aus. Dabei lauschte er wieder auf die Stimme in seinem Kopf. Nun verstand er, dass sie seine Unterhaltung mit Wagner bei ihrer letzten Begegnung wiedergab, als Wagner genörgelt und gejammert hatte, andere Menschen träfen Entscheidungen, die Auswirkungen auf sein Leben hätten, unter denen er zu leiden habe. Er blickte in Wagners gelbes Gesicht und fragte: »Wo warst du neulich abends?«

»Wann abends?«

»Montagabend.« Der Abend, an dem Jeff Golding Galaxo hatte den Schwanz lutschen müssen.

»Zu Hause, vermute ich. Da bin ich normalerweise.«

Genau das hatte Eddie Rivers damals auch gesagt. »Ja, ich glaube, ich war zu Hause. Warum?«

»Hab versucht, dich anzurufen«, log Spader.

»Echt? Warum?«

»Wollte dir sagen, dass ich dem Leiter der Security vom Einkaufszentrum, mit dem ich wegen dieser RadioShack-Sache zu tun hatte, eine Nachricht hinterlassen habe. Wenn du zu Hause warst, warum bist du dann nicht ans Telefon gegangen?«

»War vermutlich eingeschlafen. Hat er dich schon zurückgerufen?«

»Du hast das Telefon nicht gehört?«

»Offenbar nicht. Kommt schon mal vor. Vielleicht hatte ich an dem Abend ein paar Gläschen. Dann höre ich manchmal das Telefon nicht.«

Spader nickte. Beinahe hätte er Wagner gefragt, wo er an den Abenden gewesen war, an denen Peter Lisbon und Andrew Yasovich ermordet worden waren. Und an dem Abend, an dem Stanley Pendleton ein Ohr eingebüßt hatte. Aber zum Glück war er noch nicht so betrunken und konnte sich bremsen. »He, das wollte ich dich neulich schon fragen. Wie geht's eigentlich deinem Vater?«

Ein eigenartiger Ausdruck zuckte über Wagners Gesicht. »Meinem Vater? Kennst du den überhaupt?«

Spader gab vor, kurz darüber nachzudenken. »Ich glaube, ich habe ihn vor ein paar Jahren mal getroffen. Und? Wie geht es ihm?«

»Lebt immer noch in Florida«, erzählte Wagner. »Und von mir aus kann er da auch bleiben. Das letzte Mal gesehen habe ich ihn vor zwei Jahren, als er mit seiner Seniorengruppe einen Ausflug hierher gemacht hat. Da war er ein, zwei Tage hier. Vielleicht hast du ihn ja damals kennengelernt? An einem der Tage waren er und ich zusammen Mittag essen.«

»Ja, ich glaube, das war's. Nett von ihm, dich zu besuchen. Besucht er deine Brüder und Schwestern auch so?«

Wagner musterte ihn. »Der alte Sack hat mich nicht besucht. Er hat einen Ausflug mit seinen trotteligen alten Freunden gemacht, und der ging zufällig nach Boston. Haben sich im Fenway ein Spiel angesehen, glaube ich. Ich war überrascht, dass er überhaupt meine Telefonnummer hatte, um mich anzurufen, als er in der Stadt war. Und Geschwister habe ich keine.« Er schien etwas hinzufügen zu wollen, überlegte es sich aber wohl anders. Schließlich fragte er: »Und hat der Typ vom Einkaufszentrum schon zurückgerufen?«

Spader schüttelte den Kopf. »Ich sage dir Bescheid, wenn er zurückruft. Komisch, dass wir uns heute Abend hier treffen. Ich meine, ich komme ein, zwei Mal die Woche her, und ich glaube, ich habe dich hier nicht mehr gesehen, seit du von uns weg bist. Da haben wir wohl Glück gehabt.«

Wagner nickte, drehte sich auf seinem Hocker um und lehnte sich an die Theke. Nun lag sein Gesicht im Schatten und wurde nicht mehr gelb angeleuchtet.

»Du gibst mir also Bescheid, wenn der Mann anruft?«, fragte er.

Spader nickte.

»Danke, Kumpel. Ich wusste, ich kann auf dich zählen.« Er trank seinen Whiskey aus und stellte das Glas auf die Theke, dann wandte er Spader nochmals kurz sein jetzt wieder gelb beleuchtetes Gesicht zu und lächelte, ehe er der Theke den Rücken zukehrte. »Ich mache den Abflug. Soll ich dich nach Hause fahren?«

»Nein, danke. Ich bin mit dem Wagen hier.«

»Meinst du wirklich, du solltest noch fahren? Du siehst nicht so frisch aus.« *Musste der gerade sagen.* »Du hast im Moment viel um die Ohren. Viel Stress. Hast da draußen einen Psycho rumlaufen, der dir mit Blut geschriebene Botschaften hinterlässt. Und wer weiß? Könnte doch sein, dass unser alter Freund wieder in der Stadt ist, oder? Sagen jedenfalls ein paar Leute, oder? Das nagt bestimmt an dir. Vielleicht solltest du dich doch von mir nach Hause fahren lassen.«

Spader sah Wagner in die Augen, die älter wirkten, als sie hätten wirken dürfen, und kälter als früher. »Nein, ich komme zurecht, Oscar. Danke. Woher wusstest du das von den mit Blut geschriebenen Botschaften?«

Diese Information hatten sie vor der Presse geheim gehalten.

»Hab doch immer noch Freunde bei der Polizei, John.« Er lächelte. »Ich meine, du bist doch mein Freund, oder?«

Vielleicht lag es am Alkohol, vielleicht an der späten Stunde, vielleicht war es auch der Druck, der auf Spader lastete, oder vielleicht spielten seine Augen ihm einen Streich, aber irgendetwas an Wagners schlammfarbenen Augen störte ihn.

»Natürlich bin ich dein Freund, Oscar«, sagte Spader.

»Tja, ich habe noch mehr. Einer von denen muss mir das mit der Botschaft gesagt haben.«

Sie sahen einander noch eine Weile in die Augen, dann lächelte Wagner wieder. »War schön, dich zu sehen, John. Fahr vorsichtig.«

Spader sah Wagner hinterher, dann wandte er sich wieder zur Theke um, wo bereits ein heißer Kaffee auf ihn wartete. Er sah Carmichael an, der vor ihm an der Theke lehnte.

»Weiß nicht, ob ich den je leiden konnte«, sagte Carmichael und nickte in Richtung Tür. »Vielleicht doch, aber dann erinnere ich mich nicht daran.«

»Der war mal okay«, sagte Spader.

»Und was halten Sie jetzt von ihm?«

»Jetzt? Was ich jetzt von ihm halten soll, weiß ich nicht.« Er senkte den Blick auf den schwarzen Kaffee vor sich. »Danke, Ian, aber ich trinke keinen Kaffee.«

»Ich widerspreche einem Freund nur ungern, schon gar nicht in meinem eigenen Pub. Wirkt immer so ungastlich. Aber ich muss Ihnen widersprechen, Junge. Heute Abend trinken Sie Kaffee. Es sei denn, Sie möchten, dass ich Ihnen wieder die Schlüssel abnehme.«

Spader dachte darüber nach, dann führte er die Tasse zum Mund.

DREIZEHN

»Guten Morgen, Spader«, sagte Detective Captain Struthers, der dreinblickte, als wäre es für ihn bisher ein alles andere als guter Morgen gewesen. »Wo zum Teufel stehen wir in diesem Scheiß-Galaxo-Fall?«

Er wirkte um ein Jahr gealtert seit ihrer letzten Besprechung neun Tage zuvor. Spader dachte einen Augenblick über seine Frage nach, denn wenn er ehrlich war, konnte er selbst nicht sicher sagen, wo sie standen. Er erwog, seinen Verdacht bezüglich Oscar Wagner, der eine Zeit lang unter Struthers gearbeitet hatte, mit ihm zu besprechen, doch dafür war es wohl noch zu früh. Im Augenblick war es kaum mehr als ein Bauchgefühl und basierte mindestens so sehr auf Wagners befremdlicher Ausstrahlung im Pub wie auf substanzielleren Anhaltspunkten. Spader beschloss, es einstweilen für sich zu behalten.

»Wissen Sie, was Edison über die Glühbirne gesagt hat, Cap?« Mist, fast hätte er *Sally* gesagt.

»Über die zehntausend gescheiterten oder erfolgreichen Versuche, ja?«

Spader nickte.

»Sie wollen sagen, Sie haben bis jetzt einen Haufen gescheiterter Versuche.« Das war keine Kritik, keine unterschwellige Rüge, sondern eine reine Feststellung.

»Das trifft es wohl so ziemlich. Wir sind ein gutes Stück

vorangekommen. Ich weiß bloß noch nicht, ob die Richtung stimmt.«

»Aha. Ich merke gerade, dass ich heute Morgen nicht in Stimmung für Rätsel bin. Erzählen Sie mir doch einfach, was wir bis jetzt getan haben und was noch kommt.«

Spader berichtete von ihren bisherigen Anstrengungen, also der Überprüfung von Leben und Vorgeschichte der Opfer sowie ihren jüngsten Aktivitäten, der Befragung aller, die etwas darüber wissen könnten, und schließlich von FBI Special Agent Dwight W. Daniels' Profil und den Ermittlungsrichtungen, die sich daraus ergaben. Er hielt seinen Bericht knapp, dabei aber möglichst genau. Struthers lauschte aufmerksam, stellte ab und an sachdienliche Fragen, machte ein paar Vorschläge, und als Spader geendet hatte, nickte er nachdenklich. Spader wartete darauf, dass er gehen durfte. Er musste eine ganze Weile warten, derweil Struthers seine makellose Schreibtischoberfläche musterte, eine verirrte Büroklammer unter einem Haufen auf Kante gestapelter Papiere entdeckte, sie hervorzog und sorgfältig in der obersten Schublade verstaute. Und noch immer wartete Spader. Schließlich sah Struthers ihm in die Augen.

»Ich muss Ihnen vermutlich nicht sagen, dass der Gouverneur Staatsanwalt Rawlings wegen dieses Falls im Nacken sitzt. Und seit dieser Scheiß-Galaxo sein zweites Opfer, den Sohn des verstorbenen State Troopers, ermordet hat, sitzt Rawlings mir deswegen auch im Nacken. Er sitzt da schon so lange, dass er sich, glaube ich, schon seine Post dahin nachsenden lässt. Tatsächlich habe ich gerade eine Viertelstunde mit ihm telefoniert und ihm versichert, dass wir keinen Fehler gemacht haben, indem wir Sie darauf angesetzt haben, und ich habe ihn daran erinnert, warum wir das getan haben. Ihm war ja von Anfang an nicht wohl dabei. Er hat nur eingewilligt, weil ich ihn so gedrängt habe und er mir vertraut. Aber nur bis zu einem gewissen Punkt. Auch er muss sich rückversichern. Ich erzähle Ihnen das nicht, um Sie zu beunruhigen. Das ist meine Sache. Ich erzähle Ihnen das, damit Sie wissen, woran Sie sind. Der Staatsanwalt will nicht, dass die Sache nach hinten losgeht, er will nicht, dass man uns hinterher vorwerfen kann, wir hätten ganz zu Anfang dieser Ermittlungen einen entscheidenden Fehler gemacht, indem wir Ihnen den Fall gegeben haben.« Er hielt inne. »Ich habe ihm gesagt, das hätten wir nicht«, fuhr er fort. »Und dazu stehe ich. Es gibt gute Gründe, weshalb ich Sie für diesen Fall wollte, nicht zuletzt, weil Sie ein guter Detective sind.«

Spader wartete.

»Ich will nur sagen, ich stehe in dieser Sache unter Druck, was Ihnen doch sicher klar ist. Ich habe Sie bisher nicht damit behelligt, aber allmählich wird es brenzlig für mich, was bedeutet, ich muss es auch für Sie brenzlig machen. Dieser Fall sorgt für eine Menge Schlagzeilen. Und jetzt fangen die wieder mit diesem *Jack-of-Spades*-Scheiß an. Und Galaxo, der Mistkerl, verarscht uns; das gefällt mir gar nicht, und ich kann Ihnen versichern, dem Staatsanwalt gefällt es noch weniger.«

»Mich.«

»Hä?«

»Er verarscht mich persönlich.«

»Er verarscht Sie, er verarscht uns alle.« Struthers schüttelte den Kopf. »Im Moment sprechen sie in den Nachrichten von nichts anderem mehr, wie Sie wissen. Die gottverdammte Maske, die dieses Arschloch trägt, sichert ihm die Titelseite, seit seine Handlanger in den Medien Wind von diesem Detail bekommen haben. Wenn er jetzt einen fahren lässt, beschäftigt das die Medien zwei Tage lang, auf der ersten Seite, ganz oben. Ich sage nicht, Sie täten nicht alles, was Sie können, um diesen Mistkerl zu schnappen, denn ich weiß, dass Sie das tun, aber jeder Tag, an dem er auf freiem Fuß ist, ist ein weiterer Tag, an dem irgendein Knallkopf von Journalist sich eine neue Deutung einfallen lässt.« Er senkte den Blick auf den Schreibtisch. »Und weiter alte Deutungen totreitet.«

»Eddie Rivers«, sagte Spader.

»Das ist jedenfalls eine.«

Spader hatte einige der Artikel gelesen. Sie alle käuten die Einzelheiten von Rivers' Verbrechen wieder und ritten auf der unglaublichen Schlamperei herum, die dazu geführt hatte, dass Rivers nicht einmal neun Monate statt den Rest seines Lebens in Haft verbracht hatte. Keiner der Artikel versäumte es, der State Police im Allgemeinen und Spader im Besonderen die Schuld daran zu geben.

»Ich weiß, dass Sie das schon wissen«, fuhr Struthers fort, »ich weiß, Sie bekommen die Prügel, und das ist zum Kotzen. Sie und ich, wir wissen beide, dass Oscar Wagner diesen Scheißdurchsuchungsbefehl vergeigt hat und nicht Sie.«

Spader zuckte die Achseln. »Ich bin mir nicht sicher, ob die da alle so völlig falschliegen.«

Struthers musterte ihn. Spader wusste, sein Vorgesetzter würde seine Zeugenaussage von damals nicht erwähnen. Ob Spader nun gelogen oder sich geirrt hatte, würde nie offen besprochen werden.

»Jedenfalls«, sagte Struthers, »müssen wir dieses Arschloch finden, und zwar schnell. Und nicht nur, weil die uns die Hölle heißmachen wegen einer Sache, die vor zwei Jahren passiert ist. Je länger dieser Scheißkerl da draußen frei herumläuft, desto größer die Chance, dass noch jemand unter seinem perversen Scheiß leiden muss, bevor wir ihn schnappen.«

»Ich weiß, Cap, und ich will ihn genauso kriegen wie Sie. Außerdem will ich nicht, dass *Sie mir* dauerhaft im Nacken sitzen. Bei all den Angehörigen der vierten Gewalt, die da schon hocken, wird es langsam ziemlich voll da oben.«

Struthers lächelte verhalten, doch er wurde rasch wieder ernst. »Sie sind eben ganz kurz darauf eingegangen, aber wie schätzen Sie die Aussichten ein, dass der Kerl hinter dieser scheißgelben Maske Eddie Rivers ist?«

Spader zögerte nicht. »Nicht gut.«

Struthers nickte und schwieg einen Moment. Dann runzelte er die Stirn. »Moment, Sie haben gesagt: ›nicht gut‹. Meinen Sie damit, es wäre nicht gut für uns, wenn er es wäre, oder meinen Sie, die Aussichten sind nicht gut?«

»Letzteres.«

Wieder nickte Struthers. »Aber die Möglichkeit besteht, ja?«

Das musste Spader einräumen.

»Scheiße. Dank der Medien fragt sich das schon ganz Massachusetts, und das bedeutet, der Staatsanwalt und der Gouverneur fragen sich das auch, und keiner von beiden wird gern daran erinnert, was für ein Debakel dieser Fall war. Im Augenblick machen wir keine gute Figur.«

»Das wird sich ändern, wenn wir Galaxo erst schnappen und für den Rest seines Lebens ins Gefängnis schicken. Das sollte den Leuten, die uns beiden im Nacken sitzen, das Maul stopfen.«

»Gelingt uns das, bevor er noch einmal zuschlägt?«

»Wir setzen alles dran. Aber ich will Sie nicht anlügen, Cap, vielleicht verlieren wir dieses Rennen.«

»Wo warst du?«, fragte Gavin Dunbar, als Spader den Umkleideraum betrat. Dunbar saß nackt und verschwitzt auf einer Holzbank zwischen zwei Reihen von Spinden. Neben ihm lag ein weißes Handtuch, und Spader wünschte, er würde sich damit bedecken. Spader war alles andere als prüde, aber auf den Anblick eines leicht übergewichtigen, verschwitzten nackten Mannes hätte er gut und gerne verzichten können.

Spader ließ die Aktenmappe auf die Bank fallen und begann, sein Hemd aufzuknöpfen. Sein Jackett hatte er auf dem Schreibtischstuhl hängen lassen.

»Wie meinst du das?«

»Ich habe dich heute Morgen als Erstes ins Büro vom Captain gehen sehen, und dann warst du verschwunden. Also bin ich joggen gegangen. Ich wollte nach dir suchen, wenn ich zurückkomme. Was wollte Sally?«

Spader zog das Hemd aus, das bereits jetzt durchgeschwitzt war, obwohl es nicht einmal halb zehn war, so heiß war der Tag. Er knüllte es zusammen und wischte sich damit den restlichen Schweiß vom Leib, dann warf er es auf den Boden seines Spindes.

»Der Captain wäre uns sehr verbunden, wenn wir Galaxo bald fingen«, sagte er. »Du warst also joggen?«

»Klar.«

»Wie kommt's, dass ich dich vorher noch nie joggen gesehen habe?«

»Ich mache das jeden Monat. Ich dachte, das wüsstest du.«

»Du läufst jeden Monat? Ein Mal?«

»Hey, bei mir funktioniert das.« Endlich schlang Dunbar sich das Handtuch um die Hüften und nahm eine Flasche Shampoo aus seinem Spind. »Also, wo warst du, nachdem du bei Sally warst?«

»Schießstand.«

»Auf dem Schießstand? Warum?«

Spader schloss seinen Spind. »Muss im Training bleiben.«

»Klar, das müssen wir alle. Aber warum heute Morgen? Wann hast du zum letzten Mal im Einsatz die Waffe auch nur gezogen?« Er schloss die Augen und verzog das Gesicht. Sie wussten es doch beide: Das war gewesen, als er auf Eddie Rivers geschossen hatte, ohne ihn zu töten. Ebenso wussten sie beide, dass Spader diesen Schuss seither Tausende von Malen wieder durchlebt hatte und wünschte, er hätte Rivers nicht am Leben gelassen, hätte ihn nicht dem System überlassen... dass er wünschte, er hätte bloß ein kleines Stückchen höher und weiter rechts gezielt. »Entschuldige, Mann.«

»Auf dem Schießstand kann ich gut nachdenken. Solltest du auch mal ausprobieren.«

»Nachdenken auf dem Schießstand?«

»Überhaupt mal nachdenken.«

»Sehr witzig. Und worüber hast du nachgedacht?«

Spader sah sich um. Ein Stückchen weiter standen zwei Kollegen an ihren Spinden. Ein dritter ging an ihnen vorbei zum Duschraum. »Geh duschen. Dann komm zu mir, und ich erzähle dir, worüber ich nachgedacht habe.«

»Oscar Wagner«, sagte Spader.

Dunbar verschluckte sich an seinem Eiskaffee. Er wischte sich das Kinn mit einer Papierserviette ab, dann sah er, dass ihm der Kaffee aufs Hemd getropft war. »Scheiße. Ich habe nach dem Duschen gerade mein letztes frisches angezogen. Oscar Wagner?«

Sie spazierten die Straße entlang, jeder mit einem Eiskaffee in der Hand. Spader wollte nicht im Ten Fed darüber sprechen und auch nicht an einem öffentlichen Ort wie einem Café – schon gar nicht in einem, das sich so nahe an ihrer Arbeitsstelle befand, wo sämtliche Kollegen hingingen –, deshalb hatten sie Kaffee zum Mitnehmen gekauft und liefen damit um den Block.

»Nur ein Anhaltspunkt, dem ich nachgehe.«

»Oscar Wagner? Wie bist du auf den gekommen?«

Spader dachte darüber nach. Eigentlich war es ein Bauchgefühl, genährt von etwas, was reiner Zufall sein mochte, bestärkt von jener optischen Täuschung im Green Hills am Vorabend. Doch Zufälle waren oft mehr als das, und er hatte schon immer einen guten Instinkt gehabt. Irgendetwas an Wagner irritierte Spader, und im Moment konnte er es sich nicht leisten, so etwas zu ignorieren.

»Ich sage nicht, dass er es ist, Gavin, vergiss das bitte nicht. Aber es gibt da ein paar Punkte, die mich an dem Mann irritieren.«

»Der Mann hat mich schon immer irritiert, aber deswegen beschuldige ich ihn nicht gleich, ein Psycho zu sein, der die Leute zerstückelt.«

»Ich erklär's dir, mal sehen, was du davon hältst.«

Dunbar nickte. Er spuckte auf seine Serviette und rieb energisch über den Kaffeefleck auf seinem Hemd. »Okay.«

»Erstens Galaxo. Im Augenblick arbeiten wir mit der Theorie, dass der Mann ziemlich intelligent ist und auf dem College war, aber nur höchstens zwei Jahre. Er arbeitet körperlich, er ist ein Einzelkind, er hat Probleme mit seinem Vater, der wahrscheinlich noch lebt, und er hat vor Kurzem etwas erlebt, was seine Verbrechensserie ausgelöst hat. Und bekanntlich ist einer der häufigsten Auslöser der Verlust des Arbeitsplatzes. Stimmst du mir so weit zu?«

»Ja. Scheiße, das geht nicht raus, oder?«

»Erst beim Waschen. Aber auch dann gibt es keine Garantie. Also vergiss das jetzt und pass auf.«

»Ich passe ja auf.« Er warf die durchweichte, zerfetzte Serviette im Vorbeigehen in einen Papierkorb. Nun hatte sein Hemd nicht nur einen Kaffeefleck, sondern war überdies mit zahllosen winzigen Papierfetzchen gesprenkelt, die sich einfach nicht entfernen lassen wollten. »Scheiße.«

Spader ignorierte ihn und vertraute darauf, dass er ihm wie versprochen zuhören würde. »Jetzt Wagner. Er liegt knapp oberhalb der oberen Altersgrenze, die im FBI-Profil angegeben ist, aber Special Agent Daniels schrieb ja, er könne nach oben wie nach unten um ein paar Jahre danebenliegen.«

»Dwight W. Daniels.«

»Genau. Außerdem ist Wagner ziemlich intelligent.«

»Glaub schon.«

Zwei Detectives kamen auf sie zu, vermutlich unterwegs zu dem Starbucks, von dem sie gerade kamen. Einer war der junge Detective Miller, der die Kopie für Spader gemacht hatte. Der andere war Suarez, der bereits seit ein paar Jahren bei ihnen war, aber immer noch eher zu den jüngeren Kollegen gehörte. Spader fand, Miller könne noch ein bisschen Honig ums Maul vertragen.

»Detective Miller«, sagte er, »das war gute Arbeit letzte Woche. Hat mir den Arsch gerettet. Ich schulde Ihnen was.«

Einen kurzen Moment wirkte Miller verdutzt, doch er

überspielte es rasch. »Keine Ursache«, erwiderte er im Vorbeigehen.

»Was hat der Junge für dich getan?«, fragte Dunbar, als die beiden fort waren.

»Hat mir eine Kopie gemacht.«

»Warum hast du ihm nicht einfach für die Kopie gedankt?«

»Dann hätte Suarez gewusst, dass er nicht mehr für mich getan hat. So überlasse ich es Miller, wie er ihm das erklären will. Wenn er von der Kopie erzählen will, kann er das tun. Aber er kann auch sagen, ich hätte ihn um Rat in einem Fall gebeten und er hätte mir geholfen. Kostet mich nichts, gibt dem Neuen aber vielleicht ein bisschen Auftrieb.«

»Du bist so ein verdammt netter Kerl, John. Gib mir einen Kuss.«

Spader vergewisserte sich, dass niemand in Hörweite war, vor allem keine Kollegen, dann fuhr er fort: »Jedenfalls, Wagner ist wie gesagt intelligent. Und er war zwei Jahre an der UMass. Er war als Detective im Einsatz, was eher eine körperliche Arbeit ist, als wenn man zum Beispiel am Schreibtisch sitzt, würde ich sagen. Und letzte Woche hat er mir erzählt, dass er gerade wieder seinen Arbeitsplatz verloren hat. Er sprach immer wieder über Wahlmöglichkeiten, er beklagte sich, dass irgendwelche Schreibtischhengste Entscheidungen träfen, die sein Leben ruiniert hätten. Er ist von Hölzchen auf Stöckchen gekommen, aber auf eine Sache ist er immer wieder zurückgekommen: dass andere Leute Entscheidungen träfen, die sich negativ auf sein Leben auswirkten. Er glaubt, diese Leute, diese Entscheidungen hätten ihn seinen Arbeitsplatz sowohl bei der Polizei als auch, gerade erst, bei der privaten Security-Firma gekostet.«

Dunbar nahm den Faden auf. »Und bei Galaxo dreht sich alles um Entscheidungen und Wahlmöglichkeiten.«

»Genau. Und denk mal drüber nach: Falls Wagner sich an der State Police rächen wollte… oder an mir… was wäre besser geeignet, als alle Welt an Eddie Rivers zu erinnern, einen unserer größten Fehlschläge. Einen *meiner* größten Fehlschläge. Außerdem zufälligerweise der Fall, der Wagners Karriere beendet hat.«

Dunbar nickte.

»Und da ist noch mehr«, fuhr Spader fort. »Sehen wir uns noch mal das FBI-Profil an. Wagner hatte keine Geschwister, und er kommt mit seinem alten Herrn nicht aus, der übrigens noch lebt.«

»Erinnerst du dich daran aus der Zeit, als ihr zusammengearbeitet habt?«

»Ich habe ihn gestern Abend gefragt.«

»Du hast gestern Abend mit ihm gesprochen?«

Spader erzählte Dunbar, dass Wagner ins Green Hills gekommen war, was er Ian Carmichael zufolge sehr lange nicht mehr getan hatte, dort zufällig Spader getroffen und ihm unter anderem gesagt hatte, dass er sich mit seinem Vater nicht gut verstehe. Davon, dass Wagners Gesicht kurz wie Galaxos gelbe, lächelnde Maske ausgesehen und der Exkollege eine unheimliche Ausstrahlung gehabt hatte, sagte er nichts. Aber auch so hatte er noch mehr Argumente.

»Er hat für Montagabend kein Alibi.«

»Für den Abend, an dem Golding…«

»Genau.«

»Du hast ihn gefragt, ob er ein Alibi für den Abend hat?«

»Hältst du mich für bescheuert? Ich habe ihm erzählt, ich hätte ihn angerufen. Habe ihn gefragt, wo er gewesen sei. Er sagte, er sei allein zu Hause gewesen, habe vielleicht getrunken und deshalb wohl das Telefon nicht gehört.«

»Also kein Alibi.«

»Genau.«

»Hast du ihn nach den anderen Abenden gefragt, an denen Galaxo aktiv war?«

»Zu riskant. Das können wir immer noch machen.«

»Aber Wagner ist nicht schwul. Oder?«

»Ich weiß es nicht. Ich glaube nicht. Aber wir wissen nicht mit Sicherheit, ob Galaxo schwul ist. Auch das FBI-Profil legt sich da nicht fest. Was er mit Golding gemacht hat, könnte andere Gründe haben.«

Dunbar nickte. »Vermutlich. Guck mal, da ist ja unser Killer.«

Spader sah auf die andere Straßenseite, wo ein kleiner Junge von vielleicht fünf Jahren an der Hand seines Vaters aus einem Geschäft kam. Sein T-Shirt war mit Galaxos lächelndem gelbem Gesicht bedruckt.

»Himmel, guck dir den ganzen Scheiß an.«

Spader folgte Dunbars Blick zum Schaufenster des Ladens, in dem Spielzeug und Geschenkartikel ausgestellt waren. Ganz vorn in der Mitte stand ein Regal mit Galaxo-Devotionalien: Stoffpuppen, Plastikfigürchen, Puzzle und natürlich die Maske mit der Stimmverzerrungstechnologie.

»Wie geschmacklos«, sagte Dunbar, »diesen Kram im Schaufenster zu lassen, während jemand mit dieser Maske durch Massachusetts rennt und Leute umbringt.«

»Geschmacklos oder geschäftstüchtig? Ich tippe darauf, dass der Inhaber das Zeug ins Schaufenster gestellt hat, um Kapital aus den Galaxo-Verbrechen zu schlagen.«

»Glaubst du? Kann ich mir nicht vorstellen.«

Spader zuckte die Achseln und ging weiter. »Da ist noch etwas.«

»Nämlich?«

»Vergiss einstweilen die Theorie, dass Galaxo Eddie Rivers ist, das ist nämlich Quatsch.«

»Okay.«

»Dann können wir entweder davon ausgehen, dass Galaxo diese Nachricht hinterlässt, weil er will, dass wir *glauben*, er sei Eddie Rivers, um uns so auf eine falsche Fährte zu locken, oder weil er aus irgendeinem Grund etwas gegen mich persönlich hat und mich deshalb verarscht. Er will mich verwirren oder mich in Verlegenheit bringen oder so was. Wie auch immer. Lass uns mal annehmen, dass er etwas gegen mich persönlich hat. Zum Beispiel weil er glaubt, man hätte ihn bei der Polizei rausgeschmissen, weil man einen Sündenbock für einen Fehler brauchte, der seiner Meinung nach meiner oder allerhöchstens unser beider Fehler war.«

»Und Oscar Wagner gibt dir die Schuld an der Rivers-Sache, die man seiner Meinung nach unfairerweise ihm angehängt hat.«

»Letzte Woche hat er angedeutet, dass ich ihm wohl etwas schuldig sei für das, was passiert ist.« Wieder nickte Dunbar. »Schau«, fügte Spader hinzu, »ich betone es noch mal: Ich sage nicht, dass er unser Mann ist, aber bis jetzt passt alles, oder? Was meinst du?«

Dunbar dachte einen Augenblick nach. »Es fällt mir schwer zu glauben, dass Oscar zu dem fähig wäre, was Galaxo tut, aber ich glaube, es lohnt zumindest eine genauere Untersuchung. Allerdings unauffällig.«

»Genau meine Überlegung.«

Wagner hatte wahrscheinlich noch Freunde bei der

Polizei, genau wie er gesagt hatte. Falls er tatsächlich dieser Irre war, wie Spader befürchtete, dann wollte Spader ihn gewiss nicht vorwarnen, dass er verdächtigt wurde. Er erinnerte sich noch an seinen Blick am Vorabend. Es fiel ihm nicht schwer, sich diese Augen hinter Galaxos Maske vorzustellen. In seiner Vorstellung konnte er mühelos ein Bild von Wagner heraufbeschwören, wie er mit einem Messer oder einer Handsäge bewaffnet vor einem an einen Stuhl gefesselten Menschen stand. Und unvermittelt erkannte Spader, dass es ihm viel zu leicht fiel, sich seine Exfrau oder seinen Sohn auf diesem Stuhl vorzustellen. Wagner wusste, wo er früher gewohnt hatte. Er wusste von Olivia und David. Falls er Spader tatsächlich für den Verlauf verantwortlich machte, den sein Leben genommen hatte, wer wusste dann schon, wozu er fähig war? Vielleicht würde er ihn zunächst öffentlich damit blamieren, dass er unfähig war, den berüchtigten Galaxo zu schnappen, und ihn dann noch persönlicher angehen, indem er Spader einen Verlust erleiden ließ, so wie Wagner einen Verlust erlitten hatte.

Spader hatte keinerlei Beweise. Im Gegenteil. Was er gegen Wagner vorbrachte, waren Indizien, möglicherweise alles reiner Zufall. Und manchmal war der Zufall genau das: Zufall. Er wusste ganz ehrlich nicht, was er glauben sollte. Aber er merkte, wie leicht es ihm fiel, Wagner zu verdächtigen, und wie leicht es Dunbar fiel, darauf einzusteigen, und allein das sagte etwas über den Mann aus. Zumindest besagte es, dass sie ihn ein bisschen genauer unter die Lupe nehmen sollten.

Später rief Spader einen Teil der Galaxo-Arbeitsgruppe zusammen, nur die Detectives aus ihrer Abteilung. Er wollte niemanden von außen einbeziehen, jedenfalls noch nicht.

Die Kollegen aus den lokalen Polizeidienststellen brauchten nicht zu wissen, was sie besprachen. Nun stand Spader am Kopf des Konferenztisches, mit Dunbar zu seiner Linken. Leon Fratello, Reggie Wilkins und Amanda Cassel sahen ihn erwartungsvoll an. Er erzählte ihnen, was er schon Dunbar über Oscar Wagner erzählt hatte. Er wollte ihre Reaktionen sehen, wollte wissen, ob sein Verdacht einen von ihnen schockierte. Cassel hatte Wagner nicht mehr kennengelernt, doch die anderen beiden kannten ihn. Interessanterweise fiel es keinem von ihnen sonderlich schwer, sich Wagner als Galaxo vorzustellen, besonders Fratello nicht, der ihm mehrmals begegnet war, seit er Dienstmarke und -waffe zurückgegeben hatte. Spader fand diese Reaktionen sehr aufschlussreich. Am Ende der Besprechung kündigte er an, er wolle Wagner diskret überprüfen, und rief den anderen in Erinnerung, all dies sei logischerweise streng geheim.

Auf dem Weg zum Auto eine Stunde später wusste Spader nicht recht, worauf er hoffen sollte. Es wäre natürlich schön, den Fall abschließen zu können, denn dann würde niemand sonst das Leben oder einen Körperteil an einen Psychopathen verlieren. Andererseits wollte er eigentlich nicht, dass ein Expolizist und alter Freund – nun ja, ein ehemaliger Freund, wurde ihm klar – diese abscheulichen Verbrechen begangen hatte. Doch was er wollte, spielte keine Rolle. Falls es so war, dann war es eben so. Falls Wagner ihr Mann war, würden sie ihn aufhalten, und dann wäre es vorbei. Falls nicht, würden sie eben weitersuchen.

VIERZEHN

Spader sah in Galaxos fröhliche, funkelnde grüne Augen und hätte ihm am liebsten mit der Faust dazwischengeschlagen. Dieses dämliche Grinsen half ihm auch nicht weiter. Die Maske lag auf dem Beifahrersitz. Spader warf sie auf den Rücksitz.

Dunbar hatte im Spielwarengeschäft auf Spaders Bitte hin und auf dessen Kosten eine dieser Masken gekauft, weil Spader glaubte, es könne ihm irgendwie helfen, wenn er sie um sich hatte. Dieser Vorstellung mochte ein Aberglaube zugrunde liegen, gestand er sich ein, ähnlich dem Glauben mancher Volksstämme, der Besitz von Dingen, die ihren Feinden gehört hatten, verleihe ihren Kriegern Macht. Der praktische Zweck, den Spader damit verfolgte, bestand darin, einfach ein bisschen mit der Maske herumzuspielen und herauszufinden, in welchem Maße sie die Stimme ihres Trägers wirklich zu verfremden vermochte. Bisher hatte er sie noch nicht aufgesetzt, denn aus irgendeinem Grund war ihm die Vorstellung unangenehm. Abgesehen von der Maske hatten die vergangenen beiden Tage nichts Neues erbracht. Die Arbeitsgruppe untersuchte noch immer das Leben der Opfer, überprüfte die Namen, die ganz oben auf der Liste der Collegeabbrecher standen, und was dergleichen mehr war an prosaischen, aber notwendigen Aufgaben. Unterdessen durchleuchtete Spader unauffällig

Oscar Wagner. Dunbar hatte die Aufgabe erhalten, dem Target-Markt, in dem Wagner gearbeitet hatte, einen Besuch abzustatten und sehr diskret mit dem Geschäftsführer zu sprechen, der ihn wegen Trinkens im Dienst gefeuert hatte. Er würde auch Wagners Kollegen dort befragen. Falls Wagner weiterhin verdächtig blieb, würde Spader es riskieren müssen, mit seinen Nachbarn zu sprechen, doch damit wollte er noch warten, damit Wagner nicht zu früh von Spaders plötzlichem Interesse an ihm erfuhr.

Bisher hatte Galaxo tendenziell am späten Abend zugeschlagen, daher war Spader am vorigen Abend nach dem Essen nach Waltham, einem Arbeiterstädtchen etwa zwölf Meilen von der Bostoner Innenstadt entfernt, gefahren, wo Wagner wohnte. Ab kurz nach halb zehn hatte er Wagners Haus sowie den alten Chevy Malibu, der davor parkte, observiert. Um halb drei Uhr morgens hatte er aufgegeben, denn so spät in der Nacht würde Wagner wohl nicht mehr fortgehen.

Auch heute Abend traf Spader gegen halb zehn vor Wagners Haus ein. Während er im Auto saß, setzte er die Galaxo-Maske schließlich doch auf und sprach einige Sätze, um die Stimmverfremdung auszuprobieren. Nach wenigen Minuten warf er die Maske auf den Sitz neben sich. Wenn ihn dabei jemand gesehen hätte, hätte das ziemlich verdächtig gewirkt, wurde ihm klar, doch es war spät und völlig dunkel – er hatte keine Zeugen gehabt. Er war erschöpfter als am Vorabend. Es war beinahe elf Uhr, und er erwog, heute früher Schluss zu machen – Wagners Haus zu überwachen, war ohnehin ein Schuss ins Blaue gewesen; er wusste gar nicht, ob er wirklich damit rechnete, Wagner in voller Galaxo-Montur aus dem Haus spazieren und zu seinem nächsten Opfer fahren zu sehen. Doch da kam Wagner tatsächlich aus dem Haus, ganz in Schwarz und mit einer kleinen Sporttasche. Spader beobachtete, wie er zu seinem Wagen ging und einstieg. Gleich darauf fuhr er los, und Spader folgte ihm. Er achtete darauf, genug Abstand zu halten, und fuhr einmal sogar bei einem Drive-in vor, ehe er rasch ums Gebäude herum und ein kleines Stück weiter hinten auf die Straße zurückfuhr.

Zuerst glaubte Spader, Wagner wolle vielleicht bloß in eine Bar. Bald jedoch hatte er Waltham durchquert und fuhr auf der Route 95 Richtung Boston. Auf dem Highway konnte Spader ihn leichter verfolgen, ohne sich sorgen zu müssen, dass er Verdacht erregte. Dann nahm Wagner die Abfahrt zur Route 93 South, und Spader blieb ihm auf den Fersen. Sie fuhren weitere zwanzig Minuten über Landstraßen und durch einen Kreisverkehr und landeten schließlich in Hull, einem Küstenstädtchen südlich von Boston. Hier wohnten viele Pendler, die mit der Fähre durch den Hafen von Boston zu ihrer Arbeit in der Innenstadt fuhren.

Wagner fuhr durch diverse Straßen und wurde hin und wieder langsamer, als wäre er unsicher, welche Richtung er einschlagen sollte. Zweimal hielt er an, schaltete die Innenbeleuchtung ein und schien eine Karte oder vielleicht Notizen zurate zu ziehen. Das machte es kniffeliger für Spader, ihm unbemerkt zu folgen, doch anscheinend gelang es ihm. Ob der Oscar von vor einigen Jahren auch so leicht zu verfolgen gewesen war?

Schließlich blieb Wagner an einer Straßenecke vor einem schlichten Einfamilienhaus mit einem gepflegten Rasen stehen, sodass Spader an ihm vorbeifahren musste und hoffte, dass Wagner nicht zu ihm hinsah. Sicherheitshalber hielt er das Gesicht halb abgewandt. Hoffentlich erkannte Wagner sein Auto nicht wieder.

Er bog mehrfach ab und verließ sich darauf, dass sein Orientierungssinn ihn zurück zu dem Häuschen führen würde, allerdings aus einer anderen Richtung für den Fall, dass Wagner ihn sah. Diesmal jedoch wollte er nicht zu dicht an ihn heranfahren. Daher hielt er vor einem Haus an der Querstraße und fuhr dann zentimeterweise so weit vor, bis er die vordere Hälfte von Wagners Auto durch eine Lücke zwischen zwei Häusern sehen konnte. Er schaltete den Motor aus. Alles war still in diesem Wohnviertel. Da es eine sehr warme Nacht war, hatte Wagner gewiss das Fenster geöffnet und mochte Spaders Wagen gehört haben. Also schaltete Spader sicherheitshalber die Innenbeleuchtung aus, öffnete die Autotür, wartete kurz und schloss sie wieder, ohne auszusteigen. Schließlich betätigte er den Funkautoschlüssel, sodass ein Piepsen ertönte, ganz so, als wäre er ein Anwohner, der spät nach Hause kam.

Er rief im Büro an, gab die Adresse des Hauses durch, das Wagner offenbar beobachtete, und erfuhr, dass es einem gewissen Mr Robert Halpert und seiner Frau gehörte, die beide Ende dreißig waren. Das war einstweilen alles Wissenswerte, was Spader in Erfahrung bringen konnte. Er hätte noch herausfinden können, welche Autos sie fuhren, ob es Einträge in ihren Fahreignungsregistern gab, ob irgendwelche richterlichen Anordnungen gegen sie vorlagen, doch all das interessierte ihn im Moment nicht. Was er wissen musste, war, warum Oscar Wagner sich für sie interessierte, und das würde er gewiss nicht aus der zentralen Kraftfahrzeugdatenbank erfahren.

Wagner beobachtete dieses Haus garantiert nicht ohne Grund. Konnte es sein, dass einer der beiden Galaxos nächstes Opfer sein sollte? Oder beide? Kundschaftete Wagner das Haus aus, damit er demnächst mit einer Maske und einer Metallsäge wiederkommen konnte? Oder war es vielleicht heute Abend schon so weit? Befanden sich die Galaxo-Maske und die übrige Ausrüstung vielleicht in seiner kleinen Sporttasche?

Spader wartete auf das Geräusch, mit dem sich Wagners Autotür öffnete, und als Wagner eine Viertelstunde später davonfuhr, ohne dass das geschehen war, seufzte Spader erleichtert. Er machte sich nicht die Mühe, ihm weiter zu folgen. Wahrscheinlich fuhr Wagner nach Hause. Er hatte sicher gesehen, was er hatte sehen wollen, hatte erfahren, was er hatte erfahren wollen. Nun musste Spader herausfinden, was das war und was es Wagner bedeutete. Er nahm sich vor, eine Überwachung für das Haus der Halperts zu beantragen, bis er es herausgefunden hatte. Falls sein Antrag nicht genehmigt wurde, würde er die Polizei von Hull bitten, an den nächsten Abenden häufiger hier vorbeizufahren.

Eine halbe Minute, nachdem Wagner davongefahren war, ließ auch Spader den Motor an, legte den Gang ein und fuhr los. Er warf dem Häuschen an der Straßenecke einen letzten neugierigen Blick zu, dann fuhr er nach Hause.

FÜNFZEHN

»Verstehen Sie die Regeln?«, fragte der Spinner mit dieser gruseligen, piepsigen Zeichentrickfigur-Stimme.

Matt Finneran nickte, nicht weil er wirklich verstand, was ihm geschah, sondern weil der Psycho mit der gelben Alien-Maske eine Antwort von ihm zu erwarten schien und das Klebeband auf seinem Mund eine verbale Kommunikation verhinderte. Klebeband hielt ihn auch von anderen Dingen ab, wie zum Beispiel vom Stuhl aufzustehen und das Arschloch windelweich zu prügeln.

Finneran wusste, wer der Irre mit der Kindermaske war. Er hatte in der Zeitung über ihn gelesen, hatte in den Nachrichten Berichte über ihn gesehen. Dieser Kerl hatte mehrere Leute getötet und weitere überfallen. Vielleicht ein, zwei Leute verstümmelt. Da war Finneran sich nicht sicher. Er wusste bloß, dass der Kerl völlig durchgeknallt war und eine Tasche voller scharfer Werkzeuge dabeihatte, bei deren Gebrauch er nach allem, was Finneran gehört und gelesen hatte, nicht zimperlich war.

»Matt, ich muss da sicher sein. Haben Sie die Regeln verstanden? Nehmen Sie sich einen Augenblick Zeit und denken Sie nach.«

Finneran tat wie geheißen. Er rief sich in Erinnerung, was dieser Scheißirre gesagt hatte. Er würde zwei Möglichkeiten zur Auswahl bekommen und musste sich für eine davon entscheiden, oder das Arschloch würde so tun, als hätte er sich für beide entschieden. Finneran sah zu Galaxo hoch und nickte erneut.

»Gut. Also, mal sehen ... okay, hier sind Ihre Wahlmöglichkeiten. Sie müssen eine auswählen. Fertig? Entweder ich nehme Ihnen die Augen mit einem Löffel raus oder ich schneide Ihnen die Eier mit einem elektrischen Tranchiermesser ab. Kastriere Sie. Die Entscheidung liegt bei Ihnen.«

Finneran riss die Augen auf. *Heilige Scheiße.* Die Nachrichten hatten ihn nicht darauf vorbereitet, was genau dieser Scheißkerl mit den Leuten anstellte. Seine Augen oder seine Eier? *Heilige Scheiße.*

»Ich weiß nicht«, sagte Galaxo, »vielleicht ist das doch nicht so gut. Lassen Sie mich nachdenken ...«

Finneran saugte gierig Luft durch die Nase ein und versuchte, langsamer zu atmen. Er wollte nicht in Panik geraten. Gab es einen Ausweg? Er glaubte nicht. Er wohnte allein in einem alten Mehrfamilienhaus mit dicken Wänden. Selbst wenn er schrie, würden seine Nachbarn ihn dank dem Klebeband auf seinem Mund kaum hören. Außerdem war es mitten in der Nacht. Sie schliefen alle tief und fest. Und er würde sich nicht von dem Klebeband befreien können, das ihn an den Stuhl band. Er hatte es bereits versucht. Nein, dieser Scheißkerl konnte tun und lassen, was er wollte.

Finneran fragte sich, ob er heute Nacht sterben würde. Er wusste aus den Nachrichten, dass einige von Galaxos Opfern überlebt hatten. Würde er auch so viel Glück haben?

Ihm fiel auf, dass Galaxo schwieg, als wäre er ganz in Gedanken versunken. Dann schüttelte der Kerl den Kopf.

»Wissen Sie, ich glaube nicht, dass mir da etwas Besseres einfallen wird. Das sind also Ihre Wahlmöglichkeiten. Ihre Augen oder Ihre Hoden. Sobald ich diese Eieruhr gestellt habe« – er hielt eine Eieruhr in Form eines Apfels in die Höhe –, »haben Sie eine Minute Zeit für Ihre Entscheidung. Normalerweise würde ich Ihnen das Klebeband vom Mund abnehmen, aber das ist hier eine Wohnung, kein freistehendes Haus, deshalb kann ich das Risiko nicht eingehen, dass Sie um Hilfe rufen und jemand Sie hört. Das Klebeband muss also auf Ihrem Mund bleiben. Sie müssen Ihre Wahl nonverbal treffen, okay? Blinzeln Sie doch ein paar Mal schnell hintereinander, wenn Sie sich für die Augen entscheiden, und … ach, ich weiß nicht, wackeln Sie ein bisschen mit den Hüften, wenn Sie wollen, dass ich Ihnen die Eier abschneide, okay? Kapiert?«

Lieber Gott im Himmel, dachte Finneran. Es würde passieren. Dieser Wichser würde wirklich genau das tun, was er sagte. Und es gab nichts, was Finneran dagegen tun konnte.

»Sie müssen mir ein Zeichen geben, dass Sie verstanden haben, Matt. Es ist sehr wichtig, dass Sie verstehen, worin Ihre Wahlmöglichkeiten bestehen. Also nicken Sie jetzt sofort, oder ich prügele Sie mit einem Schraubenschlüssel tot.« Er griff in die kleine Sporttasche auf dem Küchentisch und zog einen großen dunklen Metallschraubenschlüssel heraus. Finneran nickte hastig.

»Also gut«, sagte Galaxo aufgeräumt, und seine scheißfröhliche Zeichentrickfigur-Stimme kiekste. »Los geht's. Jetzt denken Sie dran, blinzeln Sie schnell, wenn Sie Ihre Augen verlieren wollen, bewegen Sie die Hüften für Ihre Eier. Fertig … los.«

Er stellte die Eieruhr und setzte sie auf die Arbeitsplatte.

Die obere Hälfte des Apfels drehte sich ganz langsam. Das leise Ticken erschien Finneran sehr laut.

Augen oder Hoden. Lieber Gott. Er bezweifelte nicht, dass Galaxo seine Drohung wahr machen würde. Er würde ihm das eine oder das andere nehmen, und falls Finneran keine Wahl traf, ehe die Eieruhr klingelte, dann würde er ihm beides nehmen.

»Schon zehn Sekunden vorbei, Matt«, sagte Galaxo. »Sie müssen wirklich ...«

Finneran wackelte mit den Hüften. Galaxo starrte ihn schweigend an.

»Fast zwanzig Sekunden vorbei. Nur noch vierzig übrig.«

Finneran stieß das Becken so weit vor, wie das Klebeband ihm erlaubte.

»Ist das ... ist das Ihre Entscheidung?«

Finneran nickte. Erneut bewegte er die Hüften. Einige Sekunden lang sagte Galaxo gar nichts. Die Eieruhr tickte weiter.

»Sie müssen das sehr ernst nehmen, Matt. Ich schwöre bei Gott, ich schneide Ihnen die Eier ab. Ich weiß, Sie glauben mir nicht, aber ich werde es tun. Also nehmen Sie sich ein bisschen mehr Zeit. Sie haben noch eine gute halbe Minute ...«

Finneran schob erneut die Hüften vor und grunzte etwas ins Klebeband.

»Wollen Sie mir sagen, Sie wollen lieber Ihre Eier verlieren als Ihre Augen?«

Finneran nickte nachdrücklich.

»Sind Sie verrückt?« Diese Frage ausgerechnet aus dem Mund dieses kranken Arschlochs mit der Kindermaske hätte Finneran beinahe zum Lachen gebracht. Doch er schüttelte nur den Kopf und bewegte erneut das Becken. »Was sind Sie denn für ein Mann?«

Tick, tick, tick, tick, tick… Galaxo starrte ihn an. Als er wieder sprach, war seine Stimme zwar noch immer die von Galaxo, Rächer von den Sternen!, aber der vergnügte Tonfall war verschwunden. »Sie verstehen es nicht, Sie dummer Wichser! Ich nehme ein elektrisches Tranchiermesser und schneide Ihnen die Eier ab. Ich werde es verfickt noch mal tun! Jetzt denken Sie noch mal drüber nach und treffen Sie die richtige Wahl!«

Finneran musste nicht noch einmal darüber nachdenken. Er war fast dreißig Jahre alt und hatte noch nie eine feste Freundin gehabt. Er war übergewichtig und, das musste er zugeben, hässlich. Er hatte nicht einmal eine passable Persönlichkeit, mit der er diese Mängel wenigstens teilweise hätte ausgleichen können. Er war nicht freundlich oder lustig. Er konnte nicht gut mit Menschen umgehen. Hatte er noch nie gekonnt. Ehrlich gesagt glaubte er nicht, dass er seine Eier so unbedingt brauchte. Sicher, kein Mann wollte die verlieren, schon gar nicht so, von einem Psycho mit einem Elektromesser abgeschnitten, aber er würde vermutlich ohne sie leben können. Seine Augen dagegen…

Finneran war Künstler. Er malte. Bildhauerte ein wenig. Und die wenigen Menschen, denen er seine Arbeiten gezeigt hatte, hatten ihm gesagt, sie seien schön. Er hatte sie damit *berührt*. Er hatte noch nichts verkauft, hatte es nicht einmal versucht, aber er wusste, das würde er eines Tages, wenn er so weit war, seine Schöpfungen gehen zu lassen, sie in die Welt zu entlassen. Im Augenblick befanden sie sich alle in der Garage hinter dem Haus seiner Eltern, die sie für ihn und seine Schwester, die sich als nicht annähernd so talentiert wie er erwiesen hatte, zu einem Atelier umgebaut hatten. Im Augenblick gehörte seine Kunst noch ihm allein. Er konnte sie betrachten, wann immer er wollte. Er konnte in die Welten reisen, die er auf seinen Leinwänden erschaffen hatte, und sich an die Gefühle erinnern, mit denen er sie gemalt hatte, an die Freiheit, die er empfunden hatte, an die *Distanz* zu dieser Welt, der realen Welt, der Welt, in der er niemals lieben oder geliebt werden würde, in der er niemals wahre Freundschaft oder auch nur ungezwungene Gemeinschaft erfahren würde. Doch eines Tages, eines baldigen Tages, würde er seine Arbeiten dort draußen zeigen und damit noch mehr Menschen berühren. Er würde Spuren hinterlassen. Und das war etwas, was er mit seinen Hoden niemals erreichen würde. Er würde nie eine Geliebte befriedigen. Niemals ein Kind zeugen. Doch er hatte im Lauf der Jahre Dutzende schöner Kunstwerke erschaffen und trug noch viele, viele mehr in sich. Und er brauchte seine Augen, um sie in die Welt zu bringen.

»Noch zwanzig Sekunden, Finneran«, sagte Galaxo. Er war jetzt wütend. »Und ich werde Ihnen nicht nur die Eier abschneiden. Ich werde Ihnen auch den Schwanz abschneiden. Kapiert? Ich mache Sie zu einer Frau. Also treffen Sie die richtige Wahl!«

Finneran bewegte erneut die Hüften, und Galaxo schlug ihm wuchtig mit dem Schraubenzieher auf den Kiefer. Finneran spürte, wie etwas brach. Es tat grauenhaft weh.

Tick, tick, tick…

»Sie haben noch fünfzehn Sekunden, Sie armseliges Stück Scheiße, und wenn Sie nicht die richtige Wahl treffen, ziehe ich Ihnen bei lebendigem Leib die Haut ab!«

Finneran wusste, was dieser Scheißirre wollte. Er bemühte sich, überhaupt nicht zu blinzeln, hatte Angst, auch nur einen Muskel in seinen Lidern zu bewegen. Er wollte nicht das falsche Signal geben. Seine Augen tränten jetzt, und er ließ sie tränen. Die offenen Augen völlig reglos, bewegte er erneut die Hüften vor und zurück und zuckte zusammen, weil er einen weiteren Schlag mit dem Schraubenschlüssel befürchtete.

Galaxos Hand mit dem schwarzen Handschuh umklammerte das schwere Metallwerkzeug.

»Was ist mit Ihnen los, verfickt noch mal?«, fragte er, und der Fluch und der wütende Ton passten so gar nicht zu dem lächelnden Zeichentrickgesicht und der albernen Zeichentrickfigur-Stimme. »Sind Sie überhaupt ein Mann? Wer zieht denn seine Augen seinen Genitalien vor? Herrgott!«

Tick, tick…

»Blinzeln Sie, verdammt!«

Finnoran ließ seine Lider auch nicht den Bruchteil eines Zentimeters herabsinken. Er konnte kaum noch etwas sehen, so sehr tränten ihm die Augen. Tränen liefen ihm über die Wangen. Er hörte Galaxo hinter der Maske atmen, heftige, rasselnde Atemzüge, die als Zischen aus dem kleinen Lautsprecher in dem gelben Plastikgesicht drangen.

»Los, verdammt, blinzeln Sie!«

Finneran tat es nicht.

»Verfickt, blinzeln Sie!«

Ding.

Nur Galaxos Atem war zu hören. Er starrte Finneran an. Gleich darauf wandte er sich um und betrachtete die glänzende rote Eieruhr, die aufgehört hatte zu ticken und jetzt still auf der Arbeitsplatte stand. Seine Atemzüge wurden tiefer. Finneran meinte, einen leisen kehligen Laut zu hören, ähnlich einem Stöhnen. Dann drehte Galaxo sich wieder zu ihm um.

SECHZEHN

Als das Telefon läutete, lungerte Spader gerade auf dem Sofa herum. Am anderen Ende des Sofas lag die Galaxo-Maske mit ihren funkelnden grünen Augen und lächelte ihr beschissenes Strahlelächeln. Vor ihm auf dem billigen, zerkratzten Couchtisch, den der Vormieter zurückgelassen hatte, lag der Inhalt der Galaxo-Akte ausgebreitet. Doch Spader war es müde, sich mit dieser Akte zu befassen, und sah sich stattdessen mit mildem Interesse einen Kriegsfilm mit John Wayne an. Er wusste nicht einmal, um welchen Film es sich handelte. Die Kriegsfilme des *Duke* waren nicht annähernd so gut wie seine Western, aber dennoch war jeder einzelne eine ziemlich gute Wahl für einen Spätabendfilm. Spader war entspannt. Er hatte sich vom *Duke* für eine Weile auf ein anderes Schlachtfeld entführen lassen, fort von seinen eigenen Schlachten, und das tat gut. Daher kam ihm das Läuten des Telefons jetzt ungelegen. Andererseits kam es ihm mitten in der Nacht eigentlich immer ungelegen, sinnierte er, und im Augenblick war es Viertel vor zwei.

»Spader«, meldete er sich.

»Hier ist Gavin. Bist du wach? Dämlich Frage, bist ja drangegangen. Haben Sie dich schon angepiept?«

»Nein. Scheiße, was ist passiert?«

»Noch ein Mord.«

Oh, Himmel!, dachte Spader. Wenn er Wagner nur weiter gefolgt wäre. Er hätte ihn davon abhalten können …

Dunbar unterbrach seinen Gedankengang. »Es ist Oscar Wagner.«

»Scheiße«, flüsterte Spader.

Fragen schossen ihm durch den Kopf wie ein Schwarm Tauben, die in alle Richtungen auseinanderstieben, wenn ein Kind im Park auf einem Skateboard mitten durch sie hindurchfährt. Hatte er also recht gehabt, und Oscar Wagner war Galaxo? Hatten sie ihn geschnappt? Aber Gavin hatte gesagt, es habe einen Mord gegeben. Vielleicht hatten sie ihn auf frischer Tat ertappt, doch zu spät, um das Opfer noch zu retten. Ehe Spader eine dieser Fragen stellen konnte, sagte Dunbar: »Er ist tot.«

Spader runzelte die Stirn. »Moment mal, Gavin. Wer ist tot?«

»Habe ich doch gerade gesagt. Oscar Wagner.«

Spader öffnete den Mund, um etwas zu sagen, und erstarrte.

»Bist du noch da, John? Hörst du mich?«

»Oscar ist tot? Dann ist er nicht … Ich verstehe nicht. Was ist passiert?«

»Das kannst du dir selbst ansehen. Struthers will uns in Wagners Wohnung haben, wo es passiert ist. Er meint, du würdest sowieso dort sein wollen.«

Spader fühlte sich wie betäubt. Und ein wenig schuldig. Für einen Moment war er enttäuscht gewesen über Wagners Tod – und zwar nicht, weil ein früherer Kollege und Freund gestorben war, sondern weil damit die Wahrscheinlichkeit sank, dass er Galaxo gewesen war und sie diesen gottverdammten Fall bald aufgeklärt haben würden. Er schüttelte den Kopf. »Er hat recht«, sagte er. »Ich will dort sein.«

Spader fuhr über die Lexington Street in Waltham, dann bog er rechts ab auf die School Street. Er fuhr noch einige Querstraßen weiter, dann sah er schon die blinkenden Lichter zweier Streifenwagen der Polizei von Waltham. Blaulicht beleuchtete die Gesichter an den Fenstern, die die Action auf der Straße trotz der späten Stunde gespannt verfolgten. Spader hielt hinter einem Krankenwagen, der hinter einem Tatortbus der State Police parkte, welcher hinter den Streifenwagen stand. Außerdem entdeckte er ein ungekennzeichnetes Fahrzeug. Er ging die Treppe zur Haustür hinauf, zeigte dem Polizisten dort seinen Dienstausweis und folgte dessen Wegbeschreibung zu Wohnung 3C im zweiten Stock.

Spader war nie in Wagners Wohnung gewesen, obwohl er an den letzten beiden Abenden vor seinem Haus gestanden hatte. Wagner war erst nach Waltham gezogen, als sie bereits den Kontakt verloren hatten. Im Treppenhaus ließ Spader den Blick über den abblätternden Anstrich wandern, der auf der Farbskala nicht weit von dem Avocadogrün im Treppenhaus des Gebäudes entfernt war, in dem sich Eddie Rivers' Wohnung befunden hatte.

Wohnung 3C war ziemlich leicht zu finden. Es war die einzige Wohnung im zweiten Stock, bei der ein Cop mit einem Klemmbrett neben einer Türöffnung stand, aus der ein Paar Füße herausragten. Spader zeigte dem Polizisten aus Waltham seinen Ausweis, atmete kurz durch und spähte durch die Tür.

Die Wohnung war recht groß, aber soweit Spader von hier aus sehen konnte, war sie ein einziger Saustall: Wasserflecken an den Wänden; Teppiche, auf denen Dutzende von Substanzen Flecken hinterlassen hatten, für deren Identifizierung die Spurensicherer wohl eine Woche brauchen würden; nicht zusammenpassende Möbel vom Flohmarkt. Doch gleich darauf sprang ihm Oscar Wagner ins Auge, der zu seinen Füßen in einer Blutlache auf dem Rücken lag, die offenen Augen starr nach oben gerichtet. Spader blinzelte einmal, dann sah er mit den Augen des Kriminalpolizisten erneut hin. Er zählte ein halbes Dutzend Einschüsse. Mehrere Kugeln hatten ihn in den Rumpf getroffen, eine weitere am Hals und mindestens zwei im Gesicht. Wer ihn da niedergeschossen hatte, hatte einfach den Abzug betätigt und wahrscheinlich erst aufgehört zu schießen, als das Magazin leer gewesen war.

Vorsichtig trat Spader über Wagners Beine hinweg in die Wohnung. Er ignorierte die uniformierten Kollegen und einige Spurensicherer von der lokalen Polizei, die den Tatort untersuchten, und starrte bloß die Leiche an. Diese Leiche, diese *Person*, die da lag, war einmal Spaders Freund gewesen. Sie hatten einmal zusammengearbeitet. Sie hatten bei Essen und Bier zusammengesessen, miteinander gelacht und sich Geschichten erzählt. Spader blickte hinab in das blutige, überraschte Gesicht und versuchte, es mit dem Gesicht in Einklang zu bringen, an das er sich erinnerte – nicht das graue, hagere Gesicht von neulich, denn so erinnerte er sich eigentlich nicht an Oscar, sondern sein früheres Gesicht, mit dem ein wenig schläfrigen Blick und dem freundlichen, großspurigen Lächeln. In der Nähe von Wagners rechter Hand lag die kleine Sporttasche, die Spader ihn zum Auto hatte tragen sehen.

»Ach du Scheiße!«

Spader blickte hoch und sah Dunbar an der Tür stehen.

»Das kannst du laut sagen«, sagte Spader. »Sieht so aus, als hätte der Täter ihn mit den ersten paar Kugeln schon umgelegt und einfach weitergeschossen.«

»Haben sie es dir nicht gesagt?«, fragte Dunbar.

»Was?«

»Sie haben sie geschnappt. Sie hat den Tatort gar nicht verlassen. Sie sitzt jetzt unten in einem der Streifenwagen.«

»Sie?«

»Peter Lisbons Mutter. Anscheinend war Wagner heute Abend ausgegangen, und als er zurückkam, hat sie hier draußen auf dem Treppenabsatz auf ihn gewartet, wahrscheinlich in irgendeiner dunklen Ecke. Nachdem er die Tür geöffnet hatte, muss sie etwas gesagt haben, was ihn veranlasste, sich umzudrehen, und dann hat sie ihn abgeknallt.«

Die Erschütterung traf Spader schnell und wuchtig und verflüchtigte sich fast ebenso schnell wieder, als ihm die volle Bedeutung von Dunbars Worten aufging.

»Ich habe ihn getötet, Gavin.«

»Quatsch, John, du konntest doch nicht wissen …«

»Ich habe Oscar getötet. Verdammte Scheiße!« Blindlings wich Spader zurück und ließ sich auf eine abgewetzte Couch fallen, ohne sich im Moment auch nur im Geringsten darum zu scheren, dass er womöglich den Tatort kontaminierte. Ein Mitarbeiter der Spurensicherung mit roten Haaren und einem Bürstenschnitt eilte auf ihn zu.

»Ähm, Verzeihung, Detective?«

Dunbar verscheuchte ihn. Er legte Spader die Hand auf die Schulter.

»John, komm schon, du konntest nicht wissen, dass Lisbons Mutter auf ihn losgehen würde. Außerdem muss jemand ausgeplaudert haben, dass wir ihn verdächtigen. Derjenige, der das getan hat, ist schuld, nicht du.«

Spader atmete geräuschvoll aus und stand auf. Er war

Dunbar dankbar für seine Worte, doch dadurch fühlte er sich kein Stück besser. Er winkte dem Spurensicherer mit den roten Haaren, der am anderen Ende des Raums fotografierte.

»Officer, tun Sie mir einen Gefallen?« Er deutete auf die Sporttasche neben Wagners rechter Hand. »Untersuchen Sie die Tasche so schnell Sie können und sagen Sie mir, was drin ist.«

»Mache ich.«

Spader warf einen letzten Blick auf Wagner, dann wandte er sich ab. »Suchen wir denjenigen, der hier das Sagen hat.«

»Nicht nötig.« Dunbar deutete mit dem Kopf auf einen hochgewachsenen, hageren Mann, der in einem abgetragenen Anzug auf sie zukam. Ehe er sie fragen konnte, wer sie seien, zeigten Spader und Dunbar ihm ihren Ausweis und stellten sich ihm vor.

»Mike Crossland«, entgegnete der Walthamer Kollege und schüttelte ihnen die Hand.

»Detective Crossland«, sagte Spader, »wie Sie, glaube ich, wissen, war das Opfer einmal einer von uns. Deshalb sind wir hier, deshalb wollen wir mit Ihnen zusammen hier ermitteln.«

Crossland nickte bedächtig. »Kommt mir aber nicht wie ein schwieriger Fall vor. Ich weiß nicht, ob wir da viel Hilfe brauchen.« Spader erwiderte nichts, und Crossland musterte ihn einen Augenblick. »Aber selbstverständlich führen wir gerne eine offene, kooperative Ermittlung mit Ihnen zusammen durch.« Spader nahm an, dass der Mann von seinen Vorgesetzten angewiesen worden war, rückhaltlos zu kooperieren, und vielleicht hatte der Kollege von der State Police, der für die Verbindung zur lokalen Polizei von

Waltham zuständig war, darum gebeten, dass der Grund für die Kooperation bei diesen Ermittlungen vertraulich behandelt wurde. »Sehen Sie sich ruhig um«, fügte Crossland hinzu.

Er schien ganz in Ordnung zu sein. Wahrscheinlich wurmte es ihn, dass die State Police ihre Nase in diese Sache steckte, aber er bemühte sich – zumindest halbwegs –, es sich nicht anmerken zu lassen. Spader nickte zum Dank. Er und Dunbar sahen sich am Tatort um, doch kaum hatten sie damit begonnen, da klingelte Spaders Handy. Er zog es aus dem kleinen Lederetui an seinem Gürtel.

»Spader.« Er hörte zu. »Das Arschloch! Wo?« Dunbar beobachtete ihn. »Geben Sie uns eine Viertelstunde.« Er klappte das Handy zu und wandte sich an Dunbar. »Galaxo hat heute Abend wieder zugeschlagen«, sagte er leise. »Hat einen Mann halb totgeschlagen und ihm dann die Augen rausgenommen, offenbar mit einem Löffel.«

»Geschlagen? Das klingt nicht nach Galaxo.«

»Außerdem fand der Überfall in einer Wohnung statt, nicht in einem Haus, das passt nicht in Galaxos bisheriges Muster. Wir fahren gleich hin.«

Er ging hinüber zu dem rothaarigen Spurensicherer, der gerade Wagners Sporttasche auf den Couchtisch legte.

»Wer leitet Ihr Team hier, Officer?«, fragte Spader.

»Sergeant Stern da drüben.«

Dunbar folgte Spader zu einem birnenförmigen Mann, der neben Wagners Leiche hockte und mit einem Maßband den Abstand zwischen Leiche und Sofa maß. Spader sah zu, wie der Mann das Ergebnis in eine Skizze eintrug, die er vom Grundriss der Wohnung gemacht hatte; dann stellte er sich und Dunbar vor. Sie gaben einander die Hand. Spader sah sich in der Wohnung um. Er entdeckte nur zwei weitere Spurensicherer am Tatort, während an den Tatorten von Galaxos Verbrechen immer mindestens ein halbes Dutzend gearbeitet hatte. Aber das war logisch. Die Galaxo-Überfälle waren medienwirksam und unaufgeklärt. Dies hingegen war ein klarer Fall mit einer Mörderin, die so freundlich gewesen war, nach dem Mord hierzubleiben, die Waffe noch rauchend in der Hand, und auf die Polizei zu warten.

»Wir würden gerne kurz ungestört mit Ihnen sprechen, Sergeant Stern«, sagte Spader.

Der Mann nickte und folgte Spader und Dunbar hinüber zu Crossland, der in der Nähe der Küche am Telefontischchen stand und Wagners Post durchblätterte.

»Könnten wir Sie kurz sprechen, Detective?«, fragte Spader.

Crossland sah sich nach den Spurensicherern um; dann nickte er und ging durch einen Flur in den hinteren Teil der Wohnung. Spader, Dunbar und Stern folgten. Sie betraten einen Raum, der offenkundig Wagners Schlafzimmer war. Spader schaute sich gar nicht erst um. Es gab ohnehin nicht viel zu sehen.

Er blickte den Detective aus Waltham und den Leiter der Spurensicherung an. »Bitte untersuchen Sie diese Wohnung besonders sorgfältig.«

»Das hatte ich ohnehin vor, Detective«, erwiderte Crossland milder, als ihm vermutlich zugestanden hätte, »und Sergeant Stern sicherlich ebenso.«

»Tut mir leid, ich wollte Ihnen nicht unterstellen, dass Sie nicht so gründlich wie möglich vorgehen. Ich wollte nur… das ist eine sehr delikate Angelegenheit. Ich will ehrlich sein: Detective Dunbar und ich sind nicht nur hier, weil das Opfer einmal Angehöriger der State Police war.«

Spader hielt inne. Crossland wartete. Stern beobachtete.

»Ich möchte Sie beide bitten, dies so vertraulich wie möglich zu behandeln, aber es gibt Hinweise darauf, dass Wagner etwas mit den Galaxo-Verbrechen zu tun haben könnte. Sie haben sicher von ihnen gehört.«

»Wer nicht?«, fragte Crossland. »Sie sagen, das Opfer – ein Ex-Cop – Sie sagen also, er hätte etwas mit diesen Galaxo-Verbrechen zu tun?«

»Wir wissen es nicht. Es ist viel Spekulation dabei.« Er sah von Crossland zu Stern. »Aber Sie müssen diese Wohnung sehr sorgfältig durchkämmen, viel sorgfältiger, als Sie es normalerweise bei so einem klaren Fall täten. Bitte halten Sie Ausschau nach allem, was uns bei den Galaxo-Verbrechen weiterhelfen könnte, okay?«

Crossland nickte. »Selbstverständlich.«

Stern sagte: »Ich habe an einem von Galaxos Tatorten gearbeitet. Ich habe eine ungefähre Vorstellung von dem, wonach wir suchen müssen.«

»Ich nehme an, seinen Wagen haben Sie noch nicht durchsucht«, sagte Spader.

»Noch nicht«, erwiderte Stern.

»Mich interessiert vor allem, ob Sie darin etwas finden… was ungewöhnlich ist.« *Zum Beispiel eine große gelbe Maske.*

»Ich glaube, wir verstehen, Detective«, sagte Crossland.

»Gut. Und noch einmal«, sagte Spader, »ich hoffe, Sie können nachvollziehen, wie delikat die Angelegenheit ist. Falls Oscar Wagner nicht in die Galaxo-Verbrechen verwickelt war, wollen wir nicht, dass sein Name in den Schmutz gezogen wird. Wenn herauskommt, dass er verdächtigt wurde, befleckt das sein Andenken. Und er war einmal einer von uns, also sind wir ihm was schuldig, nicht wahr?«

Crossland und Stern nickten. Spader sah Dunbar gar nicht erst an. Ihm war selbst klar, wie paradox seine Bitte um Geheimhaltung wirken musste, da es in seinem Team ja offenbar irgendwo ein Leck gab. Aber vielleicht konnte es ab jetzt eingedämmt werden. Er würde die Sache jedenfalls mit dem Team besprechen. Allerdings bezweifelte er, dass jemand zugeben würde, die Information – sei es absichtlich oder unabsichtlich – an Peter Lisbons Mutter weitergegeben zu haben. Sie war die Frau eines State Troopers, der in Ausübung seiner Pflichten getötet worden war, und ihr Sohn war vor Kurzem ermordet worden. Gut vorstellbar, dass jemand Mitgefühl mit ihr gehabt und ihr auf Anfrage das Neueste von den Ermittlungen erzählt hatte. Falls Wagner jedoch nicht Galaxo gewesen war, dann schuldete Spader es ihm wahrhaftig, dafür zu sorgen, dass das Gerücht sich möglichst nicht weiterverbreitete.

Spader gab den beiden Männern seine Visitenkarte. »Sergeant Stern, bitte informieren Sie mich über Ihre Funde. Und falls Sie Beweise für eine Verbindung des Opfers zu den Galaxo-Verbrechen finden, rufen Sie mich bitte sofort an … nachdem Sie Detective Crossland verständigt haben natürlich«, fügte er diplomatisch hinzu. »Und, Detective«, sagte er zu Crossland, »bitte halten Sie mich auf dem Laufenden. Danke für Ihre Kooperation und Ihr Verständnis. Dieser Fall ist ein Albtraum, und der Mann da draußen war einmal ein Freund von mir.«

Crosslands Miene war grimmig gewesen, doch nun wurde sie ein wenig weicher. »Mache ich. Ich lasse Sie auf jeden Fall wissen, falls sich noch etwas Wesentliches ergibt, während wir diesen Fall abschließen.«

Er und Stern wandten sich zum Gehen. Spader sagte: »Ach, eines noch. Haben wir schon einen Todeszeitpunkt?«

»Die Nachbarn haben die Schüsse gegen ein Uhr vierzig gehört«, erwiderte Crossland.

Direkt nachdem er aus Hull zurückgekehrt war. »Danke.«

Als die anderen beiden den Raum verlassen hatten, fragte Dunbar: »Glaubst du, die finden was?«

»Ich weiß es nicht. Ich bezweifle es. Aber wir müssen sichergehen, oder?«

Sie kehrten ins Wohnzimmer zurück.

Dunbar fragte: »Du hast gesagt, wir wären in einer Viertelstunde am nächsten Tatort?«

»Galaxos neuestes Opfer wohnt nur ein paar Straßen weiter.«

Dunbar runzelte die Stirn. »Ein paar Straßen nur? Wann ist das passiert? Ich meine, vor oder nachdem … na ja, bevor oder nachdem Wagner ermordet wurde?«

»Weiß ich noch nicht.«

»Dann könnte Wagner noch immer unser Mann sein?«

»Hängt vom Zeitpunkt ab«, erwiderte Spader.

Er ging zu dem rothaarigen Spurensicherer. Der sagte: »Detective, hier sind die Sachen aus der Sporttasche.«

Spader ging zum Couchtisch, auf dem ein kurzes Stemmeisen, ein langes Küchenmesser, eine mit irgendetwas gefüllte schwarze Socke und eine Rolle Industrieklebeband lagen.

»Die Socke ist voller Pennys«, sagte der Spurensicherer. »Ich habe sie noch nicht gezählt.«

Spader war mehr an dem Messer und dem Klebeband interessiert. Er erzählte Dunbar, dass er Wagner noch an diesem Abend zum Haus der Halperts in Hull gefolgt sei und Wagner diese Tasche bei sich gehabt habe.

Dunbar stellte sich neben Spader und betrachtete die Gegenstände auf dem Tisch. »Kein Elektroschocker. Und das Klebeband sieht anders aus, oder? Ein dunkleres Grau als das von unserem Mann, meinst du nicht auch?«

Spader meinte das auch. Doch er sagte: »Vielleicht war seine Lieblingsmarke nicht auf Lager. Und er hatte seinen Elektroschocker vergessen. Oder er wollte ihn heute Abend gar nicht benutzen. Vielleicht hat er ihn auch dort gelassen, wo er seine ganzen anderen Waffen und seine Andenken an die Tatorte aufbewahrt oder so. Oder vielleicht war Oscar Wagner doch nicht der Mann, den wir suchen. Aber so oder so: Er hatte offenbar lauter fiese Sachen in seiner Tasche und wahrscheinlich lauter fiese Gedanken im Kopf.«

SIEBZEHN

Es sah zappenduster aus, buchstäblich und auch im übertragenen Sinne, dachte Spader. Er lag bei ausgeschaltetem Licht und mit geschlossenen Augen in seinem Wohnzimmer auf dem Sofa, starrte in die Dunkelheit hinter seinen Lidern und fragte sich, ob es dies war, was auch Oscar Wagner jetzt sah, wo immer er sein mochte. Blickte er in undurchdringliche Finsternis, oder gab es da mehr zu sehen? Womöglich sah man auch gar nichts, wenn man starb – kein weißes Licht, nicht einmal undurchdringliche Schwärze, sondern einfach nichts. Tröstliche Vorstellung.

Wagner war nicht Galaxo. Und nun war er durch Spaders Schuld tot. Jedenfalls teilweise durch seine Schuld. Sicher, es war Peter Lisbons Mutter gewesen, die den Abzug betätigt hatte, und jemand aus der Arbeitsgruppe – mit ziemlicher Sicherheit einer der Detectives – hatte Estelle Lisbon von dem Verdacht gegen Wagner erzählt, doch Spader hatte ihn überhaupt erst aufgebracht. Er hatte als Erster Wagner der Galaxo-Verbrechen verdächtigt, und als er anderen davon erzählt hatte, waren die Ereignisse in Gang gekommen, die dazu geführt hatten, dass eine trauernde Mutter dem Mann, den sie irrtümlich für den Mörder ihres Sohnes gehalten hatte, sechs Kugeln verpasst hatte. Mit seinem Verdacht hatte Spader seinem alten Freund gleichsam eine Zielscheibe auf die Brust gemalt.

Spader wollte ein Bier. Aber dann dachte er an Wagners Alkoholmissbrauch in den Monaten und Jahren vor seinem Tod und zögerte, ausgerechnet jetzt ein Bud zu öffnen. Ach, zur Hölle damit, er brauchte jetzt ein Bier. Und er sollte sowieso auf Wagners Andenken trinken. Und sich entschuldigen. Nicht für das, was vor Jahren geschehen war, sondern für heute Nacht. Und vielleicht auch dafür, dass er diesen simplen Anruf nicht getätigt hatte, um dem Mann zu einem Vorstellungsgespräch zu verhelfen. Spader hatte sich Sorgen um seinen Ruf gemacht, falls er Wagner für einen neuen Security-Job empfahl und dieser wieder betrunken zur Arbeit erschien. Stattdessen hätte er sich vielleicht besser Sorgen um den Mann machen sollen, der einmal sein Freund gewesen war und jetzt Hilfe benötigt hatte. Er wusste es nicht. Vielleicht war es auch richtig gewesen, diesen Anruf nicht zu tätigen. Aber vielleicht auch nicht. Im Augenblick war ihm einfach nicht danach, darüber nachzudenken. Er wollte bloß dieses Bier trinken.

Er holte sich ein Bud aus dem Kühlschrank und setzte sich wieder auf die Couch. Himmel, die vergangenen vierundzwanzig Stunden, seit er von Oscars Tod erfahren hatte, waren furchtbar gewesen. Von der Wohnung seines früheren Freundes waren er und Dunbar zu Matthew Finnerans Wohnung gegangen, wo sie sich die blutbespritzten Wände und den mit Blut befleckten Teppich angesehen hatten. Was für eine Welt! Diesmal hatte Galaxo unbesonnen gehandelt. Dennoch hatte er ihnen keinen Gefallen getan. Es sah zwar so aus, als hätte er bei Finneran die Beherrschung verloren – die Kontrolle, die er sonst geradezu zwanghaft demonstriert hatte –, aber er hatte trotzdem keinerlei DNA-Spuren oder sonstige Beweise am Tatort hinterlassen und war noch so geistesgegenwärtig gewesen, den

Notruf zu wählen, ehe er die Wohnung verließ. Und auch wenn er nichts dagelassen hatte, was ihnen nutzte, hatte er doch etwas mitgenommen … Finnerans Augen. Überdies hatte er daran gedacht, Spader eine weitere blutige Nachricht zu hinterlassen, an die Küchenwand geschrieben mit Finnerans Blut und einem behandschuhten Finger, gleich über dem Telefon, dessen Hörer an der Schnur baumelte. Sie lautete: »Lassen Sie mich auch diesmal davonkommen, John?«

Clever. Schlau. Krank.

Glücklicherweise würde Finneran überleben. Eine Weile hatte es auf des Messers Schneide gestanden, und der arme Kerl hatte mehrmals gefährlich mit Koma oder Tod geflirtet. Doch er lebte.

Heute war Spader gegen Mittag angepiept worden und hatte erfahren, dass Finneran bei Bewusstsein sei und mit der Polizei über das, was er durchgemacht hatte, sprechen wolle. Daher hatten Spader und Dunbar ihn auf der Intensivstation des Newton-Wellesley Hospital besucht. Zwar hatten sie zuvor den Bericht über seine Verletzungen gelesen, aber ihn mit eigenen Augen zu sehen, war doch erschütternd. Er war brutal mit einem Schraubenschlüssel zusammengeschlagen worden. Der Kiefer war gebrochen, ein Wangenknochen zertrümmert. Ein Kopfverband verdeckte die nunmehr leeren Augenhöhlen. Finneran war also insgesamt kein vergnüglicher Anblick, doch es war der gebrochene Kiefer, der Spader die größten Sorgen bereitete, hauptsächlich deshalb, weil er es Finneran erschwerte, seine Aussage zu machen. Mit viel Geduld auf allen Seiten gelang es den beiden Detectives, Finneran seine Geschichte zu entlocken. Unter anderem erfuhren sie, dass Galaxo in seiner Wohnung auf ihn gewartet hatte, als er gegen elf Uhr abends aus dem Kino zurückgekehrt war, ihn mit einem Elektroschocker überrumpelt und dann chloroformiert hatte. Als er wieder wach wurde, war er an einen Stuhl gefesselt. Er wusste allerdings nicht genau, wie lange er bewusstlos gewesen war, um wie viel Uhr Galaxo mit seiner Arbeit an ihm begonnen oder wann er die Wohnung wieder verlassen hatte. Der Notruf war um 1.51 Uhr eingegangen, elf Minuten, nachdem Oscar Wagner einige Straßen weiter erschossen worden war. Vorausgesetzt, die Zeugen hatten den Zeitpunkt der Schüsse korrekt angegeben – und es war unwahrscheinlich, dass ein Dutzend Nachbarn, die keinerlei Grund zu lügen hatten, sich allesamt irrten –, war Galaxo noch in Finnerans Wohnung gewesen, als Wagner getötet worden war. Was bedeutete, dass Oscar Wagner nicht Galaxo war.

Spader trank einen Schluck Bier und seufzte. Er gestand sich ein, dass er gehofft hatte, Wagner sei ihr Mann. Das hätte alles so viel einfacher gemacht und Leben gerettet. Nun, da Wagner tot war, fühlte Spader sich dieser Gefühle wegen ein wenig schuldig. Andererseits hatte Wagner unübersehbar Probleme gehabt. Er mochte nicht Galaxo gewesen sein, doch er hatte in letzter Zeit wirklich einige sehr hässliche Gedanken gehabt. Vermutlich war das die unheimliche Ausstrahlung gewesen, die Spader an Wagner wahrgenommen und die ihn zusammen mit einigen anderen Punkten dazu veranlasst hatte, Wagner zu verdächtigen. Diese Tasche, die Wagner bei seinem Ausflug nach Hull dabeigehabt hatte, war mit der Absicht gepackt worden, jemandem Schaden zuzufügen: Robert Halpert, dem Target-Geschäftsführer, der ihn einige Wochen zuvor gefeuert hatte, wie sie nun wussten.

Blitzartig sah er Wagner vor sich, wie er im Green Hills

zugab, davon zu fantasieren, dass bei ihm die Sicherung durchbrannte und er jemandem etwas Verrücktes antat. Hinterher hatte er das als Scherz abgetan, doch das hatte Spader ihm nicht abgenommen. Nun war er sicher, dass es kein Scherz gewesen war. Vielleicht hätte Wagner seine Fantasien nie in die Tat umgesetzt. Vielleicht hätte es ihm genügt, sich vorzustellen, wie er dem Mann, der ihn gefeuert hatte, Schmerz zufügte. Vielleicht hatte er schon mehrfach bei den Halperts vor dem Haus gestanden und war unverrichteter Dinge wieder gefahren, die finsteren Fantasien im Kopf verschlossen, wo sie hingehörten. Aber möglicherweise hätte er diese Fantasien eines baldigen Tages doch ausgelebt. Wagners Tod mochte Halpert das Leben gerettet haben. Oder auch nicht. Spader würde es niemals wissen. Das war eine von vielen Ungewissheiten, mit denen er leben musste.

Ihm kam ein Gedanke, und er ging in sein Büro, setzte sich an den Schreibtisch und holte Olivias Fotoalben aus der Schublade. Das erste Album legte er beiseite. Es würde ihm nicht guttun, diese Fotos ausgerechnet jetzt zu betrachten. Er wollte nicht sehen, wie glücklich sie gewesen war, ehe sie ihn kennengelernt hatte, wie glücklich sie zusammen gewesen waren, bevor es schiefgelaufen war. Das brauchte er jetzt nicht. Außerdem befand sich das, wonach er suchte, im zweiten Album mit den Fotos von Olivias und seinem gemeinsamen Leben.

Er schlug das Album auf und blätterte es rasch durch, bis er das gesuchte Foto fand. Es zeigte ihn und Oscar; Spader hatte seinem Freund den Arm um die Schultern gelegt. Olivia hatte das Foto bei einem Grillfest aufgenommen. Oscar hielt ein Bier in der einen Hand, einen Hotdog in der anderen, und grinste in die Kamera. Er trug eine Mütze der Boston Red Sox und war braun gebrannt; die gräuliche Kneipenblässe, die er später im Leben angenommen hatte, war da noch ein Jahrzehnt entfernt. Er und Spader hatten damals gerade eine Geiselnahme mit einer hübschen, sauberen Verhaftung erfolgreich beendet, und alle außer dem Geiselnehmer waren gesund und munter nach Hause gegangen. Damals waren Oscar und er befreundet gewesen, und Eddie Rivers – und alles, was er in Spaders und Wagners Leben wie auch in dem so vieler anderer Menschen angerichtet hatte – war noch nicht einmal ein Pünktchen am Horizont gewesen. An jenem lange zurückliegenden Tag im Garten eines anderen Detective hatte die Kamera einen schönen, glücklichen Augenblick für die Ewigkeit eingefangen. Wagners lächelndes Gesicht unter dem Schirm der Red-Sox-Mütze – so wollte Spader ihn in Erinnerung behalten.

Er klappte das Album zu und trank einen weiteren Schluck Bier. Sein Blick fiel auf das andere Fotoalbum. Nach kurzem Zögern zog er es zu sich heran und blätterte es langsam durch. Meine Güte, war Olivia ein hübsches kleines Mädchen gewesen! Dieses leicht schiefe Lächeln hatte sich nie ganz ausgewachsen, und es machte sie nur umso hübscher. Das da war sie mit etwa sieben Jahren, wie sie dick eingemummelt bis zu den Knien im Schnee stand. Und hier ritt sie auf einem Pferd; da musste sie etwa zwölf gewesen sein. Und da war wieder das Foto vom Ferienlager. Spader betrachtete die lächelnden Gesichter der Kinder und Betreuer an jenem lange zurückliegenden Tag. Wo mochten die jetzt alle sein? Waren einige von ihnen vielleicht in Kontakt geblieben? Würden sie einander noch erkennen, wenn sie sich auf der Straße begegneten?

Spader hob die Bierflasche, doch dann hielt er inne.

Hatte jemand aus seinem Team überprüft, ob die Opfer vielleicht im selben Ferienlager gewesen waren oder gearbeitet hatten? Eine Verbindung zwischen den Opfern in der jüngeren Vergangenheit hatten sie nicht finden können. Nun fragte sich Spader, ob es möglicherweise in der ferneren Vergangenheit eine solche Verbindung gab. Vielleicht war es ja das. Es war natürlich weit hergeholt, aber alles andere hatte bisher nichts erbracht.

Er griff zum Telefon und begann, Olivias Nummer zu wählen. Nach vier Ziffern hielt er inne. Es war spät, beinahe Mitternacht. Und wenn sie schon schlief? Oder schlimmer noch: Angenommen, Spader hörte die Stimme ihres neuen Freundes direkt neben ihr …

Scheiß drauf. Dies mochte wichtig sein. Er gab die restlichen Ziffern ein. Olivia nahm beim zweiten Klingeln ab.

»Hallo?« Sie klang schläfrig, doch nicht so schläfrig, als hätte er sie gerade geweckt. Er hoffte sehr, dass er nicht gleich eine Männerstimme fragen hören würde: *Wer ist dran, Schatz?*

»Olivia, ich bin's. Entschuldige, dass ich so spät anrufe, aber es ist wichtig.«

»Alles in Ordnung?«

»Ja. Na ja, nein. Hast du gehört, dass Oscar Wagner gestern Nacht ermordet wurde?«

»Oscar? O mein Gott! Ich hatte heute viel zu tun. Falls es in den Nachrichten kam – die habe ich nicht gesehen. Was ist passiert?«

»Das erzähle ich dir ein andermal, okay? Aber ich wollte dich etwas fragen.«

»Okay.«

»Ich habe an die Fotos gedacht, die du haben möchtest – und nein, tut mir leid, ich habe sie immer noch nicht ausgegraben –, aber ich meine, mich an ein Foto von dir in einem Ferienlager zu erinnern, als du klein warst. Kann das sein? Warst du mal im Ferienlager?«

»Im Ferienlager? Ja, doch. Ein paar Mal. Und auf der Highschool war ich in einem Sommer Betreuerin. Warum?«

»Erinnerst du dich an die Namen der Kinder, mit denen du dort warst?«

»Ich war zusammen mit einer Freundin da. Kathy Cirillo.«

»Sonst noch jemand? Erinnerst du dich an die Namen der Kinder, die du da kennengelernt hast?«

Schweigen. »Nein, tut mir leid.«

»An keinen einzigen?«

»Nein.«

»Du hast keinen Kontakt zu einem der Kinder gehalten? Die du da kennengelernt hast?«

»Na ja, ich war acht Jahre alt, beim zweiten Mal neun. Nein, wir sind nicht in Kontakt geblieben. Ich glaube nicht, dass viele Leute Kontakt zu denen halten, mit denen sie im Ferienlager waren. Hinterher kehrt man zurück an die Schule, zu seinen Freunden, und die Kinder, mit denen man ja nur kurze Zeit verbracht hat, die vergisst man wieder.«

»Wenn du heute einem von ihnen begegnen oder ein Foto von ihnen sehen würdest, meinst du, du würdest den einen oder anderen erkennen?«

Sie lachte. »Das glaube ich nicht. Das ist zu lange her.«

»Habe ich mir schon gedacht. Übrigens, wie hieß dein Ferienlager?«

»Das, wo ich als Kind war? Camp Wilderness Adventure. Warum?«

»Reine Neugier. Danke, Olivia. Tut mir leid, dass ich dich geweckt habe.«

»Nein, ich war noch wach.«

Allein, will ich hoffen!

»Tja, wie gesagt, entschuldige den späten Anruf.«

»John?«

»Ja?«

»Alles in Ordnung? Wegen Oscar, meine ich?«

Er dachte darüber nach. »Eigentlich nicht, Olivia. Noch nicht jedenfalls.«

Als Nächstes hinterließ er Leon Fratello im Büro eine Nachricht.

»Leon, hier ist John Spader. Du musst morgen früh als Erstes etwas für mich erledigen. Finde heraus, wer sich jeweils mit dem Leben von Galaxos Opfern befasst, und delegiere entsprechend. Wir sollten Golding und Pendleton fragen, ob sie als Kinder oder Jugendliche im Ferienlager waren. Im Sommerlager, oder auf einer Musikfreizeit oder in einem Sportlager, was auch immer. Finneran rufe ich selbst an. Und jemand muss das bei Yasovich und Lisbon überprüfen. Ich weiß, die sind tot, aber irgendjemand, der sie kannte, wird es schon wissen.« Er trank einen Schluck Bier. »Das ist nur so eine Eingebung, Leon, eine vage Vermutung, ich weiß, aber bis jetzt haben wir überhaupt keine Verbindung zwischen den Opfern gefunden, und vielleicht gibt es die auch gar nicht, aber zumindest ist das eine weitere Ermittlungsrichtung, der wir nachgehen können. Danke. Bis morgen.«

Spader trank sein Bier aus und klappte das Album zu. Er musste ein wenig schlafen. Er hoffte nur, dass er schlafen konnte und nicht die ganze Nacht an Oscar Wagner denken musste. Oder an Olivia. Oder an Galaxo.

ACHTZEHN

Als Leon Fratello an Spaders Schreibtisch trat, saß Spader schon seit einer guten Stunde dort und tippte seine Notizen ab, hauptsächlich um die Zeit totzuschlagen, bis es nicht mehr zu früh war, um Matthew Finneran anzurufen und zu fragen, ob er als Kind in einem Ferienlager gewesen sei. Am liebsten hätte er sofort angerufen, als er zur Arbeit kam, doch dann hatte er beschlossen, ein paar Stunden zu warten. Immerhin lag der Mann im Krankenhaus, nachdem er fast totgeprügelt worden war.

Fratello schlug ein kleines Notizbuch auf. »Während seiner Highschoolzeit hat Jeffrey Golding zweimal als Betreuer in einem Sommerlager namens Wiki-Wah-Nee in Westwood, Massachusetts, gearbeitet. Klingt wie ein indianischer Name.«

»Die heißen Ureinwohner«, berichtigte Spader ihn.

»Habe ich doch gesagt. Hab heute Morgen auch mit Lisbons Ex gesprochen. Sie glaubt, ihr Mann sei möglicherweise als Kind ein, zwei Mal in einem Sommerlager gewesen. Sie ist sich aber nicht sicher, und der Name des Sommerlagers wollte ihr auch nicht einfallen.«

»Hast du sie nach dem Wiki-Wah-Nee gefragt?«

»Nein, John, ich bin nämlich strohdumm und faul. Natürlich habe ich das. Sie hat gesagt, das Wiki-Wah-Nee könnte es gewesen sein, aber sie war sich alles andere als sicher. Doch falls er in irgendeinem Sommerlager war, dann war das zehn, zwölf Jahre, bevor die beiden sich kennenlernten, und diese Indianernamen klingen irgendwie alle gleich, ich kann's ihr also nicht verdenken.«

»Ureinwohner.«

»Habe ich doch gesagt. Und denk dran, sie war nicht mal sicher, ob er überhaupt im Ferienlager war.«

Aber *vielleicht*, dachte Spader, und spürte ein vertrautes Kribbeln im Nacken, wie immer, wenn er glaubte, in einem Fall fügten die Dinge sich allmählich ineinander. Vielleicht waren sie hier wirklich auf etwas gestoßen.

»Und Yasovich? Hast du mit seiner Schwester gesprochen?«

»Hab sie heute Morgen in Idaho aus dem Bett geklingelt. Sie war ein bisschen benommen, und ehrlich gesagt klang sie auch, als wäre sie nicht ganz bei sich. Yasovich war Anfang sechzig. Sie klang älter.«

»Was hat sie gesagt?«

»Sie sagte, Yasovich sei nie in einem Ferienlager gewesen. Ihm hat auch nie eins gehört, und er hat nie in einem gearbeitet, auch nicht ehrenamtlich.«

Das Kribbeln ließ nach. Vielleicht war es doch keine Spur. »Was ist mit Pendleton?«

»Mit dem habe ich gerade telefoniert. Er sagt, er sei nie in einem Ferienlager gewesen. Hätten sie sich nicht leisten können.«

»Mist.«

»Tja, John. Ich glaube nicht, dass uns das weiterbringt. Wir haben ein Opfer, das ein, zwei Mal Betreuer in einem Ferienlager war, ein anderes, das vielleicht als Kind in einem war oder auch nicht, und falls ja, dann könnte es dasselbe Lager wie bei dem anderen Opfer gewesen sein oder auch nicht. Wahrscheinlich nicht. Ich habe eine kurze Internetrecherche gemacht, um zu sehen, was es so gibt, und es gibt mehrere Dutzend Ferienlager für Kinder allein in Massachusetts. Und da sind die Lager in den angrenzenden Bundesstaaten, die man noch gut per Auto erreichen kann, nicht mitgezählt.«

»So viele?«

Fratello nickte. »Und ansonsten haben wir zwei weitere Opfer – übrigens mit einem Altersunterschied von rund dreißig Jahren –, die überhaupt nichts mit Ferienlagern zu schaffen hatten. Das klingt einfach nicht nach der Verbindung, die wir suchen.«

»Nein, du hast recht. Aber danke fürs Überprüfen.«

Mist.

Den Rest des Tages ging Spader verschiedenen Aspekten des Falls nach. Er meldete sich bei den einzelnen Angehörigen seines Teams, ließ sie Bericht erstatten und machte den einen oder anderen Vorschlag. Er brachte die Akte auf den neuesten Stand. Er sprach mit dem Profiler, Special Agent Dwight W. Daniels, erzählte ihm ein bisschen vom letzten Überfall und kündigte an, er werde ihm demnächst ein Paket mit neuen Informationen und Fotos schicken, damit Daniels feststellen könne, ob sich aus dem Fineran-Überfall und dem Tatort neue Einsichten ergaben. Hauptsächlich dachte Spader nach und suchte nach neuen Gesichtspunkten, die sie bisher übersehen hatten – irgendetwas, was sie vielleicht irgendwie weiterbringen würde. Und er versuchte, nicht an Oscar Wagner zu denken. Als es schließlich achtzehn Uhr war, hatte er nicht das geringste bisschen vorzuweisen. Das verlangte nach einem Bier.

Spader ließ einen runden Bierdeckel wie eine große Münze auf Ian Carmichaels schöner Mahagonitheke kreiseln. Heute Abend war es nicht sehr voll im Green Hills, aber es war auch noch früh. Dennoch hätte Spader es lieber noch ruhiger gehabt. Die meisten der über den Pub verstreuten Gäste blieben für sich, nahmen allein ein flüssiges Abendessen zu sich oder tranken zu zweit, ohne zu reden. Ein paar Männer jedoch prahlten lautstark mit ihren Märchenerfolgen auf dem Golfplatz oder im Schlafzimmer, und Spader beschloss, sein Bud auszutrinken – er war nicht in Stimmung für Guinness gewesen – und es gut sein zu lassen, damit nicht wieder dieses Summen in seinem Kopf einsetzte und er womöglich aufbrauste und etwas Dummes tat oder sagte.

Er hatte sich Matthew Finnerans Geschichte immer wieder durch den Kopf gehen lassen, und dabei war ihm ein Verdacht gekommen und immer stärker geworden. Galaxo verarschte sie. Spader wusste bloß noch nicht, inwiefern. Das musste er herausfinden. Deshalb war er im Green Hills. Nachdem er im Golden Arches an der Ecke irgendeinen McMist heruntergeschlungen hatte, war er gegen acht hier eingetroffen und dachte nun seit knapp drei Stunden nach, was ihm ohne die Idioten zwei Tische weiter deutlich leichter gefallen wäre. Obwohl nicht viel Betrieb war und Ian Carmichael problemlos für stetigen Nachschub an Bier hätte sorgen können, war er langsam am Zapfhahn, und nach einigen erfolglosen Versuchen, schneller bedient zu werden, trollten sich die Prahlhänse grollend, vermutlich um in anderen Lokalen den Gästen auf die Nerven zu fallen. Als sie fort waren, nickte Spader Carmichael zu, der am anderen Ende der Theke lehnte. Mit seiner unheimlichen Barkeeperintuition wusste er nicht nur ohne jeden

Hinweis von Spader, dass dieser heute Abend in Ruhe gelassen werden wollte, weshalb er taktvoll auf Abstand geblieben war, sondern hatte darüber hinaus gespürt, dass der Polizist über Wichtiges nachdachte und dies besser konnte ohne irgendwelche Idioten, die ihr Männergespräch auf Studentenverbindungsniveau so laut führten, dass es nicht zu überhören war. Carmichael nickte ebenfalls und zwinkerte Spader zu.

Wieder ließ Spader seinen Bierdeckel kreiseln und beobachtete ihn, bis er umfiel. Wie er Dunbar neulich erzählt hatte, konnte er auf dem Schießstand gut nachdenken. Mit ein wenig Alkohol im Blut konnte er ebenfalls ziemlich gut nachdenken. Er hatte das Gefühl, dass er dann unzensierter nachdachte und seine Gedanken an Orte wandern ließ, die er sich sonst nicht gestattete. Und so hatte er mehrere Bier getrunken und den Alkohol zusammen mit Fakten und Bildern aus dem Galaxo-Fall durch seinen Kopf schwappen lassen: Erinnerungen und Fotos von den Tatorten, Aufnahmen von den Gesichtern und Verletzungen der Opfer; Fakten zu den einzelnen Opfern – Alter, Wohnsitz, Beruf; was sie über Galaxos Modus Operandi wussten; inwiefern die letzten beiden Verbrechen davon abgewichen waren; die Wahlmöglichkeiten, die er seinen Opfern gab und manchmal noch änderte; die blutigen Botschaften, die er an den letzten beiden Tatorten hinterlassen hatte; Special Agent Dwight W. Daniels' Profil. Je mehr er über all das nachdachte, desto weniger schienen die einzelnen Puzzleteilchen zusammenzupassen, jedenfalls so, wie er sie im Moment betrachtete. Er musste also neu anfangen, mit frischem Blick an den Fall herangehen. Er musste sich die Fotos noch einmal ansehen. Er musste seine Berichte und Notizen nochmals lesen. Doch das alles konnte er nicht einfach hier im Green Hills aus der Tasche ziehen und auf dem Tisch ausbreiten, daher beschloss er, nach Hause zu fahren. Während sich das Budweiser, die Fakten und die blutigen Bilder in seinem Kopf wie Zutaten in einem Mixer vermischten, erhob Spader sich, nur ein wenig schwankend, von seinem Barhocker, winkte Ian Carmichael zum Abschied zu und ging hinaus in die Nacht.

Die Heimfahrt verlief ohne Zwischenfälle, war aber dennoch ein ziemlich verantwortungsloses Unterfangen. Er war nicht völlig betrunken, aber er hatte doch zu viel getrunken, um sich ans Steuer zu setzen. Dieser verdammte Fall machte ihn wahnsinnig, trübte sein Urteilsvermögen. Er hatte einen Tunnelblick, und das nicht vom Alkohol. Das Einzige, was noch von Bedeutung zu sein schien, war Galaxos Ergreifung. Diese Form der intensiven Konzentration auf seine Arbeit konnte sehr hilfreich sein, aber nur, wenn er nicht in alkoholisiertem Zustand sein Auto um einen Telefonmast wickelte.

Er stellte den Wagen in die Tiefgarage und stieg die Treppe zu seiner Wohnung im ersten Stock hinauf. Drinnen sperrte er beide Bolzenschlösser zu und streckte die Hand nach dem Lichtschalter rechts von sich aus. Kurz bevor er den Schalter berührte, schwamm eine Information durch den Bierdunst in seinem Kopf und erreichte schließlich das Gehirn – eine Information, die er viel schneller hätte aufnehmen sollen. Jemand stand in der Tür zur Küche, nur gut einen Meter rechts von ihm. Das Wohnzimmer, in dem er stand, lag im Dunkeln, doch in der Küche brannte eine Lampe, vor deren Licht die Gestalt in der Tür sich als dunkle Silhouette abhob. Spader sah sofort, dass etwas mit der Form des Kopfes ganz und gar nicht stimmte – zu breit an den Wangen, zwei andeutungsweise sichtbare Knubbel auf der Stirn –, und dann begriff er, dass Galaxo höchstpersönlich dicht neben ihm stand.

»Hi«, sagte Galaxo, und die kieksige Alienstimme war genauso gruselig, wie Spader sie sich vorgestellt hatte, genauso unheimlich, wie die Opfer dieses Psychopathen gesagt hatten.

Spader hätte nach seiner Waffe greifen können, doch Galaxo stand zu dicht bei ihm. Falls er eine Waffe hatte, würde Spader keine Zeit bleiben, seine eigene zu ziehen. Daher verfiel er auf die schnellste Reaktion, die ihm einfiel. Er stürzte sich mit gesenkter Schulter auf den Eindringling und rammte ihn in den Magen. Die Wucht seines Angriffs schleuderte sie beide in die Küche. Spader schob Galaxo vor sich her und hörte zu seiner Genugtuung, wie der Mistkerl vor Schmerzen ächzte, als sie gegen den Kühlschrank prallten.

»Verdammt«, sagte Galaxo atemlos, »nicht …«

Der Körper, den Spader unter Galaxos dunklem Sweatshirt ertastete, war fest und schlank, daher durfte Spader kein Risiko eingehen. Er war einundvierzig, und auch wenn er gut in Form war, schien dieser Irre ihm körperlich überlegen zu sein. Er durfte dem Arschloch keine Atempause lassen. Er richtete sich auf, holte mit der Faust aus und boxte Galaxo mitten ins Gesicht.

»Aua! Scheiße!«, schrie Galaxo, und Spader schlug erneut zu. Doch mit dem dritten Schwinger zögerte er einen Augenblick zu lang und gab Galaxo Gelegenheit, sich zu wehren. Der stieß Spader mit voller Wucht von sich, und der Polizist flog rücklings gegen den Küchentisch. Mit dem Bein blieb er an einem Holzstuhl hängen – ganz ähnlich denen, auf denen Galaxo seine Opfer festband, ehe er ihnen Körperteile absägte – und knallte wenig elegant auf den Hintern. Hastig versuchte er, sich aufzurappeln, denn am Boden fühlte er sich grauenvoll ausgeliefert. Er befürchtete, Galaxo werde jeden Augenblick einen Elektroschocker, ein Messer oder eine Schusswaffe gegen ihn einsetzen.

Doch er kam rechtzeitig wieder auf die Beine. Galaxo hatte sich nicht vom Fleck gerührt. Er schien unbewaffnet zu sein. Er hatte eine Hand an die Maske gelegt, und sein Kopf war nach hinten gebogen. Spader öffnete sein Holster und zog die Glock. Er richtete sie auf Galaxos Brust, und einen Moment lang war er versucht, einfach den gottverdammten Abzug zu betätigen.

»Du rührst keinen Scheißmuskel«, sagte er.

»Mann, das hat wehgetan«, klagte Galaxo mit dieser schrillen, unheimlich vibrierenden Stimme.

»Runter auf den Boden, Arschloch! Hände hinter den Rücken!«

Galaxo nahm die Hand von der Maske und sah Spader an.

Spader sagte: »Runter, sonst verpasse ich dir drei Kugeln in die Brust, das schwöre ich!«

Hastig hob Galaxo die Hände und sagte: »Mensch, Dad, nicht schießen.«

Spader blinzelte. *Dad?*

»Ich bin's. David. Dein Sohn.« Die Stimme klang genau wie die dieses Scheißzeichentrick-Aliens. Spader spürte, wie ihm der Schweiß über die rechte Schläfe rann. »Dad, bitte leg die Waffe weg.«

Spader musterte Galaxos Hände und versuchte, David an der Stimme wiederzuerkennen. Er hörte nichts Vertrautes. Die Stimmverfremdung war einfach zu gut.

»Herrgott, Dad, du hast mir Anfang der Sommerferien

einen Schlüssel für deine Wohnung gegeben, weißt du nicht mehr? Ich habe diese Maske im Wohnzimmer gefunden und sie aus Jux und Dollerei aufgesetzt. Ich habe dich nicht mal reinkommen hören.«

Da meinte Spader, irgendwo in der Wohnung ein leises Geräusch zu hören. Er war sich nicht sicher, doch er *glaubte*, er habe es gehört. War das David, der gegen seine Fesseln aus Industrieklebeband ankämpfte und dessen Hilferufe wegen des Klebebands auf seinem Mund nicht zu hören waren? Das würde jedenfalls erklären, woher Galaxo von Davids Schlüssel wusste. Aber vielleicht hatte Spader sich das Geräusch auch eingebildet.

»Ich nehme jetzt die Maske ab«, sagte Galaxo.

»Keine Bewegung, habe ich gesagt.« Ein weiterer Schweißtropfen rann Spader ins Auge, und er blinzelte.

»Mensch, Dad, erkennst du deinen eigenen Sohn nicht?«

Diesmal glaubte Spader, dass ihm etwas an der Stimme bekannt vorkam, eine für David typische Intonation vielleicht. Vielleicht. Langsam senkte er die Waffe, ohne Galaxos Hände aus den Augen zu lassen. Galaxo ließ langsam die Arme sinken. Spader riss die Waffe hoch, und Galaxos Arme schossen wieder in die Höhe. Dabei rutschte sein linker Ärmel hoch, und Spader entdeckte ein silbernes Armband. Er erkannte die Uhr: Er hatte sie David zwei Jahre zuvor zu Weihnachten geschenkt. Es war also doch David. Aber halt! Falls Galaxo hier eingebrochen war und David überwältigt hatte, konnte er ihm auch die Uhr abgenommen haben. Verdammt!

»Was habe ich dir dieses Jahr zum Geburtstag geschenkt?«, fragte Spader.

»Was? Zum Geburtstag? Du hast mir einen Hundert-Dollar-Scheck geschenkt.«

Spader senkte die Waffe und steckte sie ins Holster. David zog sich die Galaxo-Maske vom Kopf. Die schweißnassen Haare klebten ihm an der Stirn, und aus seiner Nase lief Blut. Er wischte es mit dem Handrücken ab.

»David, es tut mir leid, ich dachte …«

»Du hast eine ziemlich gute Rechte, Dad.« David stand auf, ging an seinem Vater vorbei, ließ die Maske auf den Tisch fallen und verließ die Küche. Spader folgte ihm ins Wohnzimmer. Er holte tief Luft und versuchte, nicht darüber nachzudenken, dass er dieser bescheuerten Maske wegen um ein Haar seinen Sohn erschossen hätte.

»David, es tut mir wirklich leid. Ich wusste nicht, dass du hier bist, und als ich diese Maske sah …«

»Ja, versteh schon. Aber ich muss gehen.«

»Herrgott, jetzt hab dich nicht so, ja? Ich versuche, einen Mörder zu finden, der genau das Ding da trägt, und dann komme ich nach Hause und finde jemanden mit dieser Maske in meiner Küche.«

»Tja, na ja, ich habe sie da liegen sehen und gedacht, kann doch nicht schaden, sie mal aufzusetzen. Mann, was für ein Irrtum.«

»David, der Kerl, hinter dem ich her bin, trägt diese Maske. Ziemlich dämlich, mein Sohn.«

»Gute Erziehung, Dad. Zuerst schlägst du mich zusammen, dann beleidigst du mich.«

David wischte sich nochmals Blut von der Nase und wandte sich zur Tür.

»Warte«, sagte Spader, »du wolltest doch bestimmt reden, oder? Setz dich. Wir trinken zusammen ein Bier.«

»Du hast so einen trüben Blick, als hättest du schon ein paar gehabt. Vielleicht hättest du mich deshalb fast erschossen.«

»Komm, David, setz dich. Wir reden …«

»Bin nicht mehr so richtig in Stimmung. Ein andermal.«

»Lass mich wenigstens deine Nase versorgen.«

David lachte höhnisch. »Jetzt willst du dich um mich kümmern, Dad? Das ist wirklich putzig.«

Er sperrte die Bolzenschlösser auf, ging hinaus und zog die Wohnungstür hinter sich zu. Spader wäre ihm beinahe hinterhergelaufen, aber das hatte im Augenblick wohl nicht viel Sinn. Vielleicht hatte er seinen Sohn beschämt, indem er sich ihm körperlich überlegen gezeigt hatte. Vielleicht war der Junge aber auch nur erschrockener, als er zugeben mochte – niemand sieht gern eine Waffe auf sich gerichtet. Oder vielleicht war David auch gekränkt darüber, dass sein Vater seine Stimme nicht trotz der Maske erkannt hatte. Weshalb auch immer – David war nicht nach Reden. Und Spader wäre es zwar lieber gewesen, wenn sie versöhnlicher auseinandergegangen wären, aber eigentlich war auch ihm heute Abend nicht danach, mit David zu reden. Sie würden ja doch nur die alten Argumente wiederkäuen, und keiner würde den anderen überzeugen. Am Ende würde Spader sich nicht umstimmen lassen, und David würde ihm das nicht verzeihen. Da war es nur gut, dass David gegangen war. Außerdem hatte Spader einiges, worüber er nachdenken wollte.

Er saß am Küchentisch und hatte seine Galaxo-Akte vor sich ausgebreitet – Fotos, Notizen, Berichte. Er hatte eine Kanne Kaffee gekocht – mit Koffein, obwohl es fast zwei Uhr morgens war – und war bei der zweiten Tasse. Er hatte über Davids Vorwurf nachgedacht, der Alkohol habe bei seiner Reaktion vorhin eine Rolle gespielt. Das glaubte Spader zwar nicht. Er hatte seine Wohnung betreten und das

Gesicht des Mannes gesehen, den er seit Wochen jagte – nun ja, die Maske jedenfalls –, und er hatte reagiert, wie es jeder Polizist täte. Dennoch hatte Davids Vorwurf ihn so erschüttert, dass Spader nicht nach Bier zumute war. Er würde sogar ernsthaft darüber nachdenken müssen, ob er seinen Alkoholkonsum nicht ganz allgemein deutlich einschränken sollte.

Er trank seinen Kaffee und dachte über den Fall nach. Die Puzzleteilchen passten nicht zusammen. Also drehte er einige davon herum und betrachtete sie aus einem anderen Blickwinkel, wobei er besonders auf einige Punkte achtete, die ihm schon seit einer Weile zu schaffen machten und von Zeit zu Zeit unterbewusst an ihm nagten. Er trank einen weiteren Schluck Kaffee und ließ den Blick über die Fotos und Dokumente vor ihm schweifen. Nach einer Weile gingen ihm ein paar kleine Lichter auf – nicht blendend hell wie Blitzlicht, sondern eher wie diese kleinen blinkenden Weihnachtsbaumlämpchen. Doch es war ein Anfang.

Er ordnete die Puzzleteilchen im Kopf neu an, und allmählich ergab sich daraus ein verblüffendes Bild. Zuerst erschien es ihm unmöglich. Doch je mehr er darüber nachdachte, desto plausibler wurde es. Es kam ihm noch immer unmöglich vor, aber falls er über diesen Punkt hinwegkam, würde er den Fall vielleicht aufklären können.

NEUNZEHN

»Meine Güte, John«, sagte Dunbar, den Mund voller Hotdog. Spader wartete nur darauf, dass seinem Freund der leuchtend gelbe Senf aufs weiße Hemd tropfte. »Zuerst kommst du mir mit Wagner, was schon verrückt genug war, und jetzt das?«

»Okay«, sagte Spader, »Wagner hat nicht hingehauen. Ich habe nie behauptet, dass ich mir da sicher wäre. Ich habe nur gesagt, wir sollten ihn uns ansehen.«

»Und jetzt?«

»Hiervon bin ich deutlich überzeugter.«

»Aber Stanley Pendleton ist ein Krüppel. Er sitzt im Rollstuhl, Mensch! Falls du dich nicht mehr erinnern solltest: Keines der Opfer hat was davon gesagt, dass Galaxo durch die Gegend gerollert wäre, während er ihnen was abgesägt hat.«

Sie erledigten Mittagessen und Verdauungsspaziergang in einem Aufwasch. Es war heiß und schwül, über dreißig Grad, und dabei war es gerade erst Mittag. Spader begriff nicht, wie Dunbar bei diesem Wetter einen Hotdog essen konnte. Obendrein war es ein Hotdog von 7-Eleven, wo die Würstchen sich den ganzen Tag auf dem Grill drehten und glitschig und fettig aussahen. Nachdem Dunbar sich noch ein Küchlein mit Cremefüllung zum Nachtisch genehmigt hatte, waren sie zu Subway gegangen, wo Spader ein Thunfischsandwich erstanden hatte. Nun spazierten sie die Washington Street entlang und hielten sich, wo irgend möglich, im Schatten.

»Lass mich erzählen, wie ich auf Pendleton gekommen bin«, sagte Spader.

»Gute Idee.«

»Ich bin die Notizen aller Mitglieder unserer Arbeitsgruppe durchgegangen, jedenfalls die, von denen ich Kopien hatte. In Reggies Notizen – er sieht sich ja die hiesigen Collegeabbrecher an – bin ich dann auf Pendletons Namen gestoßen.«

»Er war auf dem College?«

»Ein Jahr an der Suffolk University.«

»Na, und?«, fragte Dunbar. »Reggie hat gesagt, auch Golding sei Studienabbrecher gewesen, oder?«

»Aber Golding hatte eine Zeugin. Seine Frau war dabei. Außerdem, wenn du dir so eine Geschichte ausdenken würdest, würdest *du* dann behaupten, du hättest jemandem den Schwanz gelutscht?«

»Auch wieder wahr.«

»Okay«, fuhr Spader fort, »dadurch bin ich also auf Pendleton gekommen. Und dann habe ich mir sein Foto vorgenommen und meine Gedanken einfach, ich weiß auch nicht, schweifen lassen. Habe ›was wäre, wenn‹ gespielt. Und mich gefragt: Was wäre, wenn dieser Mann nicht im Rollstuhl säße? Könnte er dann unser Täter sein?«

»Und bist zu dem Schluss gekommen, dass er es sein könnte? Lassen wir den Rollstuhl mal für einen Moment außen vor, aber was ist mit dem Körperbau? Pendleton ist eher mager, und bisher hat jeder Galaxo als kräftig beschrieben. So dünn, wie Pendleton ist, ist er wahrscheinlich gar nicht stark genug, um das zu tun, was Galaxo tut.

Aber glaub bloß nicht, dass ich auch nur eine Sekunde lang vergesse, dass Pendleton in diesem verdammten Rollstuhl sitzt.«

»Ja, Pendleton ist dünn, aber denk doch mal nach. Galaxo trägt einen Trainingsanzug. Darunter könnte er ganz leicht mehrere Schichten Kleidung tragen. Keiner hat den Kerl je angefasst, es kann also keiner sagen: ›He, ich habe seine Brust gespürt, und mir kam es so vor, als hätte er einen Haufen Klamotten unter dem Trainingsanzug an.‹ Nein, er sieht einfach massig aus, also denken alle, er wäre es auch. Und was deine Vermutung angeht, er sei nicht stark genug – ja, er ist ein bisschen mager, aber ich erinnere mich, dass seine Arme ziemlich kräftig wirkten. Wahrscheinlich davon, dass er sich seit Jahren im Rollstuhl durch die Gegend bewegt.«

»Bis er eines Tages beschließt, einfach aufzustehen und herumzulaufen?« Dunbar lachte in sich hinein.

»Hör mir einfach zu, ja? Ich erklär's dir. Erstens ist diese ganze Nummer, die Galaxo abzieht, von vorne bis hinten Verarsche. Die sogenannte Auswahl? Totale Verarsche. Das macht er nur, um uns zu verscheißern. Wir haben gedacht, er würde von dem Wunsch getrieben zu zeigen, wie willkürlich die Welt ist oder die Regierung oder was auch immer, aber das ist totaler Scheiß. Die Sache mit der Auswahl bedeutet ihm nichts. Er bietet ja nicht einmal eine echte Wahl an.«

»Wie meinst du das?«

»Na ja, Finneran hat doch erzählt, Galaxo sei durchgedreht, als er sich dafür entschied, seine Genitalien zu verlieren und nicht die Augen.«

Dunbar sah ihn an. »Das ist ja auch ziemlich unfassbar, findest du nicht? Ich könnte gar nicht anders, als mich für meine Garnitur zu entscheiden, du etwa?«

»Darum geht's nicht, Gavin.«

»Ich meine ja nur.«

»Jedenfalls, Galaxo wollte, dass Finneran seine Augen wählt, da ist Finneran sich sicher. Als er das nicht tat, ist der Kerl völlig ausgerastet und hat ihn halb totgeprügelt, und dann hat er Finneran die Augen trotzdem rausgenommen.«

»Obwohl er sich dafür entschieden hatte, seinen Schniedel und die Klöten zu verlieren, der Spinner.«

»Genau. Also hatte Galaxo offenbar eine Agenda. Er hatte einen Plan, und Finneran hat ihm einen Strich durch die Rechnung gemacht. Schon mal von Hobsons Wahl gehört?«

»Hobson? War der nicht bei der Kripo von Middlesex?«

»Nein. Hobsons Wahl bedeutet, etwas sieht wie eine freie Wahl aus, ist aber eigentlich gar keine Wahl. Die ganze Zeit haben wir gedacht, er stellt den Leuten zwei Möglichkeiten zur Auswahl, aber ich glaube, so war das gar nicht. Ich wette, er hat ihnen eine bestimmte Wahl aufgezwungen. Er hat immer zwei Möglichkeiten angeboten, bei denen er vorher genau wusste, für welche sein Opfer sich entscheiden würde. Golding hatte die Wahl, Galaxo den Schwanz zu lutschen oder zuzulassen, dass seine Frau eine Brust verliert. Für jeden, der seine Frau wirklich liebt, sollte das keine schwere Entscheidung sein. Lisbon hatte die Wahl, entweder seine Füße zu verlieren oder Säure übers Gesicht gegossen zu bekommen. Wer hätte sich da nicht dafür entschieden, sich die Füße absägen zu lassen? Besonders wenn man so gut aussieht wie Lisbon. Der Mann sah sehr gut aus, weißt du noch?«

»Wir wissen nicht, was Galaxo Yasovich zur Auswahl gab.«

»Nein, aber ich wette, das, wogegen er sich entschied, war viel schlimmer, als sich die Zunge herausschneiden zu lassen. Und Finneran musste sich zwischen seinen Genitalien und seinen Augen entscheiden. Ich behaupte, Galaxo war sicher, dass er seine Genitalien würde behalten wollen, aber da lag er falsch. Und du hast selbst gesagt, du könntest gar nicht anders, als dich für deine Garnitur zu entscheiden. Als Finneran dann diese ›falsche‹ Wahl traf, jedenfalls nach Galaxos Meinung, da ist Galaxo ausgerastet und hat ihm die Augen trotzdem rausgenommen. Das stützt meine These, dass diese Auswahl totale Verarsche ist.«

Dunbar dachte kurz nach. »Was ist mit Pendleton? Was hatte er noch mal zur Auswahl?«

»Nach meiner Theorie spielt das keine Rolle. Aber Pendleton sagte, Galaxo habe gedroht, ihm alle Zähne zu ziehen oder ihm ein Ohr abzuschneiden. Ich weiß ja nicht, wie du das siehst, aber ich finde diese Auswahl relativ offen. Bei den anderen war das nicht so, sie hatten keine echte Wahl, Pendleton schon. Und da ist noch was.«

»Ja?«

Spader nickte und biss in sein Sandwich. »Ja. In einem Stapel Notizen unserer Arbeitsgruppe bin ich auf etwas gestoßen, was ich noch nicht gesehen hatte, oder jedenfalls konnte ich mich nicht erinnern. Einer von uns – Amanda, glaube ich – hat Pendletons Nachbarn gefragt, ob sie am fraglichen Abend etwas gesehen oder gehört hätten. Und eine Nachbarin, gleich nebenan, hat Pendleton und seine Mutter offenbar beobachtet, als sie an jenem Abend ins Krankenhaus fuhren. Die Mutter hat ihn im Rollstuhl aus dem Haus geschoben und in den Transporter verfrachtet. Und diese Nachbarin sagte zu Amanda: ›Wenigstens haben sie ihm das gute Ohr gelassen.‹ Amanda ist dem nachgegangen und hat herausgefunden, dass bei diesem Unfall in der Kindheit ebenfalls sein *rechtes* Ohr beschädigt worden war. Die Nachbarin sagte, ein großes Stück des Ohrs hätte gefehlt, und der Rest sei ›ausgefranst‹ gewesen.«

Als Spader die Fotos von Pendleton in dessen Haus zum ersten Mal gesehen hatte, hatte es ihn beeindruckt, dass der Mann die Narben in seinem Gesicht nicht verbarg. Nun vermutete er, dass ihm das Aussehen des beschädigten Ohrs bloß noch unangenehmer gewesen war als seine Narben.

Dunbar dachte wieder nach. »Also, worauf willst du hinaus?«

»Ich behaupte, diese ganze Auswahl-Nummer, die Galaxo da abzieht, ist ein Ablenkungsmanöver. Er will uns damit auf eine falsche Fährte locken, damit wir irgendwas in seine Psyche hineininterpretieren, eine Motivation, die gar nicht da ist. Ich behaupte, dass die Möglichkeiten, die Galaxo Pendleton angeblich zur Auswahl gab, gar nicht existiert haben, weil Pendleton Galaxo ist und sich das Ohr selbst abgeschnitten hat. Was wäre besser dazu geeignet, den Verdacht von sich abzulenken, als sich selbst wie ein Opfer aussehen zu lassen? Das haben wir schon bei anderen Fällen erlebt, auch wenn sie normalerweise nicht so weit gehen, sich selbst zu verstümmeln. Aber hier war das gar nicht so ein großer Verlust, weil sowieso kaum mehr als Narbengewebe davon übrig war.«

Dunbar runzelte die Stirn, stopfte sich den Rest seines Hotdogs in den Mund und kaute. Schließlich sagte er: »Was mich dabei stört, ist, dass er uns selbst auf sich aufmerksam macht, indem er sich als Opfer präsentiert. Vergessen wir mal, dass er sich dafür das Ohr selbst abschneiden musste. Was ich meine, ist: Ohne diesen Vorfall würden wir jetzt nicht mal seinen Namen kennen.«

»Vielleicht besteht ja doch eine Verbindung zwischen den Opfern, die wir bloß noch nicht gefunden haben. Falls ja, hat er vielleicht gedacht, wir finden das sowieso bald heraus, und dann nehmen wir ihn unter die Lupe, also handelt er vorausschauend, gibt sich selbst als Opfer aus und glaubt, damit sei er über jeden Verdacht erhaben.« Dunbar nickte. Spader fuhr fort: »Oder vielleicht törnt es ihn auch einfach an, uns zu verarschen. Er spielt ein Spiel mit uns, läuft durch die Gegend und tötet Leute, indem er ihnen Körperteile abschneidet, was auch immer, und dieses Spiel ist erregender für ihn, wenn er es für sich selbst riskanter macht. Wäre nicht das erste Mal, dass ein Täter Befriedigung daraus zieht, dass er an den Ermittlungen beteiligt ist. Dass jemand ein Verbrechen begeht und sich dann als Augenzeuge meldet.«

Dunbar rieb sich das Kinn. »Okay, ich muss zugeben, Galaxo hat bewiesen, dass er ein böser Bube ist. Verdammt scheißbrutal. Deshalb ist es ein bisschen komisch, dass er Pendleton das kaputte Ohr abschneidet, wo er dem armen Kerl auch das gute hätte nehmen können.«

»Genau.«

»Ich komme immer noch nicht über den Rollstuhl hinweg, John, aber versuchen wir mal, das für eine Sekunde zu vergessen. Und ich sage dir, das fällt mir schwer, auch für eine Sekunde. Aber sagen wir mal du hast recht, und Pendleton ist in Wirklichkeit Galaxo. Warum schneidet er sich dann das kaputte Ohr ab und nicht das gute? Es war doch klar, dass wir das rauskriegen.«

Spader zuckte die Achseln. »Wahrscheinlich weil er sich davon am leichtesten trennen konnte. Der Mann ist schon den Großteil seines Lebens entstellt. Sein Gesicht ist verschandelt, und sein rechtes Ohr war es auch. Nur sein linkes Ohr war noch nicht entstellt. Auch wenn er seit seinem Unfall, na ja, hässlich war, war er vielleicht doch noch so eitel, dass er sich nicht von dem Einzigen trennen konnte, was normal aussieht. Gott sei Dank für diese Eitelkeit, sonst wäre ich nie auf ihn gekommen.«

»Du bist viel zu vorschnell, John. Ich gebe zu, dass die Sache mit dem Ohr verdächtig ist, und ich räume ein, dass die Möglichkeiten, die Galaxo ihm zur Wahl gestellt hat, offener waren als bei den anderen Opfern, aber der Mann ist trotzdem ein Krüppel, oder? Was machst du damit?«

»Darum mache ich mir später Sorgen. Aber bedenke, was wir bis jetzt haben.« Spader zählte die Punkte an den Fingern ab. »Erstens: Pendleton ist ein Collegeabbrecher, wie es Galaxo nach unserem Profil wahrscheinlich ist. Zweitens ist er ein Einzelkind, auch wie im Profil. Drittens glaube ich, Pendleton könnte etwas gegen seinen Vater haben, was ebenfalls im Profil steht.«

»Wie kommst du darauf?«

»Erinnerst du dich an die Fotos im Haus? Dutzende. Aber von seinem alten Herrn habe ich keins gesehen. Kein einziges. Wenn er zu Lebzeiten ein netterer Mensch gewesen wäre, hätten sie doch wohl wenigstens ein Foto von ihm im Haus.«

»Vielleicht mochte die Frau ihn nicht, und es war ihre Entscheidung.«

»Auch dann ist es doch wahrscheinlich, dass das Leben mit ihm für Stanley nicht viel leichter war als für die Ehefrau.«

»Okay«, räumte Dunbar ein. »Kann sein, dass er mit seinem alten Herrn nicht auskam, aber das ist reine Spekulation. Und stand in dem Profil nicht, dass der Vater wahrscheinlich noch lebt?«

»Scheiße. Das hatte ich ganz vergessen. Aber kein Profil trifft hundertprozentig zu. Man kann nicht erwarten, dass Dwight W. Daniels überall ins Schwarze trifft.«

»Trotzdem ist es ein Argument gegen deine Theorie.«

»Vielleicht ein kleines. Okay, wo waren wir? Viertens, richtig? Also viertens: Er ist unseres Wissens das einzige Opfer, das nicht vor eine Wahl gestellt wurde, bei der die Entscheidung auf der Hand liegt, jedenfalls für die meisten Menschen. Fünftens lässt er sich das Ohr abschneiden, und dann stellt sich raus, dass dieses Ohr schon entstellt war. Du hast selbst gesagt, wenn Galaxo ihm schon nur ein Ohr abnehmen wollte und dabei die Wahl zwischen einem völlig unversehrten und einem entstellten hätte, dann würde er ihm wahrscheinlich das unversehrte nehmen.«

Dunbar nickte, wandte jedoch ein: »Und was ist mit Pendletons Mutter? Sie hatte echte Verbrennungen am Hals, die von einem Elektroschocker stammen. Du behauptest also, er setzt die Maske auf, verpasst seiner eigenen Mutter einen mit dem Elektroschocker und danach mit Chloroform und steckt sie in einen Schrank? Dann geht er nach nebenan, schneidet sich das Ohr ab und ruft den Krankenwagen?«

»Möglich wär's.«

»Vielleicht. Wenn der Mann nicht in einem verdammten *Rollstuhl* säße.«

Spader warf die unangerührte zweite Hälfte seines Sandwichs im Vorbeigehen in einen Mülleimer. »Vielleicht täuscht er das schon die ganze Zeit nur vor. Oder es ist besser geworden.«

Dunbar schüttelte den Kopf, dachte aber dennoch darüber nach. »Das weiß ich nicht, aber könnte er nicht jemanden angeheuert haben, der den ganzen Scheiß für ihn macht – sich die Maske aufsetzt und die Opfer überfällt? Und dann lässt er sich von dem Kerl das Ohr abschneiden, um uns von seiner Spur abzubringen?«

Spader schüttelte den Kopf. »Das glaube ich nicht. Wenn er jemanden dafür angeheuert hätte, dass er den Leuten das antut, dann würde es ihm nur ums Verletzen oder Töten gehen. Aber so wie Galaxo vorgeht, wie er seine Psychospielchen mit den Opfern treibt, genießt er, was er tut. Für so was heuert man niemanden an. Das macht man selbst. Ich glaube, es könnte Pendleton sein. Ich glaube, dass er vielleicht doch gehen kann. Natürlich kann ich mich irren, ich weiß, aber ich behaupte, da sind so viele Ungereimtheiten, dass ich mir den Mann ein bisschen genauer ansehen will. Ich sage nicht, ich bin sicher, dass er es ist, aber es lohnt eine genauere Überprüfung, meinst du nicht?«

Dunbar riss die Verpackung seines Küchleins auf. »Ich meine, wir sollten Sally davon erzählen.«

»Scheiße, nein! Warum?«

»Weil er dir gesagt hat, du sollst ihn auf dem Laufenden halten.«

Spader dachte kurz nach. »Mist, na gut. Gehen wir.«

»Erzähl mir einfach hinterher, wie es gelaufen ist.«

»Kommst du nicht mit?«

»Es ist deine Theorie. Ich glaube nicht mal dran. Willst du, dass ich neben dir sitze und skeptisch gucke?«

»Feigling.«

Dunbar zuckte die Achseln und biss die Hälfte seines Küchleins ab.

»Raus!«, sagte Detective Captain Struthers.

»Cap …«, setzte Spader an.

»Wir reden hier über den verkrüppelten Mann, ja? Dem

das Ohr fehlt? Der seit zwanzig Jahren nicht mehr gehen kann? Habe ich das richtig verstanden?«

»Ja und nein.«

»Wie das?«

»Ja, Sie meinen den Richtigen, aber nein, vielleicht täuschen wir uns, und er kann doch gehen.«

»Verdammt, Spader, Galaxo hat dem Mann das Ohr abgeschnitten.«

»Oder er hat es selbst getan.«

»Raus!«

»Hören Sie mich nur an, Cap.«

Struthers drückte sich die Handballen auf die Augen und seufzte. »Also dann, los.«

Spader erläuterte ihm seine Theorie, wie er es auch schon bei Dunbar getan hatte. Als er zum Ende kam, warf Struthers ihn erneut aus seinem Büro.

»Captain, ich möchte nur die Polizei von Beverly bitten, zwei Uniformierte in der Nähe von Pendletons Haus zu postieren. Mal sehen, was der Mann so treibt.«

»Antrag abgelehnt.«

»Aber Galaxo könnte jeden Tag wieder zuschlagen. Vielleicht schon heute Abend. Außerdem wäre es nicht einmal unser Personal. Beverly würde die Überwachung bestimmt abnicken, wenn wir sie darum bitten.«

»Auf keinen Fall. Sie sind ein guter Kriminalpolizist, ohne Frage, und normalerweise würde ich Ihnen hier Rückendeckung geben, aber Sie haben mir keinen guten Grund genannt, warum ich glauben soll, dass dieser verkrüppelte Mann gehen kann, geschweige denn in Häuser einbrechen und Menschen töten und den ganzen anderen Mist, den Galaxo tut. Die Presse macht uns jetzt schon fertig, die schlachten Galaxo und den *Jack of Spades* weidlich aus – was ich Herrgott noch mal hätte vorhersehen müssen. Der Staatsanwalt macht mir die Hölle heiß, weil das Amt des Gouverneurs ihn auf kleiner Flamme röstet. Richtig oder falsch, John, alle, die in der Nahrungskette über uns stehen, machen sich Sorgen darum, wie wir gerade in der Öffentlichkeit dastehen.«

»Wer soll denn herausfinden, dass die Polizei von Beverly sein Haus für kurze Zeit überwacht?«

»So naiv sind Sie doch nicht«, erwiderte Struthers. »Es wird herauskommen. Und dann… wenn die Wind davon bekommen, dass ich eine lokale Polizeibehörde gebeten habe, das Haus eines Mannes zu überwachen, der seit zwanzig Jahren im Rollstuhl sitzt, und darauf zu warten, dass er das Haus auf seinen zwei Beinen verlässt, irgendjemandem die Nase oder was auch immer abschneidet, dann zurück nach Hause geht und wieder in den Rollstuhl hüpft… wenn das herauskommt, sehen wir wie Volltrottel aus, und das wird Staatsanwalt Rawlings oder Gouverneur Winthrop nicht sehr glücklich machen.«

»Captain…«

Struthers hob die Hand und brachte Spader zum Schweigen. »Sehen Sie, John, Sie kennen mich, besser als viele hier. Ich bin nicht so diplomatisch wie manch anderer in meiner Position. Ich habe keine Angst, ein persönliches Risiko einzugehen, wenn das notwendig ist. Ich habe keine Angst vor der Presse, und ich hänge nicht so sehr an meinem Job, dass ich die Sicherheit der Bevölkerung aufs Spiel setzen würde, um ihn zu behalten. Aber Sie müssen begreifen, dass der Staatsanwalt mir eine klare Anweisung gegeben hat, wie ich die Sache handhaben soll, und solange mir keine überzeugenden Beweise dafür vorliegen, dass das falsch ist, werde ich meine Anweisungen befolgen, so gut ich kann. Außerdem haben Sie mir keinen Grund genannt, warum ich glauben soll, dass der Mann gehen kann.«

Spader schüttelte den Kopf. »Ich finde schon.«

»Hat ihn jemand aufstehen sehen?«

»Nein, aber…«

»Hat ihn vielleicht jemand durch den Garten laufen sehen?«

»Nein, aber wir haben auch nie gezielt danach gefragt.«

»Meinen Sie nicht, einer der Nachbarn hätte das erwähnt, wenn er es gesehen hätte? Ziemlich verdächtiges Verhalten für einen querschnittgelähmten Mann, meinen Sie nicht auch?«

»Bloß weil ihn niemand gehen gesehen hat…«

»In über zwanzig Jahren, Spader.« Er seufzte. »Und noch etwas.«

Spader wartete.

»Es wird gemunkelt, Sie würden der Theorie, dass unser alter Freund Eddie Rivers neuerdings gelbe Alien-Masken trägt, zu wenig Rechnung tragen.«

Wer zum Teufel hatte da hinter Spaders Rücken geplaudert? Fratello wahrscheinlich. Oder vielleicht Wilkins. »Stimmt nicht. Ich berücksichtige diesen Ansatz, ich ermittele auch in diese Richtung. Aber ich halte es für Quatsch.«

»Heute hat mir jemand erzählt, über unsere Hotline seien zwei Hinweise eingegangen, dass jemand, auf den seine Beschreibung passt, in der Nähe der Wohnung des letzten Opfers gesehen wurde. Wie heißt er noch? Finneran. Habe ich das richtig verstanden?«

Spader seufzte. »Rivers ist längst über alle Berge, Cap.«

»Haben wir diese Hinweise erhalten?«

»Ja. Beide anonym, was ein bisschen verdächtig ist.«

»Haben Sie vorher nie anonyme Hinweise erhalten?«

»Natürlich, aber das ist schon das zweite Opfer, der zweite Überfall, bei dem jemand anruft und sagt, Rivers sei in der Gegend gewesen, und alle Hinweise waren bisher anonym.«

»Was haben die Anrufer gesagt?«

»Einer sagte, er hätte jemanden, der wie Rivers aussieht, in einem Lokal knapp eine Meile von Finnerans Wohnung essen gesehen, nur ein paar Stunden vor dem Überfall. Der andere Anrufer erzählte, er hätte Rivers oder jemanden, der aussieht wie er, in Finnerans Straße herumlungern gesehen, nur ein paar Straßenecken weiter.«

»Sind Sie dem nachgegangen?«

»Ja. Beide Male habe ich Leute da hingeschickt, wo Rivers gesehen worden sein soll. Sie haben sein Foto herumgezeigt und die Anwohner gefragt, ob sie ihn gesehen hätten. Niemand hat ihn gesehen. Ich glaube, das ist Galaxo selbst, der uns da anruft, damit wir unsere Zeit vergeuden, damit wir in die falsche Richtung ermitteln. Aber wie Sie sehen, gehe ich den Hinweisen nach und befasse mich auch mit dieser Theorie.« Er hielt inne. »Trotzdem glaube ich, Pendleton könnte Galaxo sein.«

Struthers atmete tief durch. »John, ich habe mich für Sie weit aus dem Fenster gelehnt, sehr weit, weil ich glaubte, Sie seien der beste Detective für diesen Fall. Das glaube ich immer noch, und ich bin froh, dass ich Sie darauf angesetzt habe. Aber ich kann Ihnen gar nicht sagen, wie sehr ich mir wünsche, dass ich das nicht noch bereue.«

»Wird nicht passieren, Cap.«

Struthers musterte Spader. »Hören Sie gut zu. Wenn Sie Pendleton weiter unter die Lupe nehmen wollen, dann in Ihrer Freizeit. Sie wollen sein Haus überwachen: nur zu.

Aber in der Zwischenzeit suchen Sie weiter nach dem Mann, der wirklich hinter dieser Maske steckt, okay?«

Spader seufzte.

»Haben wir uns verstanden?«, fragte Struthers.

»Klar, Cap.«

»Gut. Und jetzt gehen Sie, finden Sie den Kerl.«

Spader stand auf und wandte sich zur Tür. Als er Struthers' Büro verließ, hörte er ihn leise sagen: »Dem Mann wurde das Ohr abgeschnitten, verdammt noch mal!«

»Na?«, fragte Dunbar, als Spader an seinen Schreibtisch zurückkehrte. »Ist Sally darauf eingegangen?«

»Wir fahren jetzt gleich zu Pendleton. Ich habe ein paar Fragen an ihn.«

»Dann ist Sally also darauf eingegangen?« Dunbar wirkte überrascht.

»Nicht so ganz, nein.«

»Und was wollen wir dann von Pendleton?«

»Habe ich doch gesagt. Ich habe Fragen an ihn.«

»Wenn Sally das rausfindet, wird ihm das nicht gefallen.«

»Er hat mir gesagt, ich soll den Fall weiter bearbeiten. Ich habe ein paar Fragen an einen Verdächtigen, und die werde ich stellen. Wenn Sally mir deswegen Ärger macht, sage ich ihm, dass ich noch Fragen an Pendleton als eines der Opfer hatte.«

»Klar, John, das kauft er dir bestimmt ab.«

»Mach dir wegen Struthers keine Sorgen. Er ist im Moment ein bisschen genervt, und das kann ich ihm nicht verdenken. Aber wenn wir Galaxo erst Handschellen anlegen, ist der Captain ein glücklicher Mann. Jetzt komm, wir besuchen Pendleton und finden raus, ob er in letzter Zeit Leute verstümmelt und getötet hat.«

ZWANZIG

Spader wollte gerade bei Pendleton klingeln, da ging die Tür auf, und Louise Pendleton, Stanleys Mutter, stand vor ihm, die Hand auf dem Türgriff. Stanley saß hinter ihr im Rollstuhl.

»Detective Spader? Mir war nicht klar, dass Sie uns besuchen wollten.« Sie drehte sich zu ihrem Sohn um. »Stan, Detective Spader und Detective Dunkirk sind hier.«

»Ja, Mom, aber ich glaube, er heißt Dunbar, nicht Dunkirk.«

Sie wandte sich an Dunbar. »Tut mir leid, Detective.«

Dunbar winkte ab.

»Wir haben noch ein paar Fragen an Sie«, sagte Spader. »Kommen wir ungelegen?«

»Ich wollte Stanley gerade zur Bibliothek fahren. Er arbeitet heute.«

»Sollen wir dann ein andermal wiederkommen?«

»Ich kann ruhig später kommen«, sagte Pendleton. »Ich mache das ja ehrenamtlich. Was sollen die da schon tun? Mich rausschmeißen? Und du hast gesagt, wenn du mich jetzt hinfahrst, bist du zu früh im Krankenhaus, Mom, also können wir ruhig ein paar Minuten mit den Polizisten reden, oder?«

»Ich denke schon.« Sie lächelte. »Bitte kommen Sie herein.«

Sie führte sie ins Wohnzimmer, dann ging sie in die Küche, um den Eistee zu holen, den sie ihnen angeboten hatte. Spader setzte sich auf die Couch und Dunbar in einen Sessel. Pendleton blieb im Rollstuhl sitzen. Spader blickte sich im Raum um. Auf dem Kaminsims standen Fotos von Pendleton, seiner Mutter und von beiden zusammen. Spader sah hinter sich. Zwischen Wand und Couch stand ein Gerät, das so ähnlich wie ein Barren aussah. Es war etwa drei Meter lang – länger als die Couch – und reichte bis ganz in die Raumecke. Spader erkannte es als Physiotherapie-Gerät, an dem Patienten wieder laufen lernen, indem sie sich mit den Händen auf die Balken stützen und daran entlangziehen. Da das Gerät hinter die Couch geschoben war, nahm Spader an, es sei schon länger nicht mehr benutzt worden. Andererseits ja vielleicht doch.

»Kommen Sie mit Ihren Ermittlungen voran?«, fragte Pendleton.

»Möglicherweise. Nicht so schnell bisher, wie uns lieb wäre, aber wir haben ein paar Spuren. Wie geht's Ihrem Ohr?«

Pendleton trug noch immer einen Verband, wo sein Ohr gewesen war. Er sah frisch aus, so, als wäre er erst am Morgen gewechselt worden. Es war sicher nützlich, dass seine Mutter Krankenschwester war.

»Wie es meinem Ohr geht? Weiß nicht. Ich habe es in letzter Zeit nicht gesehen.« Er lächelte. Spader erwiderte das Lächeln höflich. Dunbar lachte, anscheinend aufrichtig belustigt. »Tut mir leid. Ist nur meine Art, damit umzugehen. Es ist okay, denke ich. Muss noch eine Weile verheilen – ein, zwei Monate, haben sie mir gesagt –, bevor man daran denken kann, ein künstliches Ohr zu implantieren.« Spader nickte. Sie schwiegen einen Augenblick. »Sie sagten, Sie hätten noch ein paar Fragen an mich?«

»Das stimmt. Wir erstellen Profile von Galaxos Opfern, weil wir glauben, dass uns das etwas darüber verrät, wie er sie auswählt. Deshalb müssen wir ein paar Dinge wissen. Würden Sie uns zunächst noch einmal von dem Unfall erzählen, wegen dem Sie im Rollstuhl sitzen?«

Pendleton zuckte die Achseln. »Ich bin durch den Wald gewandert, an einem steilen Abhang entlang, und bin einfach abgerutscht. Hab mich ein bisschen überschlagen, bin hier und da abgeprallt.«

»Das muss schrecklich gewesen sein. Waren Sie allein?«

»Da war noch ein Junge bei mir.« Hatte Pendleton gezögert? »Der hat dann Hilfe geholt.«

Spader nickte. »Und wo geschah das? Ihr Unfall?« Dabei blätterte er sein Notizbuch durch, als würde er nur plaudern, während er nach einer bestimmten Stelle suchte.

Spader meinte, ein kurzes Zögern bei Pendleton zu bemerken, aber vielleicht täuschte er sich auch. »Mein Freund hat in der Nähe von einem Wald gewohnt.«

»Aha.« Spader blätterte ein paar Seiten um und fragte beiläufig: »Wie hieß Ihr Freund denn?«

»Mein Freund?« Diese Frage schien Pendleton wahrhaftig zu überrumpeln. Er blinzelte. »Das ist so lange her. Ich weiß nicht, ob ich ihn danach noch mal wiedergesehen habe.« Pendletons Mutter kehrte mit vier Gläsern Eistee auf einem Tablett mit Blumenmuster zurück. »Mom, erinnerst du dich an den Namen? Von dem Jungen, der Hilfe geholt hat, nachdem ich abgestürzt war? Timmy irgendwas, oder?«

Mrs Pendleton wirkte völlig ratlos. Sie setzte sich ans

andere Ende der Couch. »Daran erinnere ich mich wirklich nicht.«

»Simmons«, sagte Pendleton, als wäre es ihm gerade eingefallen. »Timmy Simmons, aber wahrscheinlich hört er jetzt auf Tim oder Timothy, er ist ja nicht mehr acht.« Er lächelte. Spader schwieg. »Wo hat er gewohnt, Mom? Leominster, oder?«

Sie zögerte, dann nickte sie. »Leominster, ja.« Sie schüttelte den Kopf. »Tut mir leid, wir denken nicht gern daran zurück.«

»Das kann ich verstehen«, erwiderte Spader. »Leominster also? Das ist um die sechzig Meilen von hier entfernt, dauert über eine Stunde, da hinzukommen. Lange Anfahrt, nur um mit einem Freund zu spielen.«

Pendleton sah Spader stirnrunzelnd an. »Wir waren keine richtigen Freunde. Ich glaube, Mom hat einen Hausbesuch gemacht oder so was, wissen Sie, hat jemand besucht, der ans Bett gefesselt war oder so, und Timmy hat da gewohnt. Während Mom ihre Arbeit gemacht hat, sind der Junge und ich im Wald hinter seinem Haus spielen gegangen. Als ich abstürzte, ist er losgerannt, Mom holen.«

»Verstehe. Gut, dass Sie dort waren, Mrs Pendleton, als Krankenschwester.«

Sie zuckte die Achseln. »Ich konnte nicht viel tun, oder?«

»Nein, vermutlich nicht. Also, Mr Pendleton, Sie haben sich … was gebrochen? Das Rückgrat?«

»Zwei Knochen im Rücken, Wirbel, ungefähr auf Bauchnabelhöhe.«

»Und das Gesicht haben Sie sich auch verletzt?«

»Ja. Hübsch, was? Ich weiß, wie es aussieht, mein Gesicht, aber mittlerweile habe ich mich daran gewöhnt.«

Spader erwog zu fragen, ob er sich bei dem Sturz weitere Schrammen oder Verletzungen zugezogen habe, nur um zu sehen, ob Pendleton ihnen von dem entstellten Ohr erzählen würde, beschloss dann aber, nicht preiszugeben, dass sie davon wussten. Stattdessen sagte er: »All die Jahre im Rollstuhl, das muss sehr schwer für Sie sein. Das ist eine lange Zeit, nicht wahr? Wie alt waren Sie, als es geschah?«

»Acht.«

»Und Sie konnten nie wieder gehen?«

»Nein. Ich hab's eine Weile versucht, obwohl es keine Hoffnung für mich gab. Mom hat sogar das Mass General, wo sie arbeitet, überredet, uns den alten Reha-Barren da zu verkaufen. Damals war ich noch klein. Sie hat viel von dem Geld aus der Lebensversicherung meines Vaters dafür verwendet. Aber das hat mich auch nicht weitergebracht. Ich würde das Ding gern loswerden, aber sie nicht. Nach der ganzen Zeit hat sie immer noch Hoffnung.«

»Ich bete jeden Tag um ein Wunder, Stan«, sagte sie. »Was ist daran falsch?«

»Es ist einundzwanzig Jahre her«, sagte Pendleton. »Wenn es bei mir hätte passieren sollen, dann wäre es längst passiert.«

»Du musst es trotzdem weiter probieren. Du hast den Barren seit Jahren nicht angerührt.«

»Das hat doch keinen Sinn, Mom.« Pendleton sah die Polizisten an. »Wir führen dieses Gespräch mehrmals pro Jahr.«

Spader nickte. »Ihr Arzt glaubte, es sei möglich, dass Sie irgendwann wieder gehen können?«

Pendleton zuckte die Achseln. »Nein. Das hat er nie geglaubt. Wunder kommen vor, schätze ich«, sagte er und sah seine Mutter an, »aber mein Arzt hat mir nie Hoffnung gemacht. Das hält Mom aber nicht vom Beten ab oder davon, mich immer mal wieder zu drängen, es noch mal zu probieren, wahrscheinlich um herauszufinden, ob Gott mir über Nacht ein neues Rückenmark geschenkt hat.«

»Es würde dich nicht umbringen, wenn du auch ein bisschen darum beten würdest, Stanley.«

Pendleton lächelte und schüttelte den Kopf.

»Wissen Sie«, setzte Spader zu einer faustdicken Lüge an, »ich habe einen Freund in New York, der ist Neurologe. Spezialisiert auf genau die Sorte Verletzung, die bei Ihnen vorzuliegen scheint. Ich wette, mein Freund kennt Ihren Arzt. Die gehen wahrscheinlich zu denselben Konferenzen und so weiter. Wer war denn Ihr Arzt?«

Pendleton zögerte. »Ich habe eigentlich keinen mehr. Kein Bedarf. Bei mir wird nichts besser oder schlechter. Und Mom kümmert sich um die meisten meiner Bedürfnisse.«

»Verstehe.« Spader beschloss, nicht nachzuhaken. Falls Pendleton Galaxo war, würde er nach diesem Besuch sicherlich Verdacht geschöpft haben, aber es bestand kein Grund, ihn zu sehr aufzuschrecken. »Ihr Vater ist schon vor Jahren gestorben, stimmt das?«

»Sein Vater hatte Lungenkrebs«, warf Mrs Pendleton ein. »Hat geraucht wie ein … ähm …«

»Schlot?«, schlug Dunbar vor.

»Ich wollte sagen, wie ein Zigarettenrauchapparat, aber Schlot ist wohl korrekter.«

Spader blätterte wieder ein paar Seiten in seinem Notizbuch um. »Mr Pendleton, erinnern Sie sich …«

»Hätten Sie was dagegen, mich Stanley zu nennen?«

»Natürlich nicht. Wissen Sie noch, wo Sie am achten und dreißigsten Juni abends waren?«

Pendleton runzelte die Stirn und trank einen Schluck Eistee. »Ich weiß nicht genau. Warum?«

»An diesen Abenden beging Galaxo seine ersten beiden Verbrechen.«

Pendleton runzelte noch immer die Stirn. »Ich verstehe nicht. Fragt man so was nicht normalerweise die Verdächtigen?«

Spader zwang sich zu lachen. »Nun ja, das stimmt, aber ich möchte herausfinden, warum Galaxo an diesen Abenden ausgerechnet die ersten beiden Opfer überfiel und nicht zum Beispiel Sie.«

»Ich verstehe immer noch nicht, wie Sie das meinen.«

»Nun, falls er zum Beispiel zuerst Sie überfallen wollte, Sie aber an dem Abend nicht zu Hause waren und er dann jemand anderen überfiel, dann wären Sie eigentlich seine erste Wahl gewesen. Und das könnte uns etwas über ihn sagen, über das Muster, nach dem er vorgeht, etwas in der Art. Wer das erste Opfer eines solchen Täters ist und in welcher Reihenfolge die Opfer danach kommen, ist für uns sehr aufschlussreich.«

Spader beobachtete Pendleton genau. Er schien über Spaders Worte nachzudenken, dann nickte er bedächtig. »Ich kann mich nicht erinnern, wo ich war, aber die Chancen stehen ziemlich gut, dass ich zu Hause war. Mom war wahrscheinlich auch hier, bei mir. Mom, erinnerst du dich an die beiden Abende?«

»Ich könnte in meinem Terminkalender nachsehen, aber wahrscheinlich waren wir zu Hause. Wir gehen hier ziemlich früh zu Bett. Na ja, ich jedenfalls. Stanley bleibt manchmal lange auf und sieht fern.«

Spader gab vor, sich etwas zu notieren. »Und vorvorgestern Abend? Waren Sie da zu Hause?«

Pendleton antwortete nicht gleich. Er blickte Spader an, der geduldig wartete. »Ja, da war ich zu Hause.«

»Waren Sie ebenfalls zu Hause, Mrs Pendleton?«

»Vorvorgestern Abend nicht, nein. Eine Kollegin hatte mich gebeten, den Dienst mit ihr zu tauschen, deshalb habe ich nachts gearbeitet statt tagsüber.«

»Also«, sagte Pendleton, »habe ich wohl für vorvorgestern Abend kein Alibi – außer diesem Rollstuhl.« Er lachte. Auch Spader zwang sich erneut zu lachen. Dann schwiegen sie. Spader hatte nichts dagegen, dass das Schweigen sich in die Länge zog, auch wenn es unbehaglich war. Er wollte sehen, wie Pendleton reagierte. Er trank von seinem Eistee. Dunbar wusste, was Spader beabsichtigte, daher trank er ebenfalls von seinem Eistee. Schließlich sagte Pendleton: »Sie haben gesagt, Sie hätten noch Fragen zum Fall. Wie wär's, wenn wir damit anfangen?«

»Das haben wir schon. Ich habe Sie gefragt, wo Sie waren, als die ersten beiden Opfer überfallen wurden. Dasselbe fragen wir auch die letzten beiden Opfer, über die Sie sicherlich gelesen haben.« Er meinte Jeffrey Golding, über den die Öffentlichkeit kaum etwas erfahren hatte, und Matthew Finneran. »Wir vergleichen, was die übrigen Opfer taten, während einer der anderen überfallen wurde.«

»Aha«, sagte Pendleton nach einem Augenblick. »Sonst noch Fragen? Wir möchten wirklich alles tun, was Ihnen hilft, diesen Kerl zu schnappen.«

»Da bin ich sicher.« Spader sah Mrs Pendleton neben sich auf der Couch an. »Mrs Pendleton, ich habe Sie unhöflicherweise gar nicht gefragt, wie es Ihnen geht. Was macht Ihr Hals?«

»Ich? Ach, mir geht's gut. Zwei kleine Verbrennungen.

Nichts Besorgniserregendes. Nichts im Vergleich zu dem, was der arme Stanley durchmachen musste.«

»Ja, das stimmt wohl. Aber es muss trotzdem ein beängstigendes Erlebnis für Sie gewesen sein.«

Sie schüttelte den Kopf. »Ich werde sicher nicht nostalgisch werden, wenn ich in zwanzig Jahren auf dem Sterbebett liege.«

»In dreißig Jahren, Mom«, widersprach Pendleton. »Geh von dreißig aus.«

»Ich bin jetzt einundsechzig. Wer um alles in der Welt will denn neunzig Jahre alt werden? Dann funktioniert doch nichts mehr. Noch zwanzig Jahre würden mir vollauf genügen.«

»Aber was soll ich ohne dich tun?« Er lächelte, doch Mrs Pendleton schien diese Frage wirklich zu beunruhigen.

»Ich weiß es nicht, Stan, und das bereitet mir schlaflose Nächte.«

»Mom, das war ein Scherz. Ich werde zurechtkommen.«

Mrs Pendleton nickte. Spader ließ ihnen einen Augenblick Zeit, dann fragte er: »Übrigens, waren Sie als Kind mal im Ferienlager? Bei den Pfadfindern oder im Sportlager oder so? Vielleicht bevor Sie … Sie wissen schon …« Er deutete mit dem Kopf auf den Rollstuhl.

»Heute Morgen hat schon jemand angerufen und das gefragt. Nein, nie. Wir hatten nie genug Geld für so was.«

»Tut mir leid, dass ich noch einmal frage. Ich will nur gründlich sein.« Er blickte von seinem Notizbuch auf und sah Pendleton in die Augen. »Hätten Sie etwas dagegen, dass wir uns ein wenig im Haus umsehen? Als wir zum ersten Mal hier waren, haben wir uns auf das Offensichtliche konzentriert, aber vielleicht gibt es hier noch etwas,

was uns weiterhilft, etwas, was wir beim ersten Mal übersehen haben.«

Pendleton sah auf die Uhr. »Im Prinzip gern. Nur wird es langsam doch ziemlich spät. Ich sollte jetzt in die Bibliothek fahren.«

Spader nickte. So weit dazu, dass Pendleton alles tat, um bei der Ergreifung Galaxos zu helfen. »Was sollen die denn machen? Sie rausschmeißen?« Er lächelte.

Pendleton lachte. »Nein, wohl kaum, aber ich lese den kleinen Kindern vor, und die verlassen sich darauf, dass ich zu bestimmten Zeiten da bin. Ich möchte nicht, dass sie kommen, mich nicht da finden und enttäuscht wieder abziehen.«

»Oh, na ja, das würde ich auch nicht wollen.«

»Aber ein andermal gern«, fügte Pendleton hinzu. »Rufen Sie vorher an, damit ich auch zu Hause bin, und dann führen wir Sie rum.« *Das würde dir auch Zeit geben, alles Belastende zu verstecken, nicht wahr, Stanley?* »Dann können Sie sich überall umsehen.«

»Das wäre großartig.«

»Wie gesagt, wir helfen, wo wir können. Rufen Sie uns einfach an.« Er lächelte. Einen Augenblick später erwiderte Spader das Lächeln.

Nach ihrem Besuch bei Pendleton fuhr Spader den Crown Vic einmal ganz um den Block und parkte dann im Schatten einer gewaltigen Eiche hinter einem monströsen Pickup, zwei Häuser von Pendletons Haus entfernt. Von dort aus beobachteten sie, wie Mrs Pendleton ihren Sohn die Rampe hinab zu ihrem rollstuhlgerechten Transporter schob. Sie öffnete die Tür, betätigte einen Knopf oder Hebel, woraufhin sich die große Tür auf der Beifahrerseite öffnete und eine Hebebühne herabfuhr.

»Meinst du, er weiß, dass wir ihn gerade beobachten?«, fragte Dunbar.

»Er hat sich nicht umgesehen, nicht mal ansatzweise, hat weder zum Himmel gesehen, noch ob Nachbarn auf der Straße sind, nichts, von daher würde ich sagen, ja, er weiß es.« Die Hebebühne erreichte den Boden. Mrs Pendleton schob ihren Sohn um den Wagen herum und auf die Hebebühne. Dann schien sie wieder einen Knopf zu drücken, und die Hebebühne fuhr in die Höhe und beförderte Pendleton mitsamt Rollstuhl in den Transporter.

»Was denn, kann der Mann auch seine Arme nicht benutzen?«, fragte Dunbar. »Guck dir das an. Seine Mutter macht alles für ihn.«

»Ich glaube, das ist für uns gedacht. Wahrscheinlich hat er gesagt, er sei heute müde oder so was, und sie hängt so an ihm, dass sie es ihm abkauft. Er will, dass wir ihn für hilfloser halten, als er ist.«

»Oder«, wandte Dunbar ein, »er ist wirklich hilfloser, als du denkst.«

Spader beobachtete, wie die Frau um den Wagen herum zur Fahrertür ging und einstieg. »Ich würde gerne warten, bis sie weg sind, und mich dann ein bisschen im Haus umsehen.«

Dunbar sah ihn besorgt an. »Ähm, John, wir dürfen nicht… und wir haben nicht annähernd genug für einen Haussuchungsbefehl. Ich meine, ich wundere mich, dass ausgerechnet du…«

»Ich sage nicht, wir sollten es tun.« Spader würde nicht noch einen Mörder aufgrund eines Formfehlers straffrei davonkommen lassen – allerdings würden viele Menschen eine verfassungsrechtlich gesehen illegale Haussuchung sicher nicht bloß als Formfehler betrachten. »Ich habe nur gesagt, ich würde gern.«

Sie hatten die Fenster heruntergefahren, um die schwache Brise in den heißen Wagen zu lassen, und hörten den Motor von Mrs Pendletons Transporter anspringen. Noch bevor sie rückwärts aus der Einfahrt gesetzt hatte, hatte Spader selbst den Gang eingelegt und fuhr los. Während sie zurück Richtung Salem fuhren, fragte Dunbar: »Und, was glaubst du?«

»Was ich glaube? Ich glaube, der Mann ist ein Lügner. Und ich glaube, er ist ein Mörder.«

»Du glaubst, er kann gehen?«

»Er kann gehen.«

»Wie?«

»Ich habe keine Ahnung, aber er kann es. Hast du nicht gemerkt, dass er gelogen hat?«

»O doch«, sagte Dunbar, »ich weiß nicht, warum, aber bei seinem Unfall hat er gelogen. Als du ihn gefragt hast, wo das war, hat es ein bisschen zu lange gedauert, bis es ihm einfiel, als hätte er sich das in dem Moment erst ausgedacht.«

»Er ist clever«, sagte Spader. »Muss er auch sein, um das zu tun, was er tut, ohne Spuren zu hinterlassen. Aber *so* clever ist er auch wieder nicht. Aus dem Stand heraus reagiert er nicht so gut.«

»Nette Wortwahl.«

»Du weißt, was ich meine. Ach, und ist dir aufgefallen, dass er meiner Frage nach dem Namen seines Arztes ausgewichen ist?«

Dunbar nickte. »Und er hat immer wieder betont, wie sehr es ihm am Herzen liegt, uns zu helfen, aber als du ihn gefragt hast, ob wir uns im Haus umsehen dürfen, da ist er plötzlich doch spät dran zur Märchenstunde für die Waisen und behinderten kleinen Kinder.«

»Von Waisen oder behinderten Kindern habe ich nichts gehört«, wandte Spader ein.

»Ich meine ja nur. Aber du wusstest, dass er so reagieren würde, ja? Deshalb hast du ihn gefragt.«

»Ich wusste, er lässt niemals zu, dass wir uns da umsehen. Sagt dir das nichts?«

»Doch: dass er lügt. Allerdings erklärt es nicht, wie es sein kann, dass er laufen und all das tun kann, was Galaxo tut.«

»Aber die Alarmglocken schrillen bei dir, ja?«

»Klar, aber bis du mir beweist, dass er gehen kann, glaube ich, dass er aus einem anderen Grund gelogen hat. Vielleicht hat er irgendwo einen Stash Pot versteckt oder eine riesige Pornosammlung, von der Mommy nichts wissen soll. Oder, wie ich neulich sagte, er ist vielleicht nicht Galaxo, hat aber jemanden angeheuert, der die Galaxo-Sache durchzieht. Das könnte doch sein, oder?«

»Schon, aber ich bezweifle es immer noch. Außerdem habe ich so ein Gefühl, weißt du? Ich glaube, Pendleton ist unser Mann.«

Dunbar schüttelte den Kopf. »John, wenn er gehen könnte, meinst du nicht, dann hätte ihn mal jemand gehen sehen? Seine Mutter, ein Nachbar, der Postbote, irgendjemand. Wir haben mit allen gesprochen, aber niemand hat erwähnt, dass er den Mann mal gehen gesehen hat.«

»Er hat es doch vorhin selbst gesagt. Der Rollstuhl da ist ein fantastisches Alibi.«

»Ich weiß nicht, Pendleton sitzt seit einundzwanzig Jahren im Rollstuhl. Das kann man nicht vortäuschen, so lange kann man nicht im Rollstuhl sitzen, obwohl man gehen kann. Das kann man einfach nicht.«

»Wer weiß. Ich möchte mit seinem Arzt sprechen.«

»Er hat uns den Namen seines Arztes nicht genannt.«

»Den finden wir raus.«

Dunbar sah auf die Uhr auf dem Armaturenbrett. »Es ist schon spät. Die Leute machen Feierabend.«

»Wir suchen morgen nach dem Arzt.«

Dunbar klatschte in die Hände. »Ich hatte gehofft, dass du das sagst. Die Sox spielen heute Abend. Großes Spiel gegen die Jays.«

»Prima. Das Autoradio hat einen fantastischen Empfang.«

Dunbar sah Spader an. »Kommt nicht infrage.«

»Wir überwachen heute Nacht sein Haus.«

Dunbar stöhnte. »Scheiße, John, Überwachung? Die ganze Nacht vor Pendletons Haus sitzen? Und dann müssen wir morgen pünktlich wieder im Büro sein.«

»Genau.« Dunbar stöhnte noch einmal, daher erklärte Spader: »Ich brauche dich dabei, Gavin. Wir müssen uns gegenseitig wach halten. Galaxo wird immer schneller. Wer weiß? Womöglich schlägt er schon heute Nacht wieder zu.«

»Aber wenn er wirklich unser Mann ist, glaubst du, dann ist er so blöd, dass er gleich losstürzt und noch jemand überfällt, obwohl er weiß, dass wir ihm möglicherweise auf der Spur sind?«

»Vielleicht nicht. Vielleicht hat unser Besuch ihn aber auch so erschreckt, dass er unvorsichtig wird. Vielleicht will er mit einem großen Knall von der Bühne gehen, uns ein großes Finale liefern, bevor wir ihn schnappen. Und dann wäre es besser, wenn wir ihn beobachten. Oder vielleicht tut er auch das Gegenteil, hält sich eine Weile bedeckt und beschließt, irgendwelche Beweise loszuwerden, irgendwas, was er im Keller oder sonst wo versteckt.« *Zum Beispiel in einem Lagerhaus, wie Eddie Rivers.* »Dann müssen wir ihm folgen, damit die Beweise nicht verschwinden.«

Dunbar seufzte.

»Galaxo zieht erst spätabends los«, fuhr Spader fort. »Also hole ich dich nach dem Abendessen ab, sagen wir um halb acht. Ich bringe Sandwichs für einen Mitternachtsimbiss mit.«

»Nein, danke«, erwiderte Dunbar verdrossen. »Du würdest bestimmt Thunfisch mitbringen. Den hattest du auch zum Mittagessen, und dein Atem riecht schon den ganzen Tag danach. Das will ich nicht noch den ganzen Abend im Auto riechen. Also hole ich unsere Sandwichs.«

»Ich hasse Eiersalat. Alles außer Eiersalat für mich.«

»Und Thunfisch.«

EINUNDZWANZIG

Spader würgte den letzten Bissen des Eiersalat-Sandwichs herunter, das Dunbar ihm mitgebracht hatte, und sah wieder in die Galaxo-Akte, die aufgeschlagen auf seinem Schoß lag. Dunbar kaute sein Roggensandwich mit Eiersalat und behielt Pendletons Haus im Blick. Er hatte keinen Ton gesagt, seit sie sich das Ende des Red-Sox-Spiels angehört hatten – des Spiels, das Dunbar sich nicht hatte im Fernsehen anschauen können und das damit geendet hatte, dass Boston mit einem sensationellen, spielentscheidenden Home Run in der zweiten Hälfte des dreizehnten Innings gewonnen hatte.

Sie standen ein kleines Stück von der Stelle entfernt, wo sie am Nachmittag beobachtet hatten, wie Mrs Pendleton ihren Sohn ins Auto verfrachtet hatte, doch sie konnten das Haus gut sehen. Seit fast vier Stunden waren sie nun hier. In den ersten Stunden hatten sie hinter den geschlossenen Vorhängen und Rollos Umrisse sehen können – die schlanke Silhouette von Mrs Pendleton, die durchs Haus zockelte, und die niedrigeren, kompakteren Konturen von Stanley Pendleton, der von einem Zimmer ins andere rollte. Doch gegen zweiundzwanzig Uhr hatten die Pendletons das Licht ausgemacht und waren anscheinend zu Bett gegangen. Seither hatten die Polizisten keine Bewegungen mehr gesehen.

Spader überflog eine weitere Seite in der Akte. »Wenn ich recht habe und die Sache mit den Wahlmöglichkeiten Verarsche ist«, sagte er, »also die willkürliche Auswahl der Opfer und der Wahlmöglichkeiten, dann bedeutet das, Pendleton hat eine Agenda.«

Dunbar hatte den Mund voller Eiersalat. »Falls du auch damit recht hast, dass er Galaxo ist.«

Darauf ging Spader nicht ein. »Und das bedeutet, dass er wahrscheinlich ganz bestimmte Leute ins Visier nimmt und jeden auf eine bestimmte, vorab geplante Weise bestraft, glaube ich. Was wir nicht wissen, ist, welcher Beweggrund dem zugrunde liegt.«

Er blickte in seine Notizen, obwohl er das meiste längst auswendig kannte.

»Yasovich hat er die Zunge herausgeschnitten. Vielleicht hat Yasovich etwas gesagt, was er nach Pendletons Meinung nicht hätte sagen dürfen. Der Nächste war Lisbon, der seine Füße verloren hat.«

Dunbar schluckte herunter, was er im Mund hatte, und schien etwas sagen zu wollen, nahm dann jedoch erst einen weiteren Bissen, ehe er sprach. Das tat er garantiert absichtlich. »Deiner Theorie zufolge hat Lisbon seine Füße vielleicht für etwas benutzt, wofür er sie nicht hätte benutzen sollen.«

»Oder sie nicht für etwas benutzt, wofür er sie nach Pendletons Meinung hätte benutzen *sollen*. Der Nächste war Pendleton selbst, aber den können wir auslassen.«

»Wie gesagt: Falls du recht hast und er Galaxo ist.«

Spader fuhr fort, als hätte er Dunbar nicht gehört. »Golding war der Nächste. Galaxo zwang ihn, ein paar Sekunden Fellatio an ihm zu praktizieren.«

Dunbar stopfte sich den Rest des Sandwichs in den

Mund und wandte dann erst ein: »Wie zum Teufel passt das in deine Theorie? Hat Golding jemandem einen geblasen, bei dem er das nicht hätte tun sollen? Oder jemandem nicht einen geblasen, obwohl er gesollt hätte?« Spader zuckte die Achseln. »Das passt nicht. Und ich finde jetzt doch wieder, dass das alles ziemlich willkürlich klingt.«

Spader preschte weiter. »Nach Golding kam Finneran, der die Augen verlor. Vielleicht hat er etwas gesehen, was er nicht hätte sehen sollen.«

Dunbar schüttelte den Kopf. »Ich weiß nicht, John. Du kannst Golding und das, wozu Galaxo ihn gezwungen hat, nicht einfach ignorieren. Diese ganze Blowjob-Geschichte scheint keinen Sinn zu ergeben. Ich wüsste nicht, wie das zu deiner Theorie passen soll.«

»Ich weiß auch noch nicht genau, wie es funktioniert, aber das heißt nicht, dass es nicht passt.« Er überflog seine Notizen. Sein Blick fiel auf eine Seite, der er in letzter Zeit nicht viel Beachtung geschenkt hatte, und er fragte sich, ob er etwas übersehen hatte. Zuvor war es ihm wie eine Sackgasse erschienen, aber vielleicht hätte er Finneran die Frage trotzdem stellen sollen. Er blätterte zu der Liste mit den Kontaktdaten und rief mit dem Handy im Newton-Wellesley Hospital an. Er ließ sich mit der Intensivstation verbinden, wo sich eine schläfrige Krankenschwester meldete.

»Ich muss mit einem Patienten sprechen«, sagte Spader.

»Es ist fast Mitternacht«, erwiderte die Krankenschwester.

»Es ist wichtig.«

»Es ist zu spät. Die Patienten schlafen.«

»Sie schlafen alle? Sie haben gerade erst nachgeschaut, gerade eben, und jeder einzelne schläft?«

Kurzes Schweigen. »Auf dieser Station haben die Patienten kein Telefon, und ich werde so spät deswegen nicht noch in ein Krankenzimmer gehen.«

»Ich bin Kriminalpolizist. Ich würde nicht fragen, wenn es nicht wichtig wäre.«

»Die Gesundheit unserer Patienten ist wichtig.«

»Natürlich. Dürfte ich Sie nach Ihrem Namen fragen?«

»Nancy.«

»Na gut, Nancy, ich verstehe. Sie sorgen sich um Ihre Patienten. Und ich sorge mich darum, Mörder zu fangen. Also würden Sie bitte nachschauen, ob Matthew Finneran wach ist?«

»Mr Finnerans Kiefer ist verdrahtet. Er kann nicht einmal telefonieren. Außerdem ist er stark sediert, Detective. Er benötigt eine Menge Schmerzmittel.«

»Herrgott, Nancy, können Sie nicht einfach einen Blick in sein Zimmer werfen? Finneran wurde fast totgeschlagen, und dann wurden ihm mit einem Löffel die Augen herausgenommen. Ich könnte mir vorstellen, da sein Leben eine so unerwartete, unerfreuliche Wendung genommen hat, liegt er vielleicht hellwach in seinem Zimmer, denkt darüber nach, wie beschissen seine Lage ist und wie schön es wäre, wenn das Arschloch, das dafür verantwortlich ist, hinter Gitter käme. Außerdem könnte ich mir vorstellen, dass er Informationen hat, die dabei helfen können. Also werfen Sie doch bitte einen kurzen Blick in sein Zimmer, und wenn er wach ist, fragen Sie ihn, ob er mir ein, zwei Fragen beantworten würde, okay? Es sei denn natürlich, Ihnen wäre lieber, dass der Mann, der ihn überfallen hat, einfach damit weitermachen kann, und vielleicht können Sie dann zusehen, wie Ihre Station sich mit Patienten ohne Augen oder ohne Beine füllt oder …«

Sie unterbrach ihn. »Und sein Kiefer? Er kann wirklich nicht sprechen.«

»Vielleicht könnten Sie die Fragen an ihn weitergeben und mir sagen, was er antwortet. Vielleicht können Sie ihn besser verstehen als ich am Telefon.«

Die Krankenschwester atmete hörbar tief durch. »Ich sehe nach, ob er wach ist und mit Ihnen reden möchte. Falls ja, versuche ich Ihnen zu helfen. Sonst müssen Sie morgen wieder anrufen.«

»Einverstanden. Sagen Sie ihm, hier ist Detective Spader.«

Spader hörte, wie der Hörer auf eine harte Oberfläche fiel. Er hoffte, er werde niemals auf der Intensivstation des Newton-Wellesley Hospital landen – oder erst, wenn Schwester Nancy im Ruhestand war. Gleich darauf wurde der Hörer wieder aufgenommen.

»Er wird mit Ihnen reden.«

Sie gab Spader keine Gelegenheit, ihr zu danken. Auch gut. Wahrscheinlich hätte er das sowieso nicht getan.

»Detective Spader? Ich bin jetzt in Mr Finnerans Zimmer. Er ist wach, wirkt aber ziemlich weggetreten. Auf seinem Krankenblatt steht, dass er erst vor knapp einer halben Stunde Morphin bekommen hat.« Sie senkte die Stimme. »Er wirkt ein bisschen neben der Spur. Ich weiß nicht, ob er Ihnen helfen kann.«

»Verstehe«, sagte Spader. »Versuchen wir es einfach. Zunächst entschuldigen Sie mich bitte bei ihm dafür, dass ich ihn behellige; dann sagen Sie ihm, ich hätte ein, zwei Fragen.«

Er hörte, wie sie seine Anweisungen befolgte.

»Okay, jetzt fragen Sie ihn bitte, ob er als Kind im Ferienlager war.«

Nancy verschlug es kurz die Sprache. »Das meinen Sie jetzt nicht ernst. Deshalb das ganze Theater? Er ist im Moment kaum bei Bewusstsein, und Sie wollen wissen …«

»Nancy, jetzt sind Sie schon mal da, also stellen Sie ihm einfach die gottverdammte Frage, okay?«

Nach einem kurzen frostigen Schweigen hörte er sie die Frage stellen, und Finneran nuschelte etwas.

»Detective, er ist wirklich weggetreten. Ich weiß nicht, wie verlässlich seine Antworten sind.«

»Hat er denn geantwortet?«

»Es klang, als hätte er gesagt, dass er als Kind im Ferienlager war, im Alter von sieben bis zehn Jahren.«

»Fragen Sie ihn, wie das Lager hieß.«

Sie seufzte direkt in die Sprechmuschel, sehr laut in Spaders Ohren, dann stellte sie Finneran die Frage, und der murmelte etwas.

»Er sagt, er ist sich nicht sicher.«

»Fragen Sie ihn noch einmal. Sagen Sie ihm, es sei wichtig.«

Wieder senkte sie die Stimme. »Detective, er ist völlig hinüber.«

»Bitte fragen Sie ihn noch einmal.«

Sie tat es. Finneran murmelte wieder etwas.

»Nun?«, fragte Spader.

»Er glaubt, er erinnert sich, aber der Name klingt komisch. Schwer zu verstehen, was er sagt.«

Spader hätte es lieber von Finneran selbst gehört, aber er benötigte eine Antwort. »Fragen Sie ihn, ob es das Camp Wiki-Wah-Nee war.«

»Wiki-Wah-Nee. Okay, ich frage ihn.« Gleich darauf sagte sie: »Möglicherweise hat er genickt. Ich glaube, mehr ist von ihm im Moment nicht zu erwarten.«

»Fragen Sie ihn, ob er sich aus dem Lager an einen Jungen namens Stanley Pendleton erinnert.«

Sie tat es. »Keine Antwort. Kann sein, dass er eingeschlafen ist.«

»Wecken Sie ihn.«

»Nein, das mache ich nicht.«

Vor Enttäuschung atmete Spader geräuschvoll aus. »Sagen Sie ihm, es ist sehr wichtig. Fragen Sie ihn, ob er sich an einen Stanley Pendleton im Lager erinnert. Fragen Sie ihn, ob er sich an einen Unfall in einem Sommer dort erinnert, an ein Kind, das einen Abhang hinabgestürzt ist und sich schlimm verletzt hat.«

»Detective ...«

»Fragen Sie ihn einfach, verdammt noch mal, dann sind wir hier fertig!«

Sie zögerte, dann tat sie wie geheißen. Gleich darauf sagte sie: »Nichts. Keine Antwort. Er schläft, Detective, und er wird so schnell nicht wieder aufwachen. Wenn Sie noch mehr wissen wollen, rufen Sie morgen früh wieder an.«

Verdammt. »Nancy, ich ...«

»Gute Nacht.«

Sie legte auf. Spader klappte das Handy zu. Dunbar sah ihn an. »Hab ich dir schon mal gesagt, dass du eine sehr gewinnende Art hast? Das war eine echte Glanzleistung. Die hat dir ja aus der Hand gefressen.«

»Ich habe eine Antwort.«

»Er war im Ferienlager?«

»Ja.«

»Hat er das Camp Wiki-Wah-Nee bestätigt?«

»Schwer zu sagen. Möglicherweise.«

»Falls ja, dann passt das zu anderen Zeugen, nehme ich an?«

»Mindestens zu einem. Golding war dort Betreuer. Möglicherweise ein weiteres Opfer auch, aber Lisbons Frau ist sich nicht sicher, was den Namen des Ferienlagers angeht, in dem ihr Mann ihrer Meinung nach als Kind war.«

»Aber sie glaubt, es könnte dieses gewesen sein.«

»Ja.«

»Okay«, sagte Dunbar, »also haben wir fünf Opfer, von denen zwei – Golding und Finneran – *vielleicht* irgendwann im selben Ferienlager waren.«

»Und Lisbon war *vielleicht* auch dort. Wir müssen feststellen, ob sie zur selben Zeit dort waren. Ich wette, ja.«

»Was ist mit den anderen Opfern?«, fragte Dunbar.

»Yasovichs Schwester sagte, er sei nie in einem Ferienlager gewesen und habe auch nie in einem gearbeitet. Er ist viel älter als die anderen Opfer, also kann er kein Teilnehmer gewesen sein. Betreuer wäre eine Möglichkeit gewesen, aber seine Schwester hat das verneint.«

»Und Pendleton?«

»Hat gesagt, sie hätten sich das nie leisten können, aber er könnte gelogen haben.« Spader konsultierte erneut seine Notizen. »Golding war mit siebzehn und achtzehn im Sommer Betreuer im Camp Wiki-Wah-Nee. Finneran und Lisbon sind ungefähr gleich alt. Falls sie dort waren, dann vermutlich um die gleiche Zeit. Wenn man den Altersunterschied zwischen ihnen und Golding berücksichtigt …« Er rechnete im Kopf nach. »Sie könnten alle irgendwann vor achtzehn bis zweiundzwanzig Jahren dort gewesen sein.« Er sah Dunbar an. »Weißt du, was zwischen achtzehn und zweiundzwanzig liegt?«

Dunbar nickte. »Einundzwanzig. So lange, wie Pendleton nach eigenen Angaben im Rollstuhl sitzt.« Spader fiel auf, dass Dunbar *nach eigenen Angaben* gesagt hatte.

Das klang, als ließe er sich allmählich überzeugen. »Während du da telefoniert hast«, sagte Dunbar, »habe ich nachgedacht.«

»Ach?«

»Ja. Weißt du, ich habe darüber nachgedacht, dass niemand erzählt hat, Galaxo würde sich viel bewegen.«

»Wie meinst du das?«

»Na ja, er taucht gleich am Bett seiner Opfer auf, richtig? Sie sehen ihn nicht reinkommen. Sie wachen einfach auf, und er ist schon da. Er betäubt sie mit dem Elektroschocker oder mit Chloroform, und wenn sie wach werden, sind sie an einen Stuhl gefesselt. Sie sehen ihn nie herumlaufen. Wenn er geht, sind sie fast tot oder halb verrückt vor Schmerzen, weil er ihnen gerade irgendwas abgeschnitten hat, und achten gar nicht darauf, wie es aussieht, wenn er rausgeht.«

Spader nahm den Faden auf. »Bei Golding war er schon im Wohnzimmer, als sie nach Hause kamen, und er saß sogar. Und er hat sie gezwungen, sich selbst mit Chloroform zu betäuben, ehe er ging. Du meinst, das stützt meine Theorie, dass es Pendleton sein könnte.«

»Ich steige nicht auf deine Theorie ein oder so, aber ich sage, wenn der Mann mal ein Krüppel war und durch irgendein Wunder wieder laufen kann – und das sehe ich immer noch nicht, aber ich versuche, die ganze Sache mal in deinem Sinne zu deuten –, dann kann er vielleicht nicht besonders gut gehen. Vielleicht ist er richtig unbeholfen, weißt du? Es sieht einfach nicht normal aus. Also versucht er vielleicht zu verhindern, dass ihn jemand gehen sieht. Was meinst du?«

»Ich meine, du bist da vielleicht auf etwas gestoßen.«

»Tja, also, wie gesagt, ich habe immer noch ein großes

Problem mit dieser ganzen Rollstuhl-Sache, aber ich meine ja nur, weißt du? Jedenfalls, was machen wir jetzt wegen dieser Spur mit dem Ferienlager?«

»Heute ist es zu spät, um deswegen noch etwas zu unternehmen, aber wenn ich morgen versuche, Pendletons Arzt ausfindig zu machen, kannst du in der Zwischenzeit Camp Wiki-Wah-Nee aufstöbern und nachfragen, ob das Register mit den Teilnehmerlisten so weit zurückreicht. Morgen sollte auch jemand bei Golding anrufen, mal sehen, ob er sich aus dem Ferienlager an einen Jungen namens Stanley Pendleton erinnert, oder wenigstens an einen Jungen, der dort einen richtig schlimmen Unfall hatte. Und jemand muss Finneran noch mal nach dem Ferienlager fragen, wenn er nicht gerade auf einem Morphintrip ist.«

»Das ist einundzwanzig Jahre her. Eine lange Zeit. Wir hätten wirklich Glück, wenn das Register so weit zurückreicht.«

Spader atmete geräuschvoll aus. »Ja. Aber wenn wir richtigliegen und auch noch Glück haben, dann steht der Name von Galaxos nächstem Opfer wahrscheinlich in diesen Aufzeichnungen.«

»Und dazu jede Menge anderer Namen, wette ich.«

»Wir überprüfen auch die, wir rufen sie alle an und warnen sie, und dann überwachen wir die, die dem Opferprofil am nächsten kommen. Wir sind dicht dran, Gavin, ich kann es förmlich schmecken.«

»Schmeckt es besser als der Eiersalat?« Dunbar lächelte.

»Leck mich.«

Spader betrachtete Pendletons Haus. Sein Schlafzimmer lag nach hinten hinaus, daher konnte Spader sein Fenster nicht sehen. Aber der Kerl war da drin und entschied vielleicht gerade, wer als Nächster dran war. Erkannte vielleicht gerade, dass ihm die Zeit davonlief. Dass es eng wurde für ihn. Was ihn umso gefährlicher machen konnte. Spader betete, er möge wirklich richtigliegen und am Ende auch Glück haben.

ZWEIUNDZWANZIG

Das Massachusetts General Hospital war eine der besten Gesundheitseinrichtungen des Landes. Hier arbeiteten einige der fähigsten Ärzte der Welt unter Einsatz der fortschrittlichsten Technologien, die der Medizin zur Verfügung standen. Dennoch fand Spader das Krankenhaus zutiefst deprimierend. So erging es ihm mit allen Krankenhäusern. Das mochte damit zu tun haben, dass er mit gerade erst siebzehn Jahren so oft im Krankenhaus gewesen war, um seinen Vater zu besuchen, den ein grausamer, aggressiver Bauchspeicheldrüsenkrebs von innen her aufgefressen hatte. Nur sechs Jahre später hatte er dann seine Mutter immer wieder zu ihren diversen, allesamt erfolglosen Krebsbehandlungen in dasselbe Krankenhaus fahren müssen – sie hatte Knochenkrebs gehabt. Doch Spader glaubte, seine Abneigung gegen Krankenhäuser – die ein wenig gemildert wurde von seiner widerstrebenden Anerkennung dessen, was man dort für andere tat, selbst wenn man seinen Eltern nicht hatte helfen können – rühre möglicherweise ebenso sehr daher, dass nur sehr wenige Menschen jemals froh waren, im Krankenhaus zu liegen. Die meisten Patienten waren dort, weil mit ihnen etwas nicht stimmte, häufig etwas wahrhaft Schreckliches. Vermutlich waren die einzigen Menschen, die froh waren, dort zu sein, Eltern, deren Kind zur Welt kam, und sogar von diesen ging ein gewisser

Anteil unglücklich nach Hause: diejenigen, deren Kinder die dramatische Reise aus dem Mutterleib in die Welt nicht überlebten oder mit Missbildungen oder anderen schweren Krankheiten geboren wurden. Daher war Spader froh, das Mass General, wie es kurz genannt wurde, wieder zu verlassen, den typischen Krankenhausgerüchen zu entrinnen und zurück an die frische Luft zu kommen.

Seine Mission war kein voller Erfolg, aber auch kein totaler Fehlschlag gewesen. Niemand in der Verwaltung war bereit gewesen, ihm ohne gerichtliche Anordnung Einblick in Patientenakten zu gewähren. Zudem, so hatte man ihm gesagt, existierten die von ihm gesuchten Akten möglicherweise nicht mehr. Die Aufbewahrungsdauer richtete sich nach den bundesstaatlichen Bestimmungen und hing von der Art der Aufzeichnungen ab. Die von ihm gesuchten, so sie denn noch existierten, würden ohnehin in einem externen Lager aufbewahrt. Das war also einstweilen eine Sackgasse. Und selbst wenn er in der Neurologie Ärzte oder Krankenschwestern gefunden hätte, die bereit gewesen wären, mit ihm über Pendletons Behandlung zu sprechen, hätte ihm das nichts genützt, denn es gab niemanden mehr, der schon einundzwanzig Jahre zuvor hier gearbeitet hatte. Gleiches galt für die Abteilungen Physiotherapie und Rehabilitation. Das einzig Nützliche, was Spader in Erfahrung brachte, war der Name des Leiters der Neurologie zu der Zeit, als Pendleton hier Patient hätte gewesen sein können – falls er denn überhaupt im Mass General gewesen war und nicht in einem anderen Krankenhaus. Spader setzte seine Hoffnung jedoch darauf, dass Pendletons Mutter schon damals als Krankenschwester hier gearbeitet hatte und nur wenige Einrichtungen in Massachusetts für die Behandlung eines kleinen Jungen mit einer schweren Rückenmarksverletzung gerüstet gewesen wären.

In einem nahe gelegenen Bagel-Laden holte er sich einen Kaffee. Dann wartete er, während ein Polizist im Ten Fed Dr. Albert Mendenhalls aktuelle Adresse und Telefonnummer heraussuchte. Zu Spaders Erleichterung lebte Dr. Mendenhall noch. Spader rief ihn zu Hause an und sagte ihm, er habe einige Fragen an ihn, die er ihm persönlich stellen müsse. Der gute Dr. Mendenhall versicherte ihm, er sei die nächsten Stunden über zu Hause anzutreffen.

Vierzig Minuten später befand Spader sich in North Shore, in einem stinkvornehmen Städtchen namens Marblehead – welches an Salem grenzte –, inmitten attraktiver zweigeschossiger Kolonialhäuser, die kuschelig unter hohen alten Bäumen standen, umgeben von Rasenflächen, die, wenn auch nicht unbedingt groß, über die Maßen gepflegt waren. Er fand das richtige Haus und klingelte. Gleich darauf öffnete ihm ein großer spindeldürrer Mann mit buschigen weißen Augenbrauen und einem zerzausten Wust weißer Haare die Tür. Spader stellte sich dem Mann vor, der bestätigte, er sei Dr. Albert Mendenhall, und ihn in ein gemütliches Arbeitszimmer führte. Dort stand ein verschrammter, aber mit kunstvollen Schnitzereien verzierter Schreibtisch aus Holz gegenüber einem gemauerten Kamin, der von in die Wand eingelassenen Bücherregalen flankiert wurde. Spader überflog die Titel auf den Buchrücken und bemerkte amüsiert, dass die Bandbreite von medizinischen Fachbüchern mit komplizierten Titeln bis hin zu geistiger Kost reichte, die Spader leichter verdaulich fand, wie zum Beispiel einer Reihe von Sammelbänden der *Peanuts*-Comic-Klassiker.

»Ich hätte Sie ja ins Wohnzimmer gebeten«, sagte Mendenhall mit einer brüchigen Stimme, die Spader eher bei einem Neunzigjährigen erwartete hätte, aber dennoch nicht unangenehm fand, »aber heute Vormittag trifft sich der Literaturkreis meiner Frau.«

»Hier ist es doch schön.«

Mendenhall bot Spader einen weinroten Ledersessel vor dem Kamin an. Da der einzige andere Stuhl im Raum der Schreibtischstuhl war, setzte Mendenhall sich an den Schreibtisch.

»Sie treffen sich jeden Monat«, erzählte der Arzt. »Hin und wieder bekomme ich etwas von ihren Gesprächen mit, aber bis jetzt habe ich sie noch kein einziges Mal über das Buch sprechen hören, das sie gelesen haben sollten. Soweit ich es mitbekomme, beklagen sie sich hauptsächlich über ihre Ehemänner, die lebendigen wie die toten.« Spader lächelte. »Also, was kann ich für Sie tun, Detective?«

Spader erklärte ihm, er benötige Informationen über einen Patienten, an den Dr. Mendenhall sich hoffentlich erinnere. Der Arzt hörte geduldig zu, während Spader ihm erzählte, was er über Pendletons Verletzung und den fraglichen Zeitraum wusste, einschließlich der Jahre nach dem Unfall, in denen Pendleton eine Rehabilitation gemacht haben müsste; außerdem wisse er, dass Pendletons Mutter als Krankenschwester im Massachusetts General gearbeitet habe. Spader hoffte, jene letzte Information werde dem Gedächtnis des Arztes nötigenfalls auf die Sprünge helfen. Als er zum Ende kam, sagte Mendenhall: »Selbst wenn ich mich an den Fall erinnerte, und ich sage nicht, dass dem so ist, dürfte ich natürlich nicht mit Ihnen darüber sprechen, Detective. Das wissen Sie bestimmt.«

Damit hatte Spader gerechnet. »Doktor, Sie sind ein

Mann der Medizin. Ein Heiler. Der Mann, den ich suche, ist ein Mörder. Er hat bereits zwei Menschen getötet und zwei weitere dauerhaft verstümmelt. Ein Opfer blieb zwar körperlich unversehrt, ist aber wahrscheinlich für den Rest seines Lebens traumatisiert. Er ist ein grausamer Mensch, der noch nicht fertig ist mit dem, was er tut. Und er schlägt in immer kürzeren Abständen zu. Er wird bald wieder zuschlagen. Ich will ihn einfach aufhalten. Ich hoffe, Sie können mir helfen.«

Mendenhall stützte die Ellbogen auf den Schreibtisch, legte die Fingerspitzen an die Nase und das Kinn auf die Daumen. Er blickte Spader eine Weile an, zog die buschigen Augenbrauen zusammen und schürzte die Lippen. Spader sah förmlich, wie der Verstand hinter den hellblauen Augen arbeitete. Er erwog, eine weitere Bitte hinterherzuschicken, fand dann aber, dass er sein Anliegen so gut wie möglich vorgebracht hatte. Jetzt lag die Entscheidung bei dem liebenswürdigen Arzt, der ihn immerhin noch nicht hinausgeworfen hatte. Schließlich holte Mendenhall Luft und sagte: »Ich schätze, es kann nicht schaden, wenn ich zugebe, dass ich mich an Stanley Pendleton erinnere. Allerdings wäre sein Name mir ums Leben nicht mehr eingefallen, wenn Sie ihn mir nicht genannt hätten. Aber ich erinnere mich an den Jungen und seine Mutter. Ich erinnere mich an seinen Fall. Ich erinnere mich, dass wir ihnen sogar sehr preiswert irgendein Reha-Gerät verkauft haben, nachdem uns neue Geräte gestiftet worden waren.«

»Können Sie mir irgendetwas sagen?«

»Ich kann Ihnen sagen, dass der Junge einen tragischen Unfall erlitten hatte und von der Taille abwärts gelähmt war, allerdings könnte ich Ihnen nicht mehr sagen, welche Wirbel verletzt waren, selbst wenn ich wollte.«

»Aber er war wirklich verletzt? Gelähmt?«

»Natürlich.«

»Er kann das nicht vorgetäuscht haben?«

»Warum sollte ein kleiner Junge eine solche Verletzung vortäuschen? Und immer im Rollstuhl sitzen wollen?«

»Ich frage nur, ob es möglich ist, dass er das damals vorgetäuscht hat.«

Ohne zu zögern, sagte Mendenhall: »Nein, er hat es nicht vorgetäuscht.«

Spader nickte. »Wissen Sie, ob er versucht hat, wieder gehen zu lernen?«

»Ja. Er hat sich große Mühe gegeben. Er war ein sehr zielstrebiger kleiner Junge.«

»Wie lange hat er das versucht? Wissen Sie das noch?«

Mendenhall dachte kurz nach. Vielleicht versuchte er sich zu erinnern, vielleicht überlegte er auch nur, ob er diese Frage guten Gewissens beantworten konnte. »Er war acht oder neun, glaube ich, als er den Unfall hatte.«

»Acht.«

Mendenhall nickte. »Nachdem wir ihn in die Rehabilitation entlassen hatten, hielt er das mehrere Jahre durch, glaube ich. Von Zeit zu Zeit kam er zu uns und probierte es mit unseren Physiotherapeuten. Ich könnte nicht genau sagen, wie lange, aber er hat hart daran gearbeitet. Er ist da sehr konzentriert herangegangen.« Der Arzt hielt inne und runzelte die Stirn. »Ehrlich gesagt, ich glaubte nicht, dass große Hoffnung auf eine Besserung seines Zustands bestand, aber er war so entschlossen, dass wir weiter mit ihm gearbeitet haben. Irgendwann, da war er schon ein Jugendlicher, gab er einfach auf, was mich damals überraschte, das muss ich sagen.«

»Weil er bis dahin so konzentriert bei der Sache gewesen war?«

»Genau. Möglicherweise erinnere ich mich auch deshalb so gut an diesen Fall. Er hatte so hart daran gearbeitet, und dann gab er einfach auf.«

Spader nickte. Zeit für die Preisfrage. »Dr. Mendenhall, wäre es möglich, dass jemand mit Stanley Pendletons Verletzungen wieder lernt zu gehen?«

»Pardon?«

»Könnte er wieder so gut gehen lernen, dass er, rein hypothetisch, bei Leuten einbrechen und sie überfallen könnte?«

Mendenhall seufzte. »Ich weiß nicht, ob ich das sagen kann oder sagen sollte, falls ich es könnte.«

»Ich verstehe, dass Sie hier ethischen Beschränkungen unterliegen. Ich versuche nur, einen wirklich bösen Menschen davon abzuhalten, wirklich schlimme Dinge zu tun. Halten Sie Ihre Antwort hypothetisch, wenn es dann leichter für Sie ist.«

Mendenhall runzelte die Stirn. »Ich weiß, wer Sie sind, Detective, und ich kann mir denken, welcher Fall Sie hierhergeführt hat.«

»Dann wissen Sie ja, wie wichtig es ist.«

Der Arzt schwieg einen Augenblick. Schließlich sagte er: »In Stanleys speziellem Fall kann ich es ganz ehrlich nicht beurteilen. Ich werde nicht über seine spezifischen Verletzungen sprechen. Ich habe wahrscheinlich schon zu viel gesagt.«

Spader lächelte. »Welchen Schaden kann es dann anrichten, noch ein bisschen mehr zu sagen?«

Mendenhall musterte Spader streng. Doch dann sagte er: »Stanley Pendleton erlitt eine schwere Verletzung des

Rückgrats. Er war von der Hüfte abwärts gelähmt. Er hat so hart wie nur irgendwer, den ich erlebt habe, daran gearbeitet, die Bewegungsfähigkeit zurückzuerlangen, und er hat es mehrere Jahre versucht. Dennoch haben wir nie irgendwelche Fortschritte verzeichnet. Wenn Sie mich also fragen, ob Stanley meiner Einschätzung nach das tun könnte, was Ihr Täter tut, dann würde ich ohne zu zögern antworten, dass das nicht möglich ist.«

Erneut nickte Spader. »Aber ist es schon vorgekommen, dass Menschen mit einer Rückenverletzung, vielleicht sogar solche, die gelähmt sind, lernen, wieder zu gehen? Ich meine, gab es das schon mal?«

Mendenhall seufzte. Er zögerte kurz, ehe er antwortete: »Es gibt Fälle, in denen Querschnittgelähmte mit einer Verletzung des Rückenmarks wieder Bewegungsfähigkeit erlangen.«

»Wie ist das möglich?«

»Noch einmal: Ich spreche hier nicht notwendigerweise von Stanley Pendleton, weil ich glaube, dass bei seinen Verletzungen eine Genesung ausgeschlossen ist. Aber wenn ein Mensch eine Rückenmarksverletzung erleidet, sagen wir, durch einen Sturz oder einen Autounfall, dann gibt es zu Anfang eine Schwellung um die Verletzung und eine Blutansammlung, ein Hämatom, das einen erheblichen Druck auf das Rückenmark ausüben kann. Manchmal kann eine Operation diesen Druck beseitigen, indem das Hämatom entfernt wird. Aber manchmal befürchten die Ärzte auch, dass das Risiko einer Verschlechterung des Zustands durch eine Operation zu groß ist. Sie entscheiden sich dafür abzuwarten und hoffen, dass die Schwellung und das Hämatom von selbst zurückgehen. Manchmal geschieht das auch, manchmal nicht. Bis dahin – falls es denn geschieht – beeinträchtigen die Schwellung und das Hämatom die Funktionsfähigkeit des Rückenmarks und lähmen den Patienten unter Umständen. Wenn oder falls die Schwellung und das Hämatom sich zurückbilden, könnte die Bewegungsfähigkeit sich wieder normalisieren. Das ist allerdings außerordentlich unvorhersehbar, und in den meisten Fällen ist es ein sehr langsamer, sehr allmählicher Prozess. Das Ausmaß an Bewegungsfähigkeit, das der Patient letztlich zurückerlangt, bewegt sich in einem breiten Spektrum, von der Fähigkeit, mit den Zehen zu wackeln, bis hin zu der Fähigkeit zu gehen.«

»Könnte ein solcher Patient das tun, was ich beschrieben habe?«, fragte Spader. »Einbrechen, Menschen fesseln, sie verletzen? Hypothetisch gesprochen natürlich.«

Mendenhall verzog die trockenen Lippen zu einem verhaltenen Lächeln. »Manche Patienten erlangen die Fähigkeit zu gehen zurück. Manche erlangen die volle Funktionalität ihrer Beine zurück. Andere müssen vielleicht am Stock gehen und zusätzlich Beinschienen tragen, oder sie müssen einen Rollator verwenden. Ich überlasse es Ihnen festzustellen, wozu ein Mensch dann fähig wäre.«

»Und wie lange würde es dauern, bis die Bewegungsfähigkeit zurückkehrt?«

»Wie gesagt, das ist völlig unvorhersehbar. Einige Patienten erlangen vielleicht innerhalb von Monaten oder einem Jahr ihre Bewegungsfähigkeit oder einen Teil davon zurück. Bei anderen dauert es vielleicht viele Jahre.«

Spader spürte sein Handy an der Hüfte vibrieren, doch er ignorierte es. »Gibt es sonst noch etwas, was Sie mir sagen können, Dr. Mendenhall, irgendetwas, was mir vielleicht weiterhilft?«

»Ich glaube, ich habe Ihnen schon genug gesagt.«

Spader dachte darüber nach, dann nickte er und stand auf. Mendenhall erhob sich ebenfalls und brachte Spader zurück zur Haustür. Gleich um die Ecke ertönte mädchenhaftes Kichern.

Mendenhall seufzte. »Ich hoffe, der ging nicht auf meine Kosten.«

Spader lächelte und öffnete die Haustür. Er trat hinaus, dann wandte er sich nochmals zu Mendenhall um. Einen kurzen Moment wirkte der Arzt gedankenverloren, dann sah er Spader an und sagte: »Ich weiß nicht, ob Stanley Pendleton der Mann ist, den Sie suchen, Detective. Wie gesagt, ich bezweifle es sehr. Aber eines kann ich Ihnen sagen: Ich hoffe, er ist es nicht.«

»Warum das?«

»Weil kein Kind das durchmachen sollte, was er durchgemacht hat. Es würde nicht entschuldigen, was er tut, falls er es ist, aber ich fände den Gedanken unerträglich traurig, dass er so viele Jahre lang so hart und unter so denkbar schlechten Voraussetzungen an einer Überwindung seiner Behinderung gearbeitet hat und seine wiedergewonnenen Fähigkeiten dann einsetzt, um anderen Leid zuzufügen, anstatt dankbar für das echte Wunder zu sein, das das bedeuten würde, und sein neues Leben freudig zu begrüßen; anstatt die Möglichkeiten auszunutzen, die sich ihm plötzlich bieten und die so vielen Menschen mit ähnlichen Verletzungen nicht offenstehen. Ich hoffe, er ist nicht Ihr Mann. Das fände ich einfach furchtbar.«

Spader sah dem Arzt in die gütigen Augen. »Nichts für ungut, Dr. Mendenhall, aber ich will ehrlich zu Ihnen sein. Mir ist es eigentlich egal, wer der Mann ist, und es ist mir schnuppe, ob er ein schweres Leben hatte. Viele Menschen haben es schwer, und trotzdem gehen sie nicht hin und quälen oder töten andere Menschen. Von daher, nein, es kümmert mich nicht, ob der Mann ein Hundeleben hatte. Es ist mir egal, ob er keine Freunde hatte, ob seine Mutter ihn in Rüschenkleider gesteckt und sein Vater ihn nicht geliebt hat. Es interessiert mich nicht einmal, ob er fünf, zehn oder zwanzig Jahre im Rollstuhl gesessen hat, bis er wieder laufen konnte. Mich interessiert nur, wie ich ihn aufhalten kann. Um jeden Preis. Danke für Ihre Zeit.«

Auf dem Weg zurück nach Salem hörte Spader im Auto eine Nachricht von Gavin Dunbar ab, der um Rückruf bat. Er rief ihn an.

»John«, sagte Dunbar, »wie lief's mit dem Doc?«

»Wollte aus ethischen Gründen nicht viel über Pendletons spezifischen Fall sagen, aber er hat sich an ihn erinnert, und ich glaube, er hat mir geholfen, so weit er es seiner Meinung nach durfte.«

»Was hat er gesagt?«

»Unterm Strich: Es ist theoretisch möglich, dass Pendleton wieder gehen gelernt hat. Es wäre nicht leicht gewesen, und es ist offenbar auch nicht die Regel, aber das Wesentliche ist, es ist nicht unmöglich.«

»Der Arzt glaubt, es könnte Pendleton sein?«

Spader zögerte. »Nein, eigentlich nicht. Genau genommen war er sogar sehr überzeugt davon, dass er es nicht sein kann. Aber was die Frage angeht, ob es möglich ist, dass Menschen nach solchen Verletzungen wieder gehen lernen, da lautet die Antwort ja, es ist theoretisch möglich.«

»Theoretisch. Das sagst du jetzt schon zum zweiten Mal.«

»Du bist nicht überzeugt.«

»Eigentlich nicht, nein. Klingt nicht, als wäre der Arzt auf deine Theorie eingestiegen.«

»Behalte einfach im Hinterkopf, dass es nicht unmöglich ist, Gavin.«

»Ich versuch's. Also, willst du wissen, warum ich angerufen habe?«

»Was gibt's?«

»Mehreres. Erstens hatte Fratello heute Morgen eine Nachricht, als er ins Büro kam. Der Anruf kam spät gestern Abend rein. Die Exfrau von Opfer Nummer zwei, Peter Lisbon, sagte, sie hätte ein paar Sachen ihres Ex durchgesehen, weil die einzige andere Angehörige, die er noch hatte, seine Mutter ist, und die sitzt ja im Kittchen, weil sie Oscar Wagner getötet hat. Jedenfalls, sie hat seine Sachen durchgesehen und dabei ein zerlumptes altes T-Shirt gefunden, das er anscheinend in einem Karton mit Andenken ganz hinten im Schrank aufbewahrt hat. Willst du mal raten, was auf dem T-Shirt steht?«

»Nein, Gavin, will ich nicht. Ich will, dass du es mir einfach sagst.«

»Da steht *Camp Wiki-Wah-Nee.*«

Yeah! »Dann haben wir jetzt Golding und Lisbon, die auf jeden Fall dort waren, und Finneran vielleicht. Hat heute Morgen jemand bei Golding und Finneran angerufen?«

»Wilkins.«

»Und? Was haben sie gesagt?«

»Golding erinnert sich an keinen Jungen namens Stanley Pendleton im Ferienlager. Er sagt, es könnte schon sein, aber er erinnert sich nicht.«

»Und ein Junge, der einen schweren Unfall hatte? Erinnert er sich daran?«

»Er sagt nein«, sagte Dunbar. »Aber ich weiß nicht, ob

er da lange drüber nachgedacht hat. Er redet nicht gern mit uns, glaube ich. Er wirkt … ich weiß auch nicht, beschämt über das, was ihm passiert ist. Aber er sagt, er erinnert sich an nichts dergleichen.«

»Mist. Was ist mit Finneran? Was hat der gesagt?«

»Nichts. Weil er nicht kann. Er ist heute Nacht ins Koma gefallen und gegen sechs heute Morgen gestorben.«

»Scheiße.« Spaders erste Reaktion war die irrationale Befürchtung, sein Anruf gestern Nacht könnte den Mann so gestresst haben, dass er daran gestorben war, doch dann tat er diesen Gedanken als absurd ab. Dieser Tod ging auf Galaxos Konto.

»Da ist noch was«, sagte Dunbar. »Die Schwester von Galaxos erstem Opfer, Andrew Yasovich, rief heute Morgen Fratello an und sagte, sie sehe gerade ein paar Sachen durch, die man ihr zugeschickt habe, persönliche Habseligkeiten ihres verstorbenen Bruders, und da sei sie auf einen Stapel alter Briefe mit einem Gummiband drum gestoßen. Willst du mal raten, von wem die unter anderem stammen?«

»Eigentlich nicht, Gavin.«

»Von seinem Sohn. Von dem, der vor Jahren bei einem Autounfall starb. Da war er ungefähr Ende dreißig. Jedenfalls, ein paar dieser Briefe waren auch von der Frau des alten Yasovich, noch aus der Zeit vor ihrer Hochzeit, aber da war auch ein ganzer Haufen Briefe von seinem Sohn, als der noch klein war. Rate mal, wo er die abgeschickt hat.«

Allmählich ging Dunbar ihm damit auf die Nerven, doch seine Informationen waren überaus interessant. »Camp Wiki-Wah-Nee?«

»Bingo.«

»Dann hat der kleine Yasovich vielleicht damals etwas

getan, was Galaxo angekotzt hat, aber weil der tot ist, hat er sich ersatzweise an den Vater gehalten.«

Spader spürte, wie ein elektrisches Kribbeln seine Wirbelsäule hinaufwanderte, als würde sich ein Stromkreis schließen. »Das ist sie also. Die Verbindung zwischen den Opfern. Falls Finneran wirklich gesagt hat, dass er im Camp Wiki-Wah-Nee war, dann ist Pendleton das einzige vermeintliche Opfer, das wir nicht mit diesem Sommerlager in Verbindung bringen können. Er sagt, er sei nicht dort gewesen, aber wahrscheinlich lügt er. Bist du schon dazu gekommen, dich um das Lager zu kümmern?«

Spader betrachtete die Stadt, durch die er fuhr. Er war vor dreizehn Minuten bei Mendenhall losgefahren, hatte Marblehead hinter sich gelassen und fuhr nun durch Lynn; der Highway war noch mehrere Autominuten entfernt.

»Das ist die schlechte Nachricht«, sagte Dunbar. »Das Lager hat vor elf Jahren dichtgemacht.«

»Mist. Können wir den Inhaber auftreiben?«

»Ich habe ein bisschen recherchiert, aber nichts gefunden. Aber die Nachricht ist nicht nur schlecht. Ich habe Yasovichs Schwester zurückgerufen und sie gebeten, mir die Briefe zu faxen, die sein Sohn geschrieben hat, nur für den Fall, dass was Nützliches drinsteht.«

»Gute Idee. Und? War da was?«

»Ja.« Er hielt inne.

»Sag bloß nicht, ich soll raten, Gavin.«

»Ich habe nur kurz auf meine Notizen geschaut.« Aber Spader hatte den Eindruck, als hätte Dunbar ihn sehr wohl raten lassen wollen. »Jedenfalls, sie hat kein Fax, aber sie hat in den Gelben Seiten nachgesehen und einen Copyshop gefunden, in dem man Faxe versenden und empfangen kann. Die rechnen pro Seite ab, glaube ich, nicht pro

Fax. Ich weiß nicht genau, wie das funktioniert, aber man kann …«

»Weißt du, ich bin wirklich froh, dass du dein wertvolles Wissen über Copyshops und so mit mir teilst.«

»Hm? Oh, ach so. Jedenfalls, ich habe die Briefe des Jungen gelesen – er hat in den vier Sommern, die er im Ferienlager war, fünfzehn geschrieben. Fünfmal hat er eine Mrs Easterbrook erwähnt. Offenbar hat sie die Kinder da ein bisschen bemuttert. Hat wahrscheinlich in der Verwaltung gearbeitet oder so. Nach dem, was Yasovichs Sohn schrieb, war sie so was wie eine lebende Legende bei den Sommerlagerkindern. Offenbar kursierten da die tollsten Geschichten über sie, die zum Teil schon Jahre zurücklagen.«

»Klingt, als hätte sie zum Inventar gehört. Sie hat bestimmt viele von den Kindern kennengelernt, die da all die Jahre hingefahren sind, vielleicht kann sie sich sogar an Namen erinnern. Wenn eines der Kinder sich schwer verletzt hätte, vielleicht im Wald einen Abhang runtergefallen wäre oder so, würde sie sich bestimmt daran erinnern.«

»Genau mein Gedanke. Deshalb habe ich nach ihrem Namen gesucht, habe Frauen im falschen Altersspektrum aussortiert, und hatte am Ende noch einen Namen. Marilyn Easterbrook.«

»Bitte sag, dass sie noch lebt und immer noch in Massachusetts wohnt.«

»Du hast zur Hälfte recht.«

»Bitte sag, dass es die erste Hälfte ist.«

»Tut mir leid. Sie ist vor ein paar Jahren gestorben. Aber ich wette, sie ist in Massachusetts begraben.«

»Na toll. So ein Mist.«

»Aber ich habe ihre Tochter gefunden. Sie wohnt im

Haus ihrer Mutter in Concord. Ich bin gerade dahin unterwegs.«

»Okay, dann schau, was du herausfinden kannst. Übrigens, gute Arbeit, Gavin.« Spader sah auf die Uhr auf dem Armaturenbrett: zwanzig nach drei. »Es ist schon spät. Ich weiß nicht, wie viel wir heute noch schaffen. Fahr nach dem Besuch bei ihr zurück ins Büro. Dann gleichen wir unsere Notizen ab, brainstormen ein bisschen und besorgen uns vor der Überwachung heute Abend noch was zu essen.«

Dunbar seufzte theatralisch. »Mensch, John. Heute auch? Ich bin müde. Ich habe gestern einen vollen Tag hingelegt, dann nicht mal drei Stunden Schlaf bekommen, nachdem wir Pendletons Haus überwacht und nichts beobachtet haben, und heute auch wieder eine volle Schicht. Ich muss mich mal ein bisschen ausruhen.«

Spader ging es genauso, aber er befürchtete, Pendleton könne in dieser Nacht wieder zuschlagen. Doch wie lange konnten sie das durchhalten? Den ganzen Tag arbeiten, Pendletons Haus bis in die Nacht hinein überwachen, zwei, drei Stunden schlafen und dann wieder zur Arbeit gehen? Bisher war es erst eine Nacht gewesen, und er war schon erschöpft. Das konnten sie definitiv nicht unbegrenzt durchhalten.

»Na ja«, sagte er, »wir treffen uns erst mal im Büro, wenn du mit der Befragung fertig bist. Dann reden wir über heute Abend. Vielleicht können wir ja in Schichten arbeiten. Dadurch würden wir jeder noch mal zwei, drei Stunden Schlaf dazubekommen.«

»Zu großzügig, John.«

»Sie sehen scheiße aus.«

Spader, der vorgehabt hatte, im Internet über Camp Wiki-Wah-Nee zu recherchieren, in Wirklichkeit aber blind auf den Monitor gestarrt hatte, blickte hoch. Detective Captain Struthers stand neben seinem Schreibtisch, einen Kaffeebecher mit der Aufschrift »Weltbester Papa« in der dicklichen Hand.

Spader rieb sich die Augen. »Geschenk von einem Ihrer Söhne?«

Struthers schwieg einen Augenblick. »Sind Sie unter die Komiker gegangen?«

Spader warf noch einen Blick auf den Becher. Die Aufschrift lautete: »Weltbester Liebhaber.«

»Meine Frau hat mir die Tasse geschenkt, Sie perverses Schwein, und ich finde solche Witze nicht komisch.«

»Tut mir leid, Cap, ich dachte, da steht ›Weltbester Papa‹.« Er hielt inne. »Wirklich.«

Struthers musterte ihn gründlich. »Schon gut. Ihre Augen funktionieren nicht richtig, weil Sie so müde sind. Sie haben gestern Abend das Haus des Krüppels überwacht, nicht wahr?«

»Bis drei Uhr morgens.«

»Und heute den ganzen Tag gearbeitet?«

Spader nickte.

»Und Dunbar auch, nehme ich an?«

Spader nickte erneut. Struthers schüttelte den Kopf und schob eine mäßig kräftige Pobacke auf die Schreibtischkante.

»Gibt's was Neues? Irgendetwas?«

Spader nickte. »Kann sein, dass wir die Verbindung zwischen den Opfern gefunden haben.« Er erzählte Struthers, dass vier der fünf vermeintlichen Opfer im Sommerlager Wiki-Wah-Nee gewesen waren: zwei Opfer sowie der verstorbene Sohn eines dritten als Kinder und ein viertes Opfer dem Anschein nach im selben Zeitraum als Betreuer.

»Und das letzte Opfer?«, fragte Struthers.

Spader rang einen Moment mit sich, wie viel er Struthers erzählen sollte. Der Captain hatte keinen Zweifel daran gelassen, dass er die Vorstellung von Pendleton als Verdächtigem absurd fand und die Verfolgung dieser Ermittlungsrichtung während der Arbeitszeit unzulässig. Doch nach der gestrigen Befragung Pendletons glaubte Spader mehr denn je, dass er ihr Mann war.

»Dieses letzte Opfer ist Stanley Pendleton.«

»Der Krüppel.«

»Wenn Sie ihn so nennen wollen.« Struthers Miene verdüsterte sich. Spader preschte dennoch weiter, mitten hinein in den sich zusammenbrauenden Sturm. »Pendleton sagt, er sei als Kind nie im Ferienlager gewesen, aber ich glaube, er lügt.«

»Warum?«

»Zum einen weil er dann der Einzige von den fünfen wäre, der keine Verbindung zu diesem Sommerlager hätte. In Massachusetts gibt es Dutzende von Ferienlagern, und trotzdem sind vier unserer fünf Opfer entweder selbst im Camp Wiki-Wah-Nee gewesen oder haben ein Kind dahingeschickt, und zwar offenbar alle im selben Zeitraum. Aber das fünfte Opfer nicht? Kommt mir verdammt unwahrscheinlich vor. Ich meine, sie alle waren zufällig vor einundzwanzig Jahren da, genauso lange, wie Pendleton angeblich im Rollstuhl sitzt?«

Struthers wirkte noch immer unschlüssig. »Angeblich. Sie glauben wirklich nicht, dass er ein Krüppel ist?«

Struthers verwendete immer wieder dieses Wort. Spader war bewusst, dass es heutzutage politisch nicht korrekt war, aber er beabsichtigte nicht, seinen Chef zu korrigieren. »Stimmt, ich glaube es nicht.« Er erzählte, wie er Dr. Mendenhall ausfindig gemacht hatte, und berichtete dann von ihrer Unterhaltung.

Struthers runzelte die Stirn und schwieg. Auch Spader hielt den Mund und ließ Struthers Zeit, sich das alles durch den Kopf gehen zu lassen. Schließlich sagte der Captain: »Sie sagen, dieser Arzt meint, es sei möglich, dass Pendleton heute gehen kann?«

»Ich sage, er hielt es für theoretisch möglich.« Er erwähnte nicht, dass Mendenhall rein hypothetisch gesprochen hatte und ernsthaft bezweifelte, dass Stanley Pendleton heute gehen konnte. »Was uns wirklich weiterhelfen würde, wäre ein Haussuchungsbefehl. Dann könnten wir uns bei ihm umsehen. Vielleicht glaubt der Mann sich durch den Rollstuhl so über jeden Verdacht erhaben, dass er unvorsichtig geworden ist und etwas im Haus aufbewahrt. Wenn schon sonst nichts, finden wir vielleicht Beweise dafür, dass er gehen kann. Schuhe, die auf bestimmte Weise ausgetreten sind oder so.«

Noch ehe Spader seinen Vorschlag auch nur zur Hälfte vorgetragen hatte, hatte Struthers schon begonnen, den Kopf zu schütteln.

»Nein. Dafür haben wir nicht genug. Nicht mal annähernd.«

»Aber Cap, alles, was ich Ihnen gerade erzählt habe, plus das, was ich Ihnen gestern erzählt habe …«

»Vergessen Sie's. Es reicht nicht. Herrgott, er ist mit Abstand Galaxos sympathischstes Opfer. Ich bitte Sie, ein Krüppel. Dem das verdammte Ohr abgeschnitten wurde.«

»Cap, ich glaube …«

»Ich habe Ihnen doch gesagt, Rawlings macht mir in dieser Sache die Hölle heiß. Und der Scheißgouverneur macht Rawlings die Hölle heiß. Und die gottverdammte Presse hat alle Welt aufgehetzt. Die produzieren einen Artikel nach dem anderen, sogar an Tagen, an denen es nichts Neues zu berichten gibt. Und sie haben sich in diese gottverdammten Parallelen zum Eddie-Rivers-Fall verbissen. Mein Gott, wie viel leichter wäre mein Leben, wenn sie davon nur ablassen würden. Aber nein. Sie schreiben immer wieder über den verfluchten Galaxo-Fall und führen bei jeder Gelegenheit den alten Rivers-Fall ins Feld.«

Spader hatte vor über einer Woche aufgehört, Zeitung zu lesen. Sein Selbstbewusstsein konnte nur ein gewisses Maß an Dauerbeschuss wegstecken. Struthers jedoch schien jeden einzelnen Artikel zu lesen. »Und ich will Ihnen die traurige Wahrheit sagen und den Grund, warum Sie diesen Pendleton mit Samthandschuhen anpacken müssen – die toten Opfer kümmern die Leute einen Scheißdreck. Ich meine, natürlich finden alle, dass ihr Tod eine Schande ist und so weiter, aber die überlebenden Opfer, die noch mit den Folgen ihres Martyriums zu kämpfen haben, für die geht die meiste Tinte drauf. Und da wir die Infos über den Mann, der Galaxo einen geblasen hat, unter Verschluss halten, ist Pendleton das einzige überlebende Opfer, das die Leute kennen. Und er ist ein verfluchter Krüppel, und da werden alle gefühlsduselig. Wir werden verdammt noch mal auf keinen Fall rauslassen, dass wir diesen Krüppel im Verdacht haben, in Wirklichkeit Galaxo zu sein. Herrgott, Spader, der Mann ist ein verfluchter *Krüppel.*«

Er senkte die Stimme. »Schauen Sie, ich schütze damit auch Sie, John. Alle, die da draußen Ihren Namen kennen, kennen ihn, weil Eddie Rivers wegen eines Formfeh-

lers freikam. Weil er nicht mal neun Monate wegen eines läppischen Widerstands gegen die Festnahme bekam, obwohl er hinter Gittern verrotten sollte bis ans Ende seiner Tage. Und weil er nach seiner Freilassung noch mindestens zwei Menschen getötet hat. Und ob gerecht oder nicht, John, der Mann auf der Straße macht Sie dafür verantwortlich. Ich sage das nicht gern, aber Sie wissen, dass es so ist. Also stellen Sie sich bitte mal vor, was für einen Aufschrei es gäbe, wenn das noch mal passiert, im nächsten Sensationsfall von Massachusetts. Stellen Sie sich vor, wir gehen mit dem, was Sie da haben, zum Richter, stellen Sie sich vor, der Richter macht es sich leicht und stellt den Haussuchungsbefehl aus, und stellen Sie sich dann vor, wir finden Beweise dafür, dass Pendleton immer wieder aus dem Rollstuhl gehüpft ist und den Leuten was abgesäbelt hat, ein paar dabei getötet hat, ein paar verstümmelt. Und stellen Sie sich schließlich vor, Pendletons Verteidigung zerreißt den Haussuchungsbefehl in der Luft, und das Arschloch wird freigesprochen. All das nicht lange, nachdem Rivers mit Mord davongekommen ist, weil wir den Durchsuchungsbefehl vermasselt haben. Können Sie sich auch nur ansatzweise vorstellen, was die Presse damit machen würde? Was sie mit *Ihnen* machen würde?«
Struthers schüttelte entschieden den Kopf. »Das genehmige ich nicht, John. Nicht, solange Sie nicht mehr haben. Viel mehr. Tut mir leid.«

Spader atmete geräuschvoll aus. Er verstand den Standpunkt seines Vorgesetzten, doch er selbst wäre bereit, es darauf ankommen zu lassen. Andererseits glaubte er ja auch, dass Pendleton gehen konnte, während Struthers wie alle anderen in Massachusetts glaubte, der Mann sei nach wie vor querschnittgelähmt.

Gedankenverloren schüttelte Struthers den Kopf. »Das wäre ein gefundenes Fressen für die Presse«, fügte er hinzu. »Und Rawlings serviert mich mal eben ab.«

»Es sei denn, ich habe recht.«

»Das glaube ich eben nicht, und wenn ich das genehmige und die Presse Wind davon bekommt, dann sind wir am Arsch. Ich bin zu alt, um mir jetzt noch einen neuen Job zu suchen.«

Er brach ab. Dann schüttelte er ein Mal den Kopf, als müsste er sich von etwas befreien. Spader beobachtete sein Gesicht. In diesem Augenblick erinnerte Struthers ihn an einen anderen Polizisten, den er einst gekannt hatte, einen Mann, der sich für den tolerantesten Menschen der Welt gehalten hatte, bis er bei einer hitzigen Diskussion einen Staatsanwalt »Nigger« genannt hatte, und zwar in Anwesenheit seines schwarzen Partners. Spader war dabei gewesen. Der Blick des Mannes damals war wie ein Abbild von Struthers' Blick jetzt.

»Du lieber Gott«, sagte Struthers schließlich.

»Schon gut, Cap.«

»Du lieber Gott. Ich fasse es nicht, dass ich das gesagt habe.«

»Dass Sie sich mit einer Familie und Kindern auf dem College Sorgen um Ihr Auskommen machen ist nichts, wofür Sie sich schämen müssten.«

Struthers schloss kurz die Augen. Als er sie wieder aufschlug, wirkte er müde. »Scheiß drauf. Wenn Sie wirklich glauben, dass wir genug haben, beantragen Sie einen Haussuchungsbefehl. Lassen wir's drauf ankommen.«

»Danke, Cap.«

»Aber machen Sie es richtig, John. Wasserdicht. Und seien Sie genau. Geradeheraus. Ich habe nichts dagegen, wenn wir alle Fakten auf den Tisch legen und unser Glück versuchen, aber ich will den Bogen nicht überspannen, ich will nicht, dass dieser Durchsuchungsbefehl ausgestellt und später vor Gericht in der Luft zerrissen wird.«

»Sie haben mein Wort.«

Struthers nickte. Er sah in seinen Kaffeebecher und kaute auf der Wange. Schließlich sagte er leiser: »Rawlings steht kurz davor, das FBI hinzuzuziehen. Der Gouverneur will es, und jetzt will Rawlings es auch. Es kann nicht mehr lange dauern, bis er mir sagt, ich soll da anrufen. Ich weiß es.«

Spader gehörte nicht zu den Polizisten, die das FBI aus Prinzip hassten. Doch er wollte diesen Fall an niemanden abgeben, weder an die Bundespolizei noch an sonst jemanden, denn er glaubte nicht, dass jemand anders Pendleton ernsthaft als Verdächtigen in Betracht ziehen würde, bis es zu spät wäre und noch viel mehr Menschen verletzt sein würden. Wenn Spader die Ermittlungen weiter leitete, konnte er Pendleton wie bisher im Blick behalten, während er zugleich in genug andere Richtungen ermittelte, um Struthers und die Leute, die das Sagen hatten, bei Laune zu halten.

»Keine Sorge«, fuhr Struthers fort, »ich habe Rawlings überredet, davon erst mal abzulassen. Wir haben also noch ein bisschen Zeit. Wahrscheinlich nicht viel, aber ein bisschen. Also tun Sie Ihre Arbeit und schnappen Sie sich diesen Kerl, und dann müssen wir uns wegen des FBI keine Sorgen machen, okay?«

Spader nickte.

Struthers fuhr fort: »Sie sehen furchtbar aus. Sie sind völlig erledigt. Ich lasse nicht zu, dass Sie unsere wichtigsten Ermittlungen leiten, wenn Sie nicht mehr klar denken können. Und Sie werden nicht mehr klar denken können, wenn Sie den ganzen Tag regulär arbeiten und nach dem Dienst noch die ganze Nacht Pendletons Haus überwachen. Deshalb dürfen Sie Ihren Kumpel bei der Polizei Beverly anrufen und die da bitten, Pendletons Haus ein paar Tage lang zu überwachen. Bitten Sie sie, das so vertraulich wie möglich zu behandeln.« Struthers hielt inne. »Falls die sich querstellen, rufe ich selbst an.«

»Danke.«

Struthers wandte sich zum Gehen. Dann blieb er stehen und drehte sich um. »Bleiben Sie besonnen, John. Handeln Sie erst, wenn Sie wirklich sicher sind. Aber«, fügte er noch hinzu, »lassen Sie ihn auch niemanden mehr töten.«

Spader konnte nur nicken. War das nun ein gut gemeinter Rat oder eine Warnung, oder was zum Teufel sollte das sein?

DREIUNDZWANZIG

Spader klingelte an Olivias Haustür. Wie merkwürdig sich das anfühlte. Früher war dies auch seine Türklingel gewesen. Er hatte neun Jahre hier gelebt, aber er glaubte nicht, dass er in jener Zeit öfter als ein, zwei Mal hier geklingelt hatte.

Während er wartete, wanderten seine Gedanken zum Galaxo-Fall, wie sie es neuerdings immer taten, sobald er eine freie Minute hatte. Spaders Antrag auf einen Haussuchungsbefehl war abgelehnt worden. Dennoch hatte Captain Struthers widerstrebend die weitere Überwachung von Pendletons Haus genehmigt – einstweilen. Dies war die dritte überwachte Nacht – die erste hatten Spader und Dunbar übernommen, gestern und heute die Polizei von Beverly. Bisher war alles ruhig geblieben. Glücklicherweise war auch Galaxo ruhig geblieben. Doch seit Spaders Besuch bei Dr. Mendenhall hatten sie keine echten Fortschritte im Fall Galaxo mehr gemacht. Dunbar versuchte nach wie vor, jemanden zu finden, der etwas über Camp Wiki-Wah-Nee wissen könnte – insbesondere ob die Teilnehmerlisten der Sommerlager noch existierten, vor allem die von vor einundzwanzig Jahren –, bisher ohne Erfolg. Der Rest der Arbeitsgruppe war über Spaders Verdacht hinsichtlich Stanley Pendleton informiert worden. Vorher hatten die Kollegen sich allerdings zur Geheimhaltung verpflichten müssen, auch wenn Spader nicht glaubte, dass das noch nötig war, nachdem Estelle Lisbon infolge einer Indiskretion Oscar Wagner getötet hatte. Natürlich rechnete Spader nicht damit, dass die Kollegen in der Arbeitsgruppe seinen Verdacht teilten. Alle schienen ein Problem damit zu haben, dass der Mann im Rollstuhl saß.

Struthers wurde allmählich nervös, und Spader wusste, er wollte, dass sie verstärkt in andere Richtungen ermittelten. Aber Spader glaubte noch immer, dass Pendleton Galaxo war, und wollte seine Energie nicht auf Phantomjagden verschwenden, obwohl er meinte, den wahren Täter im Visier zu haben.

Nachdem er eine Weile gewartet hatte, klingelte er erneut. Beim zweiten Mal fühlte es sich kein bisschen weniger merkwürdig an. Nun hörte er, wie sich drinnen Schritte näherten, barfuß auf Hartholz. Olivia öffnete die Tür. Sie behielt die Hand auf dem Türgriff und wirkte ein wenig angespannt.

»John? Ich wusste nicht, dass du vorbeikommen wolltest.«

»Vielleicht hätte ich vorher anrufen sollen. Ich habe die hier gefunden und wollte sie dir geben, bevor ich es wieder vergesse.« Er hielt die beiden Fotoalben hoch, um die sie ihn gebeten hatte. »Ich habe gestern versucht, dich anzurufen …«

»Ich war ein paar Tage nicht in der Stadt. Bin heute Nachmittag erst zurückgekommen. Ich hatte noch keine Gelegenheit, dich zurückzurufen.«

»Kein Problem. Ich wollte sie eigentlich hier auf der Veranda lassen, aber dann sah ich Licht bei dir.« Er lächelte. »Ich weiß, du hast eine neue Beziehung, und ich dachte, bestimmt möchtest du – wie heißt er noch?

Jason? Bestimmt möchtest du Jason ein bisschen an deiner Vergangenheit teilhaben lassen.« Er bemühte sich sehr, jede Spur von Verbitterung oder Groll aus seiner Stimme herauszuhalten. Er wollte klingen wie ein reifer Mann, der weiß, dass seine Frau einen neuen Lebensabschnitt begonnen hat. Er glaubte, es könne funktioniert haben – er hatte es auf dem Weg hierher ja auch rund ein Dutzend Mal geprobt. Olivia reagierte nicht abwehrend, also war es ihm wohl gelungen.

»Jason, ja«, sagte sie. »Aber ich glaube, in nächster Zeit zeige ich ihm die hier nicht.«

Interessant. Aber Spader ließ sich nichts anmerken.

»Außerdem«, fügte sie hinzu, »wollte ich sie gar nicht deswegen zurückhaben. Ich hatte bloß ein paar Sachen im Keller durchgesehen und war dabei auf Fotos gestoßen – ein paar aus meiner Jugend, ein paar von uns beiden –, und da fiel mir ein, dass ich noch zwei Alben mit Fotos habe. Sie ergeben in gewisser Weise eine Einheit, verstehst du? Olivia Petrucci, von der Geburt bis heute.«

Ein Jahr seit ihrer Trennung, ein halbes Jahr seit der Scheidung, aber noch immer konnte er sich nicht daran gewöhnen, dass sie wieder ihren Mädchennamen angenommen hatte.

»Wo habe ich eigentlich meinen Kopf? Komm doch rein. Das heißt, falls du ein bisschen Zeit hast.«

Er trat ein, schloss die Tür hinter sich und sah sich um. Soweit er erkennen konnte, hatte sich nicht viel verändert. Fast wäre er in Versuchung geraten, seine Schuhe in die Ecke an der Treppe zu schleudern so wie früher. Er folgte Olivia ins Wohnzimmer, wo sie die Fotoalben auf den Couchtisch legte – auf denselben Tisch, auf dem Spader früher trotz ihrer halbherzigen Proteste immer die Füße hochgelegt hatte. Es fühlte sich an wie zu Hause. Wie sein Zuhause. Doch das war es nicht mehr. Zumal er gleich darauf in einer Ecke ein Paar Herrenturnschuhe entdeckte, die ein paar Nummern zu klein waren, um David zu gehören.

»Möchtest du dich einen Moment setzen?«

»Es ist Freitagabend. Bist du nicht verabredet oder so?« Er bemühte sich um einen leichten Ton; die Frage sollte ganz unverfänglich klingen.

»Heute Abend nicht.« Er nahm einen Unterton in ihrer Antwort wahr. Dann zögerte sie, und auch in diesem Zögern nahm er etwas wahr, doch er hätte nicht sagen können, was. »Ich wollte gerade ein Glas Wein trinken. Möchtest du auch eins?« Sie hielt ihren Tonfall ebenfalls unverfänglich, fiel ihm auf. Sie wollte wie eine Freundin klingen, wie eine Exfrau, und *nicht* wie eine Frau, die einem potenziellen Liebsten etwas zu trinken anbot.

»Klingt verlockend. Gern.«

Sie tappte auf ihren verführerischen nackten kleinen Füßen aus dem Zimmer, und Spader versuchte, nicht darauf zu achten. Er hatte seit der Scheidung eigentlich kaum Zeit mit ihr allein verbracht. Es tat mehr weh, als er gedacht hätte, erst recht in dieser häuslichen Atmosphäre – ein gemeinsames Glas Wein im einstmals gemeinsamen Haus. Doch sie hatte diese Gemeinsamkeit hinter sich gelassen, und er versuchte, das zu akzeptieren.

Olivia kehrte mit zwei Gläsern Rotwein zurück. Merlot vielleicht oder ein Cabernet – Spader kannte sich mit Wein nicht aus. Den Geschmack mochte er jedoch. Er nahm ein Glas von ihr entgegen, und als sie sich mit untergeschlagenen Beinen aufs Sofa setzte, ließ er sich am anderen Ende nieder und bezwang den Impuls, die Füße auf den Couchtisch zu legen.

Sie plauderten einige Minuten in angenehmer Atmosphäre, doch dann musste Spader einfach fragen: »Bin ich immer noch Staatsfeind Nummer eins für David?«

»Eine Zeit lang waren wir das beide, aber als du ihn neulich zusammengeschlagen hast, hast du dir wohl die Spitzenposition erobert.«

»Olivia, ich wollte das nicht, aber als ich sah…«

»Reg dich ab. David hat mir erzählt, was passiert ist. Er war nicht glücklich darüber, aber sogar so, wie er es dargestellt hat, war mir klar, warum du so reagiert hast.«

»Ich habe ihn seitdem ein paar Mal angerufen, aber er ruft nicht zurück. Ich weiß nicht, ob er meine Nachrichten überhaupt abhört. Auf SMS reagiert er auch nicht. Er ist nicht zufällig heute Abend zu Hause?«

»Er ist überhaupt nicht mehr zu Hause. Er ist gleich nach dem Abendessen weggegangen, wollte nicht sagen, was er vorhat. Wahrscheinlich schlägt er gegen drei oder vier Uhr morgens wieder hier auf. Manchmal kommt er überhaupt nicht nach Hause.«

Spader seufzte. »Ich frage mich, wie lange er uns das noch vorwerfen wird.«

Sie schüttelte den Kopf. »So lange, bis wir unsere Meinung ändern oder er begreift, dass wir recht haben.«

Spader atmete geräuschvoll aus. »Das wird dann wohl noch eine Weile dauern.«

Sie wendeten sich anderen, weniger unerfreulichen Themen zu und tauschten sich über Leute aus, die früher gemeinsame Freunde gewesen waren. Dieses Thema hatten sie bald erschöpfend behandelt, doch anscheinend hatte es keiner von ihnen übermäßig eilig, diesen spontanen gemeinsamen Abend zu beenden, und so tranken sie in behaglichem Schweigen ihren Wein, bis Spader schließlich sagte: »Ich will nicht neugierig sein, aber vorhin hast du gesagt, du würdest Jason deine Fotos wahrscheinlich nicht zeigen. Alles in Ordnung bei euch?«

Wieder bemühte er sich um einen unverfänglichen Ton. Sie musterte ihn einen Augenblick. »Nur ein kleiner Streit. Keine große Sache. Meine Bemerkung vorhin war wohl eine Überreaktion. Ich hatte gerade erst mit ihm telefoniert, als du geklingelt hast.« Sie verstummte, schien abzuwägen, ob sie noch etwas hinzufügen sollte. »Ich habe dir gesagt, ich sei ein paar Tage fort gewesen – da war ich bei ihm. Jason hatte eine zweitägige Konferenz in Las Vegas, und er hatte mich eingeladen mitzukommen. Deshalb habe ich meine Termine um ein paar Tage verschoben und bin mit ihm gereist.« Spader sagte nichts, und so fuhr sie fort: »Sagen wir einfach, unsere erste gemeinsame Reise hätte ein größerer Erfolg sein können. Aber wir kommen darüber hinweg, denke ich. Und du willst das sowieso nicht hören.«

Das stimmte. Er hätte nur davon hören wollen, falls das Zerwürfnis zwischen Olivia und ihrem Neuen ernster gewesen wäre, aber das war es wohl nicht.

»Was macht er noch mal?«, fragte Spader. »Ich weiß nur noch, dass er irgendwie ein Versager ist.«

»Versager? Er ist Arzt und forscht zu einem wichtigen Thema.«

»Wie wichtig?«

»Er ist in einem Team von Spezialisten und Fachleuten, die versuchen, ein Heilverfahren für ALS zu finden. Weißt du, das Lou-Gehrig-Syndrom?«

»Ja? Und hat er schon eins gefunden?«

»Ein Heilverfahren? Natürlich nicht.«

»Sucht wahrscheinlich schon seit Jahren danach, was?

Und immer noch kein Heilverfahren? Klingt für mich irgendwie nach einem Versager.«

Olivia warf ihm einen grimmigen Blick zu, dann lächelte sie. Er lächelte auch. »Tja«, sagte sie, »er sagt, er steht kurz davor, die Krankheit komplett auszurotten. Und habe ich schon erwähnt, dass er in der Mittagspause letzte Hand an sein Krebsheilmittel legt? Ach, und beim Kaffee mit seinem Assistenten heute Morgen hat er sich auch um Parkinson gekümmert.«

Sie plauderten weiter, gingen zum zweiten Glas Wein über, und obwohl dieser Abend dem, worauf er seit Monaten hoffte, sehr, sehr nahe kam, merkte er, wie seine Gedanken wieder zu Galaxo abschweiften, dem Irren mit der gelben Maske, und zu Stanley Pendleton, den Spader für diesen Irren hielt. Es war ein bisschen früh, um sich bei dem Polizisten zu melden, der heute Abend Pendletons Haus überwachte, doch Spader fragte sich unwillkürlich, was Pendleton im Schilde führte. Spürte er überhaupt, dass er allmählich in Bedrängnis geriet? Wusste er, dass er überwacht wurde? Würde er abwarten, bis die Lage sich wieder ein bisschen beruhigt hatte, ehe er erneut zuschlug? Oder plante er womöglich genau jetzt …

»Und da haben wir's«, sagte Olivia.

Spader blinzelte und kehrte in die Gegenwart zurück. »Was? Was haben wir?«

»Das, was du nie verstehen konntest, was du nie gesehen hast.« Sie blickte ihn über ihr Weinglas hinweg vom anderen Ende der Couch her an und lächelte wehmütig. »Einer der Hauptgründe, warum es mit uns nicht funktioniert hat.«

Spader öffnete den Mund, widersprach dann aber nicht. Er wusste, was sie meinte. Und er wusste, dass sie recht hatte. Er lächelte reumütig.

»Olivia, ich kann es nicht ändern, dass ich nicht nach der Stechuhr arbeite. Ich habe keine geregelten Arbeitszeiten. Ich verlasse vielleicht um sechs das Büro, aber in Gedanken bin ich immer bei meiner Arbeit. Es geht gar nicht anders.«

»Das verstehe ich, John. Ich mache dir keine Vorwürfe. Ich sage nur, dass diese Art der Konzentration, dieser Einsatz, diese Eigenschaften, die dich zu einem so guten Polizisten machen… tja, manchmal machen sie dich zu keinem besonders tollen Gefährten.«

Er hätte beinahe widersprochen, doch dann fielen ihm unzählige Gelegenheiten ein, bei denen Olivia etwas gesagt und er nicht zugehört hatte, weil er über einen Fall nachgedacht hatte – Gelegenheiten, bei denen ihm eine Bemerkung oder ein Witz entgangen waren, weil er in Gedanken anderswo gewesen war; Gelegenheiten, bei denen sie an einem öffentlichen Ort gewesen waren, er jedoch in seine persönlichen Gedanken versunken gewesen war. Anfangs hatte Olivia seine Hingabe bewundert. Nach einer Weile hatten sie sich gemeinsam darüber lustig gemacht. Doch nicht lange, und das Lustige daran hatte sich abgenutzt, und gegen Ende war es eine Quelle von Spannungen zwischen ihnen gewesen. Doch Spader konnte es nicht ändern. Er wusste nicht, ob er der Polizist sein konnte, der er sein wollte, wenn er fähig wäre, seinen Beruf abends und am Wochenende völlig auszublenden. Er ging ganz in seiner Arbeit auf. Er konnte nicht anders. Er musste daran denken, wie er Hannah bei ihrer letzten Begegnung mitten im Geschlechtsakt verlassen hatte, nachdem er einen Anruf im Fall Galaxo erhalten hatte. Falls er noch einen Beweis dafür brauchte, dass seine Arbeit für ihn an erster Stelle kam – da hatte er ihn.

»Ist es das?«, fragte Spader. »Ist das im Prinzip der Grund dafür, dass wir nicht zusammen sind?«

Sie runzelte die Stirn und dachte nach. »Nicht der einzige Grund, aber ein sehr wichtiger. Du erinnerst dich bestimmt, dass ich dir immer sagte, ich fühlte mich eher wie eine Geliebte als wie eine Ehefrau.«

»Nicht wieder die ›Mit dem Gesetz verheiratet‹-Nummer.« Er schüttelte den Kopf, doch er lächelte matt.

Auch Olivia lächelte verhalten. »Ich fand die Metapher passend.«

»Ein passendes Mittel, um mich auf die Palme zu bringen.«

Olivia lächelte noch immer, doch dann wurde sie ernst. »Und vergiss nicht, als diese Eddie-Rivers-Sache passierte, hatten wir eine ziemlich heftige Zeit.«

Spader nickte. Das würde er niemals vergessen. Wenn er ehrlich war, wunderte er sich eigentlich, dass sie es überhaupt so lange mit ihm ausgehalten hatte. Doch das war vorbei. Eddie Rivers war aus ihrem Leben verschwunden. Er leerte sein zweites Glas Wein mit einem großen Schluck und stellte es auf den Couchtisch. »Hast du dich je gefragt, ob wir einen Fehler gemacht haben?«

»Indem wir geheiratet haben?«

Er lächelte traurig. »Ich meinte die Trennung. Aber damit ist meine Frage wohl beantwortet.«

»John …«

»Mach dir keine Sorgen deswegen.«

»Nein, hör zu. Die Antwort lautet ja. Ich frage mich manchmal, ob es ein Fehler war, dass wir uns getrennt haben. Ich denke darüber nach. Aber am Ende komme ich normalerweise zu dem Schluss, dass es richtig war. Du bist ein guter Mann, John, ein großartiger Polizist und liebevoller Vater. Du warst bloß einfach nicht der beste Ehemann der Welt.«

Er nickte. »Tut mir leid.« Und es tat ihm leid, mehr als sie ermessen konnte.

»Mir auch.« Sie sah aus, als meinte sie es ernst. Sie sah außerdem so schön aus wie an dem Tag, an dem sie sich kennengelernt hatten. Er hätte sich gerne vorgebeugt und sie geküsst. Es wäre ein Fehler, das wusste er, aber er dachte trotzdem daran. Da vibrierte das Handy an seiner Hüfte. Olivia hörte es und lächelte matt, vielleicht auch traurig. Das Handy vibrierte noch einmal. Plötzlich hatte er das Gefühl, dies sei ein Test. Aber dann wäre es ein total bescheuerter Test. Er hatte eine Arbeit zu erledigen. Er nahm das Gespräch an. Olivia stand auf und verließ mit ihren Weingläsern den Raum. Er ging davon aus, sie würden in die Spüle wandern, statt neu gefüllt zurückzukehren. Auf dem Display sah Spader, dass der Anrufer Dunbar war.

»Ja«, meldete er sich.

»John, hast du schon bei den Uniformierten angerufen, die unseren Jungen beobachten?«

Spader sah auf die Uhr. Beinahe halb elf. Er war seit fast zwei Stunden bei Olivia, doch es kam ihm vor wie zwanzig Minuten. »Wollte ich gerade. Ich rufe dich zurück, falls es irgendwas zu berichten gibt.«

Er klappte gerade das Handy zu, da kam Olivia zurück ins Wohnzimmer, mit leeren Händen, wie er erwartet hatte. Er stand auf.

»Die Pflicht ruft?«, fragte sie ohne Verbitterung oder Sarkasmus.

Er musste nicht gehen. Er wollte einen Anruf tätigen und bei dem Kollegen nachfragen, der Pendletons Haus überwachte, aber das konnte er später auch noch. Doch falls da einige Minuten zuvor ein besonderer Augenblick zwischen ihnen gewesen war – und er war sich dessen durchaus nicht sicher –, dann war er jetzt vorüber, das wusste er. Daher lächelte er bloß und ging zur Tür.

»Alles okay?«, fragte sie.

Er drehte sich zu ihr um. »Wie meinst du das?«

»Dieser Fall. Die Artikel in der Zeitung. Die Berichte in den Nachrichten. Ich weiß noch gut, was … damals los war. Ich weiß noch gut, was der Fall Rivers mit dir gemacht hat. Was die Medien mit dir gemacht haben. Und jetzt sind sie schon wieder dran, machen dir wieder das Leben schwer, obwohl das da draußen ein anderer Mörder ist. So ein Quatsch.«

»Ich lese keine Zeitung mehr.«

»Ich habe mich nur gefragt, wie es dir damit geht. Ich mache mir Sorgen um dich. Was die da mit dir machen, ist nicht fair. Darum habe ich gefragt, ob bei dir alles okay ist.«

»Alles okay«, sagte er. »Danke für den Wein.« Er war ein miserabler Lügner, daher drehte er sich zur Tür um, ehe er hinzufügte: »Ich hoffe, das mit Jason kommt wieder in Ordnung.« Dann war er draußen, und sie schloss die Tür hinter ihm.

Als er wieder im Auto saß und unterwegs war, rief er die Polizei Beverly an und wurde zu dem Officer durchgestellt, der Pendletons Haus überwachte.

»Was haben Sie beobachtet?«, fragte Spader.

»Nicht viel. Sie verbringen die meiste Zeit im Fernsehzimmer, glaube ich, das weiter hinten im Haus liegt. Ich habe Pendleton ein paar Mal von einem Zimmer ins andere rollen sehen. Die Mutter habe ich auch ein paar Mal von einem Zimmer ins andere gehen sehen. Das war's so ziemlich. Niemand hat sie besucht. Niemand hat das Haus verlassen.«

»Okay, danke.« Er beendete das Gespräch.

Was tat Pendleton? Wartete er darauf, dass die Polizei sich zurückzog? Hatte er sein nächstes Opfer schon ausgesucht? Wusste er bereits genau, was er demjenigen antun wollte? Aber vor allem: Konnte Spader ihn aufhalten, ehe er Gelegenheit dazu hatte?

VIERUNDZWANZIG

Da war es wieder. Ein leises Knarren. Madeleine Wollner kannte jedes Geräusch, das ihr Haus verursachte, jedes einzelne, aber dieses hatte sie noch nie gehört. Sie tastete nach der Fernbedienung neben sich auf der Couch, schaltete den CD-Player stumm und brachte damit die Beatles mitten in »Maxwell's Silver Hammer« zum Schweigen. Sie beugte sich vor und stellte ihr Weinglas auf den Couchtisch vor sich. Da stimmte etwas nicht. Dann spürte sie, dass jemand im Raum war, rechts von ihr, wahrscheinlich an der Tür zur Küche. Wäre sie nicht vollständig blind, hätte sie den Kopf gedreht, um nachzusehen, wer das Haus betreten hatte. Mit ihrem außergewöhnlich scharfen Gehör konnte sie ihn jetzt atmen hören – ein unnatürliches Atmen, wie jemand am anderen Ende einer Telefonleitung. Ihr Herz begann, beängstigend schnell zu schlagen. Wie hatte er trotz der Alarmanlage hereingelangen können? Sie warf sich nach links und tastete nach dem Telefon auf dem Beistelltisch. Jemand kam gemessenen Schrittes auf sie zu – Turnschuhe, die auf ihrem Holzboden quietschten. Und da war noch ein Geräusch, leise, schwer zu hören selbst für sie; ein metallisches Geräusch, das ebenfalls näher kam. Ihre Hand schloss sich um den Telefonhörer, und im selben Augenblick berührte etwas ihren Hals. Sofort brannten ihre Haut und ihre Muskeln, und sie hatte von einem Moment zum anderen keine Gewalt mehr über ihren Körper, der auf eine Art zuckte, gegen die sie machtlos war. Dann hörte sie eine fremdartige, schreckliche, unnatürliche Stimme: »Lassen Sie mich dem ein Ende machen für Sie.«

Sie roch es, noch ehe es in die Nähe ihrer Nase kam – ein widerlich süßlicher, chemischer Geruch. Dann wurde ihr ein weicher, mit irgendetwas getränkter Lappen aufs Gesicht gedrückt, und sie konnte nicht einmal die Hand heben, um ihn wegzuschieben. Sie versuchte, die Luft anzuhalten, aber es war zu spät. Sie atmete die Chemikalie ein, und die Dunkelheit vor ihren Augen breitete sich auch in ihrem Kopf aus.

Das Erste, was Madeleine hörte, als sie erwachte, war wieder dieses eigenartige Geräusch, ganz leise, wie die Klingen einer Schere, die sich öffneten und schlossen. Sie hörte es einmal, dann noch einmal, und zugleich erklangen Schritte. Ihre nächste Wahrnehmung war unverkennbar der Geruch eines Mannes: ein schwacher Körpergeruch, halb überdeckt von Shampoo, Seife und Deodorant.

»Ah, Sie sind wach«, sagte dieser Mann mit einer schrillen, vibrierenden Maschinenstimme.

Da wusste sie, wer der Eindringling war. Sie hatte die Berichte in den Nachrichten verfolgt. Sie kannte die Stimme aus der TV-Werbung, aus dem Videospiel ihrer Nichte. Selbstverständlich konnte sie die Maske, die der Mann, wie sie wusste, trug, nicht sehen, doch sie wusste, dass sie gelb war, eine Farbe, an die sie sich gut aus der Zeit erinnerte, bevor sie ihr Augenlicht an die Lebersche Kongenitale Amaurose, eine seltene angeborene Augenerkrankung, verloren hatte.

Sie versuchte, die Arme zu bewegen, stellte jedoch fest, dass sie an einen Stuhl gefesselt war. Es fühlte sich an, als sei sie daran festgeklebt. Und auch ihr Mund war zugeklebt. Ihr Herz begann zu rasen und hämmerte in ihrer Brust, als wollte es aus dem Brustkorb springen. Sie bemühte sich, ihre Atmung unter Kontrolle zu bringen. Sie befürchtete zu ersticken, falls sie mit dem Klebeband auf dem Mund hyperventilierte.

»Mittlerweile müssten Sie darauf gekommen sein, was hier passiert«, sagte Galaxo. »Ich weiß nicht, wie viel Sie über mich gehört haben, deshalb werde ich die Spielregeln abhandeln, okay?«

Und das tat er. Er erzählte ihr von der schwierigen Wahl, die sie bald würde treffen müssen, wie viel Zeit sie dafür haben würde und von den Konsequenzen, falls sie in dieser Zeit keine Wahl traf. Ihre Augen waren in fast jeder Hinsicht nutzlos, doch sie konnten nach wie vor Tränen hervorbringen. Sie spürte sie über ihre Wangen laufen, während Galaxo sprach.

»Verstehen Sie die Regeln, Madeleine?«

Mit dem Klebeband auf dem Mund konnte sie nicht antworten. Sie konnte den Mann nicht flehend ansehen. Sie konnte nur weinen.

»Nicken Sie einfach, wenn Sie verstanden haben.«

Unvermittelt konnte sie nur noch an ihren Ehemann Tom denken, den Mann, der ihr alle Liebe schenkte, die sie sich wünschen konnte, der ihr die Augen ersetzte, wenn sie sie brauchte, der Licht in ihre dunkle Welt brachte. Wie niedergeschmettert er sein würde. Er würde sich selbst die Schuld geben, weil er dem Anrufer, der ihn gebeten hatte, ihn abzuschleppen, nicht abgesagt hatte, da er sich weder das Geschäft hatte entgehen lassen wollen, noch einen

Menschen in Not abweisen, aber auch keinen seiner Angestellten dafür hatte wecken wollen. Und so war er kurz zuvor mit seinem Abschleppwagen davongefahren, obwohl Madeleine gewollt hatte, dass er zu Hause bei ihr blieb und die Arbeit jemand anderem überließ. Er hatte sie allein gelassen.

»Madeleine, ich mache mir Sorgen, denn anscheinend hören Sie mir nicht zu, und daher verstehen Sie vielleicht nicht, wie ernst die Lage ist. Also, soll ich die Spielregeln wiederholen? Ich möchte, dass Sie mir antworten, weil ich sonst die Geduld verliere und womöglich etwas tun muss, was mir Ihre Aufmerksamkeit sichert. Ich weiß nicht, vielleicht Ihre Achillessehne durchtrennen?«

Madeleine stöhnte.

»Das verstehe ich so, dass Sie mich verstanden haben. Okay, los geht's. Ihre Wahlmöglichkeiten sind, mal sehen ... okay, entweder ich durchbohre Ihnen das Trommelfell an beiden Ohren mit einem Eispickel oder ich schneide Ihnen beide Hände ab. Verstehen Sie das? Entweder Sie verlieren Ihr Gehör oder Ihre Hände. Die Wahl liegt bei Ihnen. Wenn Sie die Eieruhr ticken hören, haben Sie eine Minute Zeit, sich zu entscheiden.«

Sie spürte behandschuhte Fingerspitzen auf ihrer Wange, dann wurde ihr ohne Vorwarnung das Klebeband von den Lippen gerissen. Gierig atmete sie durch den Mund ein. Sie weinte wieder, oder noch immer – sie war sich nicht sicher, ob sie zwischendurch aufgehört hatte, aber jetzt weinte sie jedenfalls. In ihrem Kopf hallten Geräusche wider: das Ticken der Eieruhr, das Blut, das in ihren Ohren rauschte, hin und wieder Galaxos Schritte und das eigenartige, sehr leise, metallische Klirren aneinanderreibender Klingen.

»Noch vierzig Sekunden, Madeleine. Sie müssen sich

entscheiden, bevor die Uhr klingelt. Ihr Gehör oder Ihre Hände.«

Sie wollte sich nicht entscheiden. Natürlich lag die Entscheidung auf der Hand. Ohne ihr Augenlicht kam sie schon seit zwölf Jahren zurecht, aber sie durfte nicht auch noch ihr Gehör verlieren. Sie konnte sich der Welt nicht ohne Sehvermögen *und* ohne Gehör stellen. Doch obwohl sie wusste, welche Entscheidung sie treffen musste, konnte sie sich nicht überwinden, sie auszusprechen. Das würde es real machen. Dann würde es geschehen.

»Madeleine«, sagte Galaxo mit seiner grässlichen Stimme, »ich möchte Sie bei dieser wichtigen Entscheidung nicht hetzen, aber Sie haben nur noch zwanzig Sekunden. Ich würde Sie lieber nicht beiden Torturen unterziehen, deshalb hoffe ich sehr, Sie entscheiden sich rechtzeitig.«

Sie weinte jetzt leiser.

»Madeleine, Sie haben nur noch zehn Sekunden. Sie glauben mir vielleicht nicht, aber ich möchte Ihnen nicht das Gehör *und* die Hände nehmen. Bitte, verdammt noch mal, entscheiden Sie sich, denn das schwöre ich bei Gott, du blöde Kuh, ich werde genau das tun, was ich sage! Also *wähle*, verfickt noch mal!«

Seine Stimme klang eindringlich. Madeleine konnte nicht sprechen.

»Fünf Sekunden noch«, sagte Galaxo in barschem, wütendem Ton, der so gar nicht zu dieser Zeichentrickfigur-Stimme passte. »Vier… drei…«

Da sagte sie verzagt: »Nehmen Sie meine Hände.«

Spader hatte erwogen, auf dem Rückweg von Olivia im Green Hills vorbeizuschauen, doch in den letzten Tagen geisterte Oscar Wagners graues, hageres Gesicht immer öfter durch seinen Kopf, und allmählich befürchtete er doch, dass er ein wenig zu viel trank. Das tat er wahrscheinlich schon, seit Eddie Rivers sich alle Mühe gegeben hatte, Spaders Leben und Karriere zu ruinieren. Daher widerstand er dem Drang, ein Stout zu kippen, und fuhr direkt nach Hause.

Er verbrachte eine Stunde damit, in den säuberlich abgenagten Knochen der Galaxo-Akte zu wühlen, ohne etwas zu finden, was ein erneutes Durchkauen lohnte, daher schloss er die Akte, ließ sich auf die Couch fallen und griff mit der Linken nach der Fernbedienung. Seine rechte Hand war leer, und genauso fühlte sie sich auch an ohne ein Bier darin. Ein weiterer Hinweis darauf, dass er in letzter Zeit zu viel getrunken hatte. Er hatte ein paar Budweiser im Kühlschrank, doch es reizte ihn nicht sonderlich, sich eines zu holen.

Gegen Mitternacht schaltete er den Fernseher ein – normalerweise eine gute Zeit, um John Wayne Alamo verteidigen zu sehen oder in einem Schützenloch in Deutschland Befehle blaffen zu hören. Spader zappte rasch durch die Kanäle, fand jedoch keinen Film des Duke, dafür aber einen Western mit James Stewart, der ihn einigermaßen versöhnte.

Irgendwann musste er eingeschlafen sein, denn als das Telefon ihn weckte, fiel sein Blick als Erstes auf den Fernseher, wo James Stewarts Technicolorgesicht unterdessen Montgomery Clifts Schwarz-Weiß-Gesicht gewichen war. Das Telefon läutete erneut, und Spader wusste – er wusste einfach –, dass Galaxo wieder zugeschlagen hatte. Er wusste nicht, wie das hatte geschehen können, obwohl Pendleton heute Nacht überwacht worden war, und er wollte gar nicht erst darüber nachdenken, was das für seine

Ermittlungen bedeutete. Das Telefon läutete zum dritten, vielleicht auch schon zum vierten Mal, und er streckte die Hand danach aus.

FÜNFUNDZWANZIG

Detective Captain Struthers wollte Spader sehen, und so stand er nun vor Sallys Büro und wartete darauf, dass dieser sein Telefonat beendete. Ein wenig konnte Spader durch die Tür hören, nicht viel, aber hin und wieder verstand er ein paar Worte, und das unerfreulichste Wort lautete »Gouverneur«. Spader war klar, dass Struthers gerade einen Anschiss bekam, wahrscheinlich von Staatsanwalt Rawlings. Doch Spader hörte Struthers sagen: »Immer noch der beste Detective, den ich habe« und »Ja, ich stehe voll und ganz zu meiner Entscheidung«. Es klang, als stünde Struthers noch immer hinter Spader. Es klang außerdem so, als würde der Anschiss so schnell kein Ende finden, daher wandte Spader seine Gedanken wieder dem Fall zu.

Bei dem Anruf heute Nacht hatte Spader erfahren, dass Galaxo erneut zugeschlagen hatte, doch das Opfer hatte überlebt, und man würde der Frau die teilweise abgetrennte Hand wieder annähen. Der Ehemann hatte Galaxo bei der Arbeit gestört und sogar mit ihm gekämpft, ehe der ihn mit einem Elektroschocker außer Gefecht gesetzt hatte und geflohen war. Spader konnte es kaum erwarten, mit den beiden zu sprechen, doch man hatte ihm gesagt, das Opfer stünde kurz vor der Operation und auch der Ehemann käme ins Krankenhaus, wo er zunächst seine eigenen Verletzungen behandeln lasse und dann darauf warte, dass seine Frau wieder aus dem OP kam. Daher begnügte Spader sich einstweilen mit den Angaben, die die beiden gegenüber den Polizisten gemacht hatten, die zuerst am Tatort gewesen waren, und fuhr in der Zwischenzeit zu ihrem Haus, um sich den Tatort anzusehen. Da gab es allerdings nur wenig zu sehen, wie es typisch für Galaxos Tatorte war: keine DNA- oder sonstigen Spuren, keine Anzeichen eines Einbruchs, nichts als der Stuhl in der Küche, an den das Opfer gefesselt gewesen war, Blut auf einer Stuhllehne und einem Teil der Sitzfläche und auf dem Boden am rechten Stuhlbein eine Blutlache. Mehrere zerrissene Streifen Klebeband, mit denen das Opfer an den Stuhl gefesselt gewesen war, lagen um den Stuhl verstreut. Madeleines Ehemann hatte sie befreit. Ansonsten war der Tatort ärgerlicherweise so frei von Spuren wie Galaxos übrige Tatorte. Die Leute von der Spurensicherung taten, was sie konnten, machten Fotos, maßen Abstände, suchten nach Fingerabdrücken und anderen Spuren im Haus und nach Schuhabdrücken und Reifenspuren draußen, doch sie fanden wie erwartet nichts.

Als Spader dort fertig war, war es beinahe fünf Uhr morgens. Das Opfer würde im OP sein, der Ehemann schlief jetzt sicher, daher musste Spader mit seiner Befragung noch eine Weile warten. Er hatte bereits mehrfach im Krankenhaus angerufen, doch es hatte Komplikationen beim Wiederannähen der Hand gegeben, die eine weitere Operation erforderlich gemacht hatten. Dadurch kam Madeleine Wollner erst um neun Uhr morgens auf die Intensivstation. Spader rief noch ein paar Mal an, zum letzten Mal um vier Uhr nachmittags, und erfuhr, dass Mrs Wollner in ein Krankenzimmer verlegt worden war und noch immer schlief. Mr Wollner, der sich von einer Gehirnerschütterung und einer leichten Schädelfraktur erholte, tat im Bett neben ihr offenbar das Gleiche.

Struthers in seinem Büro blaffte etwas, was Spader als Aufforderung einzutreten verstand, also öffnete er die Tür, trat ein, schloss die Tür hinter sich, setzte sich vor Struthers' Schreibtisch und wappnete sich für das, was da kommen mochte.

Struthers seufzte. Er fuhr sich mit der Hand durch das Haar, das auch vor einigen Wochen schon Ansätze gezeigt hatte, schütter zu werden, Spader nun jedoch eine Spur ergraut zu sein schien. »Galaxo hat heute Nacht also wieder zugeschlagen«, sagte er schließlich.

»Ja, Sir. Zum Glück hat das Opfer überlebt.«

»Aber eine Hand eingebüßt?«

»Nur vorübergehend.«

»Der Ehemann wurde auch verletzt?«

»Gehirnerschütterung. Leichte Schädelfraktur.«

»Schon mit ihnen geredet?«

»Sie war fast den ganzen Morgen im OP. Seitdem schläft sie.«

»Die Frau ist blind, stimmt das?«

»Ja, Sir.«

»Aber der Ehemann hat Galaxo wirklich gesehen? Und mit ihm gekämpft?«

»Ja, Sir, bis Galaxo ihn mit einem Elektroschocker betäubt hat. Ich lasse den beiden noch ein bisschen Zeit, dann rede ich mit ihnen.«

Struthers nickte. »Also ist er auch hinter Frauen her.«

»Sie sind offenbar nicht tabu für ihn.«

Wieder nickte Struthers. »Wie lange ist der Überfall her, bei dem er den Mann halb totgeprügelt und ihm dann die Augen rausgenommen hat?«

»Sechs Tage.«

»Herrgott. Dieses Arschloch arbeitet schnell. Heute Morgen die Nachrichten gesehen?«

»Ich versuche das im Augenblick zu vermeiden, Cap.«

»Ich wünschte, das könnte ich auch.« Spader rechnete damit, dass Struthers sich wieder darüber auslassen würde, wie massiv der Staatsanwalt ihm im Nacken saß – vielleicht war er ihm auch schon auf den Kopf gestiegen –, doch Struthers sagte bloß: »Ich habe gehört, der Officer, der den jungen Pendleton überwacht hat, habe gesagt, dass der Mann sein Haus nicht verlassen hat.«

»Das habe ich auch gehört.«

»Ich habe gehört, er habe Pendleton eine knappe Viertelstunde vor dem Überfall heute Nacht im Rollstuhl durchs Wohnzimmer fahren sehen.«

»Ja«, sagte Spader, »das habe ich auch gehört.«

Struthers ließ langsam den Kopf kreisen. Spader hörte ein paar Wirbel knacken. »Es wird Sie vermutlich nicht überraschen, dass ich die Polizei Beverly angerufen, den Kollegen für ihre Unterstützung gedankt und ihnen gesagt habe, dass wir ihre Hilfe bei der Überwachung von Pendletons Haus nicht mehr benötigen.«

Spader nickte. »Nein, das überrascht mich nicht.«

»Jetzt«, sagte Struthers, »wo Pendleton nicht mehr zum Verdächtigen taugt, sagen Sie mir bitte, dass Sie noch eine andere heiße Spur verfolgen. Bitte sagen Sie mir, dass Sie in mehr als eine Richtung ermitteln und noch ein, zwei Spuren haben, denen Sie nachgehen können.«

Spader wusste nicht, was er darauf erwidern sollte. Struthers blickte ihn mit Hoffnung in den müden Augen an – er hoffte, dass Spader noch ein Ass im Ärmel hatte. Doch das hatte er nicht. Sie waren allen Hinweisen nachgegangen, die sie hatten, und in Spaders Augen hatte alles auf Pendleton hingedeutet – seitdem er das Problem Querschnittlähmung gelöst hatte. Nun wusste er nicht, was er davon halten sollte. Und schon gar nicht wusste er, was er Struthers sagen sollte. Der Captain runzelte die Stirn.

»John«, sagte er, »ich muss das FBI hinzuziehen. Mir bleibt keine andere Wahl. Rechnen Sie damit, dass die Leute morgen Nachmittag hier sind, allerspätestens übermorgen früh. Und wenn sie hier sind, dann werden Sie voll und ganz mit ihnen kooperieren, ihre Hilfe annehmen, denen Ihre Hilfe anbieten und ganz eng mit ihnen zusammenarbeiten, um diesem Kerl das Handwerk zu legen.«

Spader gab sich keine Mühe, seine Enttäuschung zu verbergen, doch er sagte: »Natürlich, Captain. Und bis die Kavallerie eintrifft?«

Struthers ignorierte seinen Tonfall. »Arbeiten Sie einfach weiter. Ich will diesen Drecksack erledigt haben, und es ist mir egal, wer das macht. Keine Opfer mehr. Keine Amputationen mehr. Keine neuen Schlagzeilen.«

Spader nickte und ging.

Als er an seinen Schreibtisch zurückkehrte, fand er eine Nachricht von Olivia auf seinem dienstlichen Anrufbeantworter. Sie erzählte, David sei wieder die ganze Nacht fort gewesen und heute Morgen nach dem Frühstück mit einem frischen Hämatom unter dem Auge und einem abgebrochenen Zahn hereingeschlendert gekommen. Er habe nicht sagen wollen, wie es zu diesen Verletzungen gekommen, wo er die ganze Nacht gewesen oder mit wem er zusammen gewesen sei. Spader seufzte. Olivia versicherte ihm, David gehe es gut, die Verletzungen seien nicht schlimm, aber sie müssten noch einmal einen Familienrat halten, diesmal, um diesem Verhalten endgültig einen Riegel vorzuschieben. Das hatte Spader noch gefehlt. Mitten in einem Sensationsfall, für den er tagtäglich von den Medien Prügel bezog, machte sein Sohn Ärger, blieb die ganze Nacht weg und geriet jetzt auch noch in Schlägereien. Spader fragte sich, an welchem Punkt der Junge auf Abwege geraten war. Vom guten Schüler zum Randalierer, der vor nichts Respekt hatte. Oder vielleicht waren es auch Spader und Olivia gewesen, die etwas falsch gemacht, ihrem Sohn etwas nicht gegeben hatten, was dieser gebraucht hätte. Mehr Disziplin? Weniger Disziplin? Rat? Ein mitfühlendes Ohr? Das Ganze hatte im letzten Studienjahr begonnen, und seither war es nur schlimmer geworden. Jetzt spitzte die Krise sich offenbar zu, wenn David sich schon hier in der Stadt prügelte. Olivia hatte recht. Es wurde Zeit, dass sie alldem ein Ende machten.

Dunbar, der an seinem Schreibtisch saß und einen Bericht schrieb, blickte hoch.

»Wie lief's bei Sally?«

»Er holt die Bundesjungs.«

»Scheiße. Wann?«

»Morgen, spätestens übermorgen.«

»Scheiße.«

»Bis dahin machen wir da weiter, wo wir sind. Wo ist das übrigens?«

Dunbar zuckte die Achseln. »Nirgendwo, fürchte ich. Amanda Cassel hat mit ein paar Uniformierten die Nachbarn der Wollners befragt. Niemand hat etwas gesehen.«

»Ist Galaxo nicht durch die Hintertür verschwunden, während die Alarmanlage schrillte?«

»Doch, aber die Nachbarn dachten, das sei ein Fehlalarm, und sind wieder schlafen gegangen.«

»Tolle Welt, in der wir leben, was? Sonst noch was?«

»Wilkins ist vor ein paar Tagen mit der Liste der Colleges fertig geworden. Sein Team hat die Namen gemäß dem FBI-Profil priorisiert und nimmt die Leute in dieser Reihenfolge unter die Lupe. Sie haben rund zwei Dutzend potenzielle Kandidaten überprüft, aber bisher waren alle sauber, konnten entweder ein Alibi oder etwas anderes vorweisen, was sie als Verdächtige ausschließt. Ein paar Namen stehen noch auf der Liste. Die werden sie auch noch überprüfen.«

»Sonst noch was?«

»Ich weiß nicht. Noch nicht, aber vielleicht bald. Ich habe über Marilyn Easterbrook nachgedacht, die alte Dame, die früher im Camp Wiki-Wah-Nee gearbeitet hat.«

»Und was ist dabei herausgekommen?«

»Ich habe darüber nachgedacht, dass Andrew Yasovich diese Briefe von seinem Sohn aufbewahrt hatte, und da ist mir die Idee gekommen, dass vielleicht auch die alte Dame ein paar Erinnerungsstücke aufgehoben hat, etwas, wo vielleicht die Namen von Sommerlagerteilnehmern drinstehen. Briefe, die sie ihr geschrieben haben, oder Fotos mit ihr drauf oder so.«

»Gute Idee. Was gefunden?«

»Ich habe heute Morgen ihre Tochter angerufen, die ja jetzt in ihrem Haus lebt, und sie gefragt. Und sie hat gesagt, sie glaubt, sie hätte Fotos ihrer Mutter vom Sommerlager gesehen, so ähnlich wie Klassenfotos, wo die Kinder sich in Reihen hintereinander aufgestellt haben. Sie glaubt, es könnte sein, dass sie jedes Jahr solche Fotos gemacht und sie dann in den Zelten und in den Speiseräumen im Lager aufgehängt haben.«

»Und sie glaubt, ihre Mutter könnte die aufbewahrt haben?«

»Vielleicht. Sie will danach suchen.«

»Dann drücken wir mal die Daumen«, sagte Spader. »Wir könnten wirklich mal ein bisschen Glück brauchen.«

Er schloss die Augen, legte die Fingerspitzen auf die Lider und massierte sie. Nach einer Weile sagte Dunbar: »Weißt du, nur um das mal festzuhalten: Du hattest mich fast davon überzeugt, dass Pendleton Galaxo ist, trotz der überwältigenden Beweislage dagegen.«

»Sieht aber so aus, als hätte ich mich geirrt.«

Dunbar blickte von seinem Bericht auf. Ihm war wohl etwas an Spaders Tonfall aufgefallen. »Du glaubst nicht, dass du dich geirrt hast, oder?«

Spader zuckte die Achseln.

»Ach komm, John. Während Galaxo Madeleine Wollner in ihrem Haus in Springfield die Hand abgesägt hat, saß Pendleton in seinem Rollstuhl zwei Autostunden von dort entfernt bei sich zu Hause in Beverly.« Spader zuckte erneut die Achseln. »Hör auf, dich darauf zu versteifen, Kumpel. Pendleton ist nicht unser Mann.«

Spader beschloss, das Thema zu wechseln. »Wie auch immer. Vielleicht gelingt uns jetzt ja der Durchbruch. Madeleine Wollner hat Galaxos Überfall überlebt. Vielleicht gewinnen wir durch sie neue Erkenntnisse. Und ihr Mann hat sogar mit Galaxo gekämpft. Vielleicht kann er uns etwas Neues sagen.«

»Genau, und vielleicht knacken wir den Fall gerade rechtzeitig, damit die Bundesjungs die Lorbeeren dafür ernten können.«

»Von mir aus. Ich will nur, dass er aufgehalten wird.« Spader stand auf und zog sein Sakko an. »Ich fahre nach

Springfield ins Krankenhaus und rede mit den beiden. Ich rufe dich an, falls es was gibt, das sich zu berichten lohnt.«

SECHSUNDZWANZIG

»Bist du schon da?«, erkundigte Spader sich per Handy.

»Ich parke gegenüber auf der anderen Straßenseite, ein Haus weiter. Weißt du, irgendwie ist das verkehrt herum.«

»Wie meinst du das?«

»Na ja, in Krimis ist es der Privatdetektiv, der zu einem Freund bei den Cops geht und ihn um einen Gefallen bittet, nicht umgekehrt.«

Als Struthers die Überwachung Pendletons ein paar Stunden zuvor abgeblasen hatte, hatte Spader nur zwei Minuten nachdenken müssen, ehe er beschloss, Artie Small anzurufen, einen Mann, der früher ein recht guter Polizist gewesen, dann aber im Dienst angeschossen worden war. Er hatte die Polizei bei vollen Schwerbehindertenbezügen verlassen und war zu einem recht guten Privatdetektiv geworden. Spader hatte seine Dienste noch nie benötigt, doch er kannte Small seit über zehn Jahren, und es sprach sich herum, wenn jemand in dieser Branche gut war. Spader traf ihn von Zeit zu Zeit im Green Hills, und falls er auch nur halb so gut war, wie er behauptete, dann musste er der beste Privatdetektiv in Neuengland, wenn nicht gar an der gesamten Ostküste sein. Das Einzige, was Spader zu denken gab, war Smalls beinahe fanatische Begeisterung für die Musik Barry Manilows. Immerzu pfiff oder summte er eines von Manilows Liedern, was Spaders

Meinung nach der Hauptgrund sein mochte, warum Small nur sehr wenige Freunde hatte.

»Hast du die Ausrüstung mitgebracht, um die ich dich gebeten habe?«, fragte Spader. Im Hintergrund meinte er, ganz leise »Could It Be Magic« zu hören.

»Hab das Hohlspiegelmikrofon dabei, den digitalen Camcorder und die Digitalkamera mit Teleobjektiv. Ich muss dir sicher nicht sagen, dass nichts von dem, was ich da drin höre und aufnehme, vor Gericht zugelassen würde – falls es das ist, was du willst.«

»Das ist mir klar.«

»Es ist sogar illegal, was wir hier machen. Und denk dran, ich kann nur hören, was in den Räumen mit Fenstern im vorderen Teil des Hauses vorgeht, den ich sehen kann.«

»Sie verbringen die meiste Zeit im Fernsehzimmer, glaube ich, der im hinteren Teil des Hauses ist.«

»Ist mir aufgefallen.«

Spader hatte Small gebeten, ein Abhörgerät mitzunehmen, das auch von der anderen Straßenseite aus Geräusche aus dem Haus auffangen konnte. Alles, was Small gesagt hatte, stimmte. Doch niemand würde je herausfinden, dass sie das Haus abgehört hatten, und Spader beabsichtigte nicht, die Informationen, die sie so erlangten, offiziell zu verwenden. Er wollte nur wissen, ob Pendleton irgendetwas Verdächtiges tat oder sagte, irgendetwas, was ihn mit Galaxo in Verbindung brachte oder bewies, dass er nicht der Querschnittgelähmte war, für den alle Welt ihn hielt. Wenn das erst einmal festgestellt war, würde er Pendleton gründlich unter die Lupe nehmen, bis er Beweise fand, die vor Gericht zugelassen würden.

»Danke für die Lektion über Lauschangriffe, Artie. Ich will einfach nur wissen, was du hörst. Ich will wissen, ob er etwas Belastendes sagt. Vor allem will ich wissen, ob der Mann da drin herumläuft.«

»In den Nachrichten haben sie keinen Zweifel daran gelassen, dass er behindert ist, John.«

»Ja, das höre ich auch immer wieder. Ich kaufe ihm das bloß nicht ab. Übrigens, wie viel berechnest du mir? Habe ich ganz vergessen zu fragen.«

»Meinen Standardsatz minus vierzig Prozent.«

»Vierzig? Das ist aber großzügig.«

»Du weißt doch, was für ein netter Mensch ich bin.«

»Mhm. Und es hat nicht zufällig etwas damit zu tun, dass du vielleicht eines Tages einen Gefallen von einem Cop brauchen könntest?«

»Autsch. Das tut weh, John. Wirklich.«

»Artie, du weißt, wohinter ich bei diesem Mann her bin. Lass mich wissen, wenn du etwas hörst oder siehst, von dem du glaubst, dass ich es wissen sollte. Und falls dieser Mann das Haus verlässt – allein, mit seiner Mutter, mit einem Freund –, dann will ich sofort Bescheid wissen, kapiert?«

»Ich habe alles unter Kontrolle, John. Während wir uns unterhalten, baue ich schon das Mikrofon auf. Ich werde dir sogar sagen können, ob der Kerl da drin furzt. Und wenn er auch nur die Hand zur Haustür rausstreckt, um die Zeitung reinzuholen, die er heute Morgen vergessen hat, rufe ich dich an.«

»Danke.«

Als Spader im Baystate Medical Center ankam, wies ihm eine muntere Ehrenamtliche an der Information den Weg zum Zimmer der Wollners. An der Schwesterntheke auf der Station zeigte er einer Krankenschwester, die sehr streng blickte, seinen Dienstausweis und erfuhr, dass Madeleine Wollner im Moment bei irgendwelchen Untersuchungen oder Röntgenaufnahmen sei – sie war sich da nicht sicher –, aber bald zurück sein würde. Spader ging dennoch zu ihrem Zimmer, um nach ihrem Ehemann zu sehen. Er stellte sich dem uniformierten Kollegen von der Polizei Springfield vor, der auf einem braunen Plastikstuhl draußen neben der Tür saß und Wache hielt für den Fall, dass Galaxo entgegen allem, was sie über ihn in Erfahrung gebracht hatten, Madeleine Wollner hierher verfolgte. Kurz fragte Spader sich, wie der Kollege entschied, welchen der Wollners er bewachen sollte, wenn einer im Zimmer blieb und die andere anderswo untersucht wurde, kam dann aber zu dem Schluss, dass der Ehemann, der allein im Krankenzimmer lag, schutzbedürftiger war als seine Frau, die in einem Labor oder beim Röntgen von medizinischem Personal umgeben war.

Spader streckte den Kopf ins Zimmer. Ein Bett war leer. Im anderen Bett lag ein Mann mit einem weißen Kopfverband, der zu schlafen schien. Spader hüstelte, und als Wollner sich daraufhin nicht rührte, zog Spader sich wieder zurück und sagte dem Uniformierten, er werde später wiederkommen. Er setzte sich in die Cafeteria, um dort eine Weile zu warten, doch als er Hunger bekam, verließ er das Krankenhaus, um früh zu Abend zu essen. Das hätte er auch in der Cafeteria tun können, aber warum sollte er sich das zumuten?

Um kurz nach sieben kehrte er zurück und fuhr mit dem Aufzug hinauf in die Etage, auf der Madeleine Wollner lag. Dieselbe strenge Krankenschwester wie vorhin sagte ihm, Mrs Wollner sei seit einer Weile zurück. Spader ging über den Korridor zu ihrem Zimmer und nickte dem Kollegen an der Tür zu. Die Tür stand offen, doch innen vor der Türöffnung war ein Vorhang zugezogen, der den Patienten, die ihre Privatsphäre im Wesentlichen an der Krankenhaustür abgaben, ein gewisses Maß an Ungestörtheit ermöglichte. Blitzartig sah Spader Bilder seiner beiden Eltern in den kurzen, hinten offenen Krankenhaushemden vor sich. Er schüttelte den Kopf, um die Bilder zu verscheuchen, und klopfte an den Türrahmen. Eine Männerstimme forderte ihn zum Eintreten auf, und er schob sich am Vorhang vorbei.

Madeleine Wollner lag im Bett. Ihr rechter Arm war leicht hochgelagert und vom Unterarm bis zu den Fingerspitzen verbunden. Normalerweise war sie wahrscheinlich attraktiv, doch im Augenblick sah sie nur müde aus. Ihre blinden Augen starrten geradeaus, die Augenlider waren halb geschlossen. Doch sie hatte etwas an sich – etwas, was er nicht zu fassen bekam, woraus er aber schloss, sie sei eine starke Frau. Vielleicht nahm er das auch bloß an, weil sie ohne Sehvermögen in dieser gnadenlosen Welt überlebt hatte oder weil sie eine Begegnung mit Galaxo durchgestanden hatte. Was es auch war, Spader sah ihr die innere Stärke an, auch daran, wie ihre unversehrte Hand tröstend auf dem Arm ihres Mannes lag, der auf einem Stuhl an ihrem Bett saß.

Spader stellte sich vor. Zunächst plauderten sie ein wenig, und Spader erkundigte sich nach dem Befinden der beiden, dann begann er mit seiner Befragung. Sie beantworteten seine Fragen sehr klar und höflich und schienen überhaupt nicht verstimmt darüber, dass sie die Nacht, die wahrscheinlich die schlimmste ihres Lebens gewesen war, erneut durchleben mussten. Spader machte sich Notizen, während Madeleine erzählte, was geschehen war, von dem Augenblick an, als sie gemerkt hatte, dass sich jemand in ihrem Haus befand, bis zu dem Moment, als der Eindringling begonnen hatte, ihr Handgelenk durchzusägen. Spader staunte, wie gefasst sie war, und hätte nicht alles dagegen gesprochen, hätte er angenommen, dass sie noch unter Schock stand. Er musste sie dafür einfach bewundern. Sie war seit zwölf Jahren blind, sie hatte während des letzten halben Tages mehr Grauen, Schmerzen und Traumata erlebt als die meisten Menschen in drei Leben, und sie war offenkundig erschöpft. Dennoch war sie bemerkenswert guter Dinge. Sie sagte sogar mehr als einmal, welches Glück sie gehabt habe, dass ihr Mann nicht ernsthafter verletzt worden sei.

Als sie in ihrem Bericht an den Punkt gelangte, wo Galaxo begann, ihr die Hand abzusägen, begann ihre Stimme zu beben. »Und da kam Tom nach Hause.«

»Ich war weggefahren, um einen Auftrag zu erledigen«, sagte Tom Wollner. »Ich habe ein Abschleppunternehmen und bekam einen Anruf von einem Mann, der auf der Route 91 liegen geblieben war. Madeleine wollte nicht, dass ich da selbst hinfahre; sie wollte, dass ich einen meiner Fahrer anrufe, aber das mache ich nicht gern mitten in der Nacht. Außerdem war ich hellwach, und die anderen Jungs schliefen vielleicht, deshalb dachte ich, was soll's. Aber nach sechs, sieben Meilen dachte ich, so ein Quatsch, ich bin der Boss. Das muss doch auch Vorteile haben. Also habe ich Benny angerufen, ihm gesagt, er soll den Mann abschleppen, und bin zurück nach Hause gefahren. Als ich da ankam ...« Wollners Stimme brach, und er atmete zittrig aus. »Entschuldigen Sie.«

»Schon gut«, sagte Spader. »Lassen Sie sich Zeit.«

Wollner sagte, als er ins Haus gekommen sei, habe er eigenartige Geräusche gehört – lautes Stöhnen und noch etwas, was er nicht habe einordnen können. Er sei in die Küche gegangen und habe gesehen, was Galaxo – mit gelber Maske und schwarzem Trainingsanzug – seiner Frau antat. Als er einen Schritt vortrat, blickte Galaxo hoch und hörte auf zu sägen, doch Wollner war so geistesgegenwärtig, ein paar Schritte zurückzuweichen und einen Alarmknopf an der Alarmanlage zu betätigen, der automatisch die Polizei davon benachrichtigt, dass der Hauseigentümer Hilfe braucht. Im Haus ertönte die Sirene, und Wollner ging ins Wohnzimmer, als Galaxo gerade um die Ecke bog. Galaxo hielt etwas in der Hand und stürzte sich auf ihn, aber Wollner landete einen Boxhieb auf Galaxos gelbe Maske, und dieser Schlag habe Galaxo kurz taumeln lassen. Wollner ließ noch zwei, drei Schläge folgen, alle auf die Maske, doch dann gelang es Galaxo, ihn mit, wie sich herausstellte, einem Elektroschocker zu treffen. Weitgehend gelähmt ging Wollner zu Boden und konnte nur daran denken, dass er Madeleine im Stich gelassen hatte.

Madeleine nahm den Faden auf. »Ich hörte, dass Galaxo langsam wieder auf mich zukam. Er blieb vor mir stehen, und ich dachte, jetzt macht er weiter. Ich hatte das Gefühl, dass meine Hand schon fast vollständig abgesägt war, aber ich konnte da eigentlich nicht mehr viel spüren. Ich war überrascht, dass es nicht mehr wehtat. Am Anfang schon, aber dann nicht mehr so. Jedenfalls, Galaxo stand einfach ein paar Sekunden vor mir und atmete sehr heftig. Die ganze Zeit schrillte die Sirene. Ich wusste, er würde gleich gehen, und glaubte, er würde mich einfach umbringen, und Tom wahrscheinlich auch. Aber das tat er nicht. Er sagte, da hätte ich aber ein Schweineglück gehabt, und dann schlug er mich. Danach hörte ich ihn zu Tom gehen und ihn drei Mal mit irgendetwas schlagen.«

»Mit einer schweren Tischuhr aus Holz«, warf Wollner ein. »Das hat mich außer Gefecht gesetzt. Und mir ein bisschen den Schädel gebrochen.« Behutsam befingerte er den Verband an seinem Kopf.

»Dann ist er einfach gegangen«, sagte Madeleine. »Offenbar durch die Hintertür. Kurz darauf kam die Polizei. Dann wurde ich ohnmächtig, aber irgendjemand muss mir einen Druckverband angelegt haben, und dann kam ein Krankenwagen. Vom Rest der Nacht habe ich nicht viel mitbekommen, und als ich heute Morgen wach wurde, erfuhr ich, ich hätte gute Aussichten, dass ich meine Hand wieder normal gebrauchen kann.«

Spader schrieb alles mit. Dann vibrierte sein Handy. Er sah aufs Display, stellte fest, dass der Anruf vom Ten Fed kam, und ignorierte ihn.

»Ich verstehe immer noch nicht, wie der Scheißkerl ins Haus gekommen ist«, sagte Wollner. »Ich weiß genau, dass ich die Alarmanlage eingeschaltet habe, als ich wegfuhr, und ich musste sie deaktivieren, als ich nach Hause kam.«

Spader sagte: »Ich nehme an, Galaxo hat das Schloss an Ihrer Hintertür geknackt, dann mit dem Handy bei Ihnen angerufen und erzählt, er sei auf dem Highway liegen geblieben. Als Sie die Alarmanlage ausschalteten, um das Haus zu verlassen und zu einem nicht existenten liegen gebliebenen Wagen zu fahren, ist er durch die Hintertür ins Haus geschlüpft und war drin und machte die Tür wieder zu, bevor Sie die Haustür geschlossen und die Alarmanlage wieder eingeschaltet haben. Wir glauben, dass er das ungefähr so schon mal gemacht hat.«

»Es ist meine Schuld.« Wieder brach Wollner die Stimme. »Wenn ich diesen Auftrag nicht selbst übernommen hätte, wäre das nicht passiert.«

»Hör auf damit, Tom«, sagte Madeleine in einem Ton, der keinen Widerspruch duldete. Sie drückte seine Hand und lächelte ihn an. »Ich danke Gott, dass es dir gut geht. Du warst sehr klug und sehr mutig.«

»Klug?«

»Wenn du einfach in den Raum gestürmt wärst, um ihn aufzuhalten, hätte er dich mit dem Elektroschocker ausschalten können, und dann hättest du den Alarm nicht auslösen können. Er hätte mit mir machen können, was er wollte, und dich hinterher womöglich noch umbringen. Du hast mir das Leben gerettet.«

Wollner schwieg. Spader stellte noch einige Fragen ähnlich denen, die er den bisherigen überlebenden Opfern gestellt hatte. Sie sprachen über Galaxos Stimme, die selbstverständlich geklungen hatte wie die des Zeichentrick-Aliens, aber dennoch die individuelle Ausdrucksweise desjenigen aufgewiesen haben musste, der hinter der Maske steckte. Wollner sagte, die Stimme des Anrufers, der abgeschleppt werden wollte, sei eindeutig die eines Mannes gewesen. Sonst sei ihm daran nichts aufgefallen. Spader bat Wollner um eine detaillierte Beschreibung Galaxos, und er bat Wollners Frau, nochmals zu versuchen, sich an den genauen Wortlaut zu erinnern, mit dem Galaxo ihr die Wahlmöglichkeiten genannt hatte. Als Spader glaubte, mehr werde er über das, was die Wollners in der vergangenen Nacht gesehen, gehört und gespürt hatten, nicht erfahren, kam er zu seinen Abschlussfragen.

»Mrs Wollner, waren Sie je in einem Ferienlager?«

»In einem Ferienlager? Sie meinen so etwas wie ein Sommerlager?«

»Genau.«

»Sicher. Zwei Mal, mit acht und mit neun. Warum?«

»Erinnern Sie sich an den Namen des Lagers?«

Sie lächelte. »Camp Wiki-Wah-Nee. Vor mir war schon mein Bruder dort gewesen.«

Wieder vibrierte Spaders Handy. Er sah aufs Display: dieselbe Nummer wie zuvor.

»Entschuldigen Sie, ich muss diesen Anruf annehmen.«

Er zog das Handy aus dem Etui an seinem Gürtel und ging ans andere Ende des Raums. »Spader.«

»Detective Spader? Hier ist Detective Miller.«

Miller? Kannte er einen Miller?

»Ich habe vor ein paar Wochen diese Kopien für Sie gemacht, wissen Sie noch?«

Hastig überspielte Spader seine Verwirrung. »Natürlich, Detective Miller. Tut mir leid, ich war kurz abgelenkt. Ich befrage gerade eine Zeugin.«

»Oh, tja, tut mir leid, dass ich störe, aber ich weiß, Sie arbeiten mit Hochdruck an dem Galaxo-Fall, und ich kam an Ihrem Schreibtisch vorbei und sah da etwas liegen. Ein Foto mit einer angehefteten Notiz. Es lag bei Ihrer Post, deshalb dachte ich, Sie haben es vielleicht noch nicht gesehen, und ich dachte, es könnte wichtig sein.«

Spader sah Tom Wollner an und formte mit den Lippen: »Entschuldigung.« Dann fragte er Miller: »Und was ist es?«

»Es sieht aus wie ein Foto. Na ja, wie das Fax eines Fotos. Da hat sich ein Haufen Kinder für ein Gruppenbild aufgestellt, ungefähr vierzig. Ein paar Kinder in der ersten Reihe halten ein Schild, auf dem steht: ›Camp Wiki-Wah-Nee.‹«

Gute Arbeit, Gavin, dachte Spader. Marilyn Easterbrooks

Tochter hatte offenbar die Fotos ihrer Mutter gefunden, und Dunbar hatte sie wohl gebeten, das Fax sowohl an ihn selbst als auch an Spader zu schicken.

»Hören Sie, Miller, ich muss wissen, ob Galaxos Opfer auf dem Foto sind.«

»Mal sehen, hm, die Namen der Kinder stehen unter ihren Gesichtern – jedenfalls die Initialen der Vornamen und die Nachnamen.«

Madeleine Wollner gab ein leises Geräusch von sich, ein Ausatmen oder so. Spader hoffte, sie döste nicht gerade unter dem Einfluss ihrer Schmerzmittel ein.

»Hmm«, sagte Miller, »ich suche noch … hey, da ist ein J. Golding drauf. Er ist eines der Opfer, richtig? Oh, und B. Yasovich.«

Spader nickte befriedigt.

Tom Wollner fragte: »Madeleine? Was ist los?«

Spader sah zu ihr. Sie hatte die Augen weit aufgerissen und schien nicht mehr zu atmen. Ob Spader eine Krankenschwester rufen sollte?

Miller sprach weiter. »Und eins der Kinder an der Seite, eins von den älteren Kindern, das ist P. Lisbon.«

Spader überlegte, ob er Madeleine nach ihrem Mädchennamen fragen sollte, um zu sehen, ob er auf dem Foto stand, wovon er überzeugt war, doch sie machte den Eindruck, als ginge es ihr gerade sehr schlecht. Sie schien sich förmlich im Bett zu verkriechen. Allmählich machte Spader sich ernsthafte Sorgen.

»Miller?«, fragte er. »Sehen Sie einen S. Pendleton auf dem Foto?« Er hielt den Atem an. Madeleines Lippen bewegten sich, als ob sie flüsterte.

»S. Pendleton? Ist das nicht der Gelähmte?«

»Ist er drauf?«

»Liebes«, sagte Tom Wollner zu seiner Frau, »soll ich eine Krankenschwester rufen?«

»Eine Sekunde … lassen Sie mich nachsehen … Moment … Moment … tut mir leid, Detective Spader, kein S. Pendleton.«

Spader runzelte die Stirn und wandte den Blick von Madeleine ab. Wie konnte Pendleton nicht auf diesem Foto sein? Er war sich dessen so sicher gewesen.

»Oh, warten Sie«, sagte Miller plötzlich. »Da ist er, in der hinteren Reihe.«

Spader lächelte kühl. *Ich wusste es, du Arschloch.*

»Madeleine«, sagte Wollner, »langsam machst du mir Angst. Was hast du denn?«

Miller meldete sich nochmals zu Wort. »Detective Spader? Wollen Sie noch mehr Namen hören?«

Spader beobachtete Madeleine, deren Lippen unhörbare Worte formten. Er trat näher zu ihr.

»Detective Spader?«, fragte Miller.

»Ich glaube, das ist alles, was ich brauche, Miller, danke.«

Er beendete das Telefonat, trat noch näher an Madeleines Bett heran und musterte ihr Gesicht, das nun panischen Schrecken ausdrückte. Ihre Lippen zitterten; sie schien in einem fort Unhörbares zu flüstern.

Wollner ergriff die unversehrte Hand seiner Frau. »Um Himmels willen, Madeleine, was ist los? Was willst du sagen?«

Spader trat noch einen Schritt näher und konnte Madeleine nun sehr, sehr leise flüstern hören.

»Er ist hier«, flüsterte sie verzagt. Dann lauter: »Gott helfe mir, er kommt mich holen.«

»Wer ist hier?«, fragte Wollner außer sich vor Sorge.

Spader trat ans Bett. »Mrs Wollner, wer ist hier? Bitte sagen Sie es mir. Schnell.«

Sie wandte ihm das Gesicht zu; ihre blinden Augen sahen ihn direkt an. »Er ist hier. Der Mann, der mich überfallen hat, kommt mich holen. Ich erinnere mich jetzt an diese Scherengeräusche, von gestern Abend. Ich hatte sie ganz vergessen, aber jetzt höre ich sie wieder. Er kommt.«

Wollner sagte: »Ich höre nichts, Liebes.«

»Wo ist er?«, fragte Spader.

Eine Träne lief Madeleine über die Wange. Ihre Lippen bebten. »Gleich da draußen auf dem Flur. Er kommt näher. Bitte, lieber Gott, beschütze mich.«

Sie streckte die Hand aus und packte Spaders Arm, doch Spader löste sich aus ihrem Griff und eilte zum Vorhang vor der Tür.

»Er ist gleich vor meinem Zimmer«, wisperte Madeleine verängstigt. »*Jetzt* ist er hier.«

Spader zog die Glock. Mit der anderen Hand zog er den Vorhang auf und erschreckte eine Dame mittleren Alters halb zu Tode, die, auf den Arm eines Krankenpflegers gestützt, am Zimmer der Wollners vorbeiging. Spaders Blick fiel auf ihre Beine: Sie trug Schienen, die vom Unterschenkel bis zu den Hüften reichten. Die Schienen bestanden aus Metall und waren mit Lederriemen an ihren Beinen befestigt. Bei jedem Schritt erzeugten sie ein ganz leises metallisches Klirren. Was hatte Madeleine gesagt? *Diese Scherengeräusche.*

Er drehte sich zu den Wollners um und sagte: »Mrs Wollner, alles wird gut. Das war nicht der Mann, der Sie gestern Abend überfallen hat. Hier sind Sie sicher. Ich muss jetzt gehen, aber ich komme bald wieder.«

Er verließ eilig das Krankenzimmer, flog die Treppe hinab und rannte hinaus in die Nacht.

SIEBENUNDZWANZIG

Noch während Spader zum Auto rannte und die Absätze seiner Schuhe über den Asphalt des Krankenhausparkplatzes klapperten, riss er das Handy aus dem Gürteletui und rief Dunbar an.

»Dunbar hier. Bist du das, John?«

»Gavin, Pendleton ist unser Mann. Ich hatte recht.«

»Was …«

»Er ist Galaxo. Pendleton ist Galaxo. Jetzt weiß ich, wie das alles zusammenpasst. Wo bist du?«

»Im Ten Fed, ich mache gerade einen Bericht fertig. Ich wollte gleich gehen.«

»Bleib da. Du musst für mich einen Haftbefehl beantragen. Ich sage dir, was im Antrag stehen muss.« Das Unbehagen, das ihn dabei befiel, ließ er sich nicht anmerken. Als er das letzte Mal in einem spektakulären Fall einen ähnlichen Antrag jemand anderem anvertraut hatte, hatte Eddie Rivers das Gefängnis ein halbes Leben zu früh verlassen, und zwei weitere Menschen waren eines sinnlosen, abscheulichen Todes gestorben. Doch Spader vertraute Dunbar, der überdies bereits im Büro war, während Spader sich viel näher an Pendletons Haus befand.

»Immer langsam, John«, sagte Dunbar. »Wie meinst du das? Wie kann Pendleton unser Mann sein?«

»Er ist es. Der Scheißkerl ist Galaxo. Hast du das Foto gesehen, das Easterbrooks Tochter uns gefaxt hat?«

»Sie hat uns ein Foto gefaxt?«

»Du hast es nicht bekommen?«

Spader hatte seinen Wagen erreicht, riss die Tür auf und rutschte hinters Lenkrad. Gleich darauf sprang mit einem herzhaften Röhren der Motor an.

»Doch, kann sein«, sagte Dunbar. »Hier liegen überall Papiere auf dem Schreibtisch. Mal sehen … ich hab's. Und Pendleton ist da drauf?«

»Sieh dir die hintere Reihe an.«

Mittlerweile raste Spader die Chestnut Street entlang. Gleich darauf sagte Dunbar: »Hab ihn. Verdammt, das Arschloch hat uns angelogen.«

»Darauf kannst du einen lassen«, sagte Spader.

»Aber ich weiß nicht, John. Ist er deshalb gleich Galaxo?«

Spader erzählte ihm, dass Madeleine Wollner immer dann, wenn Galaxo ein paar Schritte gegangen war, ein Geräusch gehört hatte, das wie eine sich öffnende und schließende Schere geklungen hatte, und dass sie im Krankenhaus völlig in Panik geraten war, als sie eine Frau, die Beinschienen trug, wegen des Geräuschs, das diese beim Gehen erzeugten, für Galaxo gehalten hatte.

»Scheiße, du könntest recht haben.«

»Glaub mir, ich habe recht. Hast du einen Stift?«

Er diktierte Dunbar, was in dem Antrag auf Haftbefehl stehen musste, und bat ihn, ihn zurückzurufen, sobald er den Antrag geschrieben hatte, und ihm das Schriftstück vorzulesen, ehe er damit zum Richter ging. Möglicherweise kränkte er Dunbar damit, aber im Augenblick war ihm das offen gesagt scheißegal. Außerdem würde Dunbar ihn sicher verstehen. Und falls doch nicht, würde er darüber hinwegkommen.

»Und was machst du, während ich den Antrag schreibe?«, fragte Dunbar.

»Ich bin gleich auf dem Massachusetts Turnpike. Ich fahre nach Beverly zu Pendleton und stelle mich vor sein Haus, damit dieses Arschloch nicht noch verschwindet, bis wir mit dem Haftbefehl da sind.«

Dunbar schwieg kurz. »John, ich weiß nicht, ob das reicht, was wir da haben. Ich weiß nicht, ob ein Richter auf dieser Grundlage einen Haftbefehl ausstellt.«

»Wir haben mehr als das. Wir haben noch den ganzen anderen Kram, der mich überhaupt erst auf diesen Scheißkerl gebracht hat. Wir bekommen den Haftbefehl.«

Neuerliches Schweigen. »Und wenn nicht?«

Spader zögerte selbst. »Wenn nicht, erzwinge ich eine Entscheidung.« Dunbar fragte nicht einmal nach, was das heißen sollte. Es hieß, dass Spader unter irgendeinem Vorwand wie dem, er habe noch weitere Fragen an Pendleton, bei diesem klingeln würde. Hinterher würde er sagen, Pendleton habe ihn erschreckt oder angegriffen oder habe versucht zu entkommen. Es sei also Gefahr im Verzug gewesen und eine Festnahme somit Spaders einzige Option.

»Wie lange brauchst du noch bis zu Pendleton?«

»Wenn ich richtig Gas gebe, bin ich in einer knappen Stunde da.«

»Mal sehen«, sagte Dunbar, »wie spät haben wir jetzt? Zwanzig nach acht? Hoffen wir, dass Pendleton gerade zu Hause ist und nicht im Kino oder Schlimmeres.«

»Er ist zu Hause. Ich lasse ihn überwachen.«

»Ich dachte, Sally hätte die Überwachung abgeblasen?«

»Der Mann ist Privatdetektiv und arbeitet für mich.«

»Aus deiner eigenen Tasche, hm?«

»Ich will diesen Scheißkerl schnappen. Und jetzt habe ich ihn. Ruf mich an, wenn der Antrag fertig ist.«

Er beendete das Telefonat und tätigte gleich darauf das nächste. Artie Small nahm den Anruf beim ersten Läuten an. »Hey, Chef.«

»Ist er immer noch da drin?«, fragte Spader.

»Ja. Ich habe ihn gerade vom Wohnzimmer in irgendein Zimmer hinten im Haus fahren und ein paar Minuten später zurückkommen sehen.«

»Irgendwas gehört?«

»Er hat sich mit seiner Mutter gestritten, weil sie vergessen hatte, genug Pepsi zu kaufen. Dann haben sie eine Weile darüber geredet, was sie im Fernsehen gucken sollen. Ich sage dir, John, wenn ich dieser Typ wäre, wenn ich dieses Leben führen müsste, würde ich wahrscheinlich auch durchdrehen. Er tut mir irgendwie leid.«

»Das kannst du dir sparen. Mir tut er nicht leid. Tatsächlich bin ich gerade auf dem Weg zu euch, um ihn festzunehmen.«

»Jetzt sofort?«

»Na ja, ich werde dich ablösen und dafür sorgen, dass er nicht verschwindet, bevor mein Kollege mit dem Haftbefehl kommt. Dann nehme ich ihn fest.«

»Verdammt, hast du nicht gesagt, das würden vielleicht mehrere Nächte Arbeit für mich?«

»Das Wörtchen *vielleicht* beinhaltet, dass es vielleicht auch anders kommt. Bleib, wo du bist, und pass auf, dass der Scheißkerl sich nicht davonschleicht. Ich bin in fünfzig Minuten da. Wenn er auch nur daran denkt, das Haus zu verlassen, ruf die örtliche Polizei an und sag denen, ich hätte dir gesagt, du sollst sie holen, damit sie Pendleton da festhalten. Sag ihnen, er ist Galaxo. Da werden sie aufhorchen.«

Er klappte das Handy zu. Vor einer Weile war er auf den Massachusetts Turnpike gefahren und hatte Gas gegeben. Nun flog er förmlich dahin in seinem Crown Vic und fraß die Meilen. Eine halbe Stunde später rief er Dunbar an, der ihm erzählte, in ein paar Minuten sei er so weit, mit dem Antrag zum zuständigen Richter zu gehen. Nach vier Minuten klingelte Spaders Telefon. Es war zu früh für Dunbars Rückruf, dennoch nahm er das Gespräch an und fragte: »Gavin?«

»Ich bin's, John, Olivia.«

»Entschuldige, Liebling«, sagte er und vergaß wieder einmal, dass er nicht mehr das Recht hatte, diesen Kosenamen zu verwenden, »aber ich bin gerade mitten in einem Einsatz. Das passt jetzt nicht so gut.«

»Tut mir leid. Ich bin bloß gerade auf dem Heimweg von einer Besichtigung – übrigens eine richtig gute Immobilie, sonst hätte ich mich nicht auf einen Abendtermin eingelassen. Jedenfalls, David hat mir versprochen, zu Hause auf mich zu warten. Ich habe die Nase voll von seinem Benehmen, deshalb habe ich ihm gesagt, dass wir uns heute Abend zusammensetzen und darüber reden müssen.«

»Ist wieder etwas passiert?«

»Das Übliche, aber als ich ihn heute Morgen darauf ansprach, hat er in einem Ton mit mir gesprochen, den ich einfach nicht mehr hinnehmen werde, keinen einzigen Tag länger. Also werde ich heute Abend mit ihm reden, und ich dachte, du möchtest dabei sein.«

»Du hast recht, das möchte ich, Olivia. Ich kann bloß nicht. Nicht heute Abend.«

»Ich verstehe. Wirklich. Ich wollte nicht andeuten, dass

du nicht dabei sein willst. Ich wollte bloß nicht, dass du denkst, ich will dich ausschließen. Ich glaube nur einfach nicht, dass diese Unterredung noch einen einzigen Tag länger warten kann.«

»Ich vertraue dir. Tu, was du tun musst. Ich stehe hinter dir. Ich muss jetzt Schluss machen. Erzähl mir morgen, wie es war, okay?«

»Okay.«

Sechs Minuten später hielt er hinter Artie Smalls Wagen an. Er stieg aus, schloss leise die Tür und klopfte auf der Beifahrerseite bei Small ans Fenster. Small entriegelte den Wagen, und Spader öffnete die Tür. Ihm fiel auf, dass die Deckenbeleuchtung sich nicht einschaltete. Er stieg ein und zog die Tür leise zu. Dann sah er Small an. Er trug einen leichten Kopfhörer, welcher mit einem Abhörgerät verbunden war, das wie ein Megafon aussah und auf Pendletons Haus ausgerichtet war. Die Stereoanlage spielte leise Barry Manilow mit »Weekend in New England«.

»Wie kannst du dieses Zeug nur hören?«, fragte Spader.

»Barry ist genial. Ich fasse es nicht, dass du das nicht hörst. Ich fasse es nicht, dass so viele Menschen das nicht merken.«

»Ich will hoffen, dass du trotz der Musik hören kannst, was da im Haus vorgeht.«

Small wirkte ein wenig gekränkt. »Ich bin Profi, John. Ich höre bestens.«

»Wo sind sie?«

»Im Fernsehzimmer, weiter hinten im Haus. Keine Fenster, deshalb kann ich nicht sehen, was sie da treiben, aber hören kann ich sie sogar ziemlich gut.«

Spader nickte. »Und? Passiert da drin was?«

»Pendletons Mutter hat ihm vor einer Weile eine Schüssel Eis geholt. Vanille-Kirsch. Kein Schokosirup, das fand ich ein bisschen merkwürdig. Jetzt schauen sie sich irgendwas auf dem Spielshowkanal an, glaube ich. Klingt wie *The Hollywood Squares*, damals, als Paul Lynde immer im mittleren Kasten saß. Willst du mal reinhören?«

»Hauptsache, ich muss nicht mehr Barry Manilow hören.« Dieser sang jetzt »Copacabana«. Spader nahm den Kopfhörer von Small entgegen und setzte ihn auf. Er hörte: »...dass schwangere Frauen attraktiver sind, nachdem sie ein Baby bekommen haben«, dann Paul Lyndes Stimme: »Gleich danach?« Das ganze Studio schien über diesen Witz zu lachen – Gelächter, das mehrere Jahrzehnte alt war. Die Tonqualität war nicht die beste, aber Spader konnte alles verstehen.

»Mom, es muss noch was anderes laufen.« Das war Pendletons Stimme.

Seine Mutter sagte: »Danach kannst du eine halbe Stunde lang sehen, was du willst. Dann bin ich wieder dran. Warum müssen wir diese Unterhaltung jeden Abend wieder führen?«

Nach einer kurzen Pause sagte Pendleton: »Wenn du meinst. Ich hole mir ein bisschen Eiswasser. Möchtest du auch ein Glas?«

»Nein, danke. Soll ich es dir holen?«

Sofort antwortete Pendleton: »Ich hole es mir selbst.«

Spader entdeckte ein Fernglas auf dem Sitz zwischen Small und ihm. Er nahm es und richtete es auf das Wohnzimmerfenster. Dieser Raum war dunkel, und so konnte Spader in einem Türrahmen weiter hinten im Flur mattes Licht wie von einem Fernseher flackern sehen. Gleich darauf glitt eine gedrungene, niedrige Gestalt geschmeidig aus dem Fernsehzimmer: Pendleton in seinem Rollstuhl. Er wandte sich nach rechts, in den hinteren Teil des Hauses, und fuhr auf die Küche zu. Spader folgte ihm mit dem Fernglas. Nach einigen Minuten kam Pendleton wieder in Sicht, fuhr durch den Korridor und zurück ins Fernsehzimmer.

»Ich habe dir trotzdem ein Glas mitgebracht«, sagte er.

»Du bist ein guter Sohn.«

Spader setzte den Kopfhörer ab und reichte ihn Small zurück.

»Spannend, was?«, fragte Small. »He, John, ich habe mir überlegt, falls du dich je selbstständig machst, in meiner Branche, dann könntest du ein Heidengeld aus dieser *Jack-of-Spades*-Sache rausschlagen. Weißt du, wenn du diesen Galaxo-Fall aufklärst und wieder der Liebling der Medien bist.«

»Nicht du auch noch, Artie.«

»Nein, wirklich, denk doch mal nach. Eingängiger Name. Du lässt dir Visitenkarten mit einem kleinen Pikbuben oben in der Ecke drucken.«

»Wohl kaum.« Spader hielt den Blick aufs Haus gerichtet.

»Nein, warte. Ich hab's. Du nimmst echte Spielkarten. Das ist es. Du besorgst dir einen Haufen Pikbuben und druckst da irgendwo deinen Namen und eine Telefonnummer drauf. Das ist perfekt. Und du brauchst überhaupt keine Werbung. Du wirst überall in den Nachrichten sein, wieder ein Held. Das Timing wäre perfekt. Du würdest ein Vermögen verdienen. Hey, wir könnten Partner werden.«

Ehe Spader darauf antworten konnte, vibrierte sein Handy. Er sah aufs Display. Dunbar. Sicher hatte er den Antrag fertig. Er nahm das Gespräch an.

»Hey, Gavin. Fertig?«

»Ja, ich bin fertig. Ich kann ihn dir vorlesen, aber ich habe erst noch eine Frage. Als du dir das Foto angesehen hast, das Easterbrooks Tochter uns gefaxt hat, hat dich das nicht beunruhigt?«

»Ich habe es gar nicht gesehen. Jemand hat mir die Namen darauf am Telefon vorgelesen. Warum?«

»Dann macht es dir nichts aus, dass Olivia auf dem Foto ist?« Dunbar klang verdutzt.

Eisige Finger umklammerten Spaders Herz und begannen zuzudrücken. »Olivia?«

»Ja, sie ist auf dem Foto vom Camp Wiki-Wah-Nee, mit Pendleton und Galaxos sämtlichen Opfern.«

Ach du Scheiße!

»John? Hallo? Bist du noch da?«

ACHTUNDZWANZIG

Es konnte ein Zufall sein, aber Spader wusste, so war es nicht.

»Hörst du mich noch, John?«, fragte Dunbar.

Das Handy in Spaders Hand zitterte. »Ich höre dich, Gavin. Bist du sicher, dass sie das ist auf dem Foto?«

»Ziemlich sicher. Ihr Mädchenname war Petrucci, richtig? Den trägt sie jetzt wieder, oder?«

Spader stockte der Atem. »Petrucci, ja.«

»Tja, dann ist sie auf dem Foto. Da steht ›O. Petrucci‹ unter einem Gesicht, das verdammt so aussieht wie eine jüngere Ausgabe deiner Frau. Sie scheint etwa siebzehn zu sein. Ich glaube, sie war Betreuerin. Wusstest du nicht, dass sie in Camp Wiki-Wah-Nee gearbeitet hat?«

»Nein. Sie hat mir erzählt, als Kind sei sie in einem Camp Wilderness oder Camp Wild Adventure oder so gewesen, und ich weiß, dass sie einen Sommer lang Betreuerin war. Ich habe einfach angenommen, dass das im selben Sommerlager war, in dem sie auch als Kind gewesen war. *Scheiße!*«

»Ganz ruhig, John, da sind noch eine Menge anderer Leute auf diesem Foto. Galaxo kann sie unmöglich alle überfallen. Vielleicht weiß er nicht einmal mehr, wer Olivia ist. Vielleicht hat sie nichts damit zu tun.«

Spader schloss die Augen, und Bilder blitzten in seinem Kopf auf. Das Foto aus Olivias Album, auf dem sie als Kind in einem Ferienlager war. Und Stanley Pendleton hatte überrascht gewirkt, als er Spader zum ersten Mal begegnet war. Spader hatte es darauf geschoben, dass er sein Gesicht kürzlich im Rahmen des Galaxo-Falls in den Nachrichten gesehen hatte oder – nicht ganz so kürzlich – im Rahmen des Eddie-Rivers-Falls. Nun erschien es Spader ebenso plausibel, dass Pendleton überrascht gewesen war, den Ehemann eines seiner zukünftigen Opfer in seine Küche kommen zu sehen.

»Er kennt sie«, sagte Spader. »Sie steht auf seiner Liste. Ich weiß es.«

»John …«

»Ich muss Olivia anrufen. Du besorgst uns diesen Haftbefehl. Aber sei gewarnt – ob mit oder ohne Haftbefehl, Pendleton wird heute Nacht einkassiert.«

»Mach keine Dummheiten. Ich besorge dir deinen Haftbefehl. Bis dahin bleib, wo du bist, und sorge dafür, dass Pendleton nirgendwo hinfährt.«

Spader atmete geräuschvoll aus. »In Ordnung. Aber beeil dich. Ich will, dass das vorbei ist.«

Er beendete das Gespräch und wählte Olivias Festnetznummer. Sie hatte gesagt, sie sei unterwegs nach Hause. Vielleicht war sie bereits angekommen. Das Telefon läutete fünfmal, und schließlich sprang der Anrufbeantworter an, was ihn ein wenig beunruhigte, auch wenn das wahrscheinlich unnötig war. Es war schließlich keine große Sache. Sie war nicht in Gefahr, solange Pendleton zu Hause mit seiner Mutter fernsah. Er brauchte sich keine Sorgen zu machen. Wahrscheinlich war sie noch gar nicht da. Er unterbrach die Verbindung und hatte gerade die Kurzwahltaste für ihr Handy gedrückt, da wurde ihm klar, warum er beunruhigt war. Sie hatte vorhin gesagt, David wolle zu Hause auf sie warten. Dann hätte er doch seinen Anruf entgegennehmen müssen. Er atmete tief durch und wartete, während ihr Handy läutete. Er versuchte, sich zu beruhigen. Vielleicht hatte David seine Nummer auf dem Display gesehen, wollte aber nicht mit ihm reden, wie immer seit ihrer Auseinandersetzung in Spaders Wohnung neulich. Oder er war im Bad oder hörte so laut Musik, dass er das Telefon nicht gehört hatte. Es gab jede Menge guter Gründe, sich nicht zu viele Sorgen zu machen, allen voran der Umstand, dass Pendleton zu Hause war. Beim vierten Läuten, kurz bevor die Mailbox angesprungen wäre, was ihn in den Wahnsinn getrieben hätte, meldete sich Olivia.

»Hallo?«

»Olivia, ich bin's.«

»John? Ich bin gerade nach Hause gekommen. Ich gehe gerade hinein. Schaffst du es doch, heute dazuzukommen? Ich kann auf dich … David?« Beim letzten Wort klang ihre Stimme verändert, und Spader spürte ein eisiges Kribbeln im Nacken. Dann hörte er ein Knistern wie bei einem Kurzschluss.

»Olivia?«

Es klang, als fiele das Telefon auf den Holzboden, gefolgt von etwas viel Schwererem. Gleich darauf hörte er eine Art Fummeln, und die Verbindung war unterbrochen.

»Scheiße, was war das?«

Small sah ihn an. »Alles okay?«

»Ich weiß nicht.« Spader drückte die Wahlwiederholung. Es läutete mehrfach, dann sprang Olivias Mailbox an. »*Scheiße!*« Er öffnete die Autotür und stieg aus. »Ruf Gavin Dunbar in der Zentrale der State Police an und sag ihm, er soll sofort ein paar Cops zu Olivias Haus schicken.

State Police, örtliche Polizei, egal wen. Falls du die Adresse nicht weißt, Gavin hat sie. Olivia könnte verletzt sein. Und ich will auch hier sofort Cops haben. Und sag Gavin, ich warte nicht auf den Haftbefehl.«

Er sprintete über Pendletons Einfahrt und die Treppe zur Haustür hinauf. Am liebsten wäre er sofort zu Olivia gefahren. Da stimmte etwas nicht. Aber Pendleton war hier; das verwirrte Spader. Wahrscheinlich war es am besten, Pendleton jetzt gleich Handschellen anzulegen. Die Kollegen konnten zu Olivia fahren und sich vergewissern, dass bei ihr alles in Ordnung war. Er klingelte drei, vier, fünf Mal. Niemand öffnete. Er versuchte es erneut. Keine Reaktion. Er hämmerte mit der Faust an die Tür.

»Aufmachen! Hier ist die Polizei!«

Immer noch nichts. Sein Handy klingelte.

»Ja?«

»John, hier ist Artie. Im Flur bewegt sich etwas. Sieht so aus, als würde die alte Dame das Fernsehzimmer verlassen.«

Spader stopfte das Handy in die Tasche und versuchte, den Türknauf zu drehen. Die Tür war abgeschlossen. Er holte aus und trat links vom Knauf gegen die Tür, doch die war solide und hielt stand. Schließlich zog er seine Schusswaffe aus dem Holster und schlug mit dem Griff eine der kleinen Scheiben in der Tür ein. Er griff hindurch, schlug mit dem Handballen den Riegel zurück und drehte den Knopf am Türknauf. Er zog den Arm wieder heraus, öffnete die Tür und trat mit gezogener Waffe ein.

»Keine Bewegung! Hier ist die Polizei!«

Er sicherte den Eingangsbereich, dann sah er ins Wohnzimmer. Dort war niemand. Er ging durch den Flur zur Tür des Fernsehzimmers und spähte um die Ecke. Ein leerer Rollstuhl stand neben einer verlassenen Couch. Der Fernseher lief. Auf dem Beistelltisch stand ein Kassettenrekorder, daneben lagen eine braune Frauenperücke und irgendein mehrseitiges Schriftstück, in der linken oberen Ecke zusammengeheftet. Das Schriftstück war ungefähr in der Mitte aufgeschlagen. Spader ließ den Blick unablässig durch den Raum wandern, während er rasch zum Rekorder ging. Er drehte die Lautstärke herab, drückte auf Abspielen und hörte mit erhobener, schussbereiter Waffe zu.

Pendletons Stimme ertönte aus dem Kassettenrekorder, so klar und deutlich, als säße er hier im Raum. »Mom, wollen wir nicht umschalten? Diese Show ist zum Einschlafen.« Darauf folgte eine Pause von sechs oder acht Sekunden, dann ertönte wieder Pendletons Stimme. »Wie du willst. Mir ist es egal.« Spader blickte auf das Dokument. Es war eine Art Drehbuch, ein Computerausdruck. Spader las: »ZEHN MINUTEN WARTEN, DANN PLAY DRÜCKEN«, dann kam »Mom«, und darunter stand: »Würdest du gerne *The Love Boat* sehen?« Auf dem Band trat wieder eine Pause ein. Spader las Pendletons nächsten Text im Drehbuch, während er zugleich vom Band ertönte: »Nein, lass das an. Ich mag Spielshows.«

Spader schaltete den Rekorder aus. In der Küche krachte es. Spader eilte aus dem Zimmer und schlich zur Küchentür. Rasch streckte er den Kopf in die Küche, bereit, ihn notfalls schnell wieder zurückzuziehen. Nicht nötig. Louise Pendleton stand an der Spüle. Sie war nahezu kahl ohne ihre Perücke, die auf dem Tischchen im Fernsehzimmer lag. Sie ließ Wasser laufen und schaltete den Küchenabfallzerkleinerer ein, der unter lautem Knirschen und Knacken seine Arbeit aufnahm.

»Zeigen Sie mir Ihre Hände«, befahl Spader ihr.

Sie schaltete den Abfallzerkleinerer aus, drehte sich langsam um und sah Spader direkt in die Augen. Er musterte ihre Hände, doch sie war unbewaffnet.

»Dieses Band da haben Sie vielleicht beschädigt, aber Sie haben das im Rekorder vergessen«, sagte Spader. »Ist Stanley im Haus?«

»Nein.«

»Wo ist er?«

»Ich weiß es nicht.«

»Quatsch.«

»Ehrlich, ich weiß es nicht.«

»Aber Sie wissen, was er tut?«

Sie zögerte. »Ungefähr.«

»Und es kümmert Sie nicht? Es macht Ihnen nichts aus, ihm zu helfen?«

»Nicht nach dem, was die ihm alle angetan haben.«

Er holte die Handschellen hervor. Sie streckte ihm die Hände entgegen. Er legte ihr eine Handschelle an; dann zog er ihr den Arm sanfter, als sie es verdient hatte, auf den Rücken und legte ihr die andere an.

»Ich frage Sie noch einmal: Wo ist Stanley?«

»Ich weiß es wirklich nicht.«

Er drückte sie auf einen Küchenstuhl, diesmal etwas unsanfter, was ihrer Schuld schon eher angemessen war. Dann beugte er sich zu ihr hinunter. »Falls er hinter meiner Frau her ist, falls er sie verletzt, bringe ich ihn um. Verstehen Sie mich?«

Hinter ihm ertönte eine Männerstimme. »Alles okay?«

Spader wirbelte mit erhobener Waffe herum. Artie Small stand an der Küchentür und hob hastig die Hände.

»Himmel!«, sagte Spader.

»Hätte ich selbst nicht besser formulieren können.«

Spader musste das restliche Haus überprüfen und sich vergewissern, dass Pendleton sich nicht irgendwo versteckte. Oder, schlimmer noch, sich bereit machte, sie aus dem Hinterhalt zu überfallen. Doch zuvor musste er nochmals versuchen, Olivia zu erreichen. Er wählte ihre Nummer. Nach dem vierten Läuten wollte er gerade auflegen, da wurde das Gespräch angenommen.

»Olivia?«, fragte Spader.

»Nein«, ertönte die maschinenartige, schrille, vibrierende Stimme des Zeichentrick-Aliens. Es war eine so alberne, komische Stimme, und das machte es umso schrecklicher. Spader blieb das Herz stehen. »Nein, Detective Spader, hier ist nicht Olivia. Da Sie gerade in der Leitung waren, als ich sie betäubte, wissen Sie das wohl schon.«

»Pendleton, Sie krankes Arschloch, wenn Sie ihr oder meinem Sohn etwas antun, bringe ich Sie um, das schwöre ich bei Gott.«

»Da bin ich sicher. Wahrscheinlich würden Sie mich nicht in die Schulter schießen oder dergleichen. Sie sind nicht der Typ, der denselben Fehler zweimal macht.«

Kalter Schweiß lief Spader in die Augen. Er blinzelte. »Pendleton, ich habe Ihre Mutter hier. Wenn Sie meiner Familie etwas antun, töte ich sie.«

»Nein, das tun Sie nicht. Dafür sind Sie ein zu guter Polizist, ein zu moralischer Mensch.«

»An Ihrer Stelle würde ich diese Theorie nicht auf die Probe stellen.«

»Aber selbst wenn Sie meine Mutter töten – sie hat mir oft genug gesagt, dass sie für mich sterben würde. Vielleicht ist es an der Zeit, das zu beweisen.«

»Pendleton«, sagte Spader, und seine Stimme klang beinahe wie Knurren, »denken Sie nicht mal daran …«

Galaxo fiel ihm ins Wort. Seine schaurige Stimme kratzte wie Fingernägel über die Innenseite von Spaders Schädel. »Ich wünschte, ich hätte so viel Zeit, dass Sie sich von Ihrer Exfrau verabschieden könnten«, sagte er, »und von Ihrem Sohn, aber Sie werden mir gleich die Polizei auf den Hals schicken, falls Sie das nicht schon getan haben, und ich habe noch etwas zu erledigen, bevor sie kommt. Sie werden mir einfach glauben müssen, dass ich ihr an Ihrer Stelle auf Wiedersehen sage.«

»*Pendleton …*«

Die Verbindung brach ab. Spader schob das Handy in die Tasche und sah Pendletons Mutter an. »Ihr Sohn ist ein toter Mann.« Er wandte sich an Small. »Die Kollegen sind unterwegs hierher und zu Olivia?« Small nickte. »Okay, du wartest hier, bis sie da sind. Sag ihnen, du arbeitest mit mir zusammen. Sorg dafür, dass sie dich nicht vorher erschießen.«

»Guter Tipp«, sagte Small. »Was hast du vor?«

Spader rannte bereits zur Tür. Sirenen kreischten nicht weit entfernt und näherten sich rasend schnell.

»Tun, was nötig ist«, erwiderte er und stürmte hinaus auf die Straße.

NEUNUNDZWANZIG

Spader trat aufs Gaspedal und entfernte sich mit quietschenden Reifen von Pendletons Haus, wobei er einiges an Reifengummi zurückließ. Er rauschte durch das Wohnviertel und missachtete zwei Stoppschilder, dann raste er die Cabot Street entlang. Eine Straße weiter befand sich, wie er wusste, das rote Backsteingebäude der Bibliothek, wo Pendleton kleinen Kindern vorlas, wenn der kranke Mistkerl nicht gerade Leute folterte.

Bald raste Spader durch Salem. In wenigen Minuten würde er Olivias Haus in Swampscott erreichen, wo Pendleton, so befürchtete er, vielleicht bereits seine Familie ermordet hatte. Er war noch immer drei, vier Autominuten entfernt. Falls Pendleton Olivia und David töten wollte, würde Spader nicht rechtzeitig eintreffen, um ihn aufzuhalten. Er betete darum, dass die Kollegen es schafften. Während er fuhr, malte er sich den idealen Ausgang für diese Situation aus: Pendleton würde sich irgendwie aus den Handschellen befreien können und einem der Kollegen die Waffe abnehmen, und dann wäre Spader gezwungen, ihn zu erschießen. Und sollte Gott ihm diesen Wunsch erfüllen, dann würde er es diesmal richtig machen, das schwor er sich. Er würde ein weniger höher zielen als beim letzten Mal, und ein Stückchen weiter nach rechts.

Jetzt waren es nur noch zwei Minuten bis Swampscott.

Er raste über die Route 1A, und die Autos vor ihm stoben nach links und rechts auseinander, damit er vorbeifahren konnte. Erneut wählte er Olivias Telefonnummer, weil er hoffte, Pendleton werde das Gespräch annehmen und er könnte das Arschloch hinhalten, doch es läutete so lange, bis die Mailbox ansprang. Er unterbrach die Verbindung. Gleich darauf klingelte sein Handy. Einen Moment lang glaubte er, es sei Pendleton, der ihn zurückrief, um ihn zu verarschen. Das wäre Spader sogar recht gewesen, wenn nur seine Familie dadurch ein bisschen länger verschont bliebe. Doch es war Dunbar.

»Er ist nicht hier, John.«

»Wie meinst du das, er ist nicht hier?«

»Ich bin jetzt in Olivias Haus, und Galaxo ist nicht hier. Ich bin gerade angekommen. Die örtliche Polizei war zuerst da, ein paar Minuten vor mir. Sie haben David gefunden.« Hastig fügte er hinzu: »Es geht ihm gut, mach dir keine Sorgen um ihn.«

»Wie …«

»Galaxo hat einfach geklingelt und sich im Gebüsch versteckt. Als David die Tür aufmachte, betäubte Galaxo ihn mit seinem Elektroschocker, dann schleppte er ihn ins Haus und fesselte ihn mit Klebeband an Händen und Füßen. Die Kollegen fanden ihn im Wohnzimmer auf dem Boden.«

Urplötzlich hatte Spader einen Kloß im Hals. Gepresst fragte er: »Hat er … David etwas angetan?«

»Nein, wie gesagt, ihm geht es gut.«

»Und Olivia?«

Dunbar zögerte einen Augenblick, und dieser Augenblick erschien Spader wie eine Ewigkeit. »Sie ist nicht mehr da, John.«

Der Kloß in Spaders Hals wuchs und drohte, ihm die Sauerstoffzufuhr abzudrücken. Er schluckte schwer. »Nicht mehr da? Du meinst, sie ist…«

»Himmel, nein«, sagte Dunbar hastig. »Tut mir leid, Mann, so habe ich das nicht gemeint. Ich meine, sie ist nicht mehr da. Nicht hier. Anscheinend hat Galaxo sie mitgenommen.«

Spader atmete geräuschvoll aus. »Hat jemand was gesehen?«

»Wir sprechen gerade mit den Nachbarn. David sagt, er hat Olivia hereinkommen sehen. Er hat versucht, sie zu warnen, aber sein Mund war ja zugeklebt. Sie hat ihn im selben Moment entdeckt, als Galaxo um die Ecke kam und sie auch betäubt hat. Dann hat er sie chloroformiert und aus dem Haus geschleppt.«

Lieber Gott. »Und niemand hat was gesehen? Der Scheißkerl trägt Beinschienen beim Gehen. Er konnte Olivia vermutlich gar nicht tragen. Hat sie wahrscheinlich den ganzen Weg zum Auto über den Boden geschleift, die Verandatreppe runter, den Weg vor dem Haus lang… Und keiner hat auch nur ein Scheißbisschen gesehen? Niemand hat die Polizei gerufen?«

»Wie gesagt, wir haben gerade erst angefangen, die Nachbarn zu befragen. Bis jetzt nichts.«

»Scheiße!« Das entsprach nicht Galaxos üblichem Modus Operandi, den Tatort mit seinem Opfer zu verlassen. Aber als er sich vorgenommen hatte, Olivia in seine Gewalt zu bringen, hatte er wohl gewusst, dass ihm die Zeit davonlief, dass Spader und die übrige Polizei ihm auf die Schliche gekommen waren und es nur noch eine Frage der Zeit war, bis sie genügend Beweise gegen ihn hatten, um einen Haftbefehl gegen ihn zu erwirken. Möglicherweise hatte auch Spaders Besuch bei Pendleton diesen so erschreckt, dass er früher als geplant wieder zuschlug. Er wusste wahrscheinlich, dass Madeleine Wollner überlebt hatte. Sie hatten ihn nach dem Ferienlager gefragt, daher war ihm klar, dass sie dieser Spur nachgingen. Vielleicht befürchtete er, Wollner könne sich aus dem Ferienlager an ihn erinnern und ihre Aussage würde der seinen widersprechen. Er mochte sogar vermutet haben, dass sie eindeutige Beweise für seinen Aufenthalt im Camp Wiki-Wah-Nee finden würden, auch wenn das Lager vor Jahren geschlossen worden war. Und dann konnte er nicht mehr verhindern, dass man ihn ernsthaft verdächtigte.

Aber warum das Risiko eingehen, das er heute eingegangen war, nur um Olivia der Liste seiner Opfer hinzuzufügen? Warum nicht auf ein weiteres Opfer verzichten und stattdessen die Zeit nutzen, um sich möglichst vieler Beweise zu entledigen, und es vor Gericht darauf ankommen lassen? Oder warum nicht einfach in ein Auto steigen und davonfahren, untertauchen, irgendwo ein neues Leben beginnen? Dann wurde Spader klar, warum, und ihn fröstelte trotz der schwül-warmen Spätsommernacht. Er vermutete schon seit einer Weile, dass Galaxo – also Pendleton – eine bestimmte Agenda hatte. Die Überfälle waren nicht zufällig, und die ganze Nummer mit den Wahlmöglichkeiten war nichts als eine Farce. Er hatte ganz bestimmte Opfer im Sinn und für diese Opfer ganz bestimmte Qualen.

Jetzt erschien es Spader offensichtlich, dass die Menschen auf Pendletons Liste aus dessen Sicht in irgendeiner Form für den Unfall verantwortlich waren, der seiner Meinung nach sein Leben ruiniert hatte. Vermutlich hatte er Olivia jetzt um jeden Preis in seine Gewalt bringen wollen, weil sie der letzte Name auf seiner Liste war. Es interessierte ihn nicht, ob er mit seinen Verbrechen davonkam. Es hatte ihn nie interessiert. Er wollte nur zu Ende bringen, was er begonnen hatte. Sie alle bezahlen lassen. Deshalb wurden die Abstände zwischen seinen Überfällen immer kürzer. Er tat das nicht, weil er den Kick suchte wie so viele Soziopathen. Er hatte sich eine Aufgabe gestellt, und die wollte er so schnell wie möglich erledigen. Als ihm dann klar geworden war, dass er Spaders Hauptverdächtiger, wenn nicht gar sein einziger Verdächtiger war, da hatte er noch schneller handeln müssen. Sein zunehmend waghalsiges Vorgehen – das sich in seinem alles andere als unauffälligen Überfall auf Olivia, der Brutalität, mit der er Matthew Finneran zusammengeschlagen hatte, und dem Umstand, dass er mit Madeleine Wollner nicht fertiggeworden war, zeigte – war weniger das Merkmal eines geistesgestörten Killers, der immer mehr durchdrehte, als vielmehr ein Anzeichen dafür, dass er zunehmend frustriert war, weil Spader und die übrige Polizei ihm so dicht auf den Fersen waren, als die Vollendung seiner Mission über zwanzig Jahre nach dem tragischen Unfall, der ihn diesen Weg hatte einschlagen lassen, endlich in Sicht war.

Spader, der bereits viel zu schnell fuhr, gab noch mehr Gas. Olivia war tatsächlich Pendletons Schwanengesang, ob sie nun der letzte Name auf seiner Liste war oder nicht. Er wusste, dass er nicht davonkommen würde. Nach Olivia war das Spiel vorbei. Daher nahm Spader an, dass er mit einem Paukenschlag würde abgehen wollen. Er würde ein letztes Mal seinen Standpunkt deutlich machen, und zwar auf unvergessliche Weise. Leider war es Olivia, durch die er dieses Ziel erreichen wollte. Wer wusste, welche Qualen er in seinem kranken Hirn für sie ersonnen hatte?

Spader schlug mit der Faust aufs Lenkrad. Wo zum Teufel war Pendleton? Wohin mochte er Olivia bringen? Er würde nicht zurück zu seinem Haus in Beverly fahren. Wo sonst…

Und da kam ihm die Erleuchtung. Er war schon da gewesen. *Gleich nebenan, verdammt!*

Er riss das Lenkrad herum, schlitterte auf den Parkplatz eines McDonald's und raste wieder auf die Route 1A, zurück Richtung Salem. Er griff nach dem Funkgerät, legitimierte sich, wurde wie erbeten zur Polizei Beverly durchgestellt, legitimierte sich erneut und erklärte den Kollegen, wo sie sich mit ihm treffen sollten. Der Mitarbeiter in der Leitstelle erwiderte, sie seien im Moment ein bisschen überlastet, weil sie gerade diversen Notrufen nachgingen.

»Was für Notrufe?«

»Uns wurden Schüsse an drei verschiedenen Stellen in der Stadt gemeldet, dazu ein Einbruch in einem Privathaus, der noch läuft, ein Einbruch bei einer Reinigung und eine häusliche Geiselnahme.«

»Und diese Notrufe sind alle zur selben Zeit eingegangen?«

»Im Abstand von wenigen Minuten.«

»Ist bei Ihnen mittwochabends immer so viel los? Kommt mir ein bisschen verdächtig vor. Ihnen nicht? Ich jage hier einen Serienkiller.«

»Wir müssen dem nachgehen, Detective.«

»Das Leben einer Frau steht auf dem Spiel, hat das hier nicht Vorrang?«

»Detective, Sie haben selbst gesagt, dass Sie nicht sicher sind, ob Ihr Verdächtiger wirklich hier in der Stadt ist. Und wir haben hier wie gesagt mehrere Schüsse und eine Geiselnahme. Jeder dieser Vorfälle könnte für jemanden ein böses Ende nehmen. Das muss ich Ihnen eigentlich nicht erklären. Die Überprüfung des Einbruchs können wir aufschieben, aber der Streifenwagen, der dafür vorgesehen war, geht gerade einer der Meldungen von Schüssen nach. Aber wir schicken Ihnen jemanden, sobald wir können, das verspreche ich Ihnen.«

Spader rief Dunbar an und teilte ihm mit, wohin er fuhr. »Die Kollegen vor Ort treffen sich da mit dir?«, fragte Dunbar.

»Sobald sie können.«

»Ich bin schon unterwegs.«

»Nein«, wandte Spader ein. »Was wäre, wenn ich mich irre? Ich brauche dich da, wo du bist. Du musst alles beaufsichtigen und herausfinden, wo sie wirklich sind.«

»Kann es denn sein, dass du dich irrst?«

»Ich glaube nicht, aber das reicht nicht, wenn Olivias Leben auf dem Spiel steht.«

Er beendete das Gespräch. Er kam in Salem gut durch und würde bald wieder in Beverly sein. Doch würde er rechtzeitig eintreffen?

Spader rauschte die Essex Street entlang und hielt mit quietschenden Reifen vor der Stadtbücherei von Beverly. Er griff unter den Sitz und schnappte sich die Taschenlampe, dann stieg er aus. Die Autotür ließ er einfach offen. Die örtliche Polizei war noch nicht eingetroffen. Er konnte kein Fahrzeug außer seinem eigenen sehen, doch die Bibliothek verfügte sicher über einen Parkplatz neben oder hinter dem Gebäude. Dort würde Pendleton geparkt haben. Leider war Spader noch nie in dieser Bibliothek gewesen und kannte den Grundriss nicht.

Es war ein großes, rechteckiges Backsteingebäude mit

eckigen weißen Säulen, die vom Boden bis zum Dach zwei Stockwerke darüber reichten. Spader eilte die etwa ein Dutzend Treppenstufen zum Haupteingang hoch und zog im Laufen die Glock. Er ließ den Blick über die gewaltigen Fenster im Erdgeschoss wandern für den Fall, dass Pendleton mit einer Schusswaffe dort auf ihn lauerte. Bisher hatte der Kerl keine Schusswaffe benutzt – jedenfalls keine mit echten Kugeln –, aber für seinen letzten großen Auftritt hatte er die Regeln ja bereits in einem Punkt geändert. Warum sollte er dann nicht auch eine Schusswaffe in seine Werkzeugtasche gepackt haben?

Spader sah keinerlei Bewegung an den Fenstern. Halb gebückt rannte er die letzten Stufen zur großen, schweren Eingangstür aus Holz hinauf und zog daran, doch sie war abgeschlossen. Er erwog, das Schloss einfach mit einem Schuss zu zertrümmern und die Tür einzutreten, aber auch wenn Pendleton nur allzu bald von Spaders Anwesenheit erfahren würde, bestand doch kein Grund, ihn sofort wissen zu lassen, wo er das Gebäude betrat. Er glaubte nicht, dass Pendleton auf diesem Weg hineingekommen war. Er hatte es sicher eilig gehabt, und mit seiner Gehbehinderung wollte er bestimmt nicht unnötig Treppen steigen, zumal er dabei noch sein Opfer über den Boden schleifen oder mit der Waffe vor sich hertreiben musste. Spader sah nach rechts, dann nach links, und beschloss aufs Geratewohl, sich nach links zu wenden. Er hielt sich dicht an der Hauswand und eilte, ohne den Blick von den Fenstern abzuwenden, um das Gebäude herum Richtung Winter Street.

Er hatte sich richtig entschieden. Als er um die Ecke bog, erblickte er eine Treppe mit nur wenigen Stufen. Sie führte zu einem Seiteneingang mit einer Holztür hinab, die viel kleiner war als der massive Haupteingang an der Vorderseite. Treppab zu gehen fiel Pendleton sicher leichter als treppauf. Und richtig: Dort hinter dem Gebäude befand sich ein Parkplatz, auf dem ein einziges Fahrzeug so dicht wie möglich an der Bibliothek stand. Es war ein schwarzer Ford Explorer, ein älteres Modell mit diversen Beulen und Rostflecken. Spader ging rasch hinüber, doch er musste die Motorhaube gar nicht berühren, um zu wissen, dass der Wagen vor Kurzem gefahren worden war, denn der Motor tickte noch.

Er ging zurück zur Treppe und stieg sie rasch hinab. Die Waffe in der rechten Hand, zog er mit der linken am Türgriff. Abgeschlossen. Pendleton besaß sicher einen Schlüssel; entweder gab die Bibliothek Schlüssel an ihre Ehrenamtlichen aus, oder er hatte einen gestohlen. Offenbar hatte er hinter sich wieder abgeschlossen. Spader wusste, er sollte auf die örtliche Polizei warten. Er benötigte Verstärkung. Aber je länger er wartete, desto mehr Zeit hatte dieser kranke Arsch, um Olivia zu verstümmeln. Im Gegensatz zum Haupteingang befanden sich bei diesem Seiteneingang Scheiben in der Tür. Spader spähte ins Innere und entdeckte eine weitere verglaste Tür gleich dahinter. Er ließ es darauf ankommen, leuchtete mit der Taschenlampe hinein und erblickte ein Foyer mit Marmorboden und am anderen Ende eine weitere Tür. Daneben stand die Statue eines kleinen Mädchens. Er beleuchtete die Buchstaben über der Tür: Katharine-P.-Loring-Kinderbibliothek.

Falls Pendleton tatsächlich dort drin war, lagen zwei geschlossene Türen zwischen ihm und dem abgeschlossenen Seiteneingang. Wenn Spader die Scheibe einschlug, würde Pendleton das leise Klirren wahrscheinlich nicht hören. Spader schaltete die Taschenlampe aus und schlug mit dem Griff eine der Scheiben in der Tür ein. Dann schob er eine Hand hindurch und öffnete die Tür. Eine Alarmanlage ging nicht an. Damit hatte Spader auch nicht gerechnet, denn die würde Pendleton deaktiviert haben. Und falls doch eine Sirene ertönt wäre, wäre das Spader nur recht gewesen. Aber es herrschte weiterhin Stille. Behutsam betrat er das dunkle Gebäude. Er hielt sich gebückt und drückte so leise wie möglich die nächste Tür auf. Vor ihm führte eine Treppe nach oben, deren zwei geschwungene Treppenläufe sich auf einem Treppenabsatz trafen. Spader durchquerte das Foyer, hielt sich dicht an der Wand und schob sich neben die weiße Mädchenstatue. Sie schien sich einen Splitter aus dem Finger zu zupfen.

In der Kinderbibliothek war kein Licht. Das hatte allerdings nichts zu bedeuten. Vielleicht hatte Pendleton bereits in einem Hinterzimmer mit seinem finsteren Werk an Olivia begonnen. Doch das glaubte Spader nicht. Dafür hatte Pendleton nicht genug Zeit gehabt.

Oder doch?

Spader zögerte. Jede Sekunde war jetzt entscheidend, und ein Fehler konnte Olivia etwas Wichtiges kosten – einen Zeh, einen Fuß, vielleicht das Leben. Er musste die richtige Entscheidung treffen. Die Kinderbibliothek war der Raum, welcher der Tür, durch die Pendleton das Gebäude betreten hatte, am nächsten lag. Und da er den Kindern dort vorgelesen hatte, war es zudem wahrscheinlich der Raum, in dem er hier die meiste Zeit verbracht hatte und sich am wohlsten fühlte. Er würde ihn besser kennen als jeden anderen Raum hier. Aber er konnte sich denken, dass Spader das wusste. Vielleicht war er also genau deshalb anderswohin gegangen, und dann vielleicht so weit wie möglich von diesem Raum entfernt. Also ins oberste Geschoss. Zumindest hatte er genug Zeit gehabt, um Olivia zu einem Aufzug zu schleppen und mit ihr nach oben zu fahren.

Spader eilte eine der Treppen hinauf und ging durch eine Glastür. Er wollte seine Taschenlampe noch nicht einschalten, doch im Mondlicht, das durch hohe Fenster hereinfiel, erkannte er, dass er sich in einem großen Raum befand, wahrscheinlich im Hauptsaal der Bibliothek. Er tastete an den Wänden nach einem Lichtschalter und fand schließlich auch einen. Wenn er die Taschenlampe in einem ansonsten dunklen Raum einschaltete, machte ihn das zu einem leichten Ziel. Wenn er jedoch den ganzen Saal beleuchtete, nahm er Pendleton damit einen Teil seines Heimvorteils, denn Spader war für solche Situationen viel besser gerüstet und weitaus erfahrener darin. Er betätigte den Lichtschalter. Nichts. Pendleton war anscheinend am Sicherungskasten gewesen, der sich bestimmt im Untergeschoss befand wie die Kinderbibliothek auch. Er konnte sich nicht sicher gewesen sein, dass er verfolgt wurde und Spader seinen Aufenthaltsort erraten hatte, doch er war kein Risiko eingegangen. Und er kannte diese Bibliothek garantiert besser als jeder mögliche Verfolger. Er hatte die Ausgangsbedingungen drastisch zu seinen eigenen Gunsten verschoben.

Spader spähte in die Dunkelheit und suchte nach einer Treppe ins nächste Geschoss. Das fahle Mondlicht, das durch die Fenster hereinfiel, konnte die schwarzen Schatten nicht vertreiben, die auf allem lagen und undurchdringlich zwischen den Regalen und in Nischen hingen. Spaders Instinkt sagte ihm, dass Pendleton ins oberste Stockwerk gefahren war, doch dieser Instinkt konnte ihn auch trügen. Dieses Arschloch konnte sich genauso gut in irgendeiner dunklen Ecke hier auf dieser Etage verbergen.

Er konnte am anderen Ende des Raums lauern oder auch nur zwei, drei Meter entfernt.

Spader glitt durch die Dunkelheit und hielt sich dabei so weit wie möglich in den Schatten. Er wusste, er käme schneller voran, wenn er die Taschenlampe einschaltete, doch er war noch nicht bereit, seinen Standort zu verraten. Diese Vorsicht hätte er sich schenken können, denn gleich darauf pfiff etwas an seinem Kopf vorbei und schlug dumpf in der Bücherreihe hinter ihm ein, während zugleich der Knall eines Schusses ertönte. Instinktiv warf Spader sich zu Boden und krabbelte hinter einem Stuhl in Deckung.

Eine geisterhafte Stimme – Galaxos fremdartige Zeichentrickfigur-Stimme – drang aus der Dunkelheit zu ihm. »Huch, daneben. Tja, so weit zu meinem Versuch, es mir leicht zu machen.«

Sogar jetzt noch, wo die Schlinge um seinen Hals sich immer weiter zuzog, wo Spader und alle anderen wussten, wer er war, trug Pendleton diese Maske. Spader wusste nicht recht, was er daraus schließen sollte. Doch es änderte nichts, daher verschwendete er keinen weiteren Gedanken daran.

Er hatte kein Mündungsfeuer gesehen, daher wusste er nicht, aus welcher Richtung der Schuss gekommen war, doch er glaubte, von über ihm. Er blickte hoch und stellte fest, dass der Raum nach oben offen war und im Geschoss über ihm eine Galerie um die Öffnung herum verlief, wo man am Geländer stehen und ins Erdgeschoss hinabblicken konnte. Pendleton wusste bereits, wo er sich befand, daher beschloss er, es zu wagen, die Taschenlampe kurz einzuschalten. Er hielt sie in einer Hand, direkt neben die Waffe in seiner anderen Hand, kam halb hinter dem Stuhl hervor, schaltete sie ein und leuchtete den Bereich über sich ab, den er von hier aus überblicken konnte. Er erfasste eine blitzartige Bewegung – schwarze Kleidung und eine gelbe Maske, die hastig aus dem Lampenschein zurückwichen. Sein Verstand verarbeitete das Gesehene im Nu, und er wusste, das war nicht Olivia gewesen, daher gab er einen Schuss mit seiner Glock ab. Er wusste nicht, ob er den Kerl getroffen hatte. Falls er gestürzt war, dann außerhalb von Spaders Blickfeld. Gleich darauf ertönte in der Finsternis über ihm wieder diese verfluchte, unheimliche Stimme.

»Vorsicht, *Jack of Spades.* Sonst treffen Sie noch das, was von Ihrer Frau übrig ist. Von Ihrer Exfrau, meine ich.«

Was von ihr übrig ist? Der konnte ihn mal. Das Arschloch spielte doch mit ihm. Er hatte gar nicht die Zeit gehabt, sie zu verletzen. Das glaubte Spader zumindest. Er betete, er möge recht haben.

Er hörte gedämpfte Schritte, von mehr als einer Person: Galaxo zwang Olivia, mit ihm zu gehen. Nach Spaders Schuss, der ihn vermutlich nur knapp verfehlt hatte, würde er seinen menschlichen Schutzschild sicher nicht weit weg lassen. Das erschwerte Spader seine Aufgabe deutlich.

Er nahm an, Pendleton sei in Deckung gegangen, verließ seine eigene Deckung und hastete an der Ausleihe vorbei Richtung Haupteingang, wo sich eine Treppe nach oben befand. Das Licht seiner Taschenlampe streifte flüchtig die Bronzestatue eines kleinen Jungen, der seinen Fuß untersuchte, vielleicht auf der Suche nach einem Splitter wie das kleine Mädchen im Untergeschoss, und während Spader die Treppe in Angriff nahm, wunderte er sich über dieses bildhauerische Motiv von Kindern mit Splittern in den Gliedmaßen.

Die glatten Granitstufen der Treppe führten nicht direkt nach oben, sondern zunächst zu einem kleinen Treppenabsatz und von dort aus in einer Linkskurve weiter hinauf. Spader erreichte den Absatz und spähte um die Ecke. Als ihm keine Kugel um die Ohren flog oder ihn gar traf, nahm er den nächsten Treppenabschnitt in Angriff. Auf halber Höhe blieb er stehen. Auf dem nächsten Absatz teilte sich die Treppe; ein Treppenlauf führte nach links, der andere nach rechts. Als er draußen vor der Bibliothek vor der gleichen Entscheidung gestanden hatte, hatte er sich für links entschieden und richtiggelegen. Er entschied sich erneut für links. Als er das Ende der Treppe erreichte, schlug eine Kugel in der Wand unmittelbar hinter ihm ein und bestätigte ihm, dass er sich auch diesmal richtig entschieden hatte. Spader ging hinter dem nächsten Bücherregal in Deckung und hoffte inbrünstig, Pendleton habe sich nicht ausgerechnet dort versteckt. Er hatte Glück.

Wieder hörte er leise Schritte, die sich von ihm entfernten, bis er sie nicht mehr hören konnte, entweder weil sie zu weit entfernt waren oder weil Galaxo stehen geblieben war. Spader sah sich um. Diese Etage war durch Wände und Türen in diverse abgeschlossene Bereiche unterteilt. Pendleton konnte überall sein. Er konnte sich in irgendeine Ecke zurückziehen und Olivia dort mit nur ein, zwei raschen Messerschnitten etwas Grauenhaftes antun – etwas Entstellendes, etwas grauenvoll Schmerzhaftes und grauenvoll Endgültiges, vielleicht sogar etwas Tödliches –, ehe Spader auch nur in seine Nähe kam. Doch Spader dachte an die ganz bestimmten Qualen, die Pendleton für jedes seiner Opfer ersonnen hatte, und setzte darauf, dass er für Olivia ebenfalls etwas Bestimmtes im Sinn hatte. Dies war schließlich der letzte Akt. Er würde wollen, dass dabei alles genau nach Plan verlief. Vermutlich würde er entweder versuchen, in einen Raum zu gelangen, den er abschließen konnte, um dort Olivia ungestört das antun zu könnte, was er plante; oder er würde versuchen, Spader auszuschalten, damit er mehr Zeit für Olivia hatte. Falls er schlau war, würde er nicht die direkte Konfrontation suchen, denn für die war Spader ausgebildet. Doch Pendleton stand auch unter Druck und konnte vielleicht nicht mehr klar denken. Es war also völlig offen, wie er vorgehen würde.

Wo zum Teufel blieben übrigens die örtlichen Kollegen? Sie gingen diesen vermutlich fingierten Notrufen nach – vielleicht hatte Pendleton auf dem Weg zur Bibliothek an verschiedenen Orten Schüsse abgegeben, zusätzlich zu den Notrufen, die er garantiert selbst abgesetzt hatte. Wahrscheinlich hatte er zuerst sein eigenes Handy und dann Olivias Handy benutzt, damit die Notrufzentrale sah, dass die Anrufe von verschiedenen Telefonen kamen. Wann würden die Kollegen endlich durchschauen, dass ihre Notfälle nicht echt waren?

Spader stand im Begriff, noch einmal bei der Polizei von Beverly anzurufen und dem Mitarbeiter in der Leitzentrale zu erzählen, Galaxo stünde mit einer blutigen Kettensäge in der Hand mitten in der Bibliothek auf einem Haufen kopfloser Leichen – Hauptsache, seine Verstärkung kam endlich –, da hörte er irgendwo rechts von sich ein Flüstern und dann einen Schritt auf Teppichboden. Er fuhr herum und schaltete die Taschenlampe ein. Der Lichtstrahl zerschnitt die Finsternis und fiel auf Galaxo, der in zehn, zwölf Metern Entfernung neben einem langen Bücherregal stand. Diese verfluchte gelbe Maske grinste, die Augen fingen das Licht ein und blitzten smaragdgrün, funkelten fröhlich wie die dieses gottverdammten Aliens im Fernsehen. Vor ihm stand Olivia mit einem silbergrauen Klebeband über dem Mund. Pendletons linker Arm lag um ihren Hals; in der rechten Hand hielt er eine Pistole, die er ihr an die Schläfe drückte. Er zerrte sie rückwärts. Spader hob die Waffe.

»Ah, ah, ah«, quiekte Pendleton.

Einen Schuss konnte Spader nicht riskieren. »Sie werden sterben«, sagte er.

»Wer wird das nicht?«

Pendleton richtete die Waffe auf Spader und begann zu schießen. Spader warf sich hinter einem Bücherwagen zu Boden und hörte zwei weitere Kugeln in die Bücher einschlagen, die darauf warteten, am nächsten Morgen in die Regale zurückgestellt zu werden. Es klang allerdings, als würden einige der Bücher so schnell nicht wieder ins Regal wandern. Spader wartete einen Augenblick, dann lehnte er sich nach links, spähte um den Wagen herum und spürte eine weitere Kugel an seinem Kopf vorbeipfeifen, während er zugleich den Schuss hörte. Er riss den Kopf zurück. *Mist!*

»Olivia?«, rief er. »Bist du okay?«

Er meinte, ein schwaches Stöhnen zu hören.

»Sie ignoriert Sie nicht, Spader«, ertönte die schrille, vibrierende Stimme. Pendleton sprach leise, um seinen Standort möglichst nicht zu verraten. »Ich bin sicher, sie würde Ihnen antworten, wenn sie noch eine Zunge hätte.« *Scheißlügner!* Dennoch schlug Spaders Herz schneller. Er wischte sich den Schweiß von der Stirn. Draußen mussten es trotz der späten Stunde sechsundzwanzig oder siebenundzwanzig Grad sein, bei neunzig Prozent Luftfeuchtigkeit. Die Luft in der Bibliothek war stickig: muffige alte

Bücher, Klimaanlage ausgeschaltet. Ein Schweißtropfen lief ihm über die Wange.

Spader konnte es kaum ertragen, Olivia in Pendletons Händen zu wissen, denselben Händen, die solche Gräueltaten verübt hatten. Am liebsten wäre er aus der Deckung geprescht und einfach dorthin gestürmt, wo er Pendleton vermutete, mit ausgeschalteter Taschenlampe, einfach drauflos in die Dunkelheit, in der Hoffnung, dass Pendleton ihn mit einem panischen Schuss verfehlen und Spaders eigene Reflexe und seine Ausbildung es ihm ermöglichen würden, aus diesem Schuss auf den Standort des Scheißkerls zu schließen und ihn zu erschießen. Doch das war zu riskant. Pendleton mochte Olivia noch immer als Schutzschild benutzen. Er konnte Spader auch mit einem Glückstreffer außer Gefecht setzen oder töten, und dann wäre Olivia ihm auf Gedeih und Verderb ausgeliefert, bis die örtlichen Kollegen endlich eintrafen, wann auch immer das zur Hölle sein mochte. Oder Pendleton konnte Olivia einfach eine Kugel in den Kopf jagen.

Ehe Spader jedoch irgendetwas unternehmen konnte, musste er hinter dem Bücherwagen hervorkommen. Er machte sich gerade bereit, zur nächsten Deckung zu sprinten, da hörte er ein Stück von sich entfernt ein Geräusch, ein Klirren, wie von einem Ring voller Schlüssel, die aneinanderschlugen. Sie wurden geschüttelt. Wurden nochmals geschüttelt. Kurze Pause, dann klirrte es erneut, lauter diesmal, beinahe verzweifelt, wenn das denn möglich gewesen wäre. In Spaders Ohren klang es, als hätte Pendleton eine Tür erreicht, für die er irrtümlich geglaubt hatte, einen Schlüssel zu besitzen.

Spader sauste hinter dem Bücherwagen hervor in den Schutz eines Bücherregals. Ihm fiel auf, dass er das eine

Ende der Bibliothek erreicht hatte. Links und rechts von ihm sowie am anderen Ende waren Wände. Nur dort, wo Spader stand, war der Raum offen. Falls Pendleton sich in diesem Bereich befand und nicht durch die Tür am anderen Ende konnte, dann saß er in der Falle.

»Klingt, als wären Sie in einer Sackgasse«, rief Spader in die Dunkelheit.

Die Schlüssel prallten gegen ein Metallregal und fielen mit einem enttäuschend leisen Klirren auf den dünnen Teppichboden. Pendleton hatte sie von sich geworfen.

»Sie können nirgendwohin, Stanley«, sagte Spader, »außer ins Gefängnis oder ins Leichenschauhaus. Endlich sind *Sie* an der Reihe, eine Wahl zu treffen.«

Galaxos eigentümliche Stimme drang aus der Finsternis, kaum mehr als ein maschinenhaftes Flüstern. Er bemühte sich noch immer, seinen Standort nicht zu verraten. »Dann wähle ich das Leichenschauhaus, sowohl für Olivia als auch für mich.«

Spader besah sich den Bereich, in dem sie sich befanden. Er war rechteckig, etwa achtzehn mal neun Meter groß, und Spader stand an einer der kürzeren Seiten. Die gesamte Decke über diesem Bereich war verglast, sodass das fahle Mondlicht hereinfiel. Spader sah reihenweise Bücherregale, die durch einen Mittelgang getrennt wurden. Auch zwischen den Enden der Bücherregale und den Seitenwänden verliefen Gänge. Die Regale waren ungefähr so wie Kirchenbänke angeordnet. Je zwei etwa dreieinhalb Meter lange Regalreihen wurden von einem Gang getrennt, links wie rechts vom Mittelgang. An diesen Gängen müsste er auf dem Weg zum anderen Ende des Bereichs vorbei, und in jedem davon konnte Pendleton sich verbergen.

Wahrscheinlich hielt er Olivia die Schusswaffe an den

Kopf, damit sie nicht stöhnte oder mit dem Fuß aufstampfte und ihren Standort verriet. Oder er hatte sie erneut chloroformiert und hielt sie vor sich, während er darauf wartete, dass Spader ein gutes Ziel bot. Das Einzige, was Spader sicher wusste, war, dass Pendleton sich nicht schnell genug bewegen konnte, um ihm einfach davonzulaufen. Er würde niemals an Spader vorbei in die relative Sicherheit anderer Bibliotheksbereiche schleichen können. Nein, er war in die Enge getrieben; nun hieß es: er oder Spader. Und in die Enge getriebene Tiere kämpften besonders erbittert. Vor allem solche mit Messern und einer Geisel. Spader musste dafür sorgen, dass er redete. Das würde ihn davon ablenken, Olivia etwas anzutun, und Spader vielleicht eine Gelegenheit verschaffen, sich an ihn heranzuschleichen.

»Hören Sie, Stanley«, sagte Spader. »Sie haben in den letzten Wochen ganz offensichtlich zu irgendetwas Stellung bezogen. Aber ich kapiere immer noch nicht ganz, zu was. Niemand kapiert es. Nicht die Öffentlichkeit und schon gar nicht Ihre Opfer. Wie wär's, wenn Sie mich aufklären?«

Wieder drang dieses verfluchte, unheimliche Galaxo-Flüstern aus der Dunkelheit. »Sie spielen hier mit Olivias Leben, Spader. Sie hat vielleicht schlimm gelitten, aber sie lebt noch. Wenn Sie wollen, dass das so bleibt, dann gehen Sie rückwärts hier raus und durchqueren Sie den ganzen Raum bis zu den Fenstern am anderen Ende, wo ich Sie sehen kann. Wenn Sie weg sind, lasse ich Olivia gehen. Sie gehen Ihrer Wege, ich meiner.«

Pendleton log, das wusste Spader. Er wollte Spader aus dem Weg haben, damit er mehr Zeit für Olivia hatte, mehr Zeit, um zu tun, was er ihr antun wollte.

»Immer noch da, Spader?«, flüsterte Pendleton. »Dann

ist Ihnen das entzückende Ding hier wohl doch nicht so wichtig.«

Dieses verdammte Flüstern machte es schwer, seinen Standort zu bestimmen. Und die vielen Bücher dämpften überdies die Geräusche. Der Kerl konnte sonst wo sein. Fünf Reihen von Spader entfernt oder zwei, links von ihm versteckt oder rechts. Spader schwieg. Er schlich zur Wand links von ihm und wappnete sich innerlich, dann wirbelte er herum und leuchtete mit der Taschenlampe die Wand neben den Regalreihen ab. Niemand. Er schlich zum Mittelgang, überquerte ihn eilig und leuchtete dabei mit der Taschenlampe hindurch: Er sah nichts als die Tür ganz am anderen Ende. An der rechten Seite angekommen, leuchtete er auch an dieser Wand entlang. Hier war ebenfalls niemand.

Also befand sich Galaxo in einem der Gänge zwischen den Regalreihen. Spader schätzte, dass sich zu beiden Seiten des Mittelgangs je neun oder zehn Regalreihen befanden. Das bedeutete, dass Galaxo rund zwanzig mögliche Verstecke zur Verfügung standen.

»Kommen Sie, Stanley, was soll das Ganze eigentlich? Sie wollen doch, dass ich es weiß. Das ist Ihnen doch bewusst. Sie wollen, dass alle es wissen. Also erzählen Sie es mir einfach. Was haben alle diese Menschen Ihnen getan?«

Spader blickte in das Regal vor sich, weil er hoffte, über die Buchrücken hinweg in den nächsten Gang sehen zu können. Leider besaßen die Regale Rückwände. Ihm blieb nur, von einer Reihe zur nächsten zu gehen, bis er Pendleton gefunden hatte, der eine Schusswaffe und seine Exfrau hatte, der im Hinterhalt lauerte und das Terrain kannte, der verzweifelt und verrückt war und sicher wusste, dass sein Leben vorüber war. Er würde entweder hier sterben oder eine lebenslange Haftstrafe antreten. Er hatte nichts mehr zu verlieren, und das war gar nicht gut für Olivia. Als Spader gerade zu der Überzeugung gelangt war, dass Pendleton schweigen würde, ertönte wieder dieses unheimliche Flüstern.

»Was Sie mir angetan haben, Detective? Sie haben bloß mein Leben ruiniert.«

»Wie das?« Spader schlüpfte um die erste Regalreihe herum und leuchtete mit der Taschenlampe den Gang entlang. Nichts als Bücher.

Schweigen, dann ein roboterartiges Schnaufen, das wohl ein Seufzer war. »Ich war acht Jahre alt. Im Sommerlager, wie Sie ja wissen. Wir waren im Wald. Die Betreuer ließen uns allein. Die entzückende Olivia hier war nirgends zu sehen, und die anderen, Jeff Golding und Alison Greenwell, waren verschwunden.« *Alison Greenwell?*, dachte Spader. *Wer zum Teufel ist Alison Greenwell?*

Galaxo sprach weiter. »Nur ich und ein paar andere Kinder waren übrig. Wir sind auf einer kleinen Lichtung an einer kleinen Schlucht herumgetollt. Unten floss ein Bach. Es war schön da. Eines der Kinder entdeckte einen umgefallenen Baum, der über der Schlucht lag. Und Ben Yasovich, einer der größeren Jungen, ein echter Angeber, lief über den Baumstamm und wieder zurück. Ich hatte schon beim Zuschauen Angst.«

Spader blieb in Bewegung. So geräuschlos wie möglich glitt er in den nächsten Gang, der ebenfalls leer war. Dann schabte er mit dem Fuß über den Teppichboden.

»Kommen Sie ruhig näher, Spader«, flüsterte Pendleton. »Ich schlitze derweil der hübschen Olivia die Wange auf.« Pause. »Na bitte, fertig. Aber ich kann ihr eigentlich auch gleich die andere Wange aufschlitzen, während ich auf Sie warte. Oder Sie könnten kehrtmachen und sich verpissen. Rettet Ihrer Exfrau vielleicht das Leben.«

Spader spähte in den nächsten Gang. Nichts als Bücher.

»Nein?«, fragte Galaxo leise. »Auch gut, dann kommt jetzt die andere Wange dran. Ah… das sieht besser aus jetzt. Hübsch symmetrisch, wenn beide Wangen aufklaffen.«

Spader konnte noch immer nicht sagen, wo Pendleton war. Selbst wenn er die Stimmverfremdung durch die Maske berücksichtigte, klang Pendleton anders, als er ihn von den Befragungen in Erinnerung hatte. Sogar gespickt mit Kraftausdrücken war seine Sprache nun eine Spur gehobener, waren Grammatik und Ausdrucksweise ein bisschen besser. Spader wurde klar, dass seine eher burschikose Ausdrucksweise nur Verstellung gewesen war.

Er ging an der dritten Regalreihe vorbei und hörte etwas reißen, wie Stoff, der durchtrennt wurde.

»Gerade habe ich ihre Oberschenkelarterie geöffnet, Spader«, sagte Galaxo. »Habe ihr den schönen Oberschenkel aufgeschlitzt, bis fast zu ihrer Muschi. Da quillt das Blut so richtig hervor, Detective. Wahrscheinlich sollten Sie Hilfe holen.«

Spader versuchte auszublenden, was Pendleton sagte. Der vierte Gang war leer. Mit dem Unterarm wischte er sich den Schweiß aus dem Gesicht. Da Pendleton nicht wissen konnte, ob Spader sich ihm von einer Wand her oder vom Mittelgang aus näherte, hielt der Kerl sich wahrscheinlich in der Mitte seines Gangs auf. Die Frage war nur, in welchem Gang? Und auf welcher Seite des Mittelgangs?

»Was ist passiert, nachdem Ben Yasovich über den Baumstamm gelaufen war, Stanley?«

Spader vernahm leise roboterartige Atemzüge, dann: »Er

hat uns alle herausgefordert, es auch zu probieren. Und die anderen Kinder waren so scheißbescheuert, es zu tun. Ben war ein Anführertyp. Die Mädchen mochten ihn, und die Jungen wollten sein wie er, und als er sie gedrängt hat, haben sie es getan. Dämliche Schafe.«

»Und dann haben Sie es versucht?«

»Scheiße, nein! Ich bin losgerannt und habe unsere Betreuer gesucht, die auf uns aufpassen sollten; die uns von genau solchen gefährlichen Dummheiten abhalten sollten. Ich dachte, sie würden uns sagen, wir sollten damit aufhören; sie würden verärgert sein und uns zurück ins Lager bringen. Aber als ich Jeff und Alison im Wald fand, da kniet sie vor ihm und hat… sein *Ding*… im Mund. Sie bläst ihm gerade einen, Herrgott noch mal, während ein Stück weiter Kinder versuchen, sich auf diesem bescheuerten Baumstamm den Hals zu brechen. Damals wusste ich natürlich nicht, was sie da tat; das begriff ich erst später. Und als Jeff die Augen öffnet und mich sieht, brüllt er mich an, ich soll gefälligst zurück zu den anderen gehen.«

Spader fiel auf, dass Pendleton zeitweise ins Präsens verfiel. Ein Teil seiner Persönlichkeit schien zurückversetzt auf jene Lichtung. Das war gut, denn so war dieser Teil von ihm nicht in der Gegenwart, nicht in der Bibliothek, nicht bei Olivia.

Spader schlich weiter, langsam, geräuschlos. Er beschloss, sich jedem Gang von einer anderen Seite zu nähern für den Fall, dass Pendleton sein Vorrücken mitverfolgte. Wenn er immer von derselben Seite käme, könnte das Arschloch einfach um seine Regalreihe herumspähen und das Feuer eröffnen. Daher würde Spader sich der nächsten Reihe vom linken Ende her nähern, danach vom Mittelgang aus, dann vielleicht wieder vom linken Ende her, und schließlich würde er vielleicht zur anderen Wand gehen und sich von rechts anschleichen.

Er trat ganz leise auf. Der dünne Teppichboden dämpfte seine Schritte. Allerdings dämpfte er auch Pendletons Schritte.

Spader überprüfte den fünften Gang.

»Also laufe ich zurück zu dem umgefallenen Baum«, erzählte Pendleton leise. »Und alle sind einmal rübergelaufen und wieder zurück. Alle außer mir. Sogar Maddy Wollner, und die ist ein Mädchen. Also fallen sie alle über mich her und wollen mich überreden, dass ich auch da rüberlaufe. Na ja, Ben und Pete und Maddy jedenfalls. Matt Finneran steht daneben und sieht zu. Sie sind erbarmungslos. Sie beschimpfen mich. Schisser. Memme. Waschlappen. Der Schlimmste ist Ben Yasovich, der Scheißkerl. Wenn der bloß aufhört, hören die anderen auch auf. Ich weiß es.«

Spader trat in den sechsten Gang, der ebenfalls leer war. Nur noch drei weitere Gänge, wie er jetzt sah. Er schlich zum Mittelgang und spähte um die Ecke. Niemand.

»Also schneide ich ihm die Zunge ab.«

Nun verschmolzen Vergangenheit und Gegenwart in Pendletons Erzählung. Überdies brachte er seine Opfer durcheinander. Ben Yasovich war schon vor Jahren bei einem Autounfall gestorben. Doch Pendleton hatte seine Rache gebraucht. Daher hatte er stellvertretend am Vater Rache genommen, hatte diesem die Zunge herausgeschnitten, da er das bei Ben nicht mehr gekonnt hatte.

So leise wie möglich eilte Spader ans andere Ende des Gangs. Er spähte um die Ecke, sah niemanden, dann schaute er in den siebten Gang. Wieder niemand. »Und Matthew Finneran?«, fragte er leise.

»Das Arschloch«, zischte Pendleton. »Alle schikanieren sie mich, nur Matt nicht. Der steht einfach nur da. Er tritt nicht für mich ein, er sagt ihnen nicht, sie sollen die Klappe halten. Nein, er sieht bloß zu. Also habe ich ihm die Augen genommen.«

Spader schlich zwischen den Büchern hindurch. Als er das Ende des Gangs beinahe erreicht hatte, fuhr Pendleton in seinem heiseren Flüsterton fort: »Und irgendwann kann ich nicht mehr; ich ertrage ihren Hohn nicht mehr. Ich weine jetzt. Diese Arschlöcher haben mich zum Weinen gebracht, verdammt noch mal. Also klettere ich auf diesen blöden Baumstamm.« Pendletons Ausdrucksweise hatte sich erneut verändert. Manchmal waren seine Grammatik und sein Vokabular die eines Erwachsenen, dann wieder die eines Achtjährigen. »Ich bin erst drei, vielleicht vier Schritte weit gekommen, da rutscht mein Fuß ab. Und ich falle. Und jetzt hänge ich am Baumstamm und gucke runter in den Bach tief unter mir. Und ich gucke nach oben und sehe Maddy. Sie ist mir am nächsten. Also strecke ich ihr die Hand hin und denke, sie gibt mir ihre Hand. Dann bin ich gerettet. Das weiß ich. Aber sie tut es nicht, die kleine Schlampe. Ihre blöden Hände hängen einfach runter.«

Und so hatte er über zwei Jahrzehnte später versucht, ihr diese Hände abzusägen. Spader hatte jetzt den Mittelgang erreicht. Er hätte Pendleton gern zum Weiterreden animiert, doch er wollte nicht preisgeben, wie weit er gekommen war, wie nahe er Pendleton wohl schon war. Glücklicherweise stand Pendleton mittlerweile zu sehr im Bann seiner eigenen Geschichte, als dass er jetzt noch aufhören würde zu erzählen.

»Also gucke ich rüber zu Pete, Pete Lisbon, und ich sage ihm, er soll Hilfe holen, er soll die Betreuer suchen. Und was tut er? Nichts. Der Trottel steht einfach da. Bewegt die

Füße keinen Zentimeter weit. Also habe ich sie abgesägt. Er hat es verdient. Sie haben es alle verdient.«

Spader kam ihm immer näher. Zwangsläufig. Nur noch zwei Gänge. Doch war Pendleton im nächsten Gang oder im letzten? Rechts oder links vom Mittelgang?

»Genau wie Olivia hier.« Diesmal flüsterte er nicht, sondern sprach laut und deutlich, mit dieser gruseligen Alienstimme. »Sie hat alles verdient, was ich ihr jetzt schon angetan habe, alles, was ich ihr noch antun werde.« Mit einem Mal war Pendleton wieder in der Gegenwart, merkte Spader, und das war nicht gut für Olivia oder ihn selbst. So oder so, gleich würde es zu Ende gehen.

Spader drückte den Rücken ans Bücherregal und schob sich vor, bereit, den Kopf nach links in den nächsten Gang zu strecken. Plötzlich bewegte sich etwas auf der rechten Seite, vielleicht zwei, drei Meter von Spader entfernt; er sah zunächst nur einen schwarz-gelben Fleck direkt auf sich zukommen.

Spaders sämtliche Sinne waren in Alarmbereitschaft versetzt, und Adrenalin strömte durch seine Adern. Er erlebte eine Art Zeitlupe, genau wie zwei Jahre zuvor in Eddie Rivers' Wohnung. Seinen Augen blieb Zeit zu sehen, was da kam, sein Gehirn hatte Zeit, es zu verarbeiten.

Pendleton stürmte mit seiner gelben Grinsemaske und irgendeiner Waffe in der Hand aus seinem Versteck. Spader richtete seine Waffe auf ihn, während der Scheißkerl näher kam. Er bewegte sich unbeholfen und stolperte gleichsam dahin. Nur noch einen Meter. In diesem unwirklichen Augenblick fühlte Spader sich als Herr der Lage. Ein Dutzend Gedanken schossen ihm zugleich durch den Kopf, doch er verarbeitete sie alle. Er hatte dieses Stück Scheiße im Visier, diesen kranken Irren, der unschuldige

Menschen gequält und getötet hatte; der David angegriffen und Olivia Gott weiß was angetan hatte; der indirekt für Oscar Wagners Tod verantwortlich war. Er stürmte direkt auf Spader zu, und Spader konnte dem Ganzen hier und jetzt ein Ende setzen. Er war ein ausgezeichneter Schütze mit exzellenten Reflexen. Er zielte auf Pendletons rechte Schulter. Er konnte ihn außer Gefecht setzen; dann würde er so gut wie sicher überleben und vor Gericht gestellt werden… und dann mochte irgendein Verfahrensfehler oder ein geschickter Verteidiger oder vielleicht auch eine fehlgeleitete Jury verhindern, dass der Gerechtigkeit Genüge getan wurde. Oder er konnte den Lauf wenige Zentimeter weiter nach rechts richten und ihm mitten in die Brust schießen. Vielleicht würde das Arschloch überleben, vielleicht auch nicht. Und schließlich konnte er das tun, was er zwei Jahre zuvor unterlassen hatte. Er konnte ein wenig höher und ein bisschen weiter nach rechts zielen, einen Kopfschuss abgeben und die Sache beenden. Er war dazu in der Lage. Daran hatte er keinen Zweifel. Aber damit würde er eine Grenze überschreiten, von der jeder hoffte, dass er sie niemals überschreiten musste, und falls doch, dann höchstens einmal im Leben.

Als Pendleton ihn fast erreicht hatte, drückte Spader ab. Die Kugel bohrte sich in Pendletons Schulter. Der Aufprall riss ihn halb herum, dann sank er zu Spaders Füßen auf die Seite und rollte auf den Rücken. Spader kniete sich rasch neben ihn und griff nach seiner Waffe: ein Messer, wie er jetzt erst sah.

Und dann merkte er, dass da etwas ganz gewaltig nicht stimmte. Seine Augen übermittelten ihm in rascher Folge mehrere Bilder: Das Messer war mit Klebeband an Galaxos Hand befestigt; die Hose war zwar schwarz, bestand aber nicht aus demselben glänzenden Stoff wie die Jacke des Trainingsanzugs. Und die Schuhe. Oh, Scheiße! Flache Pumps. Damenschuhe. O Gott!

Er riss der Gestalt die Maske vom Kopf. Olivias blaue Augen blickten ihn an, weit aufgerissen, schmerzerfüllt. Ihr Mund war zugeklebt.

Er versteifte sich, als er begriff, was Pendleton getan hatte, riss den Kopf hoch und entdeckte Pendletons vernarbtes Gesicht in unmittelbarer Nähe. Der Scheißkerl beugte sich gerade aus dem Versteck vor, aus dem er Olivia gestoßen hatte. Er hatte die Waffe erhoben und zielte auf Spader. Der ließ sich nach links fallen und gab gleichzeitig einen Schuss ab. Unmittelbar bevor er auf dem Boden aufschlug, pfiff eine Kugel an seinem Ohr vorbei. Er schoss ein zweites, dann ein drittes Mal. Sein erster Schuss ging daneben, doch der nächste traf Pendleton mitten in die Brust und der dritte an der rechten Schulter, genau da, wo er Olivia getroffen hatte. Pendleton ließ die Pistole fallen und taumelte rückwärts gegen das Regal. Gleich würde er zu Boden sacken. Spader erwog, noch einen Schuss abzugeben. Pendleton war außer Gefecht gesetzt. Es war vorbei.

Beinahe.

Spader zielte noch immer auf Pendletons Brust. Wieder stand er an dieser Grenze und hatte eine weitere Gelegenheit, sie zu überschreiten. Und dort stand Pendleton, schuldig Dutzender von grausamen Verbrechen, deren letztes darin bestanden hatte, Spader zu nötigen, auf die Frau zu schießen, die er liebte. Falls Pendleton sich von seinen Schussverletzungen erholte, würde er vor Gericht gestellt werden; die Juroren würden sein entstelltes Gesicht sehen; Psychiater würden Gutachten zu seinen Gunsten erstellen, in denen sie feststellten, dass Pendletons Taten das Werk einer Psyche waren, die tragischerweise Schaden durch die Handlungen anderer genommen hatte. Vielleicht würde ein Geschworener Mitleid mit ihm haben. Oder mehr als einer. Spader bezweifelte, dass er wegen eines Formfehlers freikäme so wie Eddie Rivers im Prinzip. Doch womöglich würde er in einer gemütlichen psychiatrischen Abteilung eine unverdient milde Strafe absitzen und eines Tages wieder auf freien Fuß kommen.

Nein. Das würde er nicht. Spader zielte einige Zentimeter höher und schoss ein letztes Mal. Die Kugel durchschlug Pendletons rechtes Auge. Spader wartete gar nicht ab, bis Pendleton zu Boden stürzte. Er rollte herum und kam neben Olivia auf ein Knie hoch; dann rief er einen Krankenwagen. Erst da hörte er Polizeisirenen, die rasch näher kamen.

Behutsam zog er Olivia das Klebeband vom Mund. In ihren Augen standen Tränen. Als eine Träne von oben auf ihre Wange fiel, merkte Spader, dass er ebenfalls weinte.

Abgesehen von Spaders Kugel in ihrer Schulter schien sie unversehrt zu sein. Pendleton hatte die ganze Zeit gelogen. Sanft hob Spader ihren Oberkörper an, was ein Stöhnen bei ihr hervorrief, und untersuchte ihre Schulter von hinten: ein sauberes Austrittsloch. Er drückte die flache Hand darauf und legte Olivia behutsam wieder ab. Die andere Hand drückte er auf die Eintrittswunde. Sie zuckte zusammen und stöhnte einmal, beklagte sich aber nicht.

»Olivia, es tut mir so leid. Ich fasse es nicht, dass ich auf dich geschossen habe.«

Sie lächelte matt, dann flüsterte sie: »Der Traum jedes Exmannes. Du bist ein Glückspilz.«

Unwillkürlich musste er ebenfalls lächeln und dankte Gott dafür, dass er sie nicht getötet hatte. »Das bin ich wohl.«

DREISSIG

»Wie fühlt es sich an, wieder der Held zu sein, John?«, fragte Dunbar. »Die Leute lieben den *Jack of Spades*. Hast du mal Zeitung gelesen?«

»Du weißt, du sollst mich nicht so nennen«, sprach Spader in sein Handy. »Und ich habe dir doch gesagt, dass ich keine Zeitung mehr lese.« Die Ampel wurde grün.

»Tja, solltest du aber. Sie lieben dich, Mann.«

»Sie haben mich schon mal geliebt. Dann haben sie mich gehasst.«

»Ach komm, John, jetzt hast du wieder alle Trümpfe in der Hand. Genieße es.«

»Du weißt, dass ich diese Anspielungen zum Kotzen finde.«

»Ist nur eine Frage der Zeit, bis jemand einen Film über dich drehen will. Hey, toller Titel, oder? *Jack of Spades.*«

»Lass gut sein, ja?«

»Ich meine ja nur.« Dunbar schwieg einen Augenblick, dann fragte er: »Wirst du es je müde, recht zu haben?«

»Bei Wagner lag ich daneben.«

»Nicht ganz. Er war nicht Galaxo, aber er wollte dem Mann, der ihn gefeuert hatte, wehtun. Und du lagst goldrichtig damit, dass Pendleton Galaxo war.« Pause. »Und alle, die glaubten, es könnte vielleicht Eddie Rivers sein, lagen daneben.«

Spader erwiderte nichts. Vielleicht hatte Eddie Rivers Spader dazu getrieben, Stanley Pendleton jene letzte Kugel ins Auge zu schießen. Spader hätte Eddie Rivers zwei Jahre zuvor in dessen Wohnung erledigen können und hatte es nicht getan. Und dann hatte Rivers, aus welchen Gründen auch immer, seine gerechte Strafe nicht erhalten, war wieder auf freien Fuß gekommen und hatte mindestens zwei weitere Personen ermordet. Die Bürde jener beiden Tode lastete auf Spaders Seele. Auch damit musste er jeden Tag aufs Neue leben.

»Hey, du hast es gut gemacht«, sagte Dunbar, als spürte er, dass Spaders Gedanken sich einem düsteren Thema zugewandt hatten. »Du hast einen richtig üblen Burschen aufgehalten und einer richtig tollen Frau das Leben gerettet. Wie geht es Olivia übrigens?«

»Ihr geht's gut.«

»Und David?«

Spader zögerte. »David geht es ganz gut. Wirklich. Nach langer Zeit geht es ihm endlich wieder ganz gut.«

»Freut mich. Hör mal, was ich dir noch sagen wollte: Fratello hat am Ende zugegeben, dass er das Leck war, dass er Estelle Lisbon von unserem Verdacht gegen Oscar Wagner erzählt hat. Er hat gesagt, er hätte der Frau eines Exkollegen, der in Ausübung seiner Pflichten gestorben ist, eine Gefälligkeit erweisen wollen. Sie hatte im Büro angerufen und sich nach dem Stand der Ermittlungen erkundigt; jemand hat sie mit Leon verbunden, und er hat es ihr erzählt. Er wäre im Leben nicht darauf gekommen, dass sie den Mann töten würde.«

»Klar. Ist Leon in Schwierigkeiten?«

»Offizielle Verwarnung.«

»Da ist er ja mit einem blauen Auge davongekommen.«

Nach kurzem Zögern sagte Dunbar: »Die sind bestimmt bald fertig mit ihrer Untersuchung, John. Du bist im Nu wieder auf deinem Posten.«

Wenn ein Polizist einen Verdächtigen erschießt, ist eine Untersuchung vorgeschrieben. In diesem Fall würde das reine Formsache sein, doch auch die musste durchgeführt werden. Bis die Untersuchung abgeschlossen war, würde Spader sich erholen.

»Hör mal«, sagte er, »ich bin gleich da, ich muss also Schluss machen. Aber eins musst du noch tun. Schreib dir mal diese Telefonnummer auf.«

Er diktierte sie Dunbar.

»Wen soll ich da anrufen?«, fragte Dunbar.

»Hannah.«

»Verarsch mich nicht.«

»Tue ich nicht. Ich habe sie angerufen und ihr von dir erzählt, und sie hat gesagt, du kannst sie gern anrufen.«

»Klar, du hast ihr von mir erzählt? Was hast du gesagt?«

»Keine Angst, ich habe gelogen.«

Dunbar lachte in sich hinein.

»Hör mal«, fuhr Spader fort, »Hannah ist wirklich klasse, hörst du? Ein richtig toller Mensch. Wenn du sie anrufst, bist du nett zu ihr.«

»Du bist mein Held, John.«

Spader lächelte und steckte das Handy in die Tasche. Dann hielt er vor dem Haus, das er einst sein Zuhause genannt hatte.

»Keine Blumen mehr, John.«

»Der letzte Strauß«, sagte Spader, »versprochen.«

Olivia ging beiseite, und er trat in die Diele und legte den bunten Blumenstrauß auf den halbmondförmigen

Tisch neben ein eingerahmtes Foto von ihnen beiden mit David. Es war vier Jahre zuvor an Thanksgiving aufgenommen worden. Sie lächelten alle drei. Erst jetzt fiel Spader auf, dass Olivia dieses Foto dort stehen gelassen hatte, wo es immer gestanden hatte.

»Ich habe zwei Dutzend Rosen im Schlafzimmer«, sagte sie, »und überall im Haus körbeweise gemischte Blumen. Ich könnte ein Blumengeschäft eröffnen.«

»Ich habe doch gesagt, ich höre jetzt auf. Hey, ich bin an David vorbeigefahren. Wo will er denn hin?«

»Er trifft sich mit Craig.«

Spader nickte.

»Und es macht dir wirklich nichts aus?«, fragte Olivia.

»Mir? Im Gegenteil. Ich bin erleichtert, dass er sich letztes Jahr auf dem College deshalb so schlecht gemacht hat, weil er sich verliebt hat, und nicht einfach bloß, weil ihm nichts mehr wichtig ist. Ich bin froh, dass er in all den Nächten, in denen er diesen Sommer nicht nach Hause gekommen ist, mit jemandem zusammen war, der ihm wichtig ist, und nicht mit Leuten, die ihn in Schwierigkeiten bringen.«

»Er macht sich Sorgen, dass du ihn nicht respektierst.«

»Die werde ich ihm schon austreiben. Hm, falsch ausgedrückt. Aber ich respektiere ihn total, und ich werde dafür sorgen, dass er das auch weiß. Es muss schwer gewesen sein für ihn dieses Jahr. Die ganze Heimlichtuerei, immer herumschleichen zu müssen, wenn er seinen Freund … ich meine, seinen festen Freund sehen will, immer auf der Hut sein zu müssen, damit die anderen Jungs im Lacrosse-Team nichts mitbekommen. Und obendrein hatte er noch Angst davor, es uns zu sagen. Kein Wunder, dass seine Noten in den Keller gegangen sind. Das tut mir leid. Aber er hat es überstanden, und ich bin stolz auf ihn.«

Olivia wandte sich um und ging ein wenig steif ins Wohnzimmer, und er folgte ihr. Als er am Esszimmer vorbeikam, entdeckte er auf dem Tisch eine Vase mit Blumen, die nicht er geschickt hatte. Bestimmt von Dr. Jason. Im Wohnzimmer setzte Olivia sich ans eine Ende der Couch. Auf dem Couchtisch vor ihr standen Lilien, die Spader ihr geschickt hatte. Er setzte sich ans andere Ende der Couch.

»Was hat er gesagt, als du ihm eröffnet hast, dass er zurück aufs Merrimack kann?«, fragte er.

»Er hat gesagt, er würde ab jetzt viel besser sein, weil er einfach damit herausrücken wird, wer er ist, und sich keine Sorgen mehr darum machen will, was die anderen denken. Ich muss sagen, er ist ein ganz anderer junger Mann, seit er es uns erzählt hat.«

»Ja, es ist schön, ihn wiederzuhaben«, sagte Spader. »Er ist so ein guter Junge. Ich habe ihn wirklich vermisst. Wir waren diese Woche zusammen mittagessen, und wir haben einfach zusammengesessen und uns unterhalten, genau wie früher. Das war schön.« Spader schwieg einen Augenblick. »Es wird nicht immer leicht sein für ihn. Oder für Craig.«

Dabei dachte Spader an die Prellungen im Gesicht und den abgesplitterten Zahn, mit denen David vergangene Woche nach Hause gekommen war. Erst vor Kurzem hatte David ihnen gestanden, dass das bei einer Prügelei mit ein paar Schwulenhassern passiert war, die ihn und Craig zusammen gesehen hatten.

»Das weiß er«, erwiderte Olivia. »Aber falls du es nicht bemerkt haben solltest: David ist ein großer Junge. Er kann auf sich aufpassen. Er hat gesagt, diese vier Jungs aus Southie hätten sich in jener Nacht die falschen Opfer ausgesucht.«

»Kann ich mir lebhaft vorstellen.«

Olivia betrachtete die Lilien auf dem Tisch. Spader betrachtete Olivia.

»Du siehst richtig gut aus«, sagte er.

»Mir geht es auch gut. Wenn man bedenkt, dass du mich angeschossen hast.«

»Das wirst du mir ewig unter die Nase reiben, oder?«

»Ich glaube, hin und wieder ist es ganz nützlich.«

Sie sah wirklich gut aus. Seine Kugel hatte ihre Schulter glatt durchschlagen, dabei Knochen und Arterien verschont und insgesamt so wenig Schaden angerichtet, wie man überhaupt hatte hoffen können. Sie hatte wirklich Glück gehabt. Und sie war wirklich schön in ihrem sackartigen T-Shirt der New England Patriots.

»Sie hat endlich ausgepackt«, sagte er schließlich. »Hat uns so ziemlich alles erzählt.«

»Die Mutter?«

Er nickte.

»Erzähl mal«, sagte sie.

»Willst du das wirklich hören?«

»Nein, eigentlich nicht, aber ich muss es hören.«

An einiges erinnerte sie sich selbst, das wusste er. Sie war Betreuerin im Camp Wiki-Wah-Nee gewesen, und sie und zwei weitere Betreuer waren mit einigen der Kinder zu einer Waldwanderung aufgebrochen. Sie waren auf eine schöne Lichtung an einer schmalen Schlucht gestoßen, auf deren Grund rund zehn Meter tiefer ein friedlicher Bach floss. Während einige der Kinder sich ausgeruht oder die Lichtung erforscht hatten, war Olivia mit ein paar anderen zurück in den Wald gegangen, um nach dem Vogel zu suchen, dessen ungewöhnlichen Ruf sie gehört hatten. Minuten später hatte Gebrüll sie aufgeschreckt, und sie war zurück zur Lichtung gerannt. Unterwegs war sie über eine Baumwurzel gestolpert und hatte sich die Wade an einem scharfen Stein aufgerissen. Einundzwanzig Jahre später hatte sie noch immer eine rund zwölf Zentimeter lange Narbe von diesem Sturz. Auch an das, was sie vorgefunden hatte, als sie an jenem Tag zurück auf die Lichtung gekommen war, erinnerte sie sich: Einer der Jungen war in die kleine Schlucht gestürzt. Doch was davor geschehen war, während sie fort gewesen war, hatte sie nie erfahren. Das hatten sie erst von Louise Pendleton erfahren. Nun ja, sie hatte ihnen jedenfalls die Version ihres Sohnes erzählt.

Spader erzählte Olivia von der Mutprobe mit dem Baumstamm über der Schlucht und dem Gehänsel der übrigen Kinder, mit dem sie versucht hatten, Stanley zu nötigen, ebenfalls über den Baumstamm zu laufen. Er erklärte Olivia, Stanley habe bei den anderen Betreuern Hilfe suchen wollen, stattdessen aber Alison Greenwell und Jeff Golding im Wald beim Oralsex gestört. Da Golding ihn wütend angebrüllt habe, sei er zurück zu den anderen Kindern gelaufen, und die hätten ihn so lange verhöhnt, bis er schließlich auf den Baumstamm geklettert sei. Als er ausrutschte und sich gerade noch an den Stamm klammern konnte, habe er die übrigen Kinder um Hilfe gebeten. Die nicht gekommen sei. Außerdem erklärte Spader Olivia, warum Pendleton Andrew Yasovich die Zunge herausgeschnitten, Peter Lisbon die Füße abgesägt, Matthew Finneran die Augen herausgenommen und Madeleine Wollner die Hände abzusägen versucht hatte.

»Und weil Golding von Alison Greenwell einen geblasen bekam«, sagte Spader nüchtern, »anstatt auf die Kinder aufzupassen, wie es seine Aufgabe gewesen wäre, zwang Stanley ihn Jahre später vor den Augen seiner Frau zum Oralsex.«

Olivia blickte ins Leere. »Ich weiß noch, dass ich sie schreien hörte. Ein paar der Kinder und ich suchten nach diesem Vogel, und ich hörte Geschrei. Ich bin zurück zur Lichtung gerannt. Jeff und Alison waren da schon aus dem Wald zurück, glaube ich, und ich habe Jeff gesagt, er solle versuchen, zu Stanley hinunterzuklettern, und sehen, ob er ihm helfen kann. Weißt du, vor zwei Wochen hätte ich dir ums Leben nicht seinen Namen sagen können. Stanley meine ich. Jedenfalls, ich bin zurück ins Lager gerannt und habe die Krankenschwester geholt. Kurze Zeit später sind Sanitäter oder Parkranger oder so aufgetaucht und haben mich zurück ins Lager geschickt. Es war der letzte Tag des Sommerlagers – wir sind alle ein paar Stunden später abgereist –, deshalb habe ich nie erfahren, was Stanley eigentlich zugestoßen war. Ich habe dem Verwalter des Lagers erzählt, was ich wusste; dann habe ich meine Sachen gepackt und bin abgereist. Ehrlich gesagt habe ich danach eigentlich nicht mehr groß daran gedacht. Ich habe einfach angenommen, dass dem Jungen nichts Schlimmes passiert war. Ich dachte, sonst würde ich davon erfahren. Das war wohl naiv. Warum hätten die sich die Mühe machen sollen, deswegen später mit mir Kontakt aufzunehmen? Aber ich habe nie davon erfahren, dass damals so etwas Schlimmes passiert ist.« Sie senkte den Kopf. »Wie ist es danach weitergegangen?«

»Die Pendletons drohten dem Lager mit einer Klage. Dann akzeptierten sie eine meiner Meinung nach kriminell niedrige Abfindung. Sie hätten einen Anwalt beauftragen sollen.«

Olivia schüttelte den Kopf. »Was ist mit mir? Warum

ich? Ich war nicht einmal auf der Lichtung, als er abstürzte. Ich habe ihn nicht auf dem Baumstamm gesehen.«

»Vielleicht hat er dir vorgeworfen, dass du *nicht* dort warst, so ähnlich wie Golding und Greenwell. Seine Mutter war sich da nicht sicher.«

Sie dachte nach. »Warte mal, was ist mit Alison Greenwell?«

»Sie scheint der Auslöser für das alles gewesen zu sein«, sagte Spader. Er erklärte ihr, die Pendletons hätten im Laufe ihrer Abfindungsverhandlungen mit Camp Wiki-Wah-Nee die vollen Namen der Betreuer und der anderen Kinder erfahren, die an jenem Tag auf der Lichtung gewesen waren. Als Stanley älter wurde, hielt er sich über alle auf dem Laufenden. Doch schon als querschnittgelähmter kleiner Junge war er finster entschlossen gewesen, wieder laufen zu lernen. Unablässig arbeitete er an seiner Genesung, und dann gab er eines Tages einfach auf. So wirkte es jedenfalls auf alle außer seiner Mutter. Sie hatte den Großteil der Abfindung für den Kauf eines gebrauchten Reha-Barrens vom Mass General verwendet, und Stanley übte Tag und Nacht an diesem Barren, jahrein, jahraus, bis er schließlich wieder gehen konnte, wenn auch sehr unsicher und schwach. Als es schien, als würden seine Gehfähigkeiten in einem Stadium stagnieren, in dem er weiterhin irgendeine Form von Unterstützung benötigte, stahl Louise Pendleton ein Paar Beinschienen aus Leder und Metall aus dem Krankenhaus. Jahrelang trieb er sich selbst dazu an, hinter vorgezogenen Vorhängen laufen zu lernen, während es für die Außenwelt so aussah, als wäre er noch immer an den Rollstuhl gefesselt. Denn schon mit elf Jahren, als er gerade eine erste schwache Hoffnung gehabt hatte, dass er eines Tages seine Beine wieder würde gebrauchen können, hatte er sich geschworen: Falls er je wieder gehen konnte, dann würde er sich an den Leuten rächen, die für sein Schicksal verantwortlich waren.

»Mein Gott«, sagte Olivia. »Zwanzig Jahre lang auf Rache zu sinnen. Darum zu kämpfen, wieder gehen zu können, nur um dann diese schrecklichen Taten zu begehen. Was muss in all den Jahren in ihm vorgegangen sein?« Darauf fiel Spaders nichts ein, was er hätte sagen können, deshalb schwieg er. »Du hast noch nicht erklärt, warum Alison Greenwell der Auslöser für das alles war.«

»Sie starb vor ein paar Monaten an Brustkrebs, ohne eine Familie zu hinterlassen. Pendleton hatte nach und nach seine Muskeln aufgebaut und darauf gewartet, dass er sich körperlich bereit, wirklich bereit fühlte, um seine Pläne in die Tat umzusetzen. Aber dann starb Alison Greenwell, und Pendleton beschloss, nicht noch länger zu warten. Ben Yasovich war schon vor Jahren gestorben, und nun war auch Alison tot, und Pendleton hatte Angst, noch mehr von seinen Opfern zu verlieren – sei es, weil sie starben, sei es, weil sie in einen anderen Bundesstaat oder ein anderes Land umzogen –, bevor er Gelegenheit bekam, sich an ihnen zu rächen. Es war schon ein schwerer Schlag für ihn gewesen, dass auch nur zwei von ihnen tot waren.«

»Aber anscheinend hat es ihm später nichts ausgemacht, ein paar von ihnen selbst zu töten.«

»Offen gesagt doch«, widersprach Spader. »Er wollte, dass sie alle überlebten. Er wollte, dass sie mit ihren Verstümmelungen weiterlebten als Erinnerung an jenen Tag im Wald, an das, was sie ihm angetan hatten. Er wusste, er würde niemals mit alledem davonkommen. Er wusste, man würde ihn schnappen, und dann würden seine Gründe bekannt werden. Eines Tages würden seine Opfer erfahren, weshalb er ihnen das angetan hatte. Und er wollte, dass sie damit leben müssen; sie sollten wissen, dass sie wegen ein paar Augenblicken der Grausamkeit oder Leichtfertigkeit Jahrzehnte zuvor den Rest ihres Lebens ohne Füße oder Hände, ohne Augen oder Zunge leben müssen oder, in Jeff Goldings Fall, ohne Selbstachtung.«

Olivia schwieg einen Augenblick. »Weißt du, was er für Alison geplant hatte?«

Spader schüttelte den Kopf. »Das wusste Louise nicht.« Das war gelogen.

Wieder schwieg Olivia, dann fragte sie: »Was ist mit mir? Weißt du, was er mir antun wollte?«

»Das wusste sie auch nicht«, log Spader erneut. Louise Pendleton hatte ihm sehr wohl von dem ganz speziellen Grauen erzählt, das Stanley für Olivia im Sinn gehabt hatte. Und mit dem fiesen Werkzeug, das er in der Bibliothek in der Tasche gehabt hatte, hätte er seinen Plan durchaus in die Tat umsetzen können. Doch Spader sah keinen Grund, Olivia noch mehr Albträume zu bescheren als die, mit denen sie ohnehin schon leben musste.

»Dann war es das mehr oder weniger?«, fragte sie.

»Größtenteils.«

Pendleton hatte einen nicht zugelassenen Ford Explorer in der Nähe seines Hauses stehen gehabt. Das Nummernschild hatte er von einem Auto gestohlen, das er ein paar Straßen weiter irgendwo hinter einem baufälligen Haus entdeckt hatte. Als er wusste, dass Spader und die übrige Polizei allmählich Verdacht schöpften, hatten er und seine Mutter sich die kleine Posse ausgedacht, die sie aufführten, während er das Haus verließ, die kleinen Theaterstücke, die sie schrieben und von denen er seinen Teil auf Band sprach. An den Abenden, an denen Stanley mit seiner Galaxo-Maske unterwegs war, saß Louise zu Hause, deklamierte ihre Zeilen und spielte dazu die im Drehbuch jeweils vorgesehenen Schnipsel von Stanleys Text vom Band ab. Von Zeit zu Zeit nahm sie die Perücke ab, setzte sich in Stanleys Rollstuhl und fuhr darin durchs Haus für den Fall, dass jemand sie von draußen beobachtete. Dann kehrte sie ins Fernsehzimmer zurück und wartete, bis das Drehbuch sie aufforderte, die Perücke aufzusetzen und irgendeiner Alltagsverrichtung nachzugehen, diesmal als sie selbst.

»Wie konnte sie ihm nur helfen?«, fragte Olivia. »Ich weiß, er ist ihr Sohn, aber wie konnte sie ihm bei so etwas helfen?« Die Frage klang rhetorisch. »Das ist doch traurig, oder?«

»Was?«

»Vor einundzwanzig Jahren hatte Stanley Pendleton einen schrecklichen Unfall, der sein Leben ruiniert hat. All die Jahre hat er damit verbracht zu planen, wie er sich an denen rächen kann, die seiner Meinung nach dafür verantwortlich waren, ob er damit nun recht hatte oder nicht. Er trieb sich dazu an, trotz der schlechten Aussichten wieder gehen zu lernen – alles nur, damit er sich an den Leuten, die an jenem Tag auf der Lichtung waren, rächen konnte.«

»Ich warte immer noch auf den traurigen Teil«, sagte Spader.

»Der kommt jetzt. Am Ende wussten diese Leute nicht einmal, was sie getan hatten. Ich wette, es ging ihnen da genauso wie mir. Am letzten Tag des Sommerlagers geschah ein Unfall. Bestimmt ist der Junge wieder gesund geworden, haben sie sicherlich gedacht und mit ihrem Leben weitergemacht. Sie haben ihren Sommer zu Ende verlebt und sind wieder zur Schule gegangen. Sie wurden erwachsen und haben mit ihrem Leben weitergemacht. Ein paar von ihnen waren wahrscheinlich glücklich, ein paar vielleicht nicht, aber sie alle haben ihr Leben weitergelebt. Und sie haben nie erfahren, welchen Schaden sie einem unschuldigen Jungen durch ihr Tun oder Nichttun an jenem Tag vor so langer Zeit zugefügt hatten.«

Spader dachte darüber nach. »Was Stanley Pendleton zugestoßen ist, war eine Tragödie, aber vielen Menschen stoßen tragische Dinge zu, und trotzdem tun sie nicht, was er getan hat. Er tut mir nicht leid.«

»Mir schon«, sagte Olivia. Spader öffnete den Mund, um etwas zu erwidern, doch sie fuhr fort: »Mir tut nicht Stanley Pendleton, der Mann, leid, der alle diese unsäglichen Dinge getan hat. Aber mir tut der Stanley leid, den ich vor langer Zeit flüchtig kennengelernt habe – der acht Jahre alt war, der Angst hatte, auf einem Baumstamm über eine Schlucht zu balancieren, aber noch mehr Angst davor, es nicht zu tun. Der weniger Angst hatte, abzustürzen, vielleicht sogar zu sterben, als davor, nicht dazuzugehören.« Sie schüttelte den Kopf. »Dieser Stanley tut mir leid.«

Spader überlegte, ob er versuchen sollte, sich selbst auf jene Lichtung an jenem Tag zu versetzen, sich in den verängstigten kleinen Stanley hineinzuversetzen, der sich verzweifelt an einen Baumstamm geklammert hatte. Doch er wollte es nicht. Er wollte kein Mitgefühl für Pendleton aufbringen.

Sie schwiegen beide. Langsam verrannen die Minuten. Hin und wieder begegneten sich ihre Blicke, ehe einer von ihnen anderswohin sehen konnte – aus dem Fenster, auf die Lilien, die Fotos ihrer Familie an den Wänden. Obwohl keiner von ihnen sprach, veränderte sich die Atmosphäre im Raum. Wenige Minuten zuvor hatten sie über Stanley

Pendleton gesprochen, und Olivia war nachdenklich und traurig gewesen. Spader war einfach nur müde gewesen. Er war Pendletons müde gewesen, es war es müde gewesen, über ihn nachzudenken, über ihn zu reden, den ganzen Tag lang mit ihm in seinen Gedanken zu leben, tagein, tagaus. Doch irgendwann während der letzten Minuten schienen Olivias Gedanken sich anderem zugewandt zu haben, und seine ebenfalls. Während sie so in behaglichem Schweigen beisammensaßen, schien es Spader, als dächten sie beide nicht mehr an das, was sie gerade erst durchgemacht hatten. Spader sah Olivia an, die wieder die weißen Lilien betrachtete, und fragte sich, ob sie wie er auch von nun an nur noch nach vorn blickte.

EINUNDDREISSIG

Spader saß auf dem weichen Boden, den Rücken an einen dicken Baumstamm gelehnt. Eine sanfte, für einen Nachmittag in dieser Jahreszeit untypisch kühle Brise wehte über den Stearns Pond zu ihm. Er kam seit etwa sieben Monaten alle paar Wochen hierher in den Harold Parker State Forest – seit der letzte glaubwürdige Hinweis zu Eddie Rivers' Verbleib eingegangen war. Normalerweise saß er ein, zwei Stunden hier, blickte auf den See und dachte einfach nach. Manchmal überlegte er, wie er David ein besserer Vater hätte sein können und immer noch sein könnte. Häufig dachte er über das nach, was er bei Olivia falsch gemacht hatte, was er jetzt anders machen würde, wenn er die Gelegenheit bekäme. Tatsächlich dachte er gerade genau darüber nach, doch dann drifteten seine Gedanken ab.

Er dachte ein wenig über Stanley Pendleton nach, zunächst über den achtjährigen Jungen, dann über den neunundzwanzigjährigen Mörder. Und er dachte an seine Opfer, die lebenden wie die toten, und daran, wie knapp Olivia einem solchen Schicksal entgangen war.

Schließlich dachte er über sich selbst nach – über einige der Entscheidungen, die er im Lauf der letzten Jahre getroffen hatte, und über einige seiner Handlungen. Manche waren richtig gewesen, das wusste er. Andere waren zweifellos falsch gewesen. Und bei einigen war er sich noch nicht sicher. Eins wusste er jedoch genau: Er hatte die Grenze überschritten. Erneut. Er hatte wirklich gehofft, es würde nicht dazu kommen, er würde nicht wieder über diese Grenze gedrängt werden. Doch es war geschehen. Erneut.

Sein Blick wanderte über den See wie jedes Mal, wenn er hierherkam, weit hinaus, vorbei an den vielen kleinen Inseln, die sich sanft aus dem Wasser erhoben, bis dorthin, wo eine kleine Landspitze in den See hineinragte. Er suchte nach dem knorrigen Baum nahe der Spitze der Halbinsel und entdeckte ihn sofort. Von dort aus glitt sein Blick etwa fünfzig Meter weiter südlich über die glitzernde Wasseroberfläche, bis er dort ruhte, wo Spader ihn immer ruhen ließ, in der Nähe der Seemitte. Er beobachtete das Sonnenlicht, das auf den Wellen tänzelte, dort, wo es tief war, sehr tief, und da wurde ihm etwas klar: Es war an der Zeit, dass er aufhörte, von Eddie Rivers zu träumen. Rivers war fort, wahrhaft fort, und trotz der Befürchtungen mancher Leute wusste Spader, dass er nicht zurückkommen würde.

Während sein Blick auf dieser besonderen Stelle im See ruhte, wandten sich seine Gedanken dem Konzept von Richtig und Falsch zu. Er dachte darüber nach, wie verschwommen die Grenzen zwischen den beiden Begriffen häufig waren und welchen Einfluss die Umstände und der jeweilige Standpunkt darauf hatten. Und er begriff, dass es letztlich keine Rolle spielte, was er für richtig und für falsch hielt. Die endgültige Beurteilung fiel nicht ihm zu.

Also würde er lernen, mit allem, was er getan hatte, ob richtig oder falsch, zu leben. Denn das musste er.

Ihm blieb keine andere Wahl.

ANMERKUNG DES AUTORS

Manche Leser dieses Buches finden vielleicht, dass ich die Stadt Salem ungerechterweise in einem wenig schmeichelhaften Licht dargestellt habe, weil sie aus Sicht des Protagonisten geschmacklos Kapital aus einer unrühmlichen Phase in ihrer Geschichte schlägt: den Hexenprozessen von Salem im Jahre 1692. Es ist zwar richtig, dass die kulturelle Identität dieser Stadt zu einem großen Teil auf jenen unglückseligen Vorfällen gründet, die sich vor über dreihundert Jahren dort ereigneten, aber Spaders Haltung zu Salem spiegelt eher seine eigenen Erfahrungen als meine Sicht der Dinge wider. Ich habe diese Stadt just wegen ihrer Geschichte und ihres Kulturverständnisses als Spaders Wohnort gewählt. Spader ist sich seiner eigenen Beteiligung an den Fehlern, die dazu führten, dass Eddie Rivers eine in Anbetracht seiner abscheulichen Verbrechen unerhört milde Strafe bekam, durchaus bewusst, doch er weiß auch, dass der Löwenanteil der Schuld bei seinem ehemaligen Partner bei der Polizei liegt. Dennoch wird er von den Medien und infolgedessen auch von der Öffentlichkeit unfairerweise diffamiert, so findet Spader, da er die mit Abstand bekanntere Persönlichkeit von ihnen beiden war. Unterbewusst – und diesen Gedanken fasst er nie in Worte, nicht einmal im Stillen, doch ich als sein Schöpfer wusste, dass er immer da war – identifiziert Spader sich daher mit jenen unschuldigen Seelen, die vor dreihundert Jahren wegen Verbrechen gehängt wurden, die sie nicht begangen hatten.

Tatsächlich ist Salem eine pulsierende Stadt, deren reiche Geschichte und Kultur mehr zu bieten hat als die besagten Hexenprozesse. Es gibt dort historische Gebäude (darunter das *House of the Seven Gables*, das »Haus mit den sieben Giebeln«, aus Nathaniel Hawthornes gleichnamigem Roman aus dem Jahre 1851) sowie eine lebendige Innenstadt, den zweitältesten Friedhof des Landes und das Peabody Essex Museum, das älteste ununterbrochen betriebene Museum der Vereinigten Staaten. Salem hat noch vieles mehr zu bieten (auch den ganzen Hexereikram, der, wie ich zugeben muss, immer faszinierend und oft auch einfach nur unterhaltsam ist). In einem Punkt schließe ich mich John Spader allerdings an: Sollten Sie Salem um Halloween herum besuchen, dann schnappen Sie sich den ersten Parkplatz, den Sie sehen.

DANKSAGUNG

Wie immer danke ich Colleen, meiner Frau, die meine Bücher als Erste liest und mir auf die Finger sieht. Ich weiß nicht, ob ich ohne ihre Liebe und Unterstützung überhaupt Bücher schreiben könnte, aber ich weiß ganz sicher, dass sie nicht besonders gut wären. Ich danke auch meinen Söhnen, Alex und Zack, dafür, dass sie versuchen, Daddy Zeit zum Schreiben zu lassen. Ein weiteres Dankeschön geht an Daniel Suarez und Adam Winston – gute Freunde und großartige Schriftsteller – für ihre tollen Ideen zu diesem Buch. Ich bedanke mich bei den auf eigenen Wunsch ungenannten Polizisten von der Massachusetts State Police, die meine zahlreichen Fragen zu ihrer Behörde beantwortet haben. Außerdem danke ich nochmals Rechtsanwältin Susan Hankins (meiner Schwester) und Rechtsanwalt John R. Gulash (meinem Schwager) für ihre Beratung zum Strafrecht. Ein weiterer Dank geht an den Rest meiner Familie und meiner Freunde dafür, dass sie an mich glauben und mich unterstützen. Es bedeutet mir mehr, als ihr alle wisst. Und wieder einmal danke ich meinem Agenten Michael Bourret bei Dystel & Goderich Literary Management sehr für sein Vertrauen (und für die Lektoratsberatung). Falls ich nun jemanden vergessen haben sollte – und das habe ich bestimmt –, dann entschuldige ich mich und danke denjenigen ebenfalls.